RESISTANCE

이우 장편소설

몽상가들

레지스탕스

이우 장편소설

차례

레지스탕스

1 바리케이드	11
2 인정의 결핍	33
3 겉 담배	53
4 전학생	81
5 데미안	100
6 불온 사상	122
7 심연의 우물	138
8 상처 깊은 밤	153
9 손에 쥔 코르크	173
10 가을밤의 멜로디	200
11 영원히 머물 수 없는 순간	226
12 비극의 탄생	250

13 혁명 전야	279
14 레지스탕스	315
15 물수제비	341
16 금지된 항해	368
17 시베리아 횡단열차	395
18 순교자	421
19 이정표	444

작품해설

저항을 통한 자기실현의 길	454

작가의 말

레지스탕스를 떠나보내며(2018)	476
광야에서(2021)	480
레지스탕스로부터(2024)	484

현인들이 마침내 어둔 밤이 찾아온다는 것을 깨달았다 해도
어둠만을 강요하는 그들의 진리에는 그 어떤 희망도 없기에
아직 오지도 않을 밤을 순순히 받아들이지 말라

딜런 토마스

1
바리케이드

　소복이 쌓인 눈 위에 어둠이 물들고 있었다. 빌딩 사이로 바람이 매섭게 휘몰아쳤다. 본능적으로 코트 깃을 세워 얼굴을 묻었다. 양 볼에 느껴지는 깃의 감촉은 거칠었지만 제법 따스하게 느껴졌다. 걸음을 재촉하며 고개를 돌렸다. 불꺼진 H&M의 쇼윈도는 거울처럼 도심을 비추고 있다. 반대로 투영된 세계의 중심에는 가진 것 하나 없는 청년이 서 있었다. 이 거대한 세상에 비해 너무나도 보잘것없는 존재. 아직 아무것도 되지 못한 존재. 숨고 싶었지만 그렇다고 물러서고 싶지는 않았다. 나는 본능적으로 코트 깃을 다시 세웠다. 이 깃마저 없으면 이 추위를, 나 자신의 비루함을 어떻게 견뎌낼 수 있을까. 갑자기 귓가에서 익숙한 포성이 들려왔다.

"글쎄, 별론데. 전위적이고자 노력하는 게 보이지만 너무 엉성해. 기교는 있지만 자신만의 색깔이 없다고나 할까."

이건 한 저명한 미술 평론가가 나의 그림을 두고 한 말이었다.

어렵게 연 전시회였다. 포트폴리오를 만들어 얼마나 많은 갤러리의 문을 두드렸던가. 눈만 높았던 시절이라면 거들떠 보지도 않았을 갤러리가 내게 구원자처럼 손을 내밀었다. 나는 갤러리 대표에게 감사는 물론 나를 받아준 것에 대해 송구함마저 느끼며 전시회를 열었다.

그가 올 것이라고는 상상도 하지 못했다. 다른 관람객이 오면 기쁜 마음에 직접 나가 인사도 하고 작품 세계에 대한 설명도 했지만, 그때는 발이 떨어지지 않았다. 벽 뒤에 몸을 숨긴 채 귀를 쫑긋 세웠다. 그는 놀랍게도 나의 전시를 만류했던 학부시절 전공 교수님과 동행을 했다. 아마 친분이 있는듯 싶었다.

"걱정이 되네. 되려 이것들이 앞으로 자네의 발목을 잡을 수도 있을 거야."

교수님은 조심스럽게 개인전을 만류했다. 듣기 싫은 말

이었다. 사실 그에게서 기대했던 것은 확신뿐이었다. 작품들은 너무 멋지고, 화풍은 고유하며, 이 정도면 무언가가 될 수 있다고 응원해 주기를 바랐다. 하지만 갤러리와 모든 준비도 마치고 포스터는 물론 팸플릿까지 인쇄했건만, 교수님은 기운 빠지는 말만 할 뿐이었다. 그럼에도 나는 첫 개인전을 열 거라고 했다.

전혀 예상하지 못했지만 교수님은 나의 전시회에 찾아왔다. 직접 가져온 꽃바구니도 테이블에 놓여 있었다. 비록 전시회를 반대하긴 했지만 부족한 제자가 마음에 쓰이기는 했던 것 같다.

"아직 더 많은 시간이 필요한데 조급하기만 해서 안타까울 뿐이야."

교수님은 동행자에게 나지막이 대답했다.

이 세계에서 인맥도 없고, 정도도 걷지 못했던 나는 그와 같은 권위를 지닌 사람의 찬사를 내심 갈구하고 있었다. 하지만 그는 미행자가 있다는 것도 모른 채 동행한 사람에게 자신의 생각을 가감없이 내뱉었다.

"전체적으로 엉성하고 자신만의 색깔도 느껴지지 않아."

짧막한 비평은 내게 날카로운 칼날처럼 다가왔다. 아직

도 한참이나 부족하단 말인가.

"잠깐 자리를 비운 모양인데 전화 한번 해보지."

교수님은 주위를 둘러보며 말했다.

"위이잉."

진동과 함께 전화가 울렸지만 휴대폰을 무음으로 바꾼 채 주머니에 도로 넣었다. 그리고 침을 꿀꺽 삼킨 채 갤러리를 나섰다. 빠른 걸음으로 무작정 거리를 걷기 시작했다. 나의 모든 것을 쏟아낸 그간의 여정이, 그것을 한데 모은 전시가 별 볼 일 없다는 걸 권위자들은 알고 있었다. 나는 도대체 얼마나 더 해야 하는 것일까. 나 자신을 도저히 견딜 수 없었다.

갤러리를 나지막이 울리던 그들의 대화는 며칠이 지났음에도 환청처럼 귓가를 맴돌았다. 남은 전시회의 일정에서도, 거닐던 길가에서도, 밥을 먹을 때도, 작업실에 멍하니 있을 때도, 잠자리에서도 울려 퍼졌다. 마치 포탄처럼 나의 온 세상을 무너뜨리고 있었다. 내 전부나 마찬가지인 그림들이었다. 화폭에 담긴 주제와 감정은 고유하다고 여겼다. 담겨 있는 관념도 표현도 기법도 세련됐다고 자부했다. 작품들이 온전한 나의 환원이라고까지 여겼다. 이것들을 세상에 야심차게 보여주고 싶었다. 전시회에서 박수갈채와 더불어 찬사를 받는 상상을 했다. 하지만 남겨진 것은 그들의 메아리뿐이었다.

"내가 해줄 수 있는 말은 모든 걸 버리고 처음부터 다시 시작하라는 것뿐이네."

교수님을 만났던 날, 마지막으로 들었던 말이었다.

그의 말이 틀렸다는 걸 증명하고 싶었다. 하지만 그런 일은 일어나지 않았다. 전시회는 갤러리에서 비용을 지불한 3류 언론사에서만 다뤄졌고, 방문한 사람들도 지인과 동기들이 고작이었다. 가족에게는 말하지 않았다. 전시회 측에서는 작품이 팔린 것처럼 분위기를 만들자며 팔렸다는 의미의 빨간 스티커를 몇 작품에 붙였지만 소용없었다. 하지만 작품은 단 한 점만이 팔렸다. 갤러리측에서는 전시회 비용도 회수하지 못한 장사였다. 나를 믿어준 대표에게 송구할 따름이었다. 나의 자존감은 바닥나고 말았다.

홀로 남겨진 집에 있을 용기가 없었다. 고속버스터미널에서 고향으로 가는 티켓을 끊었다. 저녁에는 엄마가 해준 저녁을 먹고 일찍 잠에 들었다. 이튿날에는 눈도 뜨기 싫었다. 엄마는 아침을 먹자고 깨웠지만 더 자고 싶다며 이불을 덮어썼다. 졸린 건 아니었다. 그저 현실을 마주하고 싶지 않았을 뿐이었다. 출근 준비를 마치신 아버지가 문을 열고 들어왔다. 아버지는 어느새 부쩍 늙어 있었다. 언제 이렇게 세월이 빨리 흘렀지.

"인마, 이제 너도 곧 서른인데 남들처럼 사내 구실 좀 하고 살아야 하지 않겠냐. 언제쯤 철이 드는지…."

아버지는 허리에 손을 얹고 혀를 끌끌 차며 말했다.

"제가 알아서 하니까, 신경 좀 끄세요!"

나는 신경질적으로 소리를 질렀다.

아버지의 음성은 나를 괴롭히던 메아리와 너무나 닮아 있었다. 가슴 한구석이 다시금 아려왔다. 서른이면 마땅히 해야 하는 사내 구실, 나는 그것이 무엇인지 아주 잘 알고 있었다. 내 나이에는 슬슬 결혼도 해야 했고, 집도 마련해야 했으며, 번듯한 직장도 있어야 했다. 이것은 아버지의 기준이기도, 세상의 잣대이기도 했다. 과연 계속해서 그림을 그리는 게 맞는 것일까. 그림을 그리고자 하는 건 나의 운명일까, 아니면 아집일까. 두려워지기 시작했다. 하지만 교수님의, 평론가의, 아버지의, 세상의 잣대에 고개를 끄덕이면 나는 정말 보잘것없는 존재가 될 것이란 걸 알았다.

아무것도 이룬 것 없는 스물아홉의 무명 화가, 아니 그저 화가 지망생. 다시 본능적으로 코트 깃을 세웠지만 더 이상 세울 것도 없어 얼굴을 더 깊게 묻었다.

어느새 약속 장소인 번화가에 도착했다. 시선을 반쯤 가린 코트 깃은 마치 바리케이드처럼 느껴졌다. 나는 방벽을 세운 채 세상을 바라보고 있었다. 요란스레 번쩍이는 네온사인, 울려 퍼지는 크리스마스 캐럴과 따뜻한 사랑의 노래들, 짙은 향수 냄새를 풍기며 지나가는 낯선 여인들, 술집 앞에 모여 화기애애한 웃음을 나누는 사람들. 모두 비현실적으로만 느껴졌다. 내게 현실인 건 세상을 부정하기 위해 세운 바리케이드와 그 안에 숨은 나 자신뿐이었다.

잠시 후 방벽 너머로 목적지가 보였다.

수형이의 전화를 받은 건 이 주 전이었다. 오랜만에 들어간 페이스북에는 알람이 떠 있었다. 주로 인스타그램만 하다 보니 페이스북은 들어오는 일이 없었는데 우연히 즐겨찾기에 있던 페이스북을 누르게 되면서 확인하게 되었다. 수형이가 일주일 전에 보낸 쪽지였다. 그는 오랜만에 연락을 하고 싶다고 번호를 물어봤다. 나도 반가운 마음에 번호를 알려주었다.

"이번에 다들 모이기로 했어. 너도 좀 나와라. 우리도 이제 곧 서른인데 얼굴 한번 봐야지!"

그는 '우리도 곧 서른'이라는 걸 몇 번이나 강조하며 동창회 소식을 전해주었다. 나는 고등학교를 졸업하며 번호도 바꾸고, 페이스북도 잘 하지 않다 보니 동창들과 자연스레 연락을 하지 않았다. 그리고 우연히 시작하게 된 인스타그램도 주로 작가명으로 작품을 올리는 용도로만 사용했고 개인 계정은 따로 운영하지 않았다. 그렇다 보니 동창들과 연락이 닿을 방법이 없었다. 게다가 친목 모임은 꿈도 없는 이들이 현실을 도피하는 수단이라고만 생각했기에 그런 모임을 갈구하지도 않았다. 하지만 이번에는 도피를 하고 싶었다. 술에 잔뜩 취하고, 농담 하나에 실컷 웃어대며 현실을 망각해 보고 싶었다. 무언가에라도 위안을 받고 싶었다.

"기윤아! 진짜 오랜만이다!"

술집 입구에서 누군가 손을 흔들며 성큼성큼 다가왔다. 수형이였다. 나 역시 반가움을 감추지 못하곤 그에게 악수를 청했다. 그는 나를 와락 안았다. 나는 악수를 하기 위해 허공에 뻗었던 손을 천천히 그의 등에 갖다 댔다.

"잘 지냈어?"

"잘 지냈지. 너는?"

"나야 뭐. 왜 나와 있어?"

"잠깐 담배 한 대 피우려고 나왔지."

우리는 함께 담뱃불을 붙였다.

"요샌 뭐 하고?"

그가 공중에 연기를 흩뿌리며 물었다.

"나? 그림 그려."

"그림? 화가야 그림?"

"뭐, 굳이 따지자면 그런 셈이지."

나는 자조적인 웃음과 함께 연기를 내뱉으며 말했다.

"너는 뭐 하는데?"

"대학교 졸업한 뒤로 쭉 직장 다니지. 결혼도 했고."

"진짜? 청첩장은 보내주지."

"야, 여기저기 물어봤는데도 너한테 연락할 방법이 있어야지."

"이번처럼 페이스북으로 연락했으면 됐을 텐데."

"내가 SNS를 잘 안 하잖아. 뭐 그래도 지금이라도 이렇게 봤으니 됐다."

"그래, 이렇게라도 본 게 어디야. 오랜만에 보니 너무 좋다."

"참, 나 이번에 애 아빠 됐어."

그는 무언가 생각난 듯 담배를 입에 물곤 스마트폰을 꺼내 내게 보여주었다. 배경화면은 침대에 누워 곤히 자고 있는 아기의 사진이었다. 그는 자신의 딸 이름이 지유라는 것도 알려주었다.

"지유. 이름도 예쁘네. 근데 신기하다, 네가 아빠라니."

"어쩌다 보니 유부남에 애 아빠다. 근데 너도 신기하다."

그가 담배를 끄며 말했다.

"뭐가?"

"누가 요새 이렇게 깃을 세우고 다니냐."

우리는 함께 웃음을 터뜨리곤 술집의 문을 열었다.

이미 열 명 남짓한 친구들이 긴 테이블에 마주 보고 앉아 있었다. 나는 수형이와 함께 테이블 끝에 마주 앉았다. 반가운 얼굴들을 보니 입가에 절로 웃음이 번졌다. 술자리는 현재가 아닌 과거에 머물러 있었다. 그 시절 우리들의 추억에 한참이나 열을 올렸다. 이야기 속에 나는 없었지만 아무래도 상관없었다. 몇 번이나 건배를 했고 술잔을 비워냈다. 그래, 잊고 즐기자. 계속해서 술잔이 채워졌고 웃음이 흘러 넘쳤다. 비장하게 세웠던 바리케이드는 옷걸이에 걸어둔 지 오래였다.

하지만 시간은 흐르게 마련이었다. 과거를 맴돌던 이야기는 어느새 오늘을 이야기하고 있었다. 수형이의 와이프는 벌써 둘째를 임신 중이었다. 동건이는 학자금 대출도 다 갚고 이번에는 청약도 당첨됐다고 했다. 일찍이 증권사에 취직했던 석이는 높은 연봉을 받고 코인 거래소로 이직을 했다고 했다. 규영이는 사업가가 되어 많은 직원을 거느리는 사장의 고충을 토로했다. 또 다른 친구들도 자신들의 현실적인 고충을 술잔을 비우며 이야기했다.

갑자기 등 뒤로 한기가 느껴졌다. 뒤돌아보니 살짝 열린 창문 틈새로 찬바람이 들어오고 있었다. 테이블에는 곧 서른을 앞둔 남자들의 평범한 이야기가 오갔다. 연애와 결혼, 주택 청약과 내집 마련, 주식과 비트코인, 불가피한 대출과 이제 남은 삶을 은행과 함께 살아가야 한다는 슬픈 예언들. 이해는 할 수 있었다. 하지만 어느 것에도 공감할 수 없었다. 나와는 상관없는 전혀 다른 세상의 이야기처럼 다가왔다.

"기윤아, 너는 요새 뭐 하는데?"

취기에 얼굴이 벌겋게 달아오른 석이가 안경을 고쳐 쓰며 물었다.

잠시 말문이 막혔다. 그들이 알아들을 수 있는 언어로 이야기할 자신이 없었다. 나는 지금껏 친구들처럼 안정적인 직장 생활을 해본 적이 없었다. 명함도 가져본 적이 없었다. 물론 돈을 벌긴 했다. 지금은 입시 미술학원에서 시간제 강사로 일하면서 동시에 화방에서 알바로 유명 화가들의 주문에 맞춰 캔버스를 만드는 일도 병행하고 있었다. 잠시 휴학을 하고 일 년 동안 원양어선을 타기도 했고, 시급이 센 야간 상하차 알바도 자주 했었다. 그렇게 돈을 벌어 한 것이라곤 배낭 하나와 함께 낯선 세상을 여행한 것뿐이었다. 아주 오랫동안 지독할 정도로 떠돌아다녔다. 이런 삶에도 목적이 존재했으니 경험하고 인식한 것을 그림으로 그려내는 것이었다. 그동안 나를 움직인 건 새로운 경험에 대한 갈망과 창작에 대한 열정뿐이었다. 우정과 사랑은 가치가 없다고 여겼다. 하지만 야심차게 도달할 것만 같았던 꿈은 점점 아득하게만 느껴졌고, 모든 확신과 자존감은 점차 고갈되고 있었다. 친구들에게 오늘의 나를 어떻게 이야기할 수 있을까. 지금 하는 일로 나를 규정하기는 싫었다. 그렇다고 아무것도 아닌 화가로도 나를 소개하고 싶지 않았다.

"기윤이 화가잖아. 요새 그림 그린대."

내가 잠시 머뭇거리자 수형이가 큰 소리로 답했다.

"우와, 진짜?"

"세상 오래 살고 볼 일이다. 기윤이가 그림을 그리다니."

"언제 나 한번 그려줘라."

"와, 그거 하면 누드 모델도 그리고 그러지 않냐? 크, 역시 사람은 예술을 해야 돼."

친구들이 그림에 대해, 예술에 대해 왁자지껄하게 떠들어댔다. 입가에 맴돌았던 웃음이 하나도 남김없이 증발했다.

"무슨 그림 그리는데?"

규영이가 물었다.

올 것이 왔다. 주제, 화풍, 표현 기법 그 어느 것 하나 좀처럼 이야기로 풀어내기 힘든 것들이었다. 그래서 이번 전시의 타이틀도 무언의 언어였다. 세상은 각주가 전부라고 갤러리의 큐레이터가 나름대로 나와의 인터뷰를 토대로 작품의 이야기를 언어로 정제해 주었다. 나는 전시 내내 그걸 앵무새처럼 관람객들 앞에서 떠들어댔다.

"저는 무언의 언어로 세상을 이야기하고 싶었어요. 우리 청춘들은 기성 세대들에게는 좀처럼 납득될 수 없는 꿈과 고민을 갖고 있다고 생각하거든요. 각 그림마다 인물의 신체 일부가 하나씩 없는 건 청춘의 좌절을 나타내요. 반면 이들이 어디론가 달려가고, 날갯짓을 하고, 춤을 추고 있는 건 그럼에도 꺾이지 않고 간직하고 있는 꿈을 상징하고 있어요."

이걸 친구들에게 이야기한다고? 전시장에서 앵무새처럼 떠들던 이야기를 이곳에서 반복할 자신이 없었다. 분명 정적이 맴돌 게 분명했다. 그렇다고 침묵하면 분위기를 깨는 한심한 놈이 될 것이었다.

"나와 세상을 그려."

그래도 이 자리에 머물고 싶어 최대한 간결하게 말했다.

"뭐라고?"

규영이가 미간을 찌푸리며 되물었다.

"나와 세상이래."

동건이가 큰 목소리로 말했다.

"나와 세상….."

"아, 난해한데."

"어렵네 예술이란 거."

친구들이 시선을 나누며 머리를 긁적였다. 불편해하는 기색이 역력했다.

"나는 딱 들으면 알겠는데, 너희들이 예술을 몰라서 그래!"

수형이가 너스레를 떨자 테이블에 다시 웃음이 피어났다.

왜 나는 다른 친구들처럼 세상 살아가는 자신의 고충을 넋두리하듯 늘어놓으며 웃음을 자아낼 수 없는 것일까. 왜 공감을 끌어낼 수 없는 것일까. 나의 한마디는 마치 낯선 언어라도 되는 것처럼 그들에게 불편함만 안겨주고 말았다. 이 자리에 어울리는 것은 진중함이 아니라, 수형이의 익살처럼 밝고 유쾌한 것들이었다. 유머와 재치였다. 하지만 나는 언제부터인가 이것들을 상실한 지 오래였다.

"근데 기윤아 항상 궁금했던 건데 화가는 뭐 먹고살아?"

"맞아. 우리처럼 어디에 취업한 것도 아니고, 그림을 파는 건가?"

동건이가 묻자 석이도 옆에서 거들었다. 옆에 앉은 친구들도 눈을 껌뻑이며 나의 대답을 기다렸다.

"뭐… 그림이 종종 팔리기도 하는데, 그래서 먹고 산다기보단 그리기 위해 살아가는 거지."

나는 대답하며 무의식적으로 자조적인 미소를 지었다.

"화가의 삶도 쉽지 않겠네."

"하루 벌어 하루 사는 우리보다 힘들어 보이는걸."

"나는 고정적인 월급 안 나오면 불안해서 못 견디겠던데."

그들은 자신들끼리 이야기를 나누더니 고갤 끄덕였다.

"안정적인 직장을 구하고 그림 그리는 게 더 좋지 않아?"

"웹툰 같은 거 그려보는 건 어때? 요새 기안84 보면 인기도 많고 잘나가더라."

늘 그랬다. 무언가가 되지 못해 내가 느끼는 불안보다 더 불안해하는 건 언제나 주변인들이었다. 교수님도 그랬고, 아버지도, 나를 둘러싼 친구들도 마찬가지였다. 그렇다고 나의 꿈과 희망을 절박하게 외쳐볼 수도 없는 일이었다. 함부로 말하기가 두려웠다. 언젠가부터 갈망하는 내가 되지 못할까 겁이 나기 시작했다. 그러니 침묵할 수밖에. 이 세상 나만 빼고 모두들 서른이 될 준비가 된 것 같았다. 오직 나만이 세상의 낙오자이자 부적응자였다. 몸을 일으켜 화장실로 향했다.

"나도 기윤이처럼 살고 싶다. 걔 보니까 그동안 팔자 좋게 해외여행만 다녔더만."

반쯤 열린 화장실 문 틈새로 누군가의 음성이 새어 나왔다. 나는 걸음을 멈춰 섰다.

"그러니까, 페이스북에 사진 잔뜩 있더라. 나도 여행하고 그림만 그리며 살았으면 좋겠네."

"왜, 너도 '나와 세상'을 그리게?"

"미쳤냐, 팔릴 그림을 그려야지. 큰 붓으로 큰 캔버스에 선 하나 찍 긋고 제목만 멋지게 짓는 거지. 우리의 시간들, 아니면 공허의 세계. 크, 이정도면 벌써 비싸게 팔릴 각 나오지 않냐."

"그래, 나와 세상보다는 좀 낫다."

소변기 내려가는 소리와 함께 폭소가 터져 나왔다.

더 이상 이곳에 있기가 싫었다. 코트를 챙겨 밖으로 나왔다. 수형이의 물음에는 담배를 피우러 간다고 했다. 문을 닫고 나오자 술집의 왁자지껄한 소리가 희미하게 멀어졌다. 그래, 여긴 내가 없어도 상관없는 자리였다. 돌아가야만 했다. 그런데 이제 어디로 가야 한단 말인가. 쉽사리 발걸음을 떼지 못했다. 매서운 바람이 몰아쳤다. 다시 코트 깃을 세웠다. 굳게 세운 건 마지막 남은 내 알량한 자존심인지도 몰랐다. 이 안에는 무엇이 있단 말인가. 오직 자격지심만이 낡은 깡통처럼 굴러다닐 뿐이었다.

"뭐야, 인사도 없이 벌써 가는 거야?"

돌아보니 수형이였다.

"응, 내일 할 일도 있고, 일찍 일어나야 되거든."

나는 거짓으로 둘러댔다.

"아쉽네 오랜만에 만났는데. 갈 땐 가더라도 담배나 같이 피우자."

나는 고개를 끄덕이며 담배를 꺼내 불을 붙였다. 우리는 잠시 아무 말 없이 공중에 연기를 흩뿌렸다.

"그나저나 너 민재 기억나?"

그가 침묵을 깨며 담배 연기와 함께 말했다.

"누구?"

나는 재를 툭툭 털어내며 무심한 듯 물었다.

"왜, 민재 있잖아. 고등학교 때 너랑 제일 친했으면서, 벌써 잊은 거야? 하긴 시간이 이렇게 흘렀으니…."

그는 고갤 갸우뚱하며 말했다.

나는 담배를 빨려다가 그만 그 자리에서 굳어버리고 말았다. 머리를 한 대 얻어맞은 것만 같았다. 현기증이 밀려왔다.

"뭐 나도 까맣게 잊고 있었다만, 문득 널 보는데 민재가 떠오르더라고. 하긴 너무 오래 지나긴 했지…."

수형이는 말을 이었지만 눈앞이 하얘지고 아무 소리도 들리지 않았다.

"앗, 뜨거워!"

잠시 동안 멍하니 있던 나는 갑자기 손가락에 뜨거움을 느끼곤 화들짝 놀라 담배를 놓쳐버렸다. 그 사이 담뱃불이 타들어 갔던 것이다.

"야, 괜찮아?"

그는 다소 놀란 듯 걱정 어린 눈으로 말했다.

"응. 얼른 가봐야겠다."

나는 어딘가에 정신이 홀린 듯 말했다.

"그래. 이제 연락 좀 하고 지내자."

그는 의아한 기색을 애써 감추며 말했다.

서둘러 인사를 하곤 걸음을 재촉했다. 어지러웠다. 정말 까마득하게 잊고 지냈다. 어째서였을까. 자문해 보았지만 아무 대답도 할 수 없었다. 동창회를 기다리며 느꼈던 설렘은 어쩌면 민재에 대한 기억 때문인지도 몰랐다. 아무래도 그를 다시 만나야만 했다. 본능처럼 정류장으로 향해 버스에 올라탔다.

자리에 앉아 노선도를 보니 목적지까지 열여섯 정거장이 남아 있었다. 정거장을 하나씩 지나칠 때마다 모든 것이 시작된 근원지로 돌아가는 것만 같았다. 허망한 기분이 들기도 했다. 그곳을 벗어난 지 십 년이라는 세월이 지났지만, 지금의 나는 변한 게 하나도 없었다. 그간의 시간들이 그저 부끄럽게만 여겨졌다. 차창 밖으로 명월 고등학교가 보였다. 버저를 눌렀다.

정류장에 서서 학교를 바라봤다. 갑자기 목 언저리에서 교복 넥타이의 은은한 조임이 느껴졌다. 본능적으로 목을 매만졌다. 하지만 풀어헤칠 넥타이가 없었다. 숨이 턱 막히는 것 같았다. 눈앞에 보이는 교문도 답답하기 그지없었다. 주위를 살피고 풀숲을 헤쳐 담장 앞에 섰다. 몸이 기억하고 있었다. 손을 비비곤 풀쩍 담을 넘었다. 목에 느껴지던 압박감이 한결 나아졌다.

각 교실에서는 생기 없는 형광등의 하얀 불빛이 밤공기를 맥없이 물들이고 있었다. 수능이 끝났음에도 예비 수험생들은 내년에나 있을 자신들의 차례를 준비하기 위해 밤늦게까지 교실에 앉아 있었다. 이제 야간 자율학습이 의무가 아닌 자율이 되었다고 했지만 지금의 모습도 예전과 별반 다를 게 없었다. 이 맥 빠지는 것들 속에 그가 있었다. 마른침을 꿀꺽 삼키곤 서둘러 학교로 잠입했다.

도서관을 비롯한 여러 다목적 교실이 있는 본관 4층은 어둠 속에 잠들어 있었다. 계단을 재빠르게 올라갔다. 떨려서일까, 단숨에 계단을 올랐던 탓일까. 가슴이 쿵쾅거렸다. 깊은 심호흡을 하고 주위를 둘러봤다. 복도 저 끝에서 희미하게 황금빛 물체가 보였다. 나는 마치 홀린 듯 그 빛을 향해 나아갔다. 가까이서 올려다본 황금빛 현판에는 '명예의 전당'이라는 글씨가 써 있었다. 조심스레 문을 열었다.

어둠에 잠긴 명예의 전당은 십 년 전 그대로였다. 다만 어딘가 오래된 책처럼 퀴퀴한 냄새가 났다. 벽면을 더듬어 스위치를 찾았다. 불을 켤까 하다가 스마트폰을 꺼내 라이트 버튼을 눌렀다. 어둠 속에서 보이지 않던 것들이 모습을 드러냈다. 벽면을 가득 메운 액자에는 누군가의 초상이 담겨 있었다. 이곳이 명예의 전당이라 불리는 이유는 다름 아닌 바로 이 사진 속의 인물들 때문이었다. 학교를 빛낸 영웅들! 얼마나 많은 신입생들이 이들을 우러러보았단 말인가. 하지만 내가 찾는 것은 영웅이 아니었다.

서둘러 유리 진열장으로 발걸음을 옮겼다. 선반에는 영웅들의 전리품들이 자리 잡고 있었다. 트로피부터 메달, 상장, 신문 기사 그리고 기념사진들까지. 여느 박물관을 방불케 했다. 유물들 틈에서 레지스탕스라는 제목의 책을 발견했다. 이 얇은 시집은 세상에서 소멸해 가는 것처럼 색이 바랬고 먼지가 두껍게 쌓여 있었다. 유리장을 열어 조심스레 책을 꺼냈다. 전당 한구석에 기대앉아 입김을 불어 표지에 들러붙은 먼지를 날려 보냈다. 그리고 책장을 펼쳤다.

2
인정의 결핍

 고등학교 입학을 앞두고 나는 몹시 아팠다. 새로운 출발을 앞두고도 찝찝한 마음뿐이었다. 지금이야 고교 평준화가 되었지만 당시에는 고등학교도 성적순이었다. 아버지가 바라던 명문고에 가지 못한 나는 집안에서 미운털 같은 존재였다. 내가 가게 된 명월고는 지원할 수 있는 인문계 고등학교 일곱 개 중 세 번째에 해당하는 곳이었다. 지역 사회에서 평생을 살아오신 아버지는 이 사태를 심각하게 받아들였다. 열일곱의 인생이 이제 곧 파국으로 치닫기라도 할 것처럼 말이다.

 어느 저녁의 일이었다. 온 가족이 둘러앉은 저녁 식탁에는 이상한 분위기가 감돌았다. 엄마는 평소와 달리 말수도 적었고 나의 눈치를 보고 있었다. 불편한 저녁 식사 자리가 끝이 났다. 후식으로 따뜻한 홍차가 나왔다. 잠시 홍차를 말없이 홀짝이던 아버지는 천천히 입을 열었다.

"기윤아. 다시 한번 생각해 보자."

"뭐를요?"

"고등학교 가는 거."

"그게 무슨 말씀이세요?"

"일 년 재수해."

"대학교 가는 것도 아닌데 고등학교 재수를 하라고요?"

나는 놀란 눈으로 물었다. 엄마는 나의 시선을 피한 채 한숨을 내쉬었다. 아버지는 무거운 헛기침을 내뱉었다.

"너 명월고 가면 다신 돌이킬 수 없어. 세상을 봐봐. 다 남일고 나온 사람들이 서로 이끌고 도와주며 살고 있어. 동문의 힘이 엄청나다고. 여기에서 시장하고, 사업하고, 장사하고, 아니 적어도 아파트 입주민 대표라도 하려면 남일고 졸업장은 있어야 사람들이 믿고 따라. 나도 이 자리까지 올라온 게 학연의 힘이 팔할이었다."

"아버지가 말하는 건 고작 이 도시의 얘기잖아요. 서울로 가면 누가 알아준다고요!"

"서울에서 대학 나온다고 다 서울에 정착하는 것도 아

냐. 고향에 다시 내려오지 않는다는 보장 있어? 대학 졸업장도 이점이 있지만 지역 사회에서 운명을 좌지우지하는 건 고등학교 학연이다."

"저는 그런 거 상관없어요. 그냥 제 수준에 맞는 고등학교 가고 싶어요. 명월고에 가는 친구들이 다 패배자는 아니잖아요? 명월고에 가고 싶어도 못 가는 친구들도 있어요. 서울권으로 대학교 가고요."

답답한 마음에 숨이 가빠졌다.

"그래서 올해 몇 명이나 갔니? 내가 보니 고작 열두 명이더라. 남일고는 서른아홉 명이야. 더 높은 곳에 있어야 성공할 확률도 높은 거다."

"확률이니 학연이니 저는 아무 상관없어요. 그냥 명월고에서 열심히 학교생활 할래요."

"기윤아 그러지 말고 아버지 말씀도 잘 생각해 보자."

침묵을 지키고 있던 엄마는 천천히 내 손을 잡으며 말했다.

"고작 고등학교 때문에 재수하고 싶지 않아요!"

나는 엄마의 손을 뿌리치며 자리에서 일어났다. 그리고 성큼성큼 방으로 향해 문을 쾅 닫았다. 잠시 후 아버지의 음성이 들려왔다.

"너 언젠가 오늘 아버지 말 안 들은 거 후회하는 날이 올 거다."

가슴이 답답했다. 재수고 뭐고 나는 얼른 고등학생이 되고 싶었다. 명월고는 남녀공학이었다. 사내 녀석들만 득실거리던 퀴퀴한 곳에서 떠나 얼른 산뜻한 곳으로 가고 싶었다. 하지만 덜컥 겁이 나기도 했다. 아버지가 강제로 입학 취소를 하면 어쩌나. 정말 재수는 하고 싶지 않았다. 한 살 어린 동생들과 동창이 되고 싶지도 않았다. 아버지는 왜 이렇게 심각한 건지 도무지 이해할 수 없었다. 이후 몇 번의 논쟁이 오갔지만 나는 완고했다. 결국 아버지와는 말도 섞지 않으며 냉전을 시작했다.

겨울은 유난히 춥게만 느껴졌고, 자기 확신은 점점 희미해져 갔다. 또 불안하기 그지없었다. 아무도 나를 인정해 주지 않는 게 속상했다. 이상하게 몸도 아파지기 시작했다. 자면서 다리에 쥐도 많이 났고, 턱도 짓누르는 것처럼 아파졌다. 일어나면 괜찮아졌는데 잠에만 들면 아픈 건 계속해서 반복되었다. 엄마는 아버지와의 신경전 때문에 몸이 허해서 가위에 눌리는 거라며 운동을 다니라고 수영을 끊어주었다. 하지만 매일밤 찾아오는 고통은 가위가 아니었다. 성장통이었다. 나는 겨우내 한 뼘 정도 자라 있었다.

"내일 엄마랑 가서 교복 맞추고 와라."

어느 날 아버지는 방문을 열고 내게 말했다. 명월고 입학을 허락하신 것이었다. 내가 놀라 의아한 눈으로 돌아보자 그저 아무 말 없이 안방으로 들어가셨다. 옷장에 교복은 걸려 있었지만 마음이 편치 않았다. 아버지의 허락에 축하는 없었다. 그저 내가 예견된 불행으로 나아가는 걸 막지 못해 안타까워하실 뿐이었다. 나는 자랑스러운 아들도 아니었고 환영받는 입학도 아니었다.

"뭐야. 너 언제 이렇게 커졌어?"

수형이는 나를 보고 입을 쩍 벌렸다. 그는 중학교 시절 서로 다른 학교를 다니던 학원 친구였다. 꽤나 친하게 지냈었는데 내가 입시 때문에 학원을 그만두고 과외를 하게 되면서 거의 일 년 동안 본 적이 없었다. 우리는 같은 반이 되었고 자연스레 단짝이 되었다.

"진짜 몰라보겠다. 뚱땡이가 이렇게 될 줄 어떻게 알았냐."

그도 그럴 것이 중학교 때까지만 하더라도 나는 키도 작고 뚱뚱했다. 겨우내 키가 크며 비만도 표준체중으로 바뀌었다. 이 작은 사실 하나로 정말 많은 것이 달라졌다. 점점 외모에 신경을 쓰기 시작했다. 게다가 남녀공학이었다. 비록 합반은 아니었지만 저 다른 교실에 있는 여학생들의 존재와 시선이 신경 쓰이기 시작했다. 입학 후 첫 달은 친구들과 창밖으로 보이는, 또는 복도에서 지나치는 예쁜 여학생들의 이름을 외우는 데 모든 시간을 허비했다.

남의 이야기인 줄로만 알았던 일들도 벌어지기 시작했다. 남자뿐인 중학교에 다닐 때는 여학생을 만날 일이 전혀 없었다. 고작 학원에 가야 마주치기라도 할 수 있었다. 학원에 가면 가장 재미있는 건 누가 누구를 좋아한다, 누가 누구와 사귄다는 스캔들이었다. 누군가의 책상 위에 슬며시 놓인 초코우유나 딸기우유는 그 사랑의 징표였다. 중학교 내내 나는 그런 사실과 늘 무관하게 살아왔다. 하지만 점점 그 이야기가 내게도 유효하다는 걸 알게 되었다.

"와!"

어느 쉬는 시간이었다. 갑자기 환호성이 터져 나왔다. 한 여학생이 교실로 찾아왔다. 친구들은 문밖에 서 있는 여학생의 존재에 호들갑을 떨며 소리를 질렀다. 나를 부른다는 이야기에 친구들은 나를 등 떠밀었다. 그녀에게 다가가니 초코우유를 내밀었다.

"기윤아, 이거 주영이가 전해달래."

때로는 사랑에 전령이 필요한 법이다. 딸기우유에는 작은 편지가 붙어 있었다. 열어보니 연락처가 있었다. 내게 처음으로 온 사랑의 메시지였다. 주영이와 이틀 동안 문자를 주고받았다. 그녀가 궁금해졌다. 수형이와 함께 그녀의 존재를 수소문하기 시작했다.

"야, 김주영이 저기 쟤야 쟤. 저기 저 깻잎 머리."

"다 깻잎 머린데?"

나는 고개를 갸우뚱했다.

"노란색 아디다스 저지 입은 애."

그녀의 존재를 알게 된 뒤로는 설레는 마음이 식어버리고 말았다. 내 스타일이 아니었다. 아무 관심도 못 받던 왕년의 뚱땡이는 자신이 훗날 사랑을 거절하는 날이 올 거라고 상상이나 했을까. 세상에서 처음으로 받은 고백이었다. 그녀가 마음에 들지 않아도 그 희열은 짜릿했다. 나도 누군가에게 관심과 사랑을 받을 수 있는 존재라는 걸 처음으로 깨닫게 되었다. 이런 감정은 처음이었다. 나는 마치 어떤 해답을 찾은 것만 같았다.

　당시의 나는 비록 어린 나이였지만 실존적인 문제에 사로잡혀 있었다. 그것은 본능적인 것이었다. 필사적으로 고등학교 생활의 의미를 찾아야만 했다. 아버지가 반기지 않은 명월고의 학생이 되었다. 앞으로 펼쳐질 삼 년이라는 시간이 불행을 위해 내던져진 것만 같았다. 불안해서 견딜 수 없었다. 이 시간이 내게는 도대체 어떤 의미가 있는 것일까. 우울하기까지 했다. 그러던 그때 외모의 큰 변화는 내게 희열을 안겨주었다. 세상으로부터 관심과 사랑과 인정을 받을 수 있는 방법을 깨달았다. 외모와 멋을 전적으로 믿어보기로 했다. 믿음이 생기니 이제 더 이상 불안하지 않았다. 나는 어느새 달라져 있었다.

　"오늘 학원 끝나고 디아 할까?"

　수형이가 물었다.

　"아니. 난 이제 게임 재미없다."

　나는 주머니에 손을 찔러 넣으며 대답했다.

　"왜?"

　"몰라. 재미가 없어졌어."

　좋아하던 게임 디아블로도 관심이 하나도 없어졌다. 대

신 새로운 관심이 생겼다. 온라인 패션 커뮤니티에 가입해 패션 정보들을 탐구하기 시작했다. 그리고 커다란 사명감으로 함께 삼 년 동안 지낼 여학생들의 싸이월드 미니홈피를 파도타며 하나하나 알아갔다. 학교에서도 수시로 화장실에 들러 구레나룻과 앞머리를 정리했다. 미용실에 가서도 그냥 잘라달라고 하던 머리를 세세한 디테일을 곁들여 민감하게 요청했다. 교복 바지도 통이 너무 좁다는 걸 알고 세탁소에 가서 수선을 했다.

패션 커뮤니티를 통해 잘 노는 형들은 에어맥스를 신는다는 걸 알게 됐다. 그중 가장 인기 많은 게 에어맥스 97이었다. 미래 지향적인 유선형 디자인에 번쩍이는 스카치까지 더해져 환상적인 비주얼을 갖고 있었다. 하지만 가격은 입이 쩍 벌어졌다. 저렴해야 십만 원 후반 대였고, 한정판들은 삼사십만 원 대였다. 이 정도의 멋이면 학교에서 또 다른 여학생들의 관심과 사랑을 받을 수 있을 거라 확신했다. 이제 마치 수컷 공작새처럼 구애를 위한 치장에 열중하기 시작했다.

매번 엄마가 사주던 신발만 신던 나는 마침내 에어맥스를 샀다. 일명 '97 실버'로 불리는 모델로 전체가 은색이었으며 빨간색 나이키 로고가 작지만 강렬하게 자리 잡고 있었다. 빛을 반사하는 스카치라는 소재가 세 줄로 신발을 전체적으로 감싸고 있어 밤에도 빛을 받으면 번쩍였다.

"신발 죽인다. 이게 에어맥스야?"

나는 사물함을 열어 수형이에게 보여주었다. 이제 교과서와 문제집으로 가득 차 있던 나의 사물함은 신발장으로 바뀌어 있었다. 에어맥스를 모셔야 했다.

"이야… 이런 건 얼마나 해?"

"십구만 원."

나는 어깨를 으쓱하며 말했다.

"미쳤다. 이걸 부모님이 사 주셨어?"

"학원비 삥땅 쳤지."

"학원은 그럼 이제 안 다니고?"

"응."

"너 간도 크다 진짜. 걸리면 어쩌려고?"

"내가 그만큼 열심히 하면 되지 뭐."

나는 어깨를 으쓱했다.

"그럼 에어맥스는 이제 우리 학년에 딱 두 명만 신은 거네."

수형이가 턱을 매만지며 말했다.

"또 누가 신었는데?"

"왜 있잖아. 애들 우르르 몰고 다니면서 일진 놀이 하는 애. 10반에 유상민. 걔도 에어맥스 신었더라고."

유상민은 신입생 중 각 학교 출신의 노는 애들을 규합해 어느새 새로운 일진 무리를 만든 애였다. 중학교 시절에도 일진은 무서운 집단이었다. 특정 친구들을 괴롭히고 돈을 뺏고 심지어 구타까지 했다. 어떤 친구들은 견디지 못하고 전학을 가기도 했다. 일진은 암묵적인 권력 체계여서 선생님들도 어느 정도 그들의 지위를 인정해 주는 분위기였다. 학교 측에서도 학생 관리 측면에서 일진을 활용하기도 했다. 내가 다닌 중학교가 그랬다. 일진 중 리더십이 있거나 총명한 애들을 선발해 선도부를 맡겼다. 그들은 일종의 용역처럼 선생님들을 대신해 궂은 일을 했다. 가령 선생님들이 돌리면 일주일은 걸려서 회수되는 설문지가 반나절이면 전교생들의 손을 거쳐 교무실에 모여 있었다. 학교 측에서도 권력을 활용하는 편이 쉬웠던 것이다. 폭력 문제가 터져도 학생 개인을 문제 삼았지 조직 전체를 문제 삼지 않았다. 또한 학생들의 권력 현상을 그저 그 시절에 겪는 성장통 정도로 가볍게만 여겼다. 피지배자들의 순응과 복종, 그리고 피해도 마찬가지였다.

"말도 안 되는 소리를 해. 신발을 왜 뺏겨."

나는 헛웃음을 쳤다.

사실 일진이라고 해서 겁이 나지 않았다. 그동안 전혀 무관하게 살아왔기 때문이다. 그동안 돈을 뺏겨본 적도 맞아본 적도 없었다. 딱히 충돌 지점이 없었다. 일진과 나는 무관한 존재라 여겼다.

유상민, 그는 흥미로운 존재였다. 그에게는 여러 소문들이 구름처럼 둘러쳐져 있었다. 이미 중학교에서 각 학교의 패권 다툼을 통해 패자가 되었다고 했고, 밤마다 오토바이를 타고 놀며 이미 술집을 드나든다고 했다. 연애 경험도 풍부했고 선배의 인맥을 타고 올라가면 조폭과 연계되어 있다는 이야기도 있었다. 그가 몰고 다니는 이야기는 교내에서 그가 가진 특권을 정당화하고 있었다. 그는 청소 시간에 주머니에 손을 넣고 복도를 누볐고, 급식실에서도 줄을 서지 않고 자연스럽게 새치기를 했다. 그의 무리들이 화장실에서 담배를 피울 땐 누군가 망을 대신 봐야 했고, 동급생들은 알아서 다른 화장실을 이용해야 했다.

수형이와 함께 매점에 가다가 복도에서 유상민을 마주쳤다. 자연스럽게 풀어헤친 넥타이, 밖으로 빼낸 셔츠, 교복 재킷 대신 입고 있는 노스페이스 패딩, 문방구에서 파는 삼선 슬리퍼 대신 신은 나이키 슬리퍼. 나는 그가 진짜 멋을 아는 녀석이라는 생각이 들었다. 그 뒤로 그의 권력도 점점 멋으로 보이기 시작했다.

"네가 기윤이야?"

어느 날 창가에서 수형이와 실없는 장난을 치고 있는데 누군가 다가왔다. 고갤 돌려보니 유상민이었다.

"응."

나는 고개를 끄덕였다.

순간 교실이 조용해져 있다는 걸 깨달았다. 교탁 근처에서는 이미 그의 무리들이 위협적인 분위기를 조성하고 있었다.

"야, 안 잡아먹어. 이 새끼들 뭘 잔뜩 쫄아 있어."

덩치도 크고 인상이 사나운 서관석은 교탁 앞에서 반 친구들을 툭툭 치고 있었다. 유상민은 그런 그를 잠시 보더니 가볍게 웃고 다시 내게 말했다.

"너 에어맥스 신는다며."

"응."

"어떤 거 신어?"

"에어맥스 97 실버."

"한번 보자."

나는 순간 수형이를 바라봤다. 그는 창가에 가만히 서서 눈을 꿈뻑꿈뻑할 뿐이었다. 설마하는 마음으로 사물함으로 다가갔다. 그리고 자물쇠 비밀번호를 풀고 문을 열었다.

"나도 이거 진짜 갖고 싶었는데. 근데 '97 아시아'랑 고민하다가 마음 접었지."

그는 나의 신발을 이리저리 둘러보며 말했다.

"정말? 근데 아시아가 더 좋은 거잖아."

아시아는 전체적으로 검은색에 형광색 포인트가 들어간 97 에어맥스였다. 이유는 모르겠지만 아시아로 불렸다. 당시 시세로 삼십만 원 정도였다.

"그치. 실버는 예쁘긴 한데 희소성이 없을 것 같아서 아시아로 갔어."

"희소성?"

"응. 나는 남들이 똑같은 거 갖고 있는 거 싫거든."

"아시아는 구하기도 힘들어서 겹칠 일은 없겠다."

"그치. 실버 샀으면 너랑 겹쳤겠네."

그는 한쪽 입꼬리를 올리며 피식 웃더니 갑자기 무언가 생각났다는 듯 이어 질문을 했다.

"참, 이거 어디에서 구했어?"

"나이키 매니아에서."

"진짜? 나도 나매하는데 좀 통하네. 주위에서 이런 얘기 할 애들이 없거든."

그는 살짝 놀라더니 교탁 앞에 있는 애들을 턱으로 슬쩍 가리키며 말했다. 서관석은 계속해서 애들을 괴롭히고 있었다.

"너 나매 닉네임 뭐야?"

"나는 쿠보씨요스케."

"처음 듣는 닉네임이네… 근데 그게 무슨 뜻이야?"

"쿠보즈카 요스케를 좋아하거든."

"너 뭘 좀 아네. 요스케 스타일 너무 멋지지. 근데 쿠보즈카를 왜 쿠보씨라고 한 거?"

"그냥 수업 듣다가 소설가 구보씨의 일일이 나왔어서 쿠보씨라고 붙여봤어. 재밌잖아."

"쿠보씨. 쿠보씨요스케. 좀 웃긴데?"

그는 가볍게 웃음을 터뜨렸다.

"네 닉네임은 뭐야?"

"아시아퍼렐."

"무슨 뜻이야?"

"아시아의 퍼렐이 되겠다는 의미지."

"퍼렐이 누군데?"

"퍼렐 몰라? 뮤지션이자 패셔니스타잖아. 맥스 좋아하면서 퍼렐도 모르냐."

"퍼렐, 한번 찾아볼게."

그때 쉬는 시간의 끝을 알리는 종소리가 들려왔다.

"맥스 잘 봤다. 다음에 또 놀러올게."

그는 무리들을 데리고 유유히 떠났다.

"네 신발 뺏는 줄 알았네. 근데 뭐 싱거운 얘기만 하다가 가냐."

수형이는 교실을 나서는 상민이를 곁눈질하며 조용히 말했다.

"그냥 진짜 신발 얘기하려고 찾아온 것 같은데."

"근데 아까 뭐라고 했더라, 쿠보씨퍼렐인가."

그는 고개를 갸우뚱하며 머리를 긁적였다.

"응."

나는 점점 상민이가 궁금해졌다. 그는 매일 매점의 긴 줄을 헤치고 지나갔고, 급식실에서도 느즈막이 걸어와서 뛰어온 애들보다 빨리 먹었다. 복도에서도 늘 무리지어 다녔고 점심과 저녁을 먹고 나면 늘 담장을 넘어 교외로 향했다. 아마 담배를 피우러 가는 것 같았다. 종종 창밖으로 예쁜 여학생들과 무리지어 노는 걸 볼 수 있었다. 상민이가 학교에서 가장 자유로운 영혼이라는 생각이 들었다. 자기가 원하면 뭐든지 할 수 있었다. 저게 바로 멋이 아닐까 하는 생각이 들었다. 그를 지켜볼수록 나의 일상이 무료하게만 느껴졌다. 나도 상민이처럼 멋있어질 수 있을까.

늦은 밤 접속한 나이키매니아에 쪽지가 하나 와 있었다. 아시아퍼렐이 보낸 쪽지였다.

〈기윤아, 너 당구 좋아해?〉

〈당구? 한 번도 쳐본 적 없어.〉

〈내일 같이 치러 갈까.〉

〈학교 끝나고?〉

〈응. 어차피 토요일이잖아.〉

〈좋아, 알겠어.〉

드디어 토요일이 다가왔다. 당구장에 가자는 제안이 그의 무리에 합류하자는 제안처럼 느껴졌다. 그와 함께 교내를 멋지게 누비는 상상을 했다. 어쩌면 학교 생활이 더 재미있어질지도 몰랐다. 하지만 약속 장소와 시간도 정해지지 않고 당일이 되어버렸기에 그냥 한 말일지도 모르겠다는 생각도 들었다. 수업에 집중하지 못한 채 이런저런 생각에 잠겨 있는데 수형이가 툭툭 치더니 선생님의 눈치를 보며 조용히 말을 걸었다.

"끝나고 피씨방이나 가자."

"오늘은 안 될 것 같다."

나는 칠판을 멍하니 응시한 채 대답했다.

"왜?"

"오늘은 약속이 있거든."

"무슨 약속?"

"아직 확실한 건 아니지만 있어, 그런 게."

수업의 끝을 알리는 종이 울렸다. 수형이는 피씨방을 함께 못 가는 게 못내 아쉬웠는지 계속해서 질문을 했다.

"무슨 약속인데. 여자 친구 생겼냐?"

"여자 친구는 무슨."

나는 가방을 싸며 무심하게 대답했다.

"그럼 뭔데. 요새는 게임도 안 들어오고, 피씨방도 관심 없어 하고."

그때 뒷문이 누군가에 의해 활짝 열렸다. 고개를 돌려보니 상민이가 서 있었다. 그 뒤에는 관석이를 비롯한 그의 무리도 떡하니 자리 잡고 복도를 막고 있었다. 이내 교실이 조용해졌다. 모두 뒷문으로부터 무슨 일이 생길지 긴장한 채 그들을 바라보고 있었다. 그때였다.

"기윤아, 가자."

교실에 상민이의 목소리가 나지막이 울려 퍼졌다. 모두가 나를 바라봤다. 나는 아무 일도 아니라는 듯 대답했다.

"그래."

나는 자리에서 일어나 가방을 챙겼다.

"야, 뭐야?"

수형이가 눈을 동그랗게 뜨며 복화술을 하듯 물었다.

"끝나고 당구장 가기로 했거든."

내가 가방을 메며 대답하자 수형이는 눈을 끔뻑였다.

나는 에어맥스를 꺼내 들고 상민이에게로 갔다. 인간은 원래 자신을 환영해 주는 곳으로 나아가게 되어 있는 법이다. 인정받지 못하는 곳에서 고통을 받으며 있는 것보다 자신을 인정해 주는 곳에서 사랑받기를 원한다. 세상에 인정만큼 경이로운 일이 또 있을까. 인정으로 인해 우리는 보통의 존재에서 한 단계 더 나아가 특별한 존재가 될 수 있다. 존재의 의미마저 느끼게 되는 것이다.

어쩌면 나는 겨울방학 동안 인정에 결핍되어 있는지도 몰랐다. 온 가족이 축하해 주지 않는 입학을 쓸쓸히 기다리며 맞이한 것이라곤 성장통뿐이었다. 하지만 입학을 하니 세상이 나를 인정해 주기 시작했다. 달라진 외모는 관심과 사랑을 불러왔고, 멋진 신발은 멋을 아는 친구를 끌어당겼다. 그리고 이제 멋으로 대표되는 권력의 세계가 내게 함께하자고 손짓하고 있었다. 나는 입학식보다 설레는 마음으로 상민이의 무리에 섞여 교문을 나섰다.

3
겉 담배

"일진애들 삥도 뜯고 신발도 뺏는다던데 너도 조심해."

소변기 옆에 선 수형이가 걱정 어린 얼굴로 말했다.

"걔들 그런 애들 아니야."

나는 콧방귀를 뀌며 말했다.

"그럼 걔네들이 어떤 애들인데?"

"그냥 뭐… 평범한 친구지."

나는 꽤나 거만한 말투로 어깨를 으쓱하며 말했다.

"기윤아. 너 많이 변했다."

그는 잠시 나의 눈을 멍하니 바라보더니 말했다.

수형이의 말이 맞았다. 나는 점점 변해가고 있었다. 상민이와 함께하며 매점에서 줄을 서지 않아도 되었고, 맛있는 반찬을 사수하기 위해 급식실로 뛰지 않아도 되었다. 여자애들과 쉽게 친해질 수 있었고, 선배들도 나를 친동생처럼 살갑게 대해주었다. 삶이 쉬워지기까지 했다. 필요할 때면 아무에게나 체육복도, 교과서도, 준비물도 빌릴 수 있었다. 반에서 권력을 가진 자만이 차지할 수 있는 명당인 창가의 뒷자리도 자연스레 나의 자리가 되었다.

상민이와 다른 반이었지만 쉬는 시간에는 늘 함께했다. 종이 울리면 약속한 듯 쓰레기장이나 옥상 층계참에 모여 왁자지껄한 장난을 치기도 하고 시시콜콜한 이야기를 나누기도 했다. 혹은 담을 넘어 골목길을 서성이며 담배를 피우며 농담을 나누었다.

"넌 담배 왜 안 피워?"

경수가 연기를 내뿜으며 물었다. 그는 장학생으로 입학할 정도로 성적도 좋은 친구였다.

"나는 피워본 적 없어서."

나는 어깨를 으쓱하며 대답했다.

사실 흡연을 하고 싶기도 했다. 그들과 어울리고 싶어서였다. 언젠가 당구장에서 상민이에게 담배가 어떤 기분인지 물어본 적이 있었다.

"후… 너는 담배 피우지 마라.

그는 맛깔나게 담배를 빨곤 연기를 내뱉으며 대답했다.

"왜?"

"끊을 수가 없다."

"끊으려고는 해봤어?"

"아니. 난 담배와 함께해야 할 운명이야."

"담배랑 운명이라고?"

"누가 그러더라. 담배를 피우는 건 한숨을 볼 수 있어서 라고."

그는 세상 진지한 얼굴로 공중에 담배 연기를 흩뿌리며 말했다.

그가 흡연하는 모습이 어딘가 멋지기도 했지만, 딱히 피울 생각은 없었다. 담뱃값을 지출하느니 그 돈을 모아 다른 에어맥스나 노스페이스 패딩을 사고 싶었다. 이렇다 보니 자연스럽게 흡연은 나의 선택지에 오를 수 없었다.

"피워볼래?"

경수가 담배를 건네며 말했다.

"그러면 겉 담배라도 해라."

관석이가 턱을 치켜든 채 한심하다는 표정으로 내게 말했다.

"겉 담배가 뭔데?"

"입으로만 피우는 거지. 깊이 들여마시지 않고."

경수가 덧붙였다.

"우리 가오가 안 살아서 그래. 찐따처럼 멀뚱멀뚱 서 있을 거면 가서 빵이나 사 오든가. 어울리려면 비슷해지려고 노력이나 해봐라. 난 아직도 이해가 안 된다. 네가 여기 있다는 게. 너, 이 에어맥스 말고 특별한 게 뭐가 있어?"

관석이가 자신의 발로 나의 신발을 툭툭 치며 물었다.

"야 친구끼리 왜 그러냐. 우리가 양아치 집단도 아니고. 기윤이도 우리랑 어울리니까 패밀리에 함께하자고 한 거지. 안 피운다니까 강요하지 마."

쪼그려 앉아 담배를 피우던 상민이가 웃으며 말했다.

"나도 담배 피워볼게."

순간 모두가 나를 의아하게 바라봤다.

관석이의 말처럼 에어맥스만으로는 그들과 어울릴 만한 자격이 부족하다는 걸 알았다. 그들이 내게 학교 생활에 혜택을 준 만큼 나도 그들에게 무언가를 보여주고 싶었다. 한 집단으로부터 가장 쉽게 유대를 얻는 방법은 바로 그들의 풍습을 따라하는 것이다. 경수가 건넨 담배를 입에 물고 늘 봤던 대로 불을 붙였다. 연기를 빨아들이자 담배가 빨갛게 타들어 갔다.

"켁켁…"

나는 사래가 걸린 것처럼 기침을 계속했다. 눈물이 날 정도였다.

"애쓴다. 겉 담배하라니까."

관석이가 웃음을 터뜨리며 고개를 가로저었다. 그러자 골목길에는 웃음이 가득 차올랐다.

통과의례는 계속되었다. 모든 것이 처음이었다. 다른 학교 무리들과 친목 도모를 하기 위해 모임을 하기도 했고, 교내는 물론 다른 학교 여학생들과 어울려 노래방에 가기도 했다. 선배들의 집합 명령에 공터에서 모이기도 하고 기합을 받기도 했다. 새벽에는 오토바이를 타고 도심을 위험하게 누비며 놀기도 하고, 성인인 것처럼 사복을 입고 술집에 가기도 했다. 하지만 모든 게 내겐 겉 담배와 같은 일이었다. 다른 학교의 친구들을 만나는 건 불편하기 짝이 없었고, 여학생들과 함께하는 건 어딘가 쑥스럽기만 했다. 선배들의 집합 명령도 무섭긴 했지만 이른바 똥군기만 잡았기에 이런 걸 왜 굳이 해야 되나 의문만 생겼다. 오토바이도 늘 상민이의 뒷자리에만 앉아 있었고, 술집에서도 술 게임과 이야기에 동화되지 못한 채 술잔을 은근슬쩍 꺾어 마셨다.

이 집단은 모든 일이 상민이의 중심으로 흘러갔다. 담배를 어디서 피울지도, 약속을 잡는 것도, 싸움 장소를 정하는 것도 다 그의 몫이었다. 식당에 가도, 카페에 가도, 술집에 가도 상석은 늘 그의 차지였다. 어딘가 품위 있게 불량한 그의 태도가 멋지게 느껴졌다. 심지어 그는 대담하기까지 했다.

"사장님 저희 고등학생인 거 아시죠?"

그는 술값을 계산하며 사장님에게 악랄한 익살을 떨곤 했다. 사장님들은 대부분 당황하게 마련이었다. 미성년자를 받아서 영업에 득이 될 게 전혀 없기 때문이었다. 상민이는 그 점을 이용했다.

"신고하면 영업 정지인데 술값 조금만 깎아주시죠."

그리고 대부분 이게 통했다.

방황의 결과는 뻔한 일이었다. 성적표는 내가 학업에 관심이 없다는 걸 수치로 진단하고 있었다. 늘 중상위권은 유지했던 성적이 바닥을 찍고 말았다. 당연했다. 문제집과 자습서로 가득 차 있어야 할 사물함은 이미 신발장으로 바뀐 지 오래였다. 학원비와 독서실비는 신발과 옷을 사는 데 소진했다. 밤 늦게까지 놀러 다니느라 학교에서는 졸거나 아예 퍼질러 자기 일쑤였다. 학업에 대한 관심은 이미 사라진 지 오래였다.

"너 성적이 왜 이 모양이 꼴이냐?"

아버지는 성적표를 보더니 심각한 얼굴로 나를 불렀다.

"한다고 했는데 잘 안 됐어요."

나는 딱히 둘러댈 말이 떠오르지 않았다.

"한다고 했다고? 이건 그 어떤 노력도 하지 않은 결과다."

던져진 성적표가 내 발 앞에 떨어졌다.

"머리 꼬라지는 또 뭐고… 너 도대체 무슨 생각을 하고 지내는 거냐?"

아버지는 경멸하는 눈으로 나를 위아래로 훑어보더니 말을 이었다.

"이래서 환경이 중요하다고 한 거다. 네가 명월고 가고 이렇게 될 줄 알았다. 재수를 시켰어야 하는 건데…."

그리고 머리가 아픈 듯 이마를 매만졌다.

나는 어떤 대답도 하지 못한 채 발끝만 바라봤다. 답답했다. 이제 더 이상 아버지에게 인정받으려 애쓰고 싶지 않았다. 내겐 학교에서 친구들에게 더 멋진 방법으로 인정받을 방법이 있었다. 이제 다른 학교 친구들도 내 이름을 알기 시작했다. 나는 공부가 아니어도 더 멋진 세계를 만들고 있었다. 하지만 이걸 어떻게 설명해야 될지 입이 떨어지지 않았다.

"기윤아."

"네."

"지금이라도 자퇴하자."

"싫어요. 그건 안 돼요."

나는 단호하게 대답했다.

"너 이렇게 하다간 인간 쓰레기밖에 안 돼!"

아버지는 식탁에서 몸을 일으키며 소리를 질렀다.

"전 지금이 좋아요."

"다시 시작해!"

"싫어요! 아빠가 좋은 삶이 아니라 제가 좋은 제 삶을 살 거예요!"

"이 멍청한 놈!"

아버지는 이를 갈며 손찌검을 하려다 엄마의 제지에 화를 참았다.

"기윤아, 죄송하다고 해! 다음 시험에는 노력해 보겠다고 하면 되잖아!"

엄마도 나를 다그치며 말했다.

"차라리 인문계에서 어중간하게 할 바에는 실업계로 가!"

"아 쫌, 제발요! 냅두세요 저 좀! 제가 알아서 할 거예요!"

나는 답답한 마음에 다시 가방을 들고 신발을 신었다. 비록 현관까지 가는 과정은 신경질적이었지만 신발을 신는 태도는 조심스러웠다. 에어맥스의 뒷축이 구겨지면 안 되는 일이었다.

"이 늦은 밤에 어디 가!"

엄마가 따라나오며 물었다.

"어딜 가긴요, 독서실 가죠!"

나는 짜증을 내며 말했다.

"공부하지도 않는 놈이 퍽이나 독서실을 가겠다. 너 기말도 바닥이면 자퇴시킬 줄 알아!"

나는 아버지의 외침을 뒤로하고 집을 나섰다.

상민이에게 전화를 했다. 그는 나의 목소리를 듣더니 무슨 일이 있냐고 물었다. 내가 아무일도 아니라면서 시무룩하게 "그냥."이라고 대답하니 그는 "달릴까?" 하고 물었다. 이윽고 내가 서 있던 가로등 밑으로 오토바이 한 대가 멈춰 섰다.

그와 함께 도심을 달렸다. 눈을 감고 바람에 몸을 맡겼다. 샤워를 하는 것보다 비교도 할 수 없을 만큼 기분이 상쾌했다. 속도가 빨라질수록 마음이 안정되었다. 내가 도대체 원하는 게 무엇인지 자문해 봤다. 그저 인정을 받고 싶었다. 이젠 아버지를 위한 게 아닌 나 자신이 만족할 수 있는 그런 인정을 받고 싶었다. 그걸 가능하게 해주는 세계는 단 하나뿐이었다.

낯선 세계로 나를 데려다줄 것만 같았던 오토바이는 으슥한 공원에 멈춰 섰다. 우리는 챙겨온 맥주를 꺼내 공원에 위치한 정자에 자리를 폈다.

"오늘 무슨 일 있지?"

상민이가 물었다.

"성적 때문에 아버지한테 혼났거든."

"뭐야, 별거 아니네."

그가 턱받침을 하며 심드렁하게 대답했다.

"나한테는 큰일이야."

나는 한숨을 내쉬었다.

"성적이 어땠길래."

"반에서 37명 중 30등이야."

"나는 또 꼴찌라도 했다고. 근데 원래 어느 정도였길래 혼난 거?"

"입학 성적은 반에서 5등이었거든."

"혼날만하다."

"너는 어땠어 이번 시험?"

"다 찍었다. 애초에 나는 대학도 관심 없어."

그는 어깨를 으쓱하며 말했다.

"부모님한테 안 혼나?"

"포기하셨어."

"정말?"

"응. 원래 나는 실업계 가려고 했거든. 근데 공부 안 해도 좋으니 놀 거면 인문계 가서 놀라고 하셔서 그 조건으로 이 학교 온 거야."

"부모님이랑 제대로 협상했네. 역시 너 답다. 나도 너처럼 뭔가 협상을 했어야 했는데."

나는 감탄을 하며 엄지를 치켜세웠다.

"협상?"

"나는 원래 아버지가 남일고 못 갈거면 일 년 재수하라고 했거든. 명월고에 오는 거 정말 엄청 반대하셨어. 근데 어떻게든 버티니까 허락은 해주셨지. 와서 잘하겠다고 억지를 부렸거든. 근데 이렇게 시원하게 말아먹었으니 딱히 뭐라 할 말이 없더라. 나도 아예 실업계 얘기를 꺼냈어야 했나 봐."

"지금이라도 꺼내 봐."

"응?"

"실업계로 전학 보내달라고 해."

그가 익살스러운 표정을 지으며 말했다.

"나 맞아 죽을지도 몰라."

나는 옅은 한숨을 지으며 고개를 저었고 이내 웃음을 터뜨렸다. 상민이도 함께 웃기 시작했다.

"너는 나중에 뭐 하고 싶어?"

나는 맥주 한 모금을 들이켜곤 물었다.

"꿈, 말하는 거야?"

"응."

"그런 질문 듣는 거 오랜만이다. 글쎄, 요새는 사업을 하고 싶어졌어. 아는 형님들 보면 시내에서 의류나 술집, 클럽 사업 같은 거 하시는데 잘나가고 돈도 잘 벌거든. 나도 그렇게 멋지게 살아보고 싶어."

그는 다 마신 맥주캔을 살짝 구기며 말했다.

"좋겠다. 넌 뭘 좋아하는지 명확하게 알고 있고 말이야."

"너는 뭘 하고 싶은데?"

"글쎄, 아직도 잘 모르겠어. 아버지는 취업이 잘된다는 공대에 가길 바라서서. 뭐, 일단 대학에 가겠지?

"너도 패션 쪽에 관심 있으니까 나랑 의류 사업 해보는 건 어때?"

"오! 그것도 재미있겠다!"

그의 제안에 기쁨을 감추지 못하고 대답했다.

"너는 우리 패밀리에 합류하니까 어때?"

"그냥 뭐… 다 재미있는 것 같아."

"너는 말이지, 뭔가 조금 다른 것 같아."

"뭐가?"

"너랑 있으면 조금 깊은 얘기를 하게 되더라고. 지금처럼 말야. 뭔가 너는 다른 애들과는 다른 것 같아."

그는 자신의 관자놀이를 검지로 톡톡 치곤 말을 이었다.

"뭐랄까, 너 때문에 우리 패밀리가 특별해졌어."

상민이는 내게 유일한 피난처 같은 존재가 되었다. 그와 함께하면 한없이 자유로웠고 원하는 내가 될 수 있을 것만 같았다. 반면 그의 세계를 제외한 모든 것들이 나를 옥죄기 시작했다. 집에서는 점점 숨이 막혀왔다. 아버지는 자퇴와 재수 이야기를 다시 하기 시작했다. 방문 너머 아버지의 무거운 헛기침이 들릴 때면 내게 대답을 강요하는 것만 같았다. 담임 선생님은 어떻게 성적이 이지경으로 떨어질 수 있는 거냐며 친구들 앞에서 면박을 주었다. 나를 단단하게 잡아줄 건 이제 상민이와의 유대, 그리고 그의 패밀리에서 느끼는 소속감밖에 없었다. 내가 나고 자란 곳에서 나는 보잘것 없는 존재였지만, 상민이와 함께하면 나는 꽤나 멋지고 의미 있는 존재였다.

이제 학교의 일상은 시시해져 버렸다. 당구장도, 노래방도, 술자리도 점점 익숙해졌다. 오토바이를 타고 새벽의 도로를 질주하는 것만큼 짜릿한 일도 없었다. 어느 날에는 경찰차와 위험한 추격전을 벌이게 된 적도 있었다. 상민이와 가까스로 경찰들을 따돌리고 골목길에서 얼마나 통쾌해했는지 모른다. 마치 이 도시가 우리의 것처럼 느껴지기까지 했다. 나도 점점 대담해져 갔다. 계속해서 학원비와 독서실비를 빼돌려 옷과 신발을 샀다. 기말고사 성적표는 위조해서 우편함에 끼워 넣어 불상사를 미연에 방지했다.

여름방학에는 상민이와 경수, 이렇게 셋이 경포대에 놀러 가 여자들과 헌팅도 했다. 우리는 대학생인 척 행세했지만 고등학생이라는 게 매번 탄로나고 말았다. 결국 끼리끼리 만난다고 했던가. 대학생인 척하는 여학생들과 자리를 함께하게 되었다. 그녀들은 자신들이 잡은 숙소에서 술을 마시자며 우리를 초대했다.

모텔 바닥에 술상이 펼쳐졌다. 술잔은 몇 번이나 계속해서 비워졌고 채워졌다. 잠시 후 그녀들은 술을 사 온다며 다 함께 자리에서 일어났다. 그녀들이 밖으로 나가자 상민이는 이제 나도 남자가 되는 날이라며 어깨를 툭툭 쳤다. 내가 멋쩍어하자 상민이와 경수는 웃음을 터뜨렸고, 우리는 담배를 피우기 위해 창가로 향했다.

"야, 저기 봐봐."

경수는 창문을 열려다가 멈칫하며 손가락으로 골목길을 가리켰다.

그녀들은 잠시 편의점에 다녀온다더니 이상하게도 가로등 밑에 서 있었다. 오토바이를 타고 온 대여섯 명의 남자애들과 이야기를 나누고 있었다. 우리는 무언가 이상한 느낌을 감지했다. 그들은 담배 연기 속에서 어떤 대화를 주고받으며 웃음을 터뜨렸다. 여자애 중 한 명이 삼층 창가를 가리켰다. 골목길의 모든 시선이 창가를 향해, 아니 우리를 향해 쏟아졌다. 순간 그들과 눈이 마주쳤다. 그들은 피우던 담배를 바닥에 내던지더니 무언가 소리를 지르며 모텔로 뛰어 들어오기 시작했다.

"야, 뭔가 좆된 거 같다. 튀자!"

상민이가 외쳤다. 우리는 헐레벌떡 신발을 신고 복도로 나갔다. 승강기는 이미 1층에서 올라오고 있었다. 황급히 계단으로 향했다. 아래쪽에서는 거친 외침과 발소리가 들려왔다. 우리는 숨을 죽인 채 사층으로 올라가 몸을 숙이고 아래를 내려다봤다. 가까워지던 거친 발소리와 외침들이 이내 작아졌다. 그들이 삼층에서 복도로 이동한 것이었다. 우리는 고양이처럼 재빠르게 계단을 뛰어 내려갔다. 밖에 나와 무작정 달리려던 우리는 상민이의 외침에 다급히 멈춰 섰다. 그는 본능적으로 오토바이에 키가 꽂혀 있는 걸 확인하고 우리에게 타라고 소리쳤다. 나는 언제나 그랬던 것처럼 상민이 뒤에 올라탔다. 운전을 할 줄 알았던 경수도 다른 오토바이의 운전대를 잡았다. 우리는 시동을 걸고 도망을 쳤다.

알고보니 그녀들은 강릉 지역의 불량 학생들이었다. 이 수법은 소문이 자자했다. 미인계로 타 지역에서 온 남자들을 꼬신 다음 힘 센 친구들을 불러 금품을 갈취하는 형식이었다. 하지만 우리는 위험을 정면 돌파하고 오히려 기분이 들뜨기 시작했다. 밤이 내려앉은 강릉의 해안도로와 시내를 질주하며 특별한 여행을 했다. 비록 강릉 원정은 전략적으로는 완전히 실패였지만, 대신 엄청난 영웅담을 갖고 돌아올 수 있었다. 우리의 우정은 뜨거운 여름을 지나며 더욱 더 두텁고 단단해져갔다.

하지만 상민이와의 우정에는 조금 복잡 미묘한 관계가 자리 잡고 있었다. 지금 돌이켜보면 나는 그가 가진 멋, 지위, 권력, 인맥에 대한 일종의 경외심을 갖고 있었다. 상민이는 어찌보면 나의 후견인과도 같았다. 내 영역에서만큼은 나의 자존심을 세워주었다.

한번은 관석이가 우리 반에 들어와 친구들의 돈을 뺏기 시작했다. 수형이도 그의 타깃 중 하나가 되었다. 관석이의 행동이 나의 자존심을 상하게 하는 것처럼 느껴졌지만 내심 그의 존재가 겁이나 정작 아무 말도 하지 못했다. 대신 상민이에게 이 일을 털어놨다.

"야. 이 무식한 놈아. 기운이 있을 때는 그런 양아치 짓 좀 하지 마라. 친구들끼리 가오 좀 세워주고 그래야지."

상민이의 말 한마디로 모든 것이 해결되었다. 그 뒤로 관석이는 우리 반에 오지 않았다. 하지만 이 사건으로 그는 내게 아주 날카롭게 대하기 시작했다.

어느 날 수형이가 내게 도움을 청했다. 2학년 선배 한 명이 그를 쓰레기장으로 불러낸 것이었다. 이유를 들어보니 등교 시간에 그가 선배의 뒤통수를 가격했다는 것이었다. 하지만 그가 일부러 한 건 아니었고 버스가 갑자기 급정거하는 바람에 몸의 균형을 잡으려다 휘청이면서 본의 아니게 백팩으로 앉아 있던 선배를 후려치게 된 것이었다. 선배는 여학생들 앞에서 창피를 당했다는 이유로 수형이를 불러냈다.

"가지 말고 잠깐 있어봐."

나는 울상인 수형이를 잡아두고 상민이에게 전화를 걸었다.

"그래? 알겠어. 일단 끊어봐."

그는 별일 아니라는 듯 전화를 끊었다.

잠시 후 쓰레기장으로 호출이 왔다. 수형이와 함께 가보니 2학년 선배들부터 3학년 선배들까지 잔뜩 모여 있었다. 인사를 하고 눈치를 살피며 선배들의 무리 속으로 들어갔다. 잠시 후 3학년에서 가장 잘나가는 호중 선배가 상민이와 함께 나타났다. 그는 상민이를 무척이나 아끼는 선배였다. 겉으로 보기에 쓰레기장에 전 학년의 학생들이 모두 모여 일이 커진 것처럼 보였다. 하지만 그 조율 과정은 평화롭기 그지없었다. 호중 선배는 수형이에게 정중하게 사과하라고 했고, 2학년 선배에게는 후배가 모르고 잘못한 거니 너그럽게 용서하라고 했다. 누구도 피해를 보지 않은 채 일은 빠르게 마무리가 되었다.

별거 아닌 일이었지만 각 학년의 권력자들이 크게 움직인 사건이었다. 당연하게도 교내의 모든 이목이 집중되었다. 이 일을 통해 학교에서 호중 선배의 권위가 치솟게 되었다. 그는 학교의 모든 일을 해결할 권력이 있는 존재임을 전교생에게 보여주었다. 나도 수형이를 구해주며 학급에서 어깨 좀 으쓱할 수 있게 되었다. 하지만 이 일의 가장 큰 수혜자는 상민이었다. 그는 2, 3학년 선배들을 모두 움직였다. 그리고 동급생을 구해주었다. 게다가 호중 선배는 자신의 권위를 세울 자리를 만든 상민이를 더욱더 아끼게 되었고, 나 역시 친구를 보호할 기회를 준 상민이를 더 믿고 따르게 되었다.

"고마워 상민아."

"고맙긴 친구끼리. 또 이런 일 있으면 언제든 말해."

점점 학교 생활이 든든해져 갔다.

한편 상민이와의 우정에는 또 이상한 점이 있었다. 바로 공생적인 요소였다. 우리는 둘 다 나이키 신발을 좋아했지만 학생이었기에 돈이 부족했다. 결국 우리는 서로의 신발을 바꿔 신는다거나 옷들을 공유하기 시작했다. 덕분에 풍족해진 기분이었다. 하지만 공생적 관계에도 미묘한 서열이 자리 잡고 있었다. 나는 언제나 기꺼이 옷을 교환하고 돌려받으러 그의 집까지 갔고 어느새 그걸 당연하게 여기고 있었다. 그때까지만해도 그 미묘한 서열이 우리 우정의 주춧돌이라는 걸 모르고 있었다.

가을 소풍이 다가왔다. 나는 설레는 마음으로 새로운 에어맥스 95를 샀다. 이번에는 '95 로쿄'라 불리는 모델이었다. 히로스에 로쿄가 신어 유명해진 덕분에 그녀의 이름이 붙어 있었다. 녹색과 파란색, 그리고 하얀색의 조합이 너무나 멋졌다. 상민이의 아시아 97보다 십만 원이나 더 비싼 제품이었다. 이거면 나도 멋진 무리에 어울리는 멋진 녀석이 될 것 같았다.

드디어 결전의 날이었다. 설레는 마음으로 로쿄를 신고 집을 나섰다. 장소는 독립기념관이었다. 소풍의 시나리오는 어느 정도 알고 있었다. 모두들 학급 친구들과 어울릴 테지만 나는 상민이와 함께 무리지어 다닐 게 분명했다. 또 어떤 재미있는 일이 벌어질까 잔뜩 기대를 하고 학교 뒷골목으로 향했다. 그곳은 우리가 등교 전 잠시 머물며 시간을 보내는 곳이었다.

"기윤아 이거 로쿄 아냐?"

"대박이네 어떻게 구했어?"

"전국에 매물도 없어서 구하기도 힘들다던데."

내가 나타나자 모두가 신발을 보며 환호했다. 나는 한참이나 로쿄를 보여주며 구하게 된 이야기를 늘어놨다. 하지만 상민이는 저 멀리 떨어져서 홀로 생각에 잠긴 듯 천천히 담배만 피웠다. 가장 관심을 보일 거라 생각했던 그가 아무 말이 없자 살짝 서운한 마음도 들었다.

"슬슬 들어가자."

잠시 후 그가 몸을 일으키며 말했다. 그러자 모두들 담배를 끄기 시작했다.

"오늘 소풍 끝나고 저녁에 빅 벤 앞에서 보는 거지?"

빅 벤은 시내 중심에 세워진 시계탑으로 런던의 빅 벤을 어설프게 닮아 모두가 그렇게 불렀다. 우리에게 빅 벤 앞에서 보자는 건 고등학생답지 않게 놀자는 걸 의미했다. 나는 신나는 목소리로 상민이에게 물었다.

"그건 됐고, 기윤아. 너는 여기 꽁초 좀 다 치우고 와라."

그는 차가워진 얼굴로 담담하게 말했다.

"응?"

나는 놀라 눈을 끔뻑이며 물었다.

"못 들었어? 너는 꽁초 다 치우고 오라고."

관석이가 큰 목소리로 상민이의 말을 다시 전해주었다.

순간 분위기가 고요해졌다. 다들 상민이의 눈치만 본 채 가만히 서 있었다.

"선생님들이 요새 우리 담배 피운 거 흔적 찾으러 다니잖아. 네가 좀 치워줘."

그는 주머니에 양 손을 찔러넣고 한쪽 입꼬리를 살짝 올린 채 말했다.

"그리고 너, 오늘은 반 애들이랑 놀아라."

"그게 무슨 말…."

내가 되묻자 관석이는 말을 끊으며 짜증을 냈다.

"한 번 말하면 좀 알아 들어라. 지 주제도 모르는 눈치 없는 새끼…."

나는 골목길에 홀로 남아 잠시 멍하니 서 있었다. 파란 하늘은 그 깊이를 가늠할 수 없을 정도로 푸르렀고, 햇살은 찬란할 정도로 눈이 부셨다. 로쿄를 신고 생애 가장 재미있는 소풍을 보낼 거라고 생각했던 나의 마음은 산산조각 났다. 잠시 후 나는 상민이가 시킨 대로 바닥에 떨어진 꽁초들을 하나하나 주워 빈 담뱃갑에 담았다. 골목이 깨끗해지자 터덜터덜 걸음을 옮겼다. 손에 쥐고 있던 담뱃갑을 근처 쓰레기통에 버리고 관광버스가 대기하고 있는 운동장으로 유유히 들어갔다.

관광버스의 뒷자리에 앉아 독립기념관으로 가는 내내 멍하니 창밖만 바라봤다. 도착해서도 전시관을 돌아보는 데 하나도 눈에 들어오지가 않았다. 공허하고 먹먹하기만 했다. 수형이와 반 친구들은 내가 왜 자신들과 함께하는지 의아한 눈으로 바라볼 뿐이었다. 점심시간에는 도시락을 먹는 내내 왁자지껄하게 놀고 있는 상민이의 무리를 눈으로 좇았다. 내가 저기에 있어야 하는데, 왜 나는 여기에 있는 걸까. 어쩌면 끝나고 빅 벤에서 모이자고 한 약속은 유효할지도 몰랐다. 소풍을 망치고 돌아온 나는 약속시간에 맞춰 집을 나섰다.

빅 벤 앞에는 이미 사복을 입은 애들이 모여 있었다. 다가오는 나를 발견한 상민이는 애들에게 나지막이 무어라고 말했고, 이내 웃음이 터져 나왔다. 관석이가 내게 다가오려는데 경수가 손으로 그를 제지하고 상민이에게 무언가 말했다. 그러자 상민이는 고개를 끄덕였다. 그리고 경수가 내게 오기 시작했다.

"기윤아 잠깐 좀 걷자."

그는 살갑게 나의 등을 툭 치며 말했다. 잠시 그와 함께 번화가를 걸었다. 그리고 방향을 꺾어 으슥한 골목으로 갔다. 그는 담배를 꺼내 불을 붙이더니 내게도 담배를 내밀었다. 나는 고개를 가로저으며 괜찮다고 했다.

"너 실수한 거 모르지?"

그는 담배 연기를 공중에 흩뿌리며 말했다.

"실수? 내가?"

나는 고개를 갸우뚱하며 물었다.

"로쿄말야."

그는 담배를 끼운 집게손가락으로 나의 신발을 가리키며 말했다.

"로쿄가 왜?"

"상민이도 패션에 민감한 거 알면서 네가 그렇게 신경 쓰면 어떡하냐."

"나는 이거 그냥 멋있어서 산 건데. 상민이가 사려고 했었대?"

"야. 너 모르는 척하는 거냐, 아니면 진짜 좀 모자란 거냐?"

그는 한숨을 내뱉더니 말을 이었다.

"너 애들이 왜 상민이의 친구가 될 수 있는 줄 알아? 다들 상민이보다 부족해서야. 내가 상민이보다 잘난 게 있는 것 같아? 외모도, 패션도, 성격도, 선배들과의 관계도, 싸움도, 축구 실력도 상민이보다 나은 게 하나도 없어. 성적? 성적은 좋지. 그런데 상민이는 성적에는 관심 없잖아. 그래서 내가 친구가 될 수 있는 거야. 관석이도 마찬가지지. 싸움 잘하는 거 빼면 상민이보다 나은 게 뭐가 있어? 그런데 상민이는 관석이랑 싸우지 않고도 이미 위에 있잖아. 형들도 엄청 많이 알고 있고. 주먹으로 겨룰 필요도 없는 거지. 그래서 친구인 거야."

나는 경수가 무슨 이야기를 하려는지 감이 왔다.

학교의 교직원들 중에서 교장이나 이사장보다 좋은 차를 타는 직원은 없었다. 살 수 있다 해도 그렇게 하지 않았다. 금전적 문제만이 아니라 요구되는 자격도 필요했기 때문이다. 이 불문율을 어길 시에는 집단으로부터 손가락질을 받을 수 있었다. 이건 학생들의 권력 매커니즘에도 적용이 되는 것이었다.

"너도 네가 부족해야 상민이랑 친구가 될 수 있는 거야. 너는 선을 넘었어."

그는 나의 신발을 턱으로 가리키더니 한숨을 내뱉었다.

나는 그날 이후 상민이와 함께 어울리지 못했다. 나를

반겨주던 멋진 세계는 순식간에 나를 추방했다. 추방 중에서 가장 잔인한 건 관념적인 추방이다. 가장 가까웠던 사람들이 나를 마치 없는 사람처럼 취급한다. 여전히 그들과 함께 같은 공간에서 숨을 쉬고 있지만 나의 존재는 점점 희미해져 간다. 오히려 물리적인 추방이 덜 고통스럽다. 가령 망명자는 낯선 곳으로 추방되게 되면 그곳의 생리에 어울리는 새로운 삶과 관계를 만들어가기 위해 애쓰며 살아간다. 하지만 한 집단에서 따돌림을 당하는 사람은 한 가지 선택지밖에 없다. 자신을 배척하는 사람들과의 관계 개선이다. 오직 그것만이 살 길이다. 하지만 그건 한 집단이 내린 잔인한 처벌이기에 되돌릴 수 있는 방법이 없다. 그리하여 따돌림을 당해 자살하는 사람은 있어도 퇴학을 당해 자살하는 사람은 없는 것이다.

  삶의 중요한 의미를 찾았다고 기뻐했던 나의 확신도 무너지고 말았다. 추방자가 된 나는 더 이상 학교가 재미있지 않았다. 오히려 공허하고 두렵기만 했다. 그들이 다시 나를 불러주기를 바랐다. 텅 빈 골목길을 홀로 서성이며 담배에 불을 붙였다. 처음으로 담배 연기를 깊이 들이마셔 봤다. 기침이 쏟아졌다. 어쩌면 나는 그들과 완전히 동화될 수 없는 존재가 아니었을까. 바람이 찼다. 어느새 겨울의 문턱에 서 있었다. 나는 또다시 불안한 겨울을 맞이하게 되었다.

4
전학생

명월고에서 맞이하는 두 번째 봄이었다. 살랑바람에 교정에 만개한 벚꽃이 부드럽게 흔들렸다. 운동장에는 연분홍색의 벚꽃잎이 천천히 흩뿌려지고 있었다. 담장을 따라 늘어선 나무들에선 어느새 투명할 정도로 여린 새싹들이 돋아나고 있었다. 그 속에서 나는 거친 숨을 내쉬며 운동장을 뛰어 다녔다.

체육시간을 맞아 다른 반 친구들과 축구 대항전 중이었다. 어느새 가쁜 숨은 턱 끝까지 차 올랐고 체육복은 땀으로 흥건했다. 체육시간이 가장 좋았다. 오직 승리하기 위한 전략과 팀워크만 생각하고 골을 넣기 위해 열정적으로 뛰어다니면 되었다. 온 정신을 몰두해 땀을 흘리다 보면 온갖 걱정과 불안을 망각할 수 있었다. 나는 더 열정적으로 뛰어

다녔다. 친구들에게 공을 달라고 소리치고, 격렬하게 몸싸움을 하고, 골대를 향해 힘껏 슈팅을 때렸다. 우리 편이 파울을 당하면 금방이라도 싸울 기세로 역정을 냈다.

종소리와 함께 경기가 끝났다. 우리팀의 승리였지만 기쁘시가 않았다. 나는 고개를 들어 하늘을 바라보고 눈을 감은 채 한숨을 내쉬었다. 눈꺼풀 사이로 싱그러운 햇살이 아른거렸다. 잠시 후 친구들과 함께 수돗가로 향했다. 시원한 물줄기로 세수와 등목을 하고 벤치에 앉아 땀을 식혔다.

"야, 살살 좀 해. 왜 이렇게 축구만 하면 거칠어져."

수형이가 물에 흠뻑 젖은 머리를 쓸어 넘기며 말했다.

2학년이 되면서 그와 다른 반이 되었다. 하지만 겹치는 체육시간이나 수준별 이동 수업 시간이 되면 당연한 듯 함께했다.

"할 거면 제대로 해야지."

나는 숨을 고르며 무심한 듯 대답했다.

"그나저나 2학년 때는 남녀 합반 좀 해주는 줄 알았더니. 이러면 남녀공학이 무슨 의미냐. 진짜 생각할수록 열받네."

수형이가 물에 흠뻑 젖은 머리를 쓸어 넘기며 말했다. 그의 시선은 벤치에 앉아 있는 여학생들에게 가 있었다.

"그러게 말이다."

나는 텅 빈 운동장을 멍하니 바라본 채 대답했다.

"너는 반응이 맨날 왜 그러냐."

"그냥, 다 재미없다."

"너 요즘은 유상민이랑 안 어울리는 거 같더라?"

"뭐, 그건 아니고 나는 이과고 걔는 문과니까."

나는 애써 쓴웃음을 지으며 대답했다.

"오늘 학교에 귀빈 오나보다."

갑자기 수형이가 교문을 가리키며 말했다.

그때 검은색 승용차가 교문을 통과하며 본관으로 유유히 들어왔다. 이건 이례적인 일이었다. 학교에 방문하는 모든 차량은 교문을 지키는 경비 아저씨의 안내에 따라 본관 진입로가 아닌 샛길로 가게 되어 있었다. 샛길은 후문 주차장으로 이어져 있었다. 본관 진입로를 이용하는 차량은 학교 재단 이사장님이 방문할 때밖에 없었다. 바로 오늘이 그 날이었다. 이미 1교시에 이사장님의 차가 정문을 가로질러 본관 앞에 주차되어 있었다.

"저기 본관에 이사장님이랑 교장 선생님도 나왔는데?"

"장학사라도 오나?"

"그건 아닌 거 같은데."

"왜?"

"장학사가 벤츠 S클래스를 타겠냐."

"그런가."

"그랬저나 에쿠스면 몰라도."

"하긴…."

나는 고개를 끄덕이며 벤츠의 움직임을 따라 시선을 움직였다.

이윽고 본관 앞에 멈춰선 벤츠의 뒷좌석에서는 한 중년의 남자가 내렸다. 고급스러운 네이비 슈트를 입고 있는 그는 큰 키는 아니었지만 풍채가 다부졌다. 이사장과 교장의 환대를 받아서 그런가 어딘가 품격도 있어 보였다. 오직 등장만이 그에게 강한 인상을 남긴 건 아니었다. 그보다는 짚고 있는 지팡이가 더 강한 인상을 남겼다. 연배와는 어울리지 않는 지팡이였다. 자세히 보니 그는 걸음을 옮길 때마다 오른쪽 다리를 미세하게 절고 있었다. 세 다리를 이용해 걷고 있었지만 그 자태는 무척이나 단단해 보였다.

이어서 뒷좌석에서 한 남학생이 따라 내렸다. 그는 명월고의 교복을 입고 있었다. 단번에 그가 전학생이라는 걸 알아챌 수 있었다. 당연히 다리를 저는 분은 그의 아버지일 것이었다.

"대단한 전학생인가 본데?"

"귀티 나긴 한다."

"뭐 이렇게 하얘?"

"몇 학년일까."

벤치에서는 친구들이 각자 호기심을 쏟아내기 시작했다. 나는 아무 말도 하지 않았다. 그저 드라마틱한 등장 때문에 주목을 끄는 것이라는 생각이 들어서였다. 내가 보기에는 딱히 특별할 것도 없어 보였다. 키도 평균보다 조금 큰 듯했고, 머리도 두발 규정의 표본을 보여주는 듯 반듯했다. 교복 차림도 단정했다. 셔츠는 바지 안에 깔끔하게 넣어져 있었고 넥타이는 목 끝까지 채워져 있었다. 신발도 에어맥스가 아닌 평범한 운동화였다. 재미없는 녀석이 분명했다. 관찰 대상이었던 전학생은 벤치에서 왁자지껄함을 느꼈는지 시선을 옮겼다.

그는 이쪽을 응시했다. 운동장에 비춰오는 봄 햇살에 눈이 부신지 왼손을 이마에 가까이 가져가 차양을 만들었다. 손 그림자 때문에 정확히 누구를 바라보는지는 알 수 없었다. 하지만 그의 시선을 마주하는 순간 호기심이 일었다. 그건 또래에게서는 결코 볼 수 없었던 눈빛이었다. 아주 깔끔하게 정제된 우울 같기도 했고, 너무 일찍 무언가를 알아버린 슬픔 같기도 했다. 그는 아버지가 부르자 천천히 발걸음을 옮겼다. 마주친 시선은 발걸음보다 느리게 움직여 마치 억지로 끌려가는 것처럼 느껴졌다.

수업이 시작되었지만 하나도 귓가에 들리지 않았다. 복잡하게 엉켜 있는 고민을 떠안은 채 이걸 어떻게 풀어야 하나 전전긍긍하고 있었다. 바로 나를 반겨주었던 세계로 어떻게 복권될 수 있는가 하는 것이었다. 가을 소풍 이후로 나는 더 이상 상민이와 어울리지 못했다. 잠시 맛보았던 권력과 그 특권, 일상에서 맛볼 수 없는 일탈, 그리고 그 행위 속에서 도취되어 있던 자의식과 우월감은 모두 썰물처럼 빠져나갔다. 상민이와 함께 모든 게 빠져나간 자리에는 텅 빈 내가 있을 뿐이었다.

나는 상민이와 그의 무리로부터 배척되었다는 걸 들키고 싶지 않았다. 괜히 교실에서 폼을 잡고 있어 보기도 했고, 애써 반 아이들을 규합해 소란을 피워보기도 했다. 그러면서도 멀리서 상민이의 무리를 응시했다. 어쩌면 다시 친구가 될 수도 있을지 모른다는 희망을 품었다. 에어맥스가 새로운 세계의 문을 열었던 것처럼, 다시 멋진 무언가가 있으면 그들과 함께할 수 있을지도 모른다는 생각이 들었다. 새로운 에어맥스를 또 샀다. 나이키 재킷도 구입했다. 디젤 청바지와 지샥 손목시계도 구입했다.

상민이도 내가 필요했다. 하지만 그건 예전처럼 친구가 되고 싶은 마음이 아니었다. 그는 내가 가진 것들이 필요할 뿐이었다. 그는 예전처럼 내게 다가와 전혀 새로운 것을 요구하기 시작했다. 신발과 옷을 빌려달라고 했다. 예전 같으면 서로의 궁핍한 처지를 알고 있기에 당연하게 물물교환을 했었다. 하지만 이제는 그저 일방적으로 빌려 갈 뿐이었다. 나는 이런 징조들이 다시 친구가 되고 싶어하는 걸로만 착각했다. 겨울 방학 때에는 상민이가 집 앞에 직접 찾아와 신발과 옷을 받아 가기도 했다. 그럴 때면 막연한 기대를 하곤 했다. "너도 같이 갈래?" 하지만 나는 대문을 벗어난 적이 없었다.

다시금 친구가 될 수 있을 거라는 기대감은 채워지질 않았고 오히려 근심으로 변질되고 말았다. 봄이 되자 상민이는 빌려간 것들을 되돌려주지 않기 시작했다. 물어보면 집에 놓고왔다, 깨끗하게 주려고 드라이크리닝을 맡겼다, 내일 가져오겠다 등의 다양한 핑계를 대기 시작했다. 더불어 그의 곁에 있는 관석이의 태도도 180도 바뀌어 있었다. 그는 내게 무척이나 위협적으로 대했다.

"야, 누가 안 준대? 씨발 좀 기다려."

상민이에게 다가가기만 해도 그는 내게 늘 공격적 태도를 취했다.

"기윤아 진짜야. 깜빡하고 할머니 댁에 놓고 왔어."

"에휴, 벌써 이 주째잖아."

나는 답답한 마음에 한숨을 쉬며 대답했다.

"한숨 쉬는 거 존나 거슬리네. 이 새끼도 내 이름만 들어도 오줌 지리게 만들어야 되는데."

관석이는 잔인한 미소를 지으며 상민이에게 말했다. 상민이는 실소와 함께 애써 나를 위하는 척했다.

"야, 농담 좀 살살해라. 아무튼 다음 주에 연락 줄게."

그는 관석이의 비호를 받으며 유유히 사라졌다.

학교 생활이 공허했다. 있는 그대로의 나를 인정해 주고 더불어 달콤한 열매를 안겨주던 세계는 나를 완전히 추방해 버렸다. 삶이 전락해 버렸다. 완연한 봄이 되었지만 홀로 지냈던 겨울방학의 외로움은 여전히 지속되었다. 어떻게 하면 그곳으로 다시 돌아갈 수 있을까. 복권의 메시지를 담아 파견한 사신이었던 신발과 옷은 소식을 전하기는커녕 돌아오지도 않음으로써 나의 불안은 더 커져만 갔다.

쉬는 시간, 창밖을 보니 벤츠가 교문 밖으로 나가고 있었다. 진입로에 쌓여 있던 벚꽃잎은 수면 위에 보트가 지나갈 때 생기는 물살처럼 부드럽게 흩날렸다. 이사장의 차도 학교를 빠져나갔다. 문득 본관 앞에서 마주했던 전학생의 시선이 생각났다. 어떤 녀석이길래 그런 분위기를 갖고 있던 건지 궁금해졌다. 곧이어 수업 시간을 알리는 종이 울렸다. 잠시 후 나는 눈을 동그랗게 뜬 채 놀라고 말았다. 문이 열리며 담임 선생님과 함께 전학생이 들어왔던 것이다.

관찰하듯 새로운 얼굴을 지켜봤다. 나는 고개를 갸우뚱했다. 내가 본관에서 마주한 건 다른 녀석인가 싶을 정도였다. 오히려 새로운 시작에 잔뜩 설레는 듯 눈빛은 생기 있게 빛나고 있었고, 얼굴에는 옅은 미소가 서려 있었다.

"자, 이 친구는 서울에서 전학을 오게 됐고 집안 사정 때문에…."

"선생님, 죄송한데 제가 소개해도 될까요."

전학생은 갑자기 선생님의 말을 끊으며 물었다. 선생님은 그의 당돌함에 당황한 듯한 얼굴로 고개를 끄덕였다.

"서민재입니다. 만나서 반갑습니다."

그는 교탁 앞에 서더니 밝은 미소로 당당하게 말했다. 무언가 이어질 줄 알았던 자기 소개는 이게 전부였다. 그는 소개를 마치자 가볍게 고개를 숙여 인사를 했다. 그의 인사에 자연스럽게 환영의 박수 소리가 들렸지만 무척이나 옅었다. 모두들 당황한 듯 어리둥절해하며 박수를 치고 있었다. 전학 오게 된 사연이나 첫만남의 소감 등을 기대하고 있었기에 당연한 일이었다.

"그게 끝이야? 더 할 말은 없고?"

선생님도 의아한 눈으로 그에게 물었다.

"네. 딱히 할 말이 없네요."

그는 사람 좋아 보이는 미소를 머금은 채 답했다.

"뭐, 그래…."

선생님은 어쩔 수 없다는 듯 입맛을 다시며 고개를 끄덕였다.

"우리는 전학 오면 신고식으로 노래도 해야 되는데."

반장이 큰 목소리로 말했다. 사실 그런 전통은 없었다.

그러나 모두가 합을 맞춰 환호하기 시작했다.

"노래해, 노래해!"

그는 놀란 눈으로 선생님을 바라봤다.

"괜찮겠어?"

선생님이 미소와 함께 눈썹을 위아래로 움직이며 묻자 그는 괜찮다는 듯 고개를 끄덕였다.

"그러면… 제가 좋아하는 라디오 헤드의 〈Creep〉를 짧게 불러보겠습니다."

주저하지도 않는 그의 반응에 작은 환호가 터져 나왔다. 하지만 나는 적잖이 실망했다. 당시 우리에게 인기 있던 가수는 다이나믹 듀오나 버즈, SG워너비 정도였다. 라디오 헤드는 처음 듣는 가수였고 선곡한 노래조차 생소했다. 유행도 모르는 고리타분한 놈이구나 싶었다. 선생님은 자신이 체벌할 때 쓰던 짧은 막대기를 그에게 건넸다. 그는 막대기를 마이크 삼아 목청을 가다듬더니 노래를 하기 시작했다

But I'm a creep

I'm a weirdo

What the hell am I doin' here?
I don't belong here

　어느새 나는 그의 노래에 귀를 기울이고 있었다. 노래를 아주 잘 부르는 건 아니었지만 묘한 끌림이 있었다. 그는 마치 노래는 이렇게 순수하게 불러야 한다고 알려주는 것만 같았다. 창가에서 불어오는 부드러운 봄바람에 살랑이며 파도치는 커튼, 그리고 비스듬히 떨어지는 봄 햇살이 모두 노래의 일부처럼 느껴졌다. 노래가 끝나자 모두가 환한 미소를 지으며 박수를 쳤다. 그는 부족했던 자기소개를 노래 한 곡으로 풍성하게 채워버렸다.

　"어디 보자, 민재는 저기 빈자리 가서 앉아."

　그는 아무 일도 없었다는 듯 선생님이 지정해 준 자리로 가서 앉았다. 이윽고 수업이 시작되었지만 나는 자꾸 녀석에게 시선이 갔다. 짧은 순간에 그는 많은 것을 아주 밀도 있게 남겼다. 또래답지 않은 노래 취향, 많은 시선을 받으면서도 어딘가 여유로운 태도, 주저하지 않는 자신감, 자신만의 색깔로 사람들을 매료시키는 에너지. 내겐 적잖은 충격이었다. 에어맥스를 신지 않아도 사람이 빛이 날 수 있다는 사실을 알게 되었다. 녀석이 궁금해졌다.

그에 대한 호기심은 머지않아 하나둘 채워졌다. 바로 그의 요란한 등장이 가져온 소문 때문이었다. 이제 전교생이 그에 대해 알게 되었다. 그는 이름만 들어도 누구나 아는 종합병원 이사장의 둘째 아들이었다.

많은 아이들이 사실 여부를 묻기 위해 그를 찾아왔다. 심지어 다른 반에서도 찾아왔다. 정말이야? 진짜야? 왜 우리 학교로 온 거야? 라면은 뿌셔 먹어봤어? 온갖 질문이 쏟아졌다. 집이 몇 평인지, 집에서는 호칭이 뭔지, 경호원이나 집사가 있는지 하는 쓸데없는 호기심도 있었다. 포경 수술을 안 아프게 해줄 수 있는지 의료 상담을 하는 녀석도 있었다. 그는 질문 공세가 쏟아지자 움츠러들기 시작했다. 해명하기 힘든 어려운 헛소문도 있었다. 친구들 앞에서 노래를 부를 때의 여유로움과 자신감은 이제 방어 기제로 활용하고 있었다.

"나는 잘 몰라. 호적 파였거든 아버지한테."

"그거 헛소문이야. 나 사실 탈북민이거든."

"예약했어? 안 했지? 오늘 상담 예약은 마감했는데."

그는 미소를 머금은 얼굴로 엉뚱한 대답을 했다. 효과는 확실했다. 호기심을 갖고 접근했던 애들은 당황해하며 주춤주춤 돌아갔다. 그리고 다신 질문을 하지 않았다. 나는 뒤에 앉아 그의 대답을 들을 때마다 피식 웃곤 했다.

"우리 가문은 프리메이슨이라 사적 생활은 비밀이야. 알면 다쳐."

어느 날에는 그의 대답을 듣고 웃음을 터뜨리고 말았다. 그러자 그가 뒤를 돌아보더니 내게 물었다.

"이제 더는 안 물어보겠지?"

"호적 파인 탈북민에 프리메이슨이면 말 다했지 뭐."

"프리메이슨은 비밀로 해줘."

"그래."

나는 고개를 끄덕였다. 그는 가벼운 미소와 함께 다시 몸을 돌려 자세를 고쳐 앉았다. 그게 우리의 첫 대화였다. 이야기를 더 나눠보고 싶은 마음도 있었지만 그는 그 누구와도 대화를 하고 싶어 하는 것 같지 않았다. 친구들과의 일문일답도 한몫했다. 그건 어쩌면 그에게 꼭 필요한 작업인지도 몰랐다. 그는 자신을 둘러싼 소문을 황당한 유머로 대체시켜 버렸다. 이제 그를 따라온 소문들은 온데간데없었다. 그는 이 작업을 끝내자 마치 오랫동안 계획해 온 것처럼 이상한 일들을 벌이기 시작했다.

   그는 언제 어디서나 책을 손에 쥐고 다녔다. 등하굣길은 물론이었고, 체육시간 운동장에서도, 복도를 거닐거나 화장실을 갈 때도, 심지어 조회시간에도 그는 언제나 책을 들고 있었다. 틈만 나면 책 속에 얼굴을 묻었다. 그가 들고 있는 책은 마치 그의 신체 일부분처럼 자연스러워 보였다. 그는 친구들이 말을 걸면 잠시 책 속에서 빠져나와 그들을 미소로 맞이했지만, 필요 이상으로 대화를 이어 나가진 않았다. 나는 독서에 몰두하는 그가 불편할 정도로 신경 쓰였다. 내 영역을 침범해 오는 것처럼 느껴져서였다.

   나도 그처럼 매일 책을 갖고 다니고 있었다. 읽는 건 아니었고 목적은 따로 있었다. 겨울방학에 참석했던 선배들의 졸업식에서였다. 조회대에 올라가 상을 받는 졸업생들의 모습이 어딘가 부러웠다. 문득 그런 생각이 들었다. 나는 졸업할 때 상 하나라도 받을 수 있을까. 한데 나는 특출나게 잘하는 것이 없었다. 성적도 엉망이었다. 이미 지각을 밥 먹듯이 했었기에 개근상은 물 건너간 일이었다. 그러던 중 이거다 싶은 상이 눈에 띄었다. 바로 '독서왕'이라는 상이었다. 도서관에서 가장 많은 책을 대출한 학생에게 주는 상이라고 했다. 나는 그 뒤로 도서관에서 매일 책을 빌렸다. 독서왕이 되기로 결심한 것이었다.

책을 소지하는 건 나만의 영역이라 여기고 있었다. 사실 나는 책과 함께한다는 사실에 이상한 안정감과 만족감을 느끼고 있었다. 권위 있는 제목들로부터 지적 허영심을 채웠고, 대출 기록으로 학창 시절의 유일한 업적을 쌓아가고 있다고 생각했다. 상민이와 어울리지 못하는 소외감도, 돌아오지 않은 물건들에 대한 불안도 이것들로 상당 부분 해소하고 있을 정도였다. 하지만 갑자기 전학생이 내 영역을 침범해 왔다. 그는 책을 소지하는 것 이상으로 탐독까지 하고 있었다.

그에게 불편함을 느낀 건 독서왕을 빼앗길까 봐서가 아니었다. 그와의 대조로 인해 내가 붙잡고 있던 유의미한 행위의 본질이 허영으로 드러나는 것만 같아서였다.

"기윤아, 데미안 다 읽었어?"

어느 날, 민재가 내게 불쑥 다가와 말을 걸었다.

"응? 데미안?"

나는 불편한 존재가 다가와 잔뜩 경계를 한 채 대답했다.

"도서관에선 네가 갖고 있다 하더라고."

"아, 그 데미안. 마침 다 읽었지."

"도서부 애들한테 들었어. 너도 책 좋아한다며?"

그는 자연스레 맞은편 책상에 걸터앉으며 말했다.

"뭐 그냥 가볍게 즐기는 정도?"

책을 대출한 이래 책장도 펼쳐본 적 없던 나는 적잖이 당황하며 말했다.

"데미안은 어땠어? 헤세의 다른 작품은 읽어봤지만 데미안은 아직이거든."

맑게 빛나는 그의 눈빛이 부담스러웠다. 책에 대해 이야기해서 그런가 기쁨에 가득 차 있었다. 한편으로는 그의 시선이 진실을 파헤치는 것만 같아 어딘가 부담스럽기까지 했다. 책을 읽지 않은 게 드러날까 식은땀도 났다. 어떻게든 읽어본 척을 하려고 책을 세로로 부드럽게 구부려 천천히 책장을 넘겼다. 오래된 종이 냄새가 은은하게 풍겨왔다.

"음, 헤세의 책은 처음이긴 한데. 뭐랄까, 난해하긴 하지만 많은 의미를 내포하고 있는 것 같았어."

나는 책에 대한 감상을 음미하듯 천천히 말했다. 그는 잠시 무언가를 생각했는지 고개를 가볍게 끄덕이곤 입을 열었다.

"이 책 나한테 줄래? 내가 도서관에 반납하고 대출할게."

"잘됐다. 마침 반납하려던 참이었거든."

나는 그에게 책을 건네주었다.

"참, 헤세를 좋아한다면 황야의 이리나 나르치스와 골드문트도 한번 읽어봐."

책을 받아든 그는 도서관으로 향했다. 깊은 안도의 한숨을 내쉬었다. 읽은 것처럼 능청스레 거짓말을 한 나 자신이 놀랍기도 했다. 어쩌면 가짜라는 것을 들키고 싶지 않았던 건지도 몰랐다. 내 삶에 진짜였던 건 있기나 했던가. 좋아했지만 고등학교 입시 때문에 접게 되었던 그림, 축하받지 못했던 입학, 회복할 수 없는 우정, 집안을 맴도는 아버지의 헛기침, 바닥을 향해 가는 성적, 우편함에 몰래 꽂아놓는 가짜 성적표, 학원비로 사는 멋, 내 손을 떠나간 에어맥스, 쌓여가고 있는 도서관 대출 기록. 도대체 나는 무얼하는 건지 혼란스럽기만 했다.

그에 반해 민재는 단단해 보였다. 늘 확신에 가득 차 책을 읽고 있었다. 그는 어떤 비밀을 알고 있는 것만 같았고, 나를 이해해 줄 것만 같다는 생각이 들었다. 그와 친해지고 싶어서였을까, 책을 빌린 이래 처음으로 책장을 펼쳤다. 내 삶에 난데없는 독서가 시작되었다. 학업에는 관심도 없었기에 그럴 시간이 충분했다.

5
데미안

"자, 좋은 소식! 이제 다음 주부터 급식실을 이용해도 된다."

담임 선생님의 한마디에 교실에서 환호가 쏟아졌다. 겨울방학부터 이어진 급식실 공사로 인해 위탁 급식이 진행되고 있었다. 매번 교실로 도시락이 배달되었다. 학생들은 점점 불만이 쌓여갔다. 맛도 양도 급식에 비해 현저하게 떨어졌던 것이다. 도시락이 재사용 플라스틱 용기에 배달되다 보니 뚜껑을 열면 이상한 냄새도 났다. 하지만 나는 아무래도 좋았다. 졸업 때까지 계속 위탁 급식이 진행되면 좋겠다고까지 생각했다. 그 이유는 급식실에 가기가 두려워서였다.

인간의 끼니를 해결하는 모든 장소는 사실 인간의 관계

성을 증명하는 의미심장한 장소다. 식탁에 함께 둘러앉아 있는 이들은 강한 유대를 맺고 있다. 가정집 식탁에는 가족 이외에 허락된 이가 아니면 함께할 수 없고, 식당에도 가까운 이가 아니면 마주 앉지 않는다. 즉 마주 앉은 이들은 혈연이든, 친분이든, 사회적 관계든 무언가로 얽혀 있게 마련이다. 우리는 결코 무관한 사람과 함께 밥을 먹지 않는다. 학교 급식실은 세상의 모든 식탁보다도 단순했다. 가장 중요한 건 친분이었다. 학생들은 모두 소속된 반이 있고, 짝이 있었지만 급식실로 가게 되면 친분의 결속력에 의해 재구성되었다.

더불어 드러나는 것이 또 하나 있었다. 그것은 권력이었다. 모든 식탁에는 상석이 있다. 아버지의 자리에 아들이 앉지 못한다. 그것은 암묵적인 룰이다. 식탁만이 아니다. 식탁들이 즐비한 만찬자리에도 상석이 있다. 그곳에는 가장 큰 권력을 가진 이가 자리 잡게 된다. 정부에도 국가 귀빈 초청 등 주요 행사를 위해 이를 규범화한 의전 가이드라인이 있을 정도다. 이것은 인간의 본능적인 심리와도 깊게 연결된 것이어서 사실 규범화하지 않아도 우리는 대략적으로 알고 있다. 가장 많은 사람들을 내려다보고 등 뒤로 시선을 받지 않는 것, 그것이 상석의 기본이다.

급식실에도 패밀리를 위한 상석 테이블이 있었다. 창가를 등지고, 모든 테이블과 입구의 출입 인원을 한 눈에 내려다볼 수 있는 곳이었다. 다소 지저분한 잔반 반납대와도 거리가 가장 멀었다. 지금 생각해도 신기한 점은 그 누구도 이 자리를 그들의 자리로 정하지 않았다는 것이다. 우리는 본능처럼 그곳이 누가 사용해야 하는지를 알고 있었다. 아주 자연스럽게 점심시간이 되면 학생들은 친분을 단위로 재구성되었고, 권력을 토대로 재배열되었다. 급식실에는 학교 권력이 도식화되는 곳이나 마찬가지였다.

지난 가을방학 이래 나는 이 상석 테이블에 앉지 못했다. 인간은 원래 지금의 위치보다 내려가는 걸 견딜 수 없어 한다. 사회의 어떤 영역이든 강등이나 좌천을 당한 이들의 낯빛은 암울하기 그지없다. 상석에 있을 때의 위풍당당한 기세는 거짓말처럼 사라져 버린다. 추락한 인간은 마치 쪼그라든 것처럼 위축되어 있기까지 하다. 어린 나도 마찬가지였다. 지위와 권력으로부터의 추락은 엄청난 상실감을 가져다주었다. 전교생이 이 사실을 알게 되었다는 것이 내겐 가장 큰 고통이었다. 모두가, 특히 여학생들이 내가 별거 아니라는 사실을 알아챈 것 같아 한없이 낙담했다. 하루는 내게 큰 상처로 남게 되는 사건도 벌어졌다.

겨울방학을 앞둔 어느 날이었다. 수형이와 테이블의 끝자리에 마주보고 앉아 밥을 먹고 있을 때였다. 관석이가 지나가며 고의적으로 나의 식판을 툭 건드렸다. 순간 계란국이 넘치며 바지에 쏟아졌다. 계란이 붙어 있는 바지를 내려다보자 화가 치밀었다.

"앗 실수. 미안하다."

그가 걸음을 멈추고 능청스러운 얼굴로 내려다보며 말했다. 그의 오른쪽 입꼬리가 살짝 올라갔다.

"일부러 했지?"

나는 화를 삭이며 따지듯 물었다.

"야, 실수야 실수. 미안해."

"이게 어떻게 실수야."

"일부러 했다고 하면 어쩔 건데?"

그는 갑자기 표정이 굳어지더니 내가 앉은 의자 다리를 발로 툭 차며 물었다. 의자가 살짝 밀리고 그가 한 발짝 성큼 다가오자 덜컥 겁이 났다.

"실수여도 이건 너무하잖아."

나는 바지를 가리키며 하소연하듯 말했다.

"야, 미안하다니까?"

순간 주위의 이목이 집중되어 있다는 걸 느꼈다. 나도 호락호락하지 않다는 걸 보여주고 싶었다. 그런데 나는 겁이 나서 아무 대답도 하지 못한 채 이를 꽉 깨물었다. 그때였다.

"야, 안 오고 뭐 해. 나가자."

상민이의 목소리였다. 그는 먼 발치에서 상황을 지켜보고 있었다.

"아니, 이 새끼가 실수 좀 했다고 정색 빨고 있잖아."

"곧 선생들 온다. 가자."

"친구끼리 실수 좀 할 수도 있는 거지 괜히 기분 나쁘게 만들고 있어."

그는 어깨를 으쓱하며 우쭐한 표정을 지었다.

"됐어. 시끄럽게 하지 말고 빨리 와."

상민이는 걸음을 옮기며 말했다.

"미안하다 기윤아."

그는 귀여운 아이를 달래듯 내 머리를 헝클어뜨리면서 고개를 살짝 숙여 내게 귓속말을 하듯 속삭였다.

"너 언제까지 상민이가 보호해 줄 것 같냐? 너도 곧이야. 각오해도 좋아."

그의 목소리가 귓가에 울리니 소름이 끼쳤다. 한때 친구라고 여겼던 관석이에게 이런 일을 당하다니 너무나 치욕스러웠다. 무엇보다 정작 아무것도 하지 못하는 내 자신이 너무 비참했다. 그도 그럴 것이 관석이는 소름끼칠 정도의 잔혹성을 갖고 있었다.

하루는 빅 벤 앞에서 다 같이 모여 소란을 떨고 있을 때였다. 누군가 헐레벌떡 뛰어왔다. 다른 학교의 학생이었다. 그 모습을 보며 관석이가 씨익 미소를 지었다. 다른 애들도 궁금한 듯 뛰어오는 그를 지켜봤다. 그는 숨을 고르지도 않은 채 주머니에서 돈을 꺼내 관석이에게 건넸다. 꽤나 두툼한 돈뭉치였다.

"얼마냐?"

"구만팔천 원이야."

"장난하냐? 내가 상납액 제대로 채워서 오라고 했지?"

관석이는 돈을 세지도 않고 주머니에 넣으며 화를 냈다.

"미안해 관석아. 다음 달에 미납 금액 같이 주면 안 될까?"

그는 고개를 푹 숙인 채 다 죽어가는 목소리로 말했다.

"장난해 나랑?"

"정말 미안해. 모은다고 모았는데 방법이 없었어…."

그는 잔뜩 겁에 질려 목소리마저 떨고 있었다.

"개새끼야, 똑바로 하자."

관석이가 손찌검을 하는 척하자 그는 잔뜩 겁을 먹고 방어 자세를 취했다.

"병신같은 새끼, 다음 달에는 미납 이자 10% 더해서 내."

그는 알겠다고 하고 헐레벌떡 자리를 떴다.

"넌 어떻게 했길래 쟤가 잔뜩 쫄아 있냐."

상민이는 웃음을 터뜨리며 물었다.

"별거 없어. 한번 팰 때 진짜 죽기 직전까지 패는 거야. 이정도면 됐다 싶을 때 더 패는 거지. 그러면 맞는 놈들은 뼛속 깊이 내 존재를 기억하게 돼. 이제 내 모습만 봐도, 아니 내 이름만 들어도 오줌 지리게 되는 거지. 그러면 아까 그 새끼처럼 복종하게 돼 있어."

그는 어깨를 으쓱하며 자랑스럽게 대답했다.

"이 새끼는 진짜 악마라니까."

상민이가 그를 삿대질로 가리키며 고개를 절레절레 저었다. 그리고 웃음을 터뜨렸다. 다른 애들도 따라 웃었지만 나는 도무지 웃음이 나질 않았다. 잔뜩 겁 먹은 약자의 모습에 손이 떨렸고 식은땀이 났다. 이렇게 잔혹한 녀석이 내 삶의 가장 가까운 곳에 있다는 사실을 뒤늦게 알아차렸던 것이었다. 원래 불편했던 그였지만 이제는 두려움마저 느껴지기 시작했다. 그럼에도 안심이 되었던 건 나 역시 패밀리의 일원이라는 것이었다. 하지만 나는 그 안전 장치를 상실한 지 오래였다. 이제 나도 그의 먹이가 될 수 있었다.

하나의 기억이 장소와 함께 얽히게 되면 그것은 잔상처럼 그 공간에 머물게 된다. 내겐 급식실이 그러했다. 점심을 먹으러 가면 가장 먼저 하는 일은 늘 당일의 메뉴판을 살펴보는 일이었다. 하지만 이제 급식실에 들어서면 주위부터 둘러봤다. 본능적으로 관석이가 어디에 있는지 파악하는 것이었다. 그는 늘 상민이의 오른쪽에 자리 잡고 앉아 밥을 먹고 있었다. 이제 급식실은 내게 불편한 장소가 되고 말았다. 급식실 공사는 내게 희소식이었다. 공사가 계속되기만을 바랄 뿐이었다.

하지만 바람은 이루어지지 않았다. 급식실 오픈이 다가

오자 두려웠다. 상민이에게는 미묘한 착취를 당하고 있었고, 관석이는 음흉한 눈으로 나를 어떻게든 굴복시키려고 기회를 엿보고 있었다. 관석이가 내게 선을 넘지 않는 건 그저 상민이와의 접점 때문이었다. 그것마저 사라질까 두려웠다. 이 둘이 내려다보는 급식실에서 밥을 먹는 걸 상상하니 숨이 막혀왔다. 자신들에게서 버림받고 과연 누구와 어울릴지 비웃으며 지켜볼 것만 같았다.

급식실의 오픈을 알리는 종소리가 교내에 울려 퍼지고 함성과 함께 아이들이 뛰어가기 시작했지만, 나는 그 행렬에 동화되지 못한 채 어디로 가야 할지 막막하기만 했다. 내가 본능적으로 도착한 곳은 도서관이었다. 배는 고팠지만 오래된 책 냄새가 풍기는 고요한 서고 사이에 앉아 있으니 왠지 모르게 마음이 편했다.

도서관은 이제 점심시간의 피난처가 되어버렸다. 그날도 매점에서 산 피자빵 한 개를 주머니에 쑤셔 넣곤 도서관으로 향했다. 서가에 기대 앉아 이 짓을 언제까지 해야 할까 생각하니 한숨이 절로 나왔다. 그런데 하루 이틀 지나다 보니 이상한 일이 생겼다. 책 사이에 있다 보니 자연스레 독서를 하기 시작한 것이다. 이끌리듯 꺼내 읽은 건 헤르만 헤세의 『데미안』이었다. 민재가 읽고 반납한 책이었다. 사흘째 되던 날 마지막 페이지를 덮었다.

"벌써 점심 먹은 거야?"

고개를 들어보니 민재였다. 그는 서가 사이를 지나다가 나를 발견하고 뒷걸음치며 말했다.

"아니, 그냥 오늘은 속이 별로라서. 메뉴가 별로기도 했고."

"하긴 코다리 강정은 별로더라. 양념치킨인 줄 알고 먹었는데 코다리일 때 그 배신감. 알지?"

그는 고개를 절레절레 흔들며 이마를 짚었다.

"코다리는 진짜 반칙이지."

나도 가볍게 웃음을 터뜨렸다.

"어, 그거 데미안이잖아?"

그는 내 손에 쥐어진 책을 가리키며 말했다.

"다시 읽고 싶어서. 네가 반납했길래 다시 빌려서 읽었어."

나는 처음 읽는 것임에도 태연하게 거짓말을 했다.

"와, 이거 신기한걸."

갑자기 그의 얼굴에 전에 본 적 없는 미소가 번지기 시작했다.

"뭐가?"

"나도 두 번 읽고 반납했거든. 너는 왜 두 번이나 읽은 거야?"

"글쎄, 한 번만 읽기에는 뭔가 아쉬웠거든."

나는 머리를 긁적이며 말했다.

"진짜? 나도 그렇게 생각했는데! 어땠어, 두 번 읽으니까?"

그는 잔뜩 흥분한 채로 말했다.

사실 무슨 이야기인지 좀처럼 이해가 되질 않았다. 책을 읽는다는 것 자체가 낯선 행위였기에 읽다가도 이게 무슨 이야기였는지 금세 까먹었다. 읽었던 페이지를 몇 번이나 다시 들춰봐야 했다. 하지만 갑자기 이야기에 몰입하게 되는 순간이 찾아왔다. 그건 바로 소설 속 화자인 싱클레어가 크로머와 만나게 되면서부터였다. 덩치가 크고 힘이 센 크로머는 유약한 싱클레어를 극심하게 괴롭히는데 이 이야기가 낯설지가 않았다. 크로머에게서 상민이와 관석이의 일면들이 보였던 것이다. 어느새 나는 싱클레어가 되어 있었다. 데미안이 누군가 써 놓은 나의 이야기 같다는 착각마저 들었다.

싱클레어는 과연 어떻게 될까. 머지않아 데미안이라는 인물이 등장했다. 그는 싱클레어를 폭력과 억압으로부터 구해주고 나아가 영적인 성장을 할 수 있도록 도와준다. 마지막 페이지를 덮으며 든 생각은 나를 구원해 줄 누군가도 데미안 같은 존재가 아닐까 하는 것이었다. 부모님도, 선생님도, 아니 그 어떤 누구도 지금 내가 처한 상황을 고스란히 이해하지도, 도와주지도 못할 것이 분명했다. 혼자서는 이 모든 상황을 타개할 자신이 없었다.

"글쎄 뭐랄까. 역시 코다리보다 데미안이 더 좋은 선택이었다."

나는 천천히 몸을 일으키곤 엉덩이를 툭툭 털며 대답했다.

"역시 뭘 좀 아네. 코다리로 배를 채우느니 차라리 배고픈 채로 데미안을 읽는 게 더 낫지."

"너는 어땠어?"

"오늘 코다리?"

"아니, 데미안. 너도 두 번 읽었다면서."

"나는 이 책을 경전으로 삼기로 결심했어."

그는 이미 생각이 정리되어 있었던 것처럼 한치의 망설임도 없이 대답했다.

"경전으로?"

"응. 내가 나아가야 할 길이 무엇인지 알려주고 있거든."

"나아가야 할 길? 그게 뭔데?"

"다 깨부수는 거지."

"어떤 걸?"

"나를 통제하고 억압하는 그 모든 것들."

그는 자신감에 찬 어조로 말했다. 어딘가 그와 어울리지 않는 대사처럼 느껴졌다. 단정하게 입은 교복, 운동장에서 축구 한번 해본 적 없는 듯한 창백한 피부, 멋부리지 않은 정직하고 단정한 헤어스타일. 하지만 그런 그가 책을 경전으로 여기며 다소 과격한 이야기를 하자 이상하게 신뢰가 갔다. 그게 뭐든 정말 다 깨부술 것만 같았다. 나는 무엇에라도 홀린 것처럼 그에게 책을 건넸다.

"뭐야?"

그는 의아한 눈으로 물었다.

"경전 내놓으라는 것처럼 들려서."

"내 경전이라면 여기 있지."

그는 교복 재킷의 안주머니에서 지갑 크기만 한 포켓북 버전의 데미안을 꺼내 보여주었다.

경전이라 여기는 걸 자랑스레 보여주던 그 미소. 내겐 적잖은 충격이었다. 문학작품을 품에 넣고 다닐 정도로 순수함을 마주한 건 태어나서 처음이었다. 주변을 둘러보면 또래의 관심사는 뻔했다. 어른을 흉내 내는 어설픈 일탈, 점심시간을 열광의 도가니로 만드는 반 대항 축구 경기, 함께 밤을 지새우는 온라인 게임, 선망의 대상이 되는 나이키 신발, 그리고 궁금하고 부럽기 그지없는 연애. 그런데 책을 좋아하는 것 이상으로 숭배하는 녀석이 나타났다. 나는 그가 진심이라는 것을 깨달았다. 그가 과연 무엇을 부수고 싶다는 것인지 알고 싶었다. 나는 데미안을 다시 한번 읽기 시작했다. 두 번 읽었다는 거짓말을 진실로 바꾸고 싶어서였을까, 아니면 민재와 친구가 되고 싶어서였을까.

아침 등굣길, 저 멀리 앞서 가는 민재를 발견했다. 그는 한 손에 어김없이 책을 들고 있었다. 하지만 오늘따라 책이 아닌 세상을 바라보고 있었다. 무언가 생각에 잠긴 듯 주위 애들과 비교될 만큼 천천히 걷고 있었다. 잠시 고민하다가 성큼성큼 다가가 그의 보폭에 걸음을 맞추었다.

"아, 졸려 죽겠네."

나는 과장스러운 몸짓으로 하품을 하며 말했다.

"좋은 아침."

그는 갑자기 다가온 내게 조금도 놀란 기색 없이 대답했다.

"오늘은 등굣길에 책 안 읽네?"

"책을 보기에는 햇살이 너무 싱그러워서. 정말 아름답지 않아?"

그는 손바닥을 펼쳐 보이더니 아침 햇살을 이리저리 비춰봤다. 그리고 담벼락을 따라 파릇파릇 피어난 새싹들을 가리키며 자연의 신비에 대해 이야기했다. 어떻게 메마른 가지에서 푸른 새싹들이 피어날 수 있는 것인지, 잎사귀들은 투명할 정도로 순수할 수 있는 것인지 감탄을 하며 찬양했다. 또래로부터 날씨와 자연에 대한 찬사를 들은 건 처음이었다. 그가 어쩌면 청소년의 탈을 쓴 노인이 아닐까 하는 의심도 들었다.

"나는 이런 봄날에 새싹들을 보면 뭐든 할 수 있을 것 같은 용기가 생겨."

새싹에서 용기를 얻는다니 좀처럼 공감할 수 없었다.

"듣고 보니 그런 것 같기도 하고."

하지만 그 용기가 도대체 무엇인지 알고 싶었다.

"근데 그거 컨셉이야? 읽지도 않을 거면서."

나는 그의 손에 쥐어진 책을 가리키며 말했다.

"아, 이거. 마음 가짐이야."

그는 책을 이리저리 살펴보더니 대답했다. 겉표지에는 '황야의 이리'라고 쓰여 있었다.

"마음 가짐?"

"응. 읽지 않더라도 늘 곁에 책을 두는 거지."

"곁에 두면 뭐가 달라지는데?"

"안톤 체호프가 이런 말을 했지. 극중에 총이 나오면 반드시 방아쇠는 당겨지게 되어 있다고."

"책은 쏠 수 있는 것도 아니잖아."

"대신 찍을 수는 있지. 이런 책은 사실 둔기 수준이거든."

그는 책을 공중에 가볍게 휘두르며 말했다.

"그렇게 두꺼운 책에 맞으면 아프긴 하겠다."

나는 그가 농담인지 진담인지 헷갈려 고개를 갸우뚱했다.

"아무튼….."

그는 무언가를 말하려다 잠시 머뭇거렸다. 그리고 다시 말을 이었다.

"책은 내 삶에 있어 필연적인 장치야."

그는 책을 꽉 움켜쥐며 말했다.

이야기를 나누면 나눌수록 드러나는 그의 생각과 시선들은 내게 전혀 낯선 무언가였다. 상민이가 갖고 있던 멋과 유사한 것처럼 느껴졌지만 그건 피상적인 멋 이상의 것이었다. 그게 무엇인지 알아내고 싶었다.

나도 그만큼 흥미로운 녀석이라는 걸 보여주고 싶었다. 교문이 보이기 시작하자 나는 방향을 바꿔 담장 쪽으로 향했다.

"뭐야, 어디 가?"

그가 놀란 눈으로 물었다.

"어디 가긴, 학생이 학교를 가야지."

"정문은 저기인데."

그는 눈으로 정문을 가리키며 말했다.

"내겐 여기가 정문이야."

나는 멋지게 말해놓고는 담을 훌쩍 타 넘었다. 하지만

담장 사이로 보이던 그는 내 행동에 딱히 흥미를 보이지 않는 것 같았다.

그 뒤로도 나는 요란스럽게 그의 관심을 끌어보고자 했다. 그를 따라 집요하게 책도 읽어나갔고, 교실에서 요란을 떨어보기도, 책 제목이 보이게 책상 위에 올려놓기도, 또 도서관에서 괜히 그를 기다려보기도 했다. 돌이켜보면, 그 행위들은 열여덟 살의 내가 본능적으로 피워올리는 처절한 구조 신호였는지도 모른다. 나는 내 마음을 헤아려줄 친구가 필요했다. 하지만 그는 자신이 설정한 선 이상으로 타인에게 다가가지 않았다.

며칠 뒤 점심시간이었다. 친구들이 적당히 빠지면 도서관에 가려고 눈치를 보고 있을 때였다.

"오늘 코다리 무침 아니던데 같이 먹으러 갈까."

민재가 성큼성큼 다가오더니 말했다. 나는 가방에서 빵을 꺼내려다 말고 멈칫했다. 고민할 것도 없이 그러자고 대답했다. 급식실에 대한 두려움은 까맣게 잊은 채 어느새 그와 함께 나란히 복도를 걷고 있었다.

"그동안은 누구랑 먹었어?"

나는 주머니에 손을 찔러 넣은 채로 물었다.

"나? 경전이랑 먹었지."

"경전이랑?"

"응. 그동안 혼자 먹었거든."

그는 교복 재킷의 왼쪽 가슴 부분을 톡톡 가리키며 말했다.

"아니, 그럼 여태 혼자 먹은 거야?"

"급식실 오픈한 첫 날은 애들이랑 같이 먹었는데, 그 이후로는 혼자 먹기 시작했어."

"혼자 먹었다고?"

그가 고개를 끄덕였다. 급식실에서 밥을 혼자 먹는다니 나라면 차라리 굶는 게 나을 것 같았다. 그런데 문득 민재라면 그럴 수도 있겠다는 생각이 들었다. 위탁 급식을 할 때도 그는 늘 자신의 책상에 앉아 홀로 밥을 먹었다. 하루는 친구들과 둘러 앉아 점심을 먹다가 혼자 먹는 그의 뒷모습을 보고 함께 먹자고 제안한 적이 있었다. 하지만 그는 괜찮다고 미소 지으며 답하더니 다시 책과 함께 밥을 먹었다. 몇 친구들이 함께하자는 제안을 했지만 그는 사람 좋아 보이는 미소로 거절했다. 이런 일이 몇 번이나 반복되자 이제 모두들 이 모습을 당연하게 여겼다. 그렇다고 그가 외로

위 보이거나 친구가 필요해 보이지도 않았다. 그의 행위는 순전히 필요에 의한 것처럼 느껴졌다. 그에게는 학교 생활보다 중요한 무언가가 분명 있었다.

"혼자 먹는 게 뭐 어때서. 떼거리로 몰려가서 먹다 보면 해야 하는 게 너무 많거든."

그가 대수롭지 않게 말했다.

"그게 무슨 말이야?"

"몰려다녀 보니 시간이 아깝더라고. 밥 먹는 내내 시시콜콜한 이야기가 전부고, 다 먹고 나면 하릴없이 이곳저곳으로 몰려다니면서 뭐 재미있는 거 없나 찾아다니다 보면 어느새 점심시간이 다 가더라고."

"점심시간은 보통 그렇게 보내지 않나?"

나는 고개를 갸우뚱하며 말했다.

"그렇긴 하지. 그치만 나는 그 평범한 관계와 시간 속에서 내 자신이 희미해지고 있다는 걸 느꼈어. 그럴 바에야 혼자 먹는 게 낫겠다 싶었지."

"희미해진다는 건 무슨 말이야?"

"나는 여기에 온 이유와 목적이 있거든."

"그게 뭔데?"

"그건… 말할 수 없어."

그는 잠시 뜸을 들이더니 고개를 가로저었다.

"왜? 프리메이슨의 지령이라도 받았어?"

"뭐?"

그는 나를 바라보더니 크게 웃음을 터뜨렸다.

"너 프리메이슨이라며."

"너도 프리메이슨이면 얘기해 줄게."

"어떻게 가입하면 되는데?"

"가입하는 게 아니라 선택받는 거야."

"그럼 선택을 기다려보지 뭐."

나는 주머니에 손을 찔러 넣으며 어깨를 으쓱했다. 그러자 그는 어이없다는 듯 너털웃음을 지었다.

"그런데 혼자 안 먹어도 괜찮겠어?"

내가 화제를 바꾸며 물었다.

"무슨 말이야?"

"어떤 목적이 있어서 일부러 혼자 먹기 시작한 거였잖아."

"내 경전을 좋아하는 사람과는 같이 먹어도 괜찮겠다 싶었거든."

그와 함께 급식실 문을 열었다. 새단장한 공간은 화사하고 세련되게 바뀌어 있었다. 다만 테이블 배치는 그대로였다. 나는 본능적으로 상민이와 관석이가 있는지 살펴봤다. 그들은 상석에 앉아 시끌벅적하게 밥을 먹고 있었다. 하지만 정말 이상하게도 두려움이 느껴지지 않았다. 나는 민재가 데미안일지도 모른다는 막연한 기대를 하고 있었다.

6
불온사상

때로 삶은 거미줄로 변모하는 순간이 있다. 온전히 나의 의지와 자유로 나만을 위해 움직인다고 믿었던 세상이 갑자기 정신을 차려보니 나를 옭아매고 있는 것이다. 삶은 일종의 덫이다. 거미줄이 몸에 엉켜 있다는 사실을 알고 놀라 발버둥 친다. 하지만 애석하게도 손에 잡히는 건 거미줄밖에 없다. 발버둥칠수록 거미줄은 더욱더 옥죄여온다. 거미줄에는 이제 먹음직스러운 희생양이 무기력한 발버둥을 치고 있을 뿐이다.

나는 덫에 걸렸다는 사실도 모른 채 옴짝달싹 못 하고 있었다. 넋이 나간 채로 모의고사를 봤다. 시험이 끝나자 친구들은 가채점을 하느라, 또 수업 시간에는 문제풀이를 하느라 정신이 없었다. 하지만 나는 하나도 중요하지 않은 것들이었다. 시험은 문제도 보지 않고 답안지에 마킹을 했기에 가채점도 할 수 없었고 문제풀이도 관심 없었다. 정작 내 삶의 문제는 풀지 못하는데 문제풀이에 열을 올린다고 어떤 도움이 된단 말인가.

빌려 간 물건의 반납을 미루던 상민이는 어이없는 통보를 해왔다. 내 신발과 옷을 모두 잃어버렸다는 것이었다. 그러면 어떡하냐는 질문에 옆에 있는 관석이가 대신 대답을 했다.

"씨발 존나 귀찮게 하네. 친구끼리 그럴 수도 있지. 그래 안 그래?"

그는 우악스러운 두 손으로 나를 강하게 밀쳤다. 나는 아직 빗물이 마르지 않는 골목길에 그대로 나자빠지고 말았다. 엉덩이에 축축한 흙탕물이 느껴졌다.

"미안하다. 내가 잃어버리고 싶어서 잃어버렸겠냐."

상민이는 바닥에 내동댕이쳐진 나를 안쓰러운 듯 바라보며 말했다.

"상민아 친구끼리 미안한 게 어딨냐."

관석이는 담배를 꺼내 입에 물며 말했다. 그러자 상민이도 아무 말 없이 담배에 불을 붙였다. 그의 담배는 빨갛게 타들어갔다.

엉망이 되고 말았다. 내 삶의 총력을 기울였던 멋은 이제 착취로 변모되고 말았다. 학원도 포기하며 선택한 멋이었다. 내 삶을 바꿔놓고 존재의 의미를 선사해 준 멋이었다. 멋과 함께 권력과 지위, 그리고 그것들의 달콤한 부산물 속에서 영원을 꿈꾸었던 나는 정신을 차려보니 그저 흙탕물 위에서 나뒹굴고 있었다. 우정도 착취로 변모할 수 있다는 걸 오랜 시간이 지나고서야 깨달았다. 이제 복권에 대한 희망도 요원한 일이었다. 교복에 묻은 흙탕물은 그들과 어울릴 수 없는 일종의 낙인 같은 것이었다. 패배자의 낙인으로는 강자들의 세계에 영원히 복권될 수 없었다.

낙인보다 더 고통스러운 건 상민이의 통보가 거짓이라는 것이었다. 그는 버젓이 나의 에어맥스를 신고 나이키 재킷을 입고 지샥 시계를 차고 다녔다. 그리고 그의 곁에는 늘 관석이가 있었다. 나는 아무 말도 하지 못한 채 먼발치에서 그들을 바라볼 뿐이었다. 내가 여기서 무얼 더 할 수 있는 것인지 답답하기만 할 뿐이었다.

"이기윤! 집중 안 하고 있지?"

국어 선생님은 손바닥으로 교탁을 탁 치더니 말을 이었다.

"일어나."

멍하니 창밖을 보던 나는 놀라 자리에서 일어났다.

"우리가 지금 몇 번 문제 보고 있지?"

짝은 16번이라고 나지막이 속삭였다.

"16번이요."

"이번 문제는 답이 뭐지?"

시험지를 내려다보니 지문에 있는 빈칸에 들어갈 가장 적절한 걸 고르라는 문제였다. 괴테와 실러가 문학과 예술에 대해 가상의 대화를 나누는 지문이었다. 문제를 포함한 지문도 시험지 한 면의 2/3를 차지할 만큼 길어 단시간에 살펴보는 것도 불가능했다. 그들이 하지도 않았을 말을 만들어 맞춰보라니 헛웃음만 나올 뿐이었다. 풀지도 않았기에 몇 번을 찍었는지도 알 수 없었다. 짝의 시험지를 보니 녀석의 문제에도 틀렸다는 붉은색 표시가 낙인처럼 그어져 있었다. 답을 알려달라고 녀석을 툭툭 쳤지만 머리를 긁적이며 작은 목소리로 대답했다.

"나도 놓쳐서 못 들었어."

선생님은 체벌할 차례가 왔다는 듯 교탁 위에 놓인 막대기에 손을 가져갔다. 얼른 가장 적절한 답을 골라야 했다. 그때 본능적으로 민재를 바라봤다. 그는 등을 보이고 있었지만 갑자기 오른손을 왼쪽 겨드랑이 사이로 넣으며 브이를 만들었다. 나는 다급하게 외쳤다.

"2번, 2번이 답입니다."

"그럼 반정립 단계에 위치하는 예술이 현실에서는 정립 단계에 있다고 한 3번은 왜 답이 아니지?"

선생님은 막대기로 교탁을 툭툭 치며 물었다. 반정립이니 정립이니 도대체 무슨 말인지 이해가 되질 않았다. 이 질문이 도대체 삶에 어떤 도움을 줄 수 있는 것인지 묻고 싶었다. 세상이 나를 갖고 말장난을 하는 것처럼 느껴졌다. 하지만 어려울 것도 없었다. 답은 이미 정해져 있었다.

"오답이기 때문입니다."

여기저기서 큭큭거리는 소리가 들렸다.

"아니, 왜 오답이냐고."

"2번이 답이니까 3번은 오답입니다."

갑자기 여기저기서 웃음이 터져 나왔다. 나는 왜 웃는지 영문을 몰라 주위를 두리번거렸다.

"그래. 네 말이 맞다."

선생님은 골치 아픈 듯 이마를 짚으며 눈을 질끈 감았다. 문제풀이로 잔뜩 긴장되어 있던 교실 분위기는 웃음으로 부드럽게 녹고 있었다. 민재는 피식 웃으며 엄지를 치켜세웠다. 나는 수업을 망친 것에 뿌듯함을 느끼며 슬쩍 손을 올려 엄지로 화답했다. 고개를 숙이고 있던 선생님은 내게 그만 됐으니 앉으라고 했다.

수업이 다시 시작되었다. 선생님은 문제풀이를 시작했지만 좀처럼 집중이 되질 않았다. 민재의 뒷모습을 보며 막연하게 든든한 감정이 들었다. 나를 체벌에서 구해주었을 뿐만 아니라 배를 곯지 않게 해주었다. 그는 망가진 내 삶의 구원자나 마찬가지였다.

하지만 나는 민재를 이용하고 있었다. 나는 무의식적으로 그를 데리고 다니는 듯 행세하기 시작했다. 그것은 분명 주위 친구들의 시선을 의식한 것이었다. 마치 나와 함께 있을 때 상민이가 그랬던 것처럼, 주머니에 손을 넣고, 상대보다는 한 발짝 앞서가며, 과장된 행동으로 으스댔다. 마치 엄청난 호의를 베풀어 적응 못 하는 전학생을 도와준다는 듯 말이다. 그리하여 상석에서 밥을 못 먹는 이유가 이것 때문이라고 동급생들에게 은연중에 드러내고 싶었던 것인지도 모른다.

물론 민재도 그것을 눈치채고 있는 것이 분명했다. 내가 무척이나 평소답지 않게 과장된 언행으로 촐싹대기까지 했으니 당연한 일이었다. 하지만 그는 개의치 않아 하는 눈치였다. 약삭빠르게 그를 이용하려는 나와 달리, 그는 여전히 평온했고 예전 그대로였다. 그런 그와 함께할 때면 어딘가 모르게 마음이 편안했다.

때로는 이런 생각이 들기도 했다. 민재는 나를 불쌍하게 여기는 것일까. 우리는 점심시간만 되면 마치 약속했던 것처럼 함께 밥을 먹었지만, 그 외의 시간에는 이야기도 잘 섞지 않았다. 그는 그저 독서에 몰두하고 있을 뿐이었다. 내심 친해지고 싶은 마음도 있었지만, 어떻게 해야 할지 몰랐다. 마치 수도승 같은 그의 수행을 방해하고 싶지 않았다.

종소리가 울렸다. 친구들이 하나둘씩 교복을 벗고 체육복으로 갈아입기 시작했다. 시간표를 보니 다음 시간은 체육시간이었다. 햇살 가득한 운동장을 바라보니 마음이 가벼워졌다. 뜨거운 태양 아래 땀을 뻘뻘 흘리며 축구를 하고 싶었다. 그 순간만큼은 모든 걸 잊을 수 있어서 좋았다. 사물함에서 체육복을 꺼내 갈아입었다. 축구화를 챙겨 들곤 교실을 나섰다. 복도에는 운동장으로 나가는 민재가 있었다.

"참, 아까 네 덕분에 살았다."

나는 성큼성큼 다가가 그의 보폭에 발을 맞추며 말했다.

"뭐가?"

그는 보던 책에서 시선을 떼며 물었다.

"아까 답 알려줬잖아."

"분위기를 보니 너 또 혼나거나 맞을 것 같았거든."

"나야 뭐 그게 일상이지."

나는 자조적인 웃음을 지으며 말했다.

"너 그때 선생님 표정 봤어?"

그는 한쪽 입꼬리를 올리며 물었다.

"당황하셨지, 많이."

"나는 아까 네 대답이 정곡을 찔렀다고 생각해."

그는 제법 진지한 태도로 말했다.

"어떤 정곡?"

"2번이 답이기에 3번은 오답이라는 말. 논리적으로 틀린 말이 아니었어. 그래서 선생님도 말문이 막혔던 거지. 말장난 같지만 정답만 중요하게 여기는 대한민국의 교육 제도를 아주 신랄하게 풍자했다고 생각해."

"무슨 말이야?"

나는 축구화 밑창에 묻은 흙을 툭툭 털어내며 물었다.

"하나의 문제에 하나의 정답만 알면 되는 게 바로 현재 교육 시스템이야. 찍어서 맞히든 풀어서 맞히든 맞히기만 하면 되는 거지. 네가 말한 자세로 세상에 임하면 학교에서 요구하는 우등생은 누구나 될 수 있다고 생각해. 정답은 정해져 있거든."

"누가 들으면 네가 전교 1등이라도 한 줄 알겠다."

나는 헛웃음을 켜며 말했다.

"농담이 아니라, 이건 중요한 얘기야."

그는 나의 웃음을 정색으로 받아치며 대답했다.

"왜 중요한데?"

"네 대답이 의무교육이 얼마나 바보를 양산하는가를 증명하는 말이었거든."

"어떤 점에서?"

"너는 의무교육의 본질에 대해 생각해 본 적 있어?

"딱히."

나는 어깨를 으쓱했다.

"세계 첫 의무교육이 시작된 건 1819년, 프로이센 왕국에서부터였어. 그리고 보편화된 건 20세기에 들어서면서부터야. 의무교육의 본질은 근대 국가를 지탱하는 지지 세력과 노동 인력을 충원하기 위한 양성 제도나 다름없어. 아이들을 학교에 보내지 않으면 어른들은 사회에 나가서 제 역할을 할 수 없거든. 학교가 없어지면 사회 전체의 유기적인 움직임이 둔해질 수밖에 없어. 너도 잘 생각해 봐. 시간에 맞춰 등교하고, 종소리가 울리면 휴식 시간을 갖고, 배운 걸 평가하고, 규칙을 어기면 페널티를 받고, 그 속에서 우수하게 학습하는 이들은 칭송을 받고. 뭔가 의미심장하지 않아? 잘 교육받았다는 건 사회에 나가서도 똑같이 적응할 수 있는 자격을 갖췄다는 걸 의미해. 개개인이 국가를 안정시키는 에너지원이 되는 거지. 자본주의 시스템과 국가 제도를 뒷받침하는 건 바로 의무교육이야. 국가를 유지하기 위한 교육인 셈이지."

"그럼 넌 의무교육이 좋지 않다고 생각하는 거야?"

"나는 교육 시스템이란 철저한 순응의 과정을 가르치는 거라고 생각해. 좋지 않다는 게 아니라 어느 면에서는 위험하다는 의미야."

"뭐가 위험하다는 거?"

"정신 차리지 못하면 바보가 될 수 있거든. 인간이 만든 제도는 공리적이고 합리적인 목적으로 만들어졌어. 모두가 평등한 권리를 보장하기 위한 시스템이지. 보편성을 추구하고 시스템에 순응하는 인간만을 양산하는 게 목적이야. 규칙을 잘 따르고, 타인에게 피해를 주지 않고, 사회의 구성원으로 훌륭하게 지낼 사람들을 양산해 내는 거지. 뛰어난 인물을 만들어내는 건 오히려 홈스쿨링 같은 형식의 맞춤형 교육이야. 역사적으로 살펴봐도 권력자들은 늘 자식들을 교육할 땐 학교가 아니라 집으로 스승들을 데려왔어. 알렉산더 대왕의 스승이 아리스토텔레스였던 것처럼."

나는 그래서 과외비가 비싼 걸까, 하고 생각하며 천천히 고개를 끄덕였다. 이어 그가 덧붙였다.

"세상은 인간이 만든 인위적인 제도를 숭고하다고 여기지만, 나는 이 제도에 가려진 보다 숭고한 가치가 있다고 생각해. 우리는 그걸 추구해야 하는데 고작 제도의 훌륭한 일원이 되는 것에 열중하고 있을 뿐이지."

"그 숭고한 가치가 뭔데?"

"아직은 잘 모르겠어. 그걸 찾는 중이야."

그는 손에 쥔 책을 가볍게 흔들며 답했다.

"그러면 넌 왜 학교를 다녀?"

"학교는 내게 탈출구야. 잠시 숨어 있는 곳이지."

"무엇으로부터?"

"압제로부터."

압제. 나는 그것이 무엇이냐고 물어보려다가 말을 아꼈다. 갑자기 침울해진 그의 표정은 질문을 받아낼 수 없을 것처럼 보였다. 그와 대화를 깊게 하다 보면 이야기의 귀결은 늘 자신을 억누르는 무언가였다. 분명 그것이 그를 깊게 사유하고 분투하게 만들고 있었다. 신기하게도 이럴 때면 그를 처음 봤을 때 마주했던 눈빛이 다시금 발현됐다. 무언가에 억눌린 듯 무기력해 보였지만, 반대로 모든 걸 깨부술 것처럼 의연했다.

그는 또래 친구들과는 확연하게 다른 무언가를 갖고 있었다. 어딘가 조숙하고 진중한 눈빛으로 그는 분명 세상을 다르게 바라보고 있었다. 사물의 본질을 꿰뚫어 보는 것 같기도, 진실을 파헤치는 것 같기도 했다. 그를 마주하면 이상하리만치 발가벗겨지는 기분이 들었다. 그래서 나는 더욱더 나의 치부를 숨기려는 듯 그 앞에서 스스로를 과장했는지도 모른다. 아무튼 중요한 것은, 그는 바라보고 있는 층위가 주위 사람들과는 달랐다는 것이다. 이것을 확연하게 감지했던 건 화학 수업 시간에 있었던 일 때문이었다.

"근데 말이야, 선생님 친구 중에는 혼자서 멀리 여행을 한번 떠나보고 싶어 하는 친구가 있더라고."

타조알이라는 별명을 가진 화학 선생님은 수업 시간에 이따금씩 잡담하는 걸 좋아했다. 나는 흥미로운 이야기가 나올 것 같자 졸음이 금세 달아났다.

"하지만 녀석은 가장이라는 것 때문에 그러질 못하고 있어. 만약에 너희들의 아버지가 어머니와 너희들을 남겨두고 한두 달 동안 홀로 먼 곳으로 여행을 떠난다면 어떨 것 같아?"

모두 웅성웅성하기 시작했다. 나는 턱받침을 하곤 곰곰이 생각해 봤다. 아버지가 엄마와 나를 두고 여행을 떠난다. 그건 가족을 버리는 것과도 마찬가지였다. 만약 그런 일이 생긴다면 아버지에게 큰 배신감이 들 것 같았다. 친구들이 하나둘 자신의 생각을 이야기했다.

"그래도 아버지는 가족과 함께 있어야 한다고 생각해요. 아니면 가족과 함께 여행을 떠날 수도 있잖아요."

"다 큰 어른이 그러면 안 되죠."

"여자를 버리는 남자는 쓰레기죠, 쓰레기."

종합된 의견은 아버지는 언제나 자신의 자리를 지켜야 한다는 것이었다. 나도 그들의 의견에 고개를 끄덕였다.

"만약 자식이 없으면? 그래도 한두 달 후면 돌아올 텐데?"

타조알이 되물었지만 우리의 대답은 변함이 없었다. 그의 얼굴에는 무언가 씁쓸한 표정이 역력했다. 그때 갑자기 민재가 입을 열었다.

"저는, 그럴 수도 있다고 생각해요."

모두가 고개를 돌려 그를 바라봤다.

"아버지라는 분들도 아버지이기 이전에 한 인간이잖아요. 만약 그분이 여행을 떠난다면 아버지로서는 실격일지도 모르지만, 그렇다고 그가 한 인간으로서는 실격이 아니라고 생각해요. 충분히 그럴 수 있는 거죠. 한 인간으로서는요."

칠판에 기대어 있던 타조알의 얼굴에 옅은 미소가 피어났다.

내겐 놀라운 답변이었다. 나는 그때까지 아버지를 아버지 이외의 존재로 생각해 본 적이 없었다. 마치 태어날 때부터 아버지인 존재로만 여기고 있었다. 어머니도 어머니였고, 선생님도 선생님이었다. 나는 민재의 뒷모습을 바라보며 생각했다.

'얘는 도대체 무슨 생각을 갖고 있는 것일까.'

그때는 알지 못했다. 민재의 답변은 타조알이 세상으로부터 듣고 싶었던 대답이었다는 것을. 결혼을 앞두고 있던 그는 파혼을 하고 겨울방학에 홀로 포르투갈의 나자레 해변을 다녀왔다. 타조알은 그 일이 있고 나서 민재를 원망하기는커녕 해변의 모래를 조그마한 유리병에 담아 선물해 주었다. 물론 이 일은 이듬해에 모든 퍼즐이 맞춰진 사건이었지만, 당시에 내가 받았던 충격은 결과와는 상관없는 것이었다.

"야, 얘기 들었어?"

며칠 뒤 복도에서 만난 수형이가 돌진하듯 다가와 물었다.

"뭔데 그래?"

"야, 민재가 이번 모의고사 이과 1등이래."

그는 혀를 내두르며 말했다.

"진짜?"

나는 눈을 동그랗게 뜨며 물었다.

"넌 개랑 같이 다니면서도 몰랐냐."

모의고사 성적이 발표되곤 민재는 또 한바탕 친구들의 주목을 받았다. 난데없이 등장한 전학생이 전교생의 등수를 한 계단씩 낮췄으니 당연한 일이었다. 복도 창문을 통해 바라본 그는 여전히 책에 시선을 고정하고 있었다. 단순한 독서였지만 이상하게도 그가 마치 원대한 무언가를 준비하고 있는 것처럼 보였다.

7
심연의 우물

"참, 근데 왜 이 엘리베이터는 아무도 안 쓰는 거야?"

어느 날 민재가 내게 물었다.

점심시간, 그와 함께 도서관에서 교실로 돌아오는 길이었다. 도서관은 4층에 있었기에 교실이 있는 2층까지 가려면 계단을 이용해야 했다. 그는 계단으로 가려다 말고 발걸음을 멈추었다. 그리고 엘리베이터를 가리켰다.

"교직원들만 이용하게 되어 있거든."

"학생들은 왜 쓰면 안 돼?

"음, 그건… 그냥 규칙이야."

나는 어깨를 으쓱하며 대답했다.

"학생들이 쓰면 고장 나?"

"글쎄. 전기세를 아끼려고 하나?"

"엘리베이터는 쓰라고 만든 거잖아."

"그렇긴 하지."

"웃기지 않아? 나 전학오던 날은 잘만 탔는 걸."

"그야 부모님이 오신 거니까."

"나는 이런 납득할 수 없는 규칙들이 마음에 들지 않는다니까."

그는 미간을 찌푸리며 말했다.

"게다가 이사장님도 오셨잖아, 그날은."

"이런 거에 길들여지면 안 돼. 우리도 타자."

그는 갑자기 엘리베이터로 다가가 내려가는 버튼을 눌렀다.

"이러다 걸리면 벌점이야."

나는 놀라 주위를 둘러보며 말했다.

"왜, 겁나?"

엘리베이터에 올라 탄 그는 주저하는 나를 바라보며 비웃었다.

"뭐? 내가 이런 걸로 쫄릴 거 같아?"

나도 호기롭게 성큼 발을 내디뎠다. 민재가 2층 버튼을 누르고 팔짱을 꼈다. 나는 마음이 급했던 나머지 닫힘 버튼을 계속해서 눌렀다. 행여나 선생님과 마주칠까 겁이 나서였다. 문은 마치 나무늘보처럼 아주 느린 반응 속도로 스르륵 닫혔다.

"어, 뭐야!"

나는 깜짝 놀라 안전바를 꽉 붙잡았다. 갑자기 엘리베이터가 쿵하는 소리와 함께 비정상적으로 내려가기 시작했다. 마치 자유낙하를 하는 것처럼 느껴졌다. 천장에서는 케이블이 빠르게 풀리는 듯한 소리도 들렸다. 그리고 쿵하는 소리와 함께 엘리베이터가 멈춰서더니 위아래로 요동쳤다. 정말 순식간에 벌어진 일이라 민재와 나는 안전바에 매달린 채 한참 동안이나 멍하니 허공을 바라봤다. 이어 내부의 불도 모두 꺼졌다. 아무것도 보이지 않았다. 우리는 천천히 몸을 일으켜 본능적으로 휴대폰을 꺼내 액정의 불빛으로 주위를 비췄다.

"젠장. 고장 났나 보다!"

민재도 놀란 말투로 말했다.

"이러다 떨어지는 거 아냐?"

나는 안전바를 붙잡은 채로 다리를 후들거리며 일어섰다.

"일단 비상 호출 버튼부터 눌러보자."

그는 F층 버튼 위에 있는 노란색 호출 버튼을 눌렀다.

"뭐야. 아무 응답 없는데?"

여러 차례 버튼을 눌렀지만 반응이 없었다.

"비상 호출도 먹통이 됐나 봐."

나는 식은땀을 닦으며 말했다.

"관리실에 전화 걸어보자."

나는 스티커에 적힌 번호를 누르고 통화 버튼을 눌렀다.

"통화 연결이 안 돼. 아예 신호가 잡히질 않아. 네 걸로 해봐. 119로!"

"내 것도 마찬가지야. 신호가 안 잡혀."

그는 통화를 눌러보더니 고개를 저었다.

"젠장, 내가 타는 게 아니었어!"

우리는 다급해진 나머지 할 수 있는 걸 다 시도하기 시작했다. 굳게 닫힌 문을 쿵쿵 두드리며 살려달라고 목이 터져라 소리를 내지르고, 문을 강제로 열기 위해 양 옆으로 당겨도 봤다. 하지만 문은 꿈쩍도 하지 않았고, 본관은 통행이 드문 곳이었기에 아무 응답도 없었다. 밖에서는 수업 시작을 알리는 종소리가 아주 희미하게 들려올 뿐이었다.

구조신호를 보내는 우리의 움직임도 점차 더뎌져 갔다. 나는 어느새 공포와 절망에 사로잡혀 문에 이마와 양손을 갖다 댄 채 흐느꼈다.

"안 돼. 이렇게 죽을 수는 없어…."

"그냥 앉아서 기다리자."

고개를 돌려보니 민재는 바닥에 앉아 등을 기대고 있었다.

"너 뭐해? 우리 진짜 큰일나면 어쩔려고!"

"이제 곧 구하러 올 거야."

그는 태평한 목소리로 대답했다.

"우리가 여기 있는 것도 모를 텐데?"

"교실에 떡하니 두 자리가 비어 있는데 선생님이 가만히 있겠어? 찾고 찾다 보면 여기로 올 거야."

"너는 무섭지도 않아?"

"무서웠는데, 지금 달리 어찌할 방법이 없잖아."

그는 머리를 쓸어 넘기며 해탈한 표정으로 말했다.

"야, 뭐라도 해야지!"

나는 발을 동동 구르면서 소리쳤다.

"올 거라니까. 일단 앉아봐. 재미있는 게 생각났어."

어둠 속에서 야생 동물처럼 반짝이는 그의 안광은 미소를 짓고 있었다. 잠시 머뭇거리던 나는 이끌리듯 그의 곁에 나란히 앉아 벽에 등을 기댔다. 그의 말에 따라 일단 심호흡을 했다. 암흑 속에서 조금씩 차분해지는 우리의 숨소리가 점점 선명해져 갔다. 이상하게 마음이 편해졌다. 곧 굳게 닫힌 저 문도 열릴 것만 같은 확신이 들었다.

"무라카미 하루키의 소설 『태엽 감는 새』 읽어봤어?"

얼마나 지났을까, 그가 침묵을 깨며 나지막이 물었다.

"아니. 근데 왜, 갑자기 책 얘기야?"

"소설 속에서 주인공이 우물에 홀로 내려가 사색에 잠기는 장면이 나오거든. 우물 속에서 아주 고요하고 냉철하게 자신이 처한 상황을 돌아보게 돼. 작품에서는 인물의 심연을 성찰하는 상징적인 장치로 사용되지."

"그래서?"

"지금 나도 그 소설 속 우물에 내려온 기분이야. 성찰의 시간을 선물받은 게 아닐까 하는 생각이 들었어."

"성찰?"

"응. 반복적인 일상을 살다 보면 절대 볼 수 없는 게 있거든. 물리적으로 벗어나야 보이지 않던 것들이 보이지. 나는 언젠가 이런 곳에 오고 싶었어."

그는 믿기지 않는 행운을 마주한 것처럼 웃으며 말했다.

"뭘 성찰하고 싶은데?"

"내가 도대체 여기서 뭘 하고 있는지."

"뭘 하긴, 엘리베이터에 갇혀 있지."

"아니지. 명월고에 갇혀 있지."

그는 하늘을 향해 호소하는 어느 연극배우처럼 두 손을 허공에 치켜들며 말했다. 그가 태연할수록 나도 점점 엘리베이터에 갇힌 게 대수롭지 않게 여겨졌다.

"전학은 왜 온 거야? 성적도 좋았을 거 같은데."

"나는 사실… 이게 지금 두 번째 인생이야. 다시 주어진 삶이지."

"다시 주어진 삶이라니? 환생이라도 했어?"

"하하! 환생은 아니고, 나는 이전 학교에서 이미 2학년을 다녔었어."

"뭐야. 그러면 일 년 꿇은 거야? 혹시 동갑이 아니라 형이야?"

나는 화들짝 놀라며 물었다.

"동갑은 맞아. 나는 빠른이거든."

"어휴, 형은 아니라 다행이다. 그러면 어쩌다 2학년을 다시 시작하게 된 거야?"

"아팠어. 엄청 많이. 사고…가 있었거든…."

그는 잠시 뜸을 들이다가 천천히 말을 이었다.

"아무튼 일이 있고 학교를 휴학하게 됐어. 휴학한 뒤로는 현실을 도피하고 싶기도 했고, 인생의 답을 알고 싶은 욕구가 엄청 컸어. 그럼에도 살아야 할 이유를 찾고 싶었거든. 그때부터 독서에만 매진하게 됐어. 거의 하루에 한 권씩 책을 읽었어. 정말 닥치는 대로 읽었지. 가을에는 잠시 가출도 했는데 혼자 기차를 타고 경상도와 전라도를 돌아다니고 지리산 종주도 했어. 물론 방황은 계속될 수 없었고 결국 집으로 돌아오게 됐지. 지난 일 년은 내 삶에서 가장 아팠지만 또 가장 풍요로웠던 나날이었어. 그렇게 영원히 방황만 하고 형이상학적 문제에 몰두하며 살고 싶었어. 학교로는 절대 돌아오고 싶지 않았고. 하지만… 아버지 때문에 어쩔 수 없었어. 아버지는 고등학교 졸업만 하고, 원하시는 대학에 들어가기만 하면 마음대로 살라고 하셨거든. 근데 난 믿지 않아, 아버지 말. 대학에 들어가면 또 졸업만 하면으로 바뀔 거라고 확신하거든. 아무튼 긴 방황을 끝내고 결국 여기로 전학 오게 된 거지, 강제로. 근데… 여기에 온 첫 느낌이 엄청 묘했어. 교실에 딱 들어왔는데 어떤 기분이 든 줄 알아?"

"어떤 기분이었는데?"

"시간을 돌이킨 것만 같았어. 상처 받기 전으로, 실수하기 전으로 말야. 다만… 그 대상은 이제 마주할 수는 없지만… 다시 원점으로 돌아온 나는 늘 스스로에게 질문을 던지고 있어. 그렇다면 나는 어떤 가치를 추구하고 무얼 좇아야 하는가. 나는 그 해답을 반드시 찾아야만 해."

나는 그의 이야기에 완전히 몰입되어서 엘리베이터에 갇힌 게 아니라 대화를 하기 위해 이곳에 온 거라는 착각이 들었다. 그 일이 무엇인지, 그 대상이 누굴 가리키는 건지 묻고 싶었지만 묻지 않았다. 그가 고백한 일 년의 시간만으로도 충분했다. 어떻게 나와 같은 시간 위를 걸어가며 이렇게 밀도 깊은 경험을 간직할 수 있었을까. 나는 그 차이가 무엇인지 알아내고 싶었다.

"그래서 너는 늘 단단해 보였구나."

"다시 주어진 삶이니까."

"나도… 일 년의 시간을 되돌려서 다시 시작한다면 제대로 살 수 있을까."

"아니."

그의 단호한 대답에 내가 눈을 꿈뻑이자 그가 말을 이었다.

"안 돼. 넌 빠른이 아니잖아."

"하하! 그렇네."

"농담이고, 시간을 되돌리지 않고 현명한 선택을 하는 게 더 낫겠지."

"내게도 현명한 선택지가 있을까."

"나는 인간에게 가장 현명한 선택지는 변수라고 생각해."

"변수?"

"응. 아무도 생각하지 못했던 방법으로 세상 사람들의 허를 찌르는 거지. 그래야 어떤 대응도 받지 않고 우리의 일을 진척시킬 수 있어. 뻔한 수면 절대 먹히지 않거든."

"과연 내게도 변수가 있을까…."

나는 그의 말을 나지막이 되뇌었다.

"네가 고민하는 거, 상민이와 관련된 일이지?"

현기증이 났다. 마치 취조실에 앉혀진 기분이었다. 누구에게도 들키고 싶지 않았던 일을 그는 이미 눈치챘던 것일까. 모든 것이 드러나는 그날, 산산이 무너져버릴 것이라고 생각했다. 하지만 이상하게도 모두에게는 숨기더라도 그에게는 드러내도 괜찮을 것만 같았다. 아니, 그에게는 고백하고 싶다는 생각이 들었다. 얼마나 지났을까, 나는 조심스럽게 입을 열었다.

처음으로 나 자신을 돌아보기 시작했다. 멋있어지고 싶은 욕구와, 도저히 거역할 수 없던 상민이와의 관계를 돌이켜봤다. 멋이라는 것은 언제나 나를 궁핍하게 했다. 수중에 있는 돈을 모조리 멋을 위해 썼다. 모든 것을 탕진했지만 갖고 싶은 것들은 여전히 수두룩했다. 그것들을 갖고 싶어 매일매일을 불안하고 초조하게 보내야만 했다. 멋있어지기 위해 파렴치하게 부모님에게서 돈을 받아냈지만, 멋있어지기는커녕 점점 나락으로 빠지고 있었다. 내게 멋을 선사했던 상민이와의 우정은, 되레 이제 나를 외롭고 불안하게 만들 뿐이었다. 나는 그가 내게 솔직하게 털어놨던 딱 그만큼의 내밀한 고백을 두서 없이 이어나갔다.

민재는 어떤 반문도 하지 않고 그저 눈을 마주친 채, 고개를 천천히 끄덕이며, 이야기의 결론을 스스로 맺게 해주었다. 나는 여태껏 그렇게 훌륭한 경청자를 만난 적이 없었다. 무얼 이야기하는지도 모른 채 엉켜 있던 실타래를 모두 풀어냈다.

"그래도 매일 밤 거울을 보고 있으면 더 멋있어지고 싶을 뿐이더라고…."

잠시 침묵 속에서 무언가를 곰곰이 생각하던 그가 이윽고 입을 열었다.

"너는 수은에 중독된 게 아닐까."

"수은중독이라니?"

"거울은 유리 뒷면에 수은을 입혀 만들어. 상을 고스란히 반영하는 건 바로 유리에 발라진 수은이야. 너는 언제부턴가 이 수은에 중독된 게 아닐까?"

그의 입가에는 밝은 미소가 맴돌고 있었다. 그리고 다시 말을 이었다.

"알아? 수은중독은 합병증이 더 심각하다는 거."

나는 생각에 잠겼다. 그건 분명 중독이었다. 매일 거울에 반영된 나의 모습을 바라보며 흡족해하고 더욱더 멋있어지고만 싶어 했다. 그의 말처럼 수은중독의 합병증은 심각했다. 삶의 모든 것을 뒤흔들 정도로 지독했다. 매일 사력을 다해 모든 것을 쥐어짜 거울 앞에 서야 했다.

"혹시 나르키소스 알아?"

그가 자세를 고쳐 앉으며 말했다. 내가 모른다고 하자 이야기를 시작했다.

"나르키소스는 수려한 외모를 가진 그리스 신화 속 인물이야. 모든 여성들은 물론 남성들까지 첫눈에 반할 정도였지. 신들도 예외는 아니었어. 어느 날 에코라는 님프도 사랑에 빠지고 말았어."

"님프가 뭔데?"

"그리스 신화에서는 요정을 님프라고 해. 아무튼 나르키소스는 그 어떤 사랑도 받아주지 않았어. 도도했던 거지. 에코도 매정하게 차버려. 에코는 상처를 입고 죽어가며 복수의 신 네메시스에게 소원을 빌어. 나르키소스도 짝사랑의 아픔을 알게 해달라고. 에코의 간곡한 기도에 결국 그도 짝사랑을 하게 돼."

"누구를?"

"자기 자신을."

"어떻게?"

"수면에 비친 자기 자신을 사랑하게 된 거지. 만질 수 없는 허상을 사랑하게 된 거야. 너처럼 수은중독에 걸렸던 거지."

"그래서 나르키소스는 어떻게 됐는데?"

나는 머리를 긁적이며 물었다.

"자기 자신과 사랑에 빠질 수 없다는 사실을 깨닫곤 식음을 전폐하다 죽음을 맞이했어."

그는 나의 눈을 응시하며 그 결말을 알려주었다.

"수은중독에 걸리면 결국 나르키소스처럼 되는 걸까…."

"걱정 마, 너는 미남 아니야."

"패션과 외모는 별개라고."

내가 헛웃음을 켜며 반박했지만 그는 무시한 채 대답했다.

"거울을 깨뜨리고 다른 무언가를 사랑해 보는 건 어때?"

심연의 은밀한 곳을 어루만지는 듯한 대화는 난생처음이었다. 마음이 한결 가벼워졌다. 나를 지배하고 있던 문제가 내 손바닥 위에 있는 것만 같았다.

"민재야, 넌 아버지처럼 의사가 되는 게 어때?"

나는 기쁜 마음에 그에게 진담 섞인 농담을 건넸다. 그는 어처구니 없다는 듯 머리를 저으며 웃음을 터뜨렸다.

이윽고 저 너머에서 쿵쿵 소리와 함께 우리의 이름을 다급하게 외치는 음성이 들려왔다. 나는 그제야 내가 갇혀 있었다는 사실을 깨달았다. 엘리베이터의 문이 조금씩 열리기 시작했다. 눈이 부실 정도로 빛이 쏟아져 들어왔다. 1층의 바닥은 이미 우리의 키를 훌쩍 넘기는 곳에 있었다. 민재는 나보고 먼저 가라며 자신의 어깨를 빌려주었다. 나는 그의 어깨를 밟고, 찬란한 햇살 속으로 끌어당겨졌다. 다시 돌아온 세상은 어딘가 달라져 있는 것만 같았다.

8
상처 깊은 밤

지금도 물론이거니와 그때도 사랑을 잘 몰랐다. 당시에는 여자 친구를 사귄다는 것보다 여자들에게 관심받는다는 것이 즐거웠다. 멋과 패밀리의 후광 덕분에 나는 여학생들과 쉽게 가까워질 수 있었다. 누나들은 복도에서 만나면 반갑게 인사를 건네주었고, 가끔씩 떡볶이나 딸기우유를 사주기도 했다. 그리 오래가지는 않았지만 나를 정말 친동생처럼 챙겨주며 이른바 X누나를 자처한 선배도 있었다. 또 동년배 여학생들과도 쉽게 가까워질 수 있었다. 하지만 나는 그 사이에서 뭘 어떻게 해야 할지 몰랐다.

내가 무척이나 좋아하던 여학생이 있었다. 그녀는 강지민이었다. 유난히 하얀 피부에 키도 160 후반대로 꽤나 큰 편이었다. 무엇보다 포니테일과 귀여우면서도 또렷한 이

목구비가 정말 예뻤다. 하지만 정작 지민이에게는 나서서 말을 걸어본 적도, 다가가본 적도 없었다. 그 누구에게도 좋아하는 티도 내지 못한 채 속앓이만 할 뿐이었다.

지민이에 대한 마음 때문에 누구에게도 마음을 주지 않았다. 편지가 왔음에도 답장을 하지 않았고, 자주 오는 문자에는 친근함만을 유지했다. 그저 내 곁을 맴돌 수 있게 말이다. 그중 나를 유별나게 좋아하던 여자애가 있었다. 바로 서가혜였다.

그녀의 긴 생머리와 커다란 눈은 나의 호기심을 불러일으켰다. 친구들도 잘 해보라며 옆에서 부추기기까지 했다. 하지만 내 마음 속에는 이미 지민이가 있었기 때문에 가혜에게는 그 어떤 관심도 생기지가 않았다. 몇 번이나 사랑을 갈구하는 가혜를 거절했다. 하지만 그녀는 짜증날 정도로 집요했다. 그녀는 나의 생일에 맞춰 승부수를 띄웠다. 문자를 받고 집 밖으로 나가보니 그녀가 서 있었다.

"이게 뭐야?"

"오늘 네 생일이기도 하고…, 네가 좋아할 것 같아서 준비했어."

그녀가 건넨 선물의 포장을 뜯어보니 슈프림 티셔츠가

들어 있었다. 내가 갖고 싶어 미니홈피에 올렸던 걸 보았던 게 분명했다.

"고마워. 근데, 이런 건 좀 부담스러운걸."

잠시 고민했지만 나는 그녀에게 선물을 도로 건넸다. 슈프림 티셔츠에 내 사랑을 팔고 싶지가 않았다.

"내가 좋아서 한 건데 뭘. 내 마음이니 그냥 받아도 돼."

그녀는 부드럽게 선물을 내 쪽으로 밀치며 말했다. 웃고 있었지만 무안해하는 표정이 역력했다. 눈에는 눈물이 그렁그렁 맺혀 있었다. 선물이라도 받지 않으면 금방이라도 울음을 터뜨릴 것만 같았다. 나는 고맙다고 하고 선물과 함께 얼른 집으로 돌아갔다.

집에 돌아와 선물을 살펴보니 사랑을 고백하는 편지도 동봉되어 있었다. 슈프림의 상징인 직사각형의 빨간 로고와 그녀를 떠올리며 잠시 고민했다. 하지만 돌려주기로 마음을 굳혔다. 이걸 받으면 지민이를 향한 사랑이 물거품이 될 것만 같았다. 다음 날, 그녀에게 선물을 되돌려주었다. 그녀는 마침내 울음을 터뜨렸다.

"야, 가혜가 네 생각하면서 선물한 건데 그걸 돌려주냐. 너 진짜 매정하다."

그녀의 친구들은 나를 면전에서 비난했다. 그리고 그녀를 달래며 교실로 돌아갔다. 전혀 예기치 못한 일이 벌어졌다. 거절만 했을 뿐인데 일이 이상하게 꼬여가기 시작했다.

난데없이 관석이가 등장했다. 그는 이 일의 중재자가 되겠다며 나를 불러냈다. 다 끝난 일에 무얼 중재하겠다는 건지 고갤 갸우뚱하며 약속 장소로 향했다. 으슥한 골목에는 관석이가 홀로 서 있었다. 그는 옅은 미소를 짓고 나를 반기다가 갑자기 복부를 가격했다.

무방비 상태였던 나는 복통과 호흡 곤란을 느끼며 그대로 주저앉았다. 바닥을 두 손으로 짚고 숨을 가쁘게 쉬며 기침을 토해냈다. 그는 내가 순진한 가혜를 갖고 놀고 상처 주었다며 맞아 마땅한 이유를 알려주었다. 자신의 폭력을 정당화한 그는 다시 나의 얼굴을 가격하고 쓰러진 나의 배를 걷어찼다. 나는 바닥에서 컥컥거리고 있었다. 그는 성큼 다가오더니 내게 얼굴을 들이밀었다.

"기윤아, 다음에는 쉽게 끝나지 않을 거야, 조심해라."

그는 즐거운지 입꼬리가 귀에 걸릴 것처럼 미소 짓고 있었다.

"앞으로 더 재밌어질 거야!"

심판자는 마지막 한마디를 남기곤 어둠 속으로 사라졌다.

나는 한참이나 담벼락에 기댄 채 멍하니 있었다. 어쩌다 이 지경이 된 것인지 헛웃음만 나왔다. 정신을 차려보니 교복 와이셔츠가 코피로 흥건하게 얼룩져 있었다. 먼지를 털고 몸을 일으켜 골목 한구석 주차된 자동차의 차창 앞에 섰다. 까맣게 선팅된 유리창. 그 속엔 가로등에 비춰진 내가 있었다. 누가 봐도 쥐어터진 비참한 패배자의 모습이었다. 이런 몰골로 집에 돌아갈 수 없었다. 누군가에게 손 내밀고 싶었다. 그때 가장 먼저 떠오른 얼굴이 민재였다. 전화를 걸었다.

"무슨 일 있어?."

그는 나의 침울한 목소리를 듣더니 놀란 목소리로 물었다.

"별일은 아니고, 잠깐 볼 수 있어?"

그는 자신의 동네 놀이터에서 기다리겠다고 했다. 다세대 주택에 살고 있던 나와는 달리 그는 집값이 비싸기로 유명한 고급 주택단지에 살고 있었다. 그가 기다리고 있는 놀이터도 그의 동네를 닮아 꽤나 고급스러웠다. 도착하니 그는 그네에 앉아 가로등 빛에 의지한 채 책을 읽고 있었다. 인기척을 느꼈는지 고개를 들어 손을 흔들었다. 그리고 나의 몰골을 보더니 화들짝 놀라 성큼성큼 다가왔다.

"일단 우리 집으로 가자."

그는 나를 위아래로 훑고는 심각한 얼굴로 말했다.

"아냐, 괜찮아. 그리고 너희 부모님도 계실 거 아냐."

"괜찮긴 뭐가 괜찮아. 얼른 가자. 일단 옷도 갈아입고 좀 씻어야겠다. 그리고 부모님은 모임 있으셔서 서울에 계셔. 주무시고 내일에야 오실 테니 걱정 마."

그는 나를 끌고 가다시피 집으로 데려갔다. 거대한 대문과 잘 꾸며진 고요한 정원을 지나 본채로 향했다. 한데 그는 멀쩡한 현관문을 놔두곤 집 측면의 창문 앞으로 향했다.

"잠깐 여기에 있어. 내가 들어가서 창문 열어줄게."

내가 의아한 눈으로 바라보자 그는 말을 이었다.

"집에는 내 편이 아무도 없거든."

"응? 부모님 서울에 계신다고 하지 않았어?"

"집에 일해주시는 여사님이 계셔서. 뭐, 걱정 마. 그래도 넌 엄연하게 초대받은 손님이니까."

잠시 후 커튼 사이로 창문이 열렸고, 그가 손짓을 했다.

신발을 손에 들곤 그를 따라 살금살금 발걸음을 옮겼다. 영화에서나 나올 법한 커다란 가죽 소파와 원목 소파 테이블이 자리 잡은 거실, 주말 드라마에서나 보았던 이 층으로 올라가는 대리석 계단, 요리 채널에서나 나올 것만 같은 멋들어진 주방. 이렇게 좋은 집은 여태까지도 가본 적이 없었다. 거실 벽에 걸린 거대한 가족사진과 할아버지로 보이는 분의 독사진은 마치 그가 귀족 가문의 고귀한 혈통임을 증명해 주는 것만 같았다. 그러나 집에는 뭐라 형용할 수는 없는 잘 정돈된 규율과 적막함이 존재했다.

"이 층은 걱정 말고 편안하게 써도 돼. 여사님도 이제 곧 퇴근하시거든."

그는 타월을 챙겨주며 나를 욕실로 안내했다. 거울 속 발가벗은 내가 보였다. 여기저기 멍이 들어 있었다. 비루했고 한심했다. 이렇게 나약했었나. 따뜻한 물줄기에 몸을 맡기니 그래도 위로를 받는 기분이었다.

샤워를 하고 나와 세면대에서 피가 묻은 교복 셔츠를 빨고 있는데 민재가 다가왔다. 그는 교복을 세탁해서 학교로 가져다주겠다며 빨래 바구니에 넣었다. 그리고 자신의 교복을 건넸다.

그와 함께 이 층 거실의 소파에 마주 앉았다. 창밖에는 잘 정돈된 정원이 무드등의 불빛을 받아 고요하게 빛나고 있었다. 그가 건넨 찻잔을 손으로 감쌌다. 손에 전해지는 따스한 온기에 나를 휘저어 놓았던 심란함이 점차 가라앉았다.

"괜찮은 거지?"

그는 나의 터진 입술을 바라보며 말했다.

"뭐, 괜찮아."

나는 얼굴을 쓱쓱 훔치며 답했다.

"상민이와 관련된 일이야?"

"뭐, 딱히 그런 건 아니지만…."

잠시 동안 적막이 감돌았다. 얼마나 지났을까, 그가 묻지도 않았는데 가혜를 울려 상처 주었던 일, 관석이가 심판자가 되어 나타난 일을 두서없이 이야기했다. 갑자기 그는 큭큭거리며 웃기 시작했다.

"야, 웃지 마. 나한테는 심각한 일이란 말이야."

"미안. 어처구니없어서 그래. 상황이 너무 웃기잖아. 사랑은 둘만의 문제 아냐?"

"아니, 그건 사랑이 아니라니까."

"근데 관석이는 자기가 뭔데 가혜의 복수를 한다는 거야."

"관석이가 나를 벼르고 있었는데 마침 좋은 구실을 잡은 거지 뭐."

"그럼 그저 맞고만 있었던 거야? 싸워보지도 않고?"

"정관석 걔 생긴 거 봐라. 아마 내가 덤볐다면 더 맞았을 걸…"

"그래도 끝까지 해봤어야지! 남자는 질 걸 알면서도 싸워야 할 때가 있는 거야. 싸워서 진 것과 그냥 굴복한 건 천지차이라고."

그는 답답한지 자신의 이마를 짚으며 말했다.

"네 일 아니라고 너무 쉽게 말하는 거 아냐?"

그의 말에 내심 부끄러웠지만, 나도 모르게 화를 냈다.

그는 미안한 듯 아무 말도 하지 않았다. 어색한 침묵이 흘렀다. 도대체 어떻게 해야 하는 것일까. 나는 여전히 상민이의 세계에 갇혀 있었다. 세상은 상민이를 중심으로 움직이고 있었다. 다른 원리로 돌아가는 세상은 상상할 수도 없었다. 하지만 세상의 구심점으로부터 튕겨져 나갔다. 이제 그저 가느다란 실오라기에 매달린 채 원심력을 이겨내며 아슬아슬하게 버티고 있을 뿐이었다. 그리고 이런 나를 관석이가 우악스러운 손아귀로 움켜쥐고 있었다.

갑자기 민재가 몸을 일으켰다. 창가로 향해 화분 사이에 있던 와인병을 집어들었다. 그는 창밖을 보며 와인병을 천천히 흔들었다. 그리고 다시 자리에 돌아와 앉았다.

"이 와인 병에서 코르크 마개를 어떻게 꺼내는 줄 알아?"

엉뚱한 질문에 잠깐 당황했지만, 나도 화를 냈던 게 미안하기도 했고 그가 분위기를 바꿔보려 노력하는 것 같아 그의 질문에 집중했다. 가만 보니 병 안에는 처음 열 때 실패했는지 밀어 넣은 코르크가 이리저리 굴러다니고 있었다.

"이리 줘봐."

나는 와인병을 손에 들고 이리저리 굴려보며 코르크 마개를 빼내보려 했다. 하지만 바짝 마른 코르크는 병 속에서 나올 기미가 없었다. 답답한 마음에 오기가 생겼다. 주둥이에 손가락까지 집어 넣으며 애를 썼지만 소용없었다.

"아무래도 못 뺄 거 같은데. 이걸 어떻게 빼."

나는 답답함에 몸서리치며 말했다.

"그리 어렵지 않아."

그는 미소 지으며 답했다.

"이걸 빼낼 수 있다고?"

"잘 봐."

"설마 마술이라도 하게?"

나는 그가 내 기분을 풀어주려 마술을 보여주려나 보다 하고 생각했다. 눈속임에 바보처럼 속고 싶지는 않아서 두 눈을 부릅뜨고 그의 손을 주시했다.

갑자기 그는 와인 병목을 거꾸로 잡더니 그대로 대리석 테이블 모서리에 내리쳤다. 나는 화들짝 놀라 몸까지 움찔하며 눈을 커다랗게 떴다. 그는 태연한 듯 고개를 숙여 유리 파편을 헤쳐 코르크를 꺼냈다.

"말했잖아, 변수가 필요하다고. 자, 선물이야."

나는 어안이 벙벙한 채로 코르크를 받았다. 그리고 한참 동안이나 코르크와 민재를 번갈아 봤다. 그는 아무 일도 없었다는 듯 가볍게 미소 짓곤, 태연하게 유리조각을 쓸어 담았다.

창가에는 빗방울이 유리에 부딪히는 소리가 들려왔다. 빗줄기는 점차 굵어지기 시작하더니 이내 추적추적 내리기 시작했다.

"참, 저녁 안 먹었지? 치킨 먹을래?"

우리는 잠시 후 배달 온 치킨을 들고 서재로 향했다. 그가 치킨을 먹으며 영화를 보자고 했다. 보고 싶은 영화가 있냐는 질문에 아무거나, 라고 답했다. 그는 자신이 가장 좋아한다는 「가타카」를 보자고 했다. 우리는 어두운 서고에서 스크린의 불빛에 의지해 치킨을 먹으며 영화를 봤다. 창가에서 들리는 빗소리도 운치를 더했다.

나는 흠씬 두들겨 맞았던 사실도 까맣게 잊은 채 끝까지 영화를 시청했다. 어느새 스크린에는 엔딩 크레딧이 올라가고 있었다. 갑자기 민재는 화들짝 놀라 의자에 반쯤 묻었던 몸을 일으켰다.

"뭔가 이상한데."

그가 창밖에 시선을 고정한 채 말했다.

"왜?"

"부모님이 돌아오셨어."

"나 여기 있어도 괜찮은 거야?"

나는 괜히 불청객이 된 것만 같아 마음이 불편해졌다.

"걱정 마. 웬만하면 이 층까진 올라오시지 않거든. 혹시 이따가 부르시면 잠깐 내려가서 얼굴도장이나 찍고 오면 돼."

그는 능숙하게 빔 프로젝터를 끄고 서재를 정리하며 말했다.

민재는 테이블의 스탠드 조명을 켰다. 조그맣고 따스한 빛은 집안의 남자들만이 찍은 사진 하나를 비추었다. 마치 왕좌에 앉은 것처럼 남자답게 다리를 꼰 그의 아버지 양옆으로 두 아들이 나란히 서 있었다. 두 손을 공손하게 모은 사진 속의 민재는 무언가 섬세하고 상처받기 쉬운 인위적인 웃음을 짓고 있었다. 그의 반대편에 서 있는 사람은 형이라고 했다. 그는 아버지의 왕좌를 힘차게 움켜쥐고 있었는데 정말 빈틈 없는 자신감을 갖고 있는 것처럼 단단해 보였다.

"쉿! 잠깐만!"

그가 갑자기 검지를 입술에 가져다 대며 말했다. 그는 마치 멀리서 들려오는 맹수의 기척을 느낀 여느 초식동물처럼 잔뜩 겁을 먹었다. 나도 그를 따라 긴장하고 말았다.

"서민재, 나와봐라."

밖에서 엄숙한 목소리가 들려왔다.

"괜찮아, 여기에 가만히 있어."

속삭이듯 말하는 그의 얼굴은 당황한 기색이 역력했다. 나는 눈을 동그랗게 뜨고 고개를 끄덕였다. 그리고 자연스럽게 책상 옆에 쪼그려 앉아 몸을 숨겼다. 민재가 문을 열고 밖으로 나갔다. 살짝 열린 문틈 사이로 복도의 빛이 새어 들어왔다. 길게 늘어진 노란색 사다리꼴 안에는 두 개의 그림자가 마주 보고 서 있었다. 서재의 어두운 공간에는 그림자극이 펼쳐졌다.

"너 이게 뭐냐?"

거대한 형체가 손에 든 종이봉투를 흔들며 말했다. 그 앞에 선 민재는 그것을 바라보더니 놀라 아무 말도 하지 못하곤 고개를 숙였다.

"너, 내가 이런 짓거리하지 말랬지. 사내자식이 무슨 시를 쓴다고. 어휴, 내 말이 안 나온다."

거대한 형체는 미간을 심하게 찌푸린 뒤 말을 이었다.

"그리고, 뭐, 투고? 네가 지금 제정신이냐? 여기까지 전학 온 것도 모자라, 이젠 이 짓거리까지 하고 있는 게냐?"

가녀린 형체는 아무 말도 하지 못한 채 점점 더 머리를 숙였다.

"사내자식이 방구석에서 이런 거나 갈겨쓰고 있으니까 침울해지는 거다. 네 녀석이 시를 쓰는 게 아니라, 네가 쓰는 그 어둡고 우울한 시들이 너를 이상하게 만들고 있는 거란 말이다. 내 인생 살면서 시 쓰는 놈들 치고 사람 구실 하는 놈을 본 적이 없다."

그는 맞은편 그림자가 고개를 숙인 채 아무 말이 없자 한숨을 푹 쉬더니 대사를 이어 나갔다.

"시? 그건 다 인생 패배자들의 자기 변명과 합리화에 지나지 않는 거다. 인생이 아름다우면 아름다움을 논하지 않아. 아름답지 않으니 아름다운 척 각색하는 것뿐이지. 그렇지 않으면 현실을 견뎌낼 수 없으니까. 내 너도 그렇게 될까 심히 걱정이다, 걱정이야. 너 한 번만 더 이 짓거리했다 봐라. 그땐 아주…."

그는 손에 든 종이를 박박 찢어버렸다. 찢어진 종잇장은 가련한 존재 앞에서 마치 눈송이처럼 떨어져 내렸다. 거대한 형체는 무대 밖으로 퇴장했다. 가녀린 존재만이 무대에 덩그러니 남겨진 채, 그림자극은 끝이 나버렸다.

민재가 무대에서 내려왔다. 그의 손에는 찢어진 종잇조각이 가득 담겨 있었다. 그는 그것을 책상 위에 놓곤 의자에 그대로 주저앉아버렸다. 나는 곁에서 이러지도 저러지도 못하고 그저 찢어진 종잇조각을 바라봤다. 퍼즐을 맞추듯 종잇조각에 담겨 있는 단서들을 재빠르게 읽어냈다.

'보내주신 귀하의 시는 잘 읽었습니다.'

'저희 출판사의 출간 방향과 맞지 않는…'

나는 그제야 모든 정황이 이해가 되었다.

"너도 흠씬 두들겨 맞았구나."

책상에 걸터앉은 나는 그에게 조심스럽게 농담을 건넸다. 고개를 숙이고 침울하게 앉아 있던 그는 피식, 웃음을 내뱉었다. 그는 눈가에 살짝 고여 있던 눈물을 빠르게 닦아내곤 창가를 바라봤다.

"저기 저거 보여?"

그가 창밖을 가리키며 말했다.

"어디?"

그가 가리키는 것은 산자락에 자리 잡은, 커다란 종합병원 건물이었다.

"저렇게 큰데 당연히 보이지."

"저게 바로 아버지 병원이야. 있잖아, 나는 저기 위에 우뚝 솟은 푸른 십자가가 마치 감시탑처럼 느껴져. 나의 일거

수일투족을 감시하는 감시탑이지. 아니, 저 십자가가 종교 그 자체로 느껴지기도 해. 가치 규범과 규율을 성문화한 것도 모자라 도덕과 윤리까지 못 박아놓은 완전무결한 종교지. 나는 이 세계에서, 아버지의 종교에서 이단자가 아닐까 하는 생각이 들어. 그래, 나는 이단자야….”

그는 멍하니 푸른 십자가를 응시하며 말했다. 나는 그가 불신하는 종교의 상징을 한참이나 바라보다가 말을 꺼냈다.

"네가 시인을 꿈꾸고 있을 줄은 상상도 못 했어."

"내가 꿈꾸는 건 그냥 시인이 아니야."

그는 마치 틀린 사실을 지적해 주듯 단호한 목소리로 말했다.

"응?"

나는 놀라 되물었다.

"내가 꿈꾸는 건 용감한 시인이야."

그의 눈에서 갑자기 생기가 맴돌기 시작했다.

"용감한 시인?"

"응. 이 세상을 홀로 모험하면서 시를 쓰는 그런 용감한 시인 말이야. 나는 그런 사람이 되고 싶어. 꼭, 그렇게 되고 말 거야…."

주말이 지나고 월요일이 찾아왔다. 등굣길에 민재와 만났다. 그는 나의 행색을 보고 웃음을 터뜨렸다. 문득 내가 입고 있는 게 그의 교복이라는 사실을 깨달았다.

"교문으로 가자."

그가 담을 넘기 위해 담장 쪽으로 향하려는 내게 말했다.

"알잖아. 내겐 여기가 교문이야. 게다가 오늘은 월요일이라 분명히 학생부 샘들이 정문에서 지키고 있을 거라고."

"너 오늘은 걸릴 거 하나도 없어 보이는데?"

듣고 보니 민재의 말이 맞았다.

학생부 선생님들은 학생의 색깔을 잃어가는 회색분자들을 눈에 불을 켜고 색출하고 있었다. 벌써 몇몇 애들이 무릎을 꿇고 손을 들고 있었으며, 운동장을 뛰고 있는 애들도 있었다. 머리가 살짝 길었기에 가슴이 두근거렸다. 나는 서둘러 구레나룻을 눌러 머리가 짧아 보이는 연출을 시도했다. 하지만 걱정과는 달리 무사히 교문을 통과했다.

"너는 안 무서워?"

"뭐가?"

"교문 통과하는 거. 무섭잖아 학생부 샘들."

"뭐가 무섭냐? 너 같은 애들이나 무서워하지. 그냥 구레나룻만 단정히 밀고, 교복만 제대로 입으면 되는 거 아냐."

"듣고 보니 그렇네."

"너는 왜 구레나룻을 기르고, 통바지를 입고, 그렇게 요란한 신발을 신는 거야?"

"글쎄, 멋있잖아. 그리고 무엇보다 일종의 저항이라고나 할까. 그래, 멋으로 저항을 하는 거지. 이 재미없고 감옥 같은 학교를 향해서."

나는 본관 건물을 올려다보며 말했다.

"감옥 같은 학교라…."

그는 잠시 생각을 하더니 말을 이었다.

"나도 학교라는 고리타분한 세계에 맹목적으로 복종하는 건 싫어. 그래도 신발이나 통 넓은 교복 바지로 저항하지는 않을 거야. 그보다는…."

"그보다는?"

"보다 근원적인 저항 방법이 있을 거라는 생각이 들어. 한층 더 세련된 투쟁이라고나 할까."

"세련된 투쟁?"

"그래. 세련된 투쟁."

그는 미소와 함께 고개를 끄덕였다.

아침 햇살 속에서 전형적인 모범생의 단정한 모습으로 투쟁을 운운하는 민재. 어쩌면 그가 바로 내가 찾던 진짜 멋이 아닐까 하는 생각이 들었다.

9
손에 쥔 코르크

때로 차곡차곡 쌓아 올린 거짓은 훌륭한 피난처가 되기도 한다. 내가 만든 위조 성적표가 그러했다. 아버지의 자퇴와 재수 권유로부터 자유롭기 위해 만들었던 위조 성적표는 나를 안전하게 보호해 주었다. 이상하게도 거짓인 걸 알면서도 나는 이 성적들을 점차 믿기 시작했다. 컴퓨터 화면에서 스스로 써넣는 시험 점수들은 날이 갈수록 높아져만 갔다. 안정 궤도에 오른 성적은 아버지를 안도하게 했고, 어머니를 기쁘게 했다. 이제는 방문을 닫고 홀로 있으면 마음이 편안하기까지 했다. 거짓의 성은 불안과 걱정뿐인 학교에서의 긴장을 모두 내려놓을 수 있는 안락한 피난처였다.

하지만 제 아무리 견고한 거짓의 성도 조그마한 진실의

조각만으로도 아주 쉽게 무너져버린다. 마치 철판에 생긴 녹처럼 모든 걸 부식시켜 버린다. 부모님께 걸려온 전화 한 통도 나의 안락했던 거짓의 세계를 단번에 붕괴시켰다. 나락에 빠진 제자를 지켜보다 못한 담임 선생님이 마침내 수화기를 든 것이었다.

거짓과 달리 나의 성적은 바닥을 찍고 있었다. 좀처럼 회복할 수 없는 불안과 걱정을 망각하기 위해 교실에서는 요란을 떨었다. 쉬는 시간이 되면 애들을 모아 말뚝박기를 하는가 하면, 복도에서 버려진 슬리퍼를 축구공 삼아 친구들과 요란하게 축구를 했다. 수업 시간에는 실없는 소리를 해서 분위기를 망치는 데 온 신경을 집중했다. 유일하게 차분해지는 시간은 독서 시간밖에 없었다. 하지만 그 시간은 동시에 고통이기도 했다. 이상하게도 진실이 아주 적나라하게 내게 다가오기 때문이었다.

민재도 특별한 시간 이외에 나와 함께하지 않았다. 그는 변함없이 혼자만의 수행을 이어나갔다. 용감한 시인이 되기 위한 목적을 향해 부단하게 나아가고 있는 것처럼 보였다. 그와는 점심시간과 이따금씩 등하교를 같이할 뿐이었다. 그는 자신의 자리를 아주 단단하게 지키며 온갖 요란을 떠는 나를 고요하게 지켜볼 뿐이었다.

"너 선생님이 왜 부른 줄 알아?"

교무실에서였다. 담임 선생님은 마주 앉아 있던 나를 뻔히 바라보더니 질문을 던졌다.

"아뇨. 잘 모르겠는데요."

나는 퉁명스럽게 대답했다.

"네가 아직 세상 무서운 줄 모르는구나."

선생님은 깊은 한숨을 내쉬더니 책상 위에 있던 막대기를 손에 쥐었다.

"왜 부모님은 성적을 다르게 알고 계실까?"

나는 그제야 무언가 일이 잘못 되었다는 걸 알아챘다. 심장이 쿵쾅쿵쾅 뛰기 시작했다.

"이제 감이 좀 잡히지?"

나는 너무 당황해서 입이 떨어지지 않았다.

"이기윤, 너 도대체 무슨 생각으로 학교생활 하는 거야? 입학 성적으로는 중상위권이었던 놈이 밑바닥을 기고 있지, 벌을 받고 얻어맞아도 야자는 수시로 빼먹지, 또 선생님들은 수업만 끝나면 온통 네 얘기뿐이야. 근데 하다 하다 성적표까지 위조를 해?"

거짓이 드러나자 나는 얼굴이 빨개졌다. 집에서 당당하게 행세했던 내 자신이 부끄러웠다. 아버지가 또 어떻게 나올지, 어머니는 얼마나 실망하셨을지 머리가 어지러웠다. 나는 고개만 숙이고 있었다.

"인마 얘기 들어보니까 아버지 이번에 실직하시고 택시 운전 시작하셨다면서. 어머니도 열심히 문구점 운영하시면서, 이번에 옆에 분식점까지 인수하셨다는 얘기 들었다. 부모님께서 이렇게 널 힘들게 키우시는데 아들이란 놈이 이렇게 살아서야 되겠냐?"

선생님은 막대기로 책상을 탁탁치며 말했다. 내가 아무 대답이 없자 말을 이어나갔다. 실직한 가장의 비참함과, 무엇이라도 시작해 보려는 중년 남성의 삶의 무게, 코묻은 돈으로 장사하는 소상공인의 슬픔에 대해 세밀한 묘사를 하기 시작했다. 나를 자극하려는 것처럼 느껴졌다. 왜 자꾸 부모님 얘기를 하는 거지? 나의 부모님에 대해 뭘 안다고? 성적표 위조에 크나큰 죄책감을 느끼던 나는 점차 화가 치밀었다.

"자꾸 부모님 얘기하지 마세요."

"뭐 인마?"

선생님은 미간을 찌푸리고 눈을 부릅뜨며 말했다.

"잘 알지도 못하면서 제 부모님에 대해 함부로 말하지 마시라고요."

"어쭈, 머리에 피도 안 마른 자식이, 넌 안 되겠다. 좀 맞자. 너 같은 자식들은 꼭 맞고 나서야 정신을 차리지."

선생님은 나의 오른쪽 귀를 세게 휘어잡곤 교무실 한편에 마련된 휴게실로 끌고 갔다. 다른 한 손에는 어느새 체벌용 몽둥이가 들려 있었다.

"엎드려 뻗쳐!"

나는 그까짓 체벌이야 받아주지, 하는 태도로 거만하게 엎드려 뻗쳤다. 선생님의 독백과 함께 매타작이 시작되었다. 엉덩이에 전해져 오는 고통을 참기 위해 입을 꾹 다물고 이를 꽉 깨물었다.

"이 자식이 선생님한테 대들어?"

"아주, 학교에서 노는 애들이랑 어울리더니 여기가 네 세상 같지?"

"부모님은 너 같은 새끼 키우겠다고 힘들게 일하시는데, 잘 하는 짓이다!"

"그따위 성적으로 대학 잘도 가겠다! 학교 때려치우고

공장이나 가!"

"지 머리 위에 아무도 없는 줄 알고 까불어대고!"

매질이 계속될수록 엉덩이의 감각이 무뎌지는 것만 같았다. 정신이 몽롱해졌다. 선생님은 매질로 고쳐질 거라 생각했던 것일까. 그러나 나의 삶을 지배하고 있던 문제들은 결코 이러한 것들로 해결할 수도, 해결될 수도 없는 것들이었다.

선생님은 몇 번이고 물었다. 이제 정신 차리고 똑바로 살 거냐고. 나는 아무 말도 하지 않았다. 매질은 점점 더 강해져만 갔다. 온몸이 뒤틀리는 것 같았고, 팔다리가 부들부들 떨렸으며, 땀이 비 오듯 쏟아졌고, 분노 섞인 눈물이 뚝뚝 떨어졌다. 마침내 선생님은 나의 침묵에 지쳤는지 몽둥이를 내려놓으며 말했다.

"너 내일 부모님 모셔와!"

다음 날, 담임 선생님을 마주한 엄마는 죽을죄라도 진 것처럼 계속해서 머리를 조아렸다. 담임 선생님의 말 한마디에 무조건 반사를 하는 로봇이라도 된 것만 같았다. 엄마의 모습을 보니 나도 모르게 눈시울이 붉어졌다. 이어 눈물이 뚝 떨어졌다.

"기윤이가 이제야 좀 반성을 하는가 보네요."

하지만 그건 반성이 아닌 분노의 눈물이었다. 내 인생의 그 어떤 것도 해결해 주지 못하면서 엉뚱한 방법으로 모든 것을 해결해 줄 것이라 자신하고 있는 담임 선생님, 그리고 아무것도 모른 채 초라하게 앉아 기계적으로 머리를 조아리는 엄마. 나는 그 모습에 분통이 터졌다. 제기랄! 여전히 나는 그대로인데! 고민들은 여전히 나의 모든 것을 지배하고 있는데!

"그럼 우리 기윤이 잘 부탁하겠습니다."

엄마는 끝까지 담임 선생님에게 머리를 조아렸다.

교무실에서 나와 텅 빈 복도에서 엄마와 대면했다. 이 세상 제일 불쌍한 사람이 된 것 같은 표정으로 나를 바라보고 있었다. 성실하게 살아가는 어머니와 문제아. 세상에 이것만큼 슬픔을 자아내는 관계가 있을까. 이미 관석이에게 두들겨 맞고 최약체가 된 나였다. 더 이상 비참해질 수 없었다. 또 엄마는 왜 이렇게 촌스럽게 입고 왔는지 짜증이 밀려왔다. 지민이가 볼까 두려웠다. 어디선가 상민이와 관석이가 비웃으며 지켜보고 있을 것만 같아 뒤통수가 뜨거웠다.

"쪽팔리니까 빨리 좀 가시라고요!"

나는 엄마에게 이를 악물고 말했다. 그리고 상관도 없는 사람처럼 뒤돌아서 신경질적으로 걸어갔다. 학교도, 선생님도, 엄마도 견딜 수 없었다. 본능적으로 도착한 곳은 도서관 한 구석이었다. 수업에도 들어가지 않은 채 서고에 기대 한참을 웅크려 앉아 있었다.

그나마 나를 지켜주던 거짓의 피난처는 이제 사라져 버렸다. 이제 마주하기 고통스러운 현실만이 있을 뿐이었다. 나는 물건을 빼앗기는 약자였고, 얻어맞기나 하는 패배자였으며, 성적도 밑바닥인 꼴통이었다. 좋아하는 여자애한테는 말 한마디 건네지 못하는 찌질이었다. 점심시간을 알리는 종소리가 울렸지만 자책은 계속되었다. 배가 고팠으나 급식실로 갈 용기가 생기지 않았다. 전교생이 모두 이번 사건을 알고 수군거리고 있을 것만 같았다.

"여기 있었네. 가자."

고개를 들어보니 민재가 서고 사이에 서 있었다.

"어딜?"

"가자니까."

그는 다급한 듯 손짓까지 하며 말했다.

"아니, 도대체 어딜 가자는 거야?"

나는 그의 강요에 못 이기는 척 무겁게 몸을 일으키며 물었다.

"일단 와봐."

영문도 모른 채 그를 따라 도착한 곳은 높다란 담장이었다. 갑자기 그는 내게 익살스러운 미소를 짓더니 담장을 훌쩍 타넘었다.

"얼른! 시간 얼마 없어!"

그가 담장 밖에서 소리쳤다.

나도 훌쩍 담을 뛰어넘었다. 그를 따라 도착한 곳은 분식점이었다. 그곳에는 학교를 빠져나온 몇 무리의 친구들이 점심 대신 분식을 먹고 있었다.

"여기 떡볶이랑 튀김 좀 주세요."

그는 아주머니에게 명랑한 목소리로 말하며 내게 포크를 건넸다.

"고작 오자는 데가 여기였어? 지금 뭐 하는 거냐?"

나는 당황한 채로 물었다.

"떡볶이가 먹고 싶어서. 오늘 점심 메뉴가 형편없었거든. 근데 같이 올 사람이 있어야지."

그는 메뉴에 시선을 고정한 채 너스레를 떨었다.

"급식실에서는 혼자서도 잘 먹더니."

"네가 필요했거든."

그는 벽 한 편에 써 붙여진 종이를 가리켰다. 그곳에는 '홀 주문 시 2인분 이상부터'라고 쓰여 있었다. 어처구니가 없어 말문이 막혔다. 그는 아주머니가 갖다 준 떡볶이를 능청스럽게 먹기 시작했다. 나도 포크를 집어 들었다.

"맛있긴 하다."

나는 바보처럼 웃고 말았다.

우리는 먹는 내내 분식집의 가장 맛있는 메뉴에 대해서, 요즘 들어 형편없는 급식 메뉴에 대해서, 그리고 각자 읽고 있는 책에 대해서 이야기를 했다. 하루 전 교무실에서 흠씬 두들겨 맞았던 일, 부모님이 찾아온 일, 그리고 수업 시간에 들어오지 않은 이유에 대해서는 일절 묻지 않는 그가 고마웠다. 접시를 깨끗이 비워낸 우리는 이쑤시개 하나씩을 물곤 담장으로 설렁설렁 돌아갔다.

그때 갑자기 뒤편에서 호루라기 소리가 들려왔다. 돌아보니 선도부 부장 선생님이 자전거를 타고 무단 외출을 한 무리들을 소탕하고 있었다. 현행범으로 걸리면 최소 매타작이었다.

"야, 뛰어!"

나는 이쑤시개를 내팽개치곤 달리기 시작했다. 우리는 숨이 가쁠 정도로 달려 단숨에 담장을 뛰어넘었다. 그리고 담벼락에 한참이나 기대 앉아 헉헉거리며 가쁜 숨을 몰아쉬었다.

"네게도 냄새가 나는 것 같아."

갑자기 그는 이마에 흐르는 땀을 닦으며 말했다.

"무슨 냄새? 이거 어제 빤 건데."

나는 셔츠를 들춰 냄새를 맡으며 말했다.

"아니, 그 냄새 말고. 하하."

"그럼?"

"네게도 이단자의 냄새가 나는 것 같아."

"이단자?"

"응. 이단자. 바보는 바보를 알아본다잖아. 이단자도 이단자를 알아보는 법이거든."

그는 주머니를 뒤적거리더니 내게 무언가를 건넸다. 받아보니 코르크 마개였다.

"어, 이건."

"맞아. 그날 이거 놓고 갔더라고."

나는 손바닥에 놓인 코르크를 보며 문득 깨달았다. 내가 해결하려 부딪혀야 하는 중요한 문제는 따로 있었다. 성적 위조에 잔머리를 굴리고, 관석이를 피해 다니고, 상민이에게 물건을 받아내려 노력하는 건 이 상황을 절대 해결할 수 없었다. 보다 근원적인 해결책을 찾아야만 했다.

*

민재의 경전처럼 나의 주머니에 들어 있던 코르크는 계속해서 내게 무언가를 부추겼다. 아무도 예상하지 못했던 변수. 내가 그 새로운 수를 제시해야만 했다. 다만 그 수가 무엇인지 감이 오질 않았다.

나의 다짐과 더불어 세상도 급격하게 변해가고 있었다. 관석이는 다시 나의 반에 자유롭게 출입하기 시작했다. 친구들도 이제 어떠한 도움도 줄 수 없는 나의 위치를 알고 있었다. 모두 순응하듯 관석이의 횡포를 받아들였다. 아무 사물함이나 열어 자신이 필요한 준비물이나 체육복을 가져갔다. 돈도 빌리기 시작했고, 친구들이 아끼는 신발을 자신의 축구화로 사용하고 제대로 돌려주지도 않았다.

그런데 놀라운 것이 하나 있었다. 그는 민재한테는 조금도 다가가지 못했다. 그건 세간을 떠들썩하게 만들었던 이슈 때문이기도 했다. 국내에 손꼽히는 대기업 총수가 자신의 아들이 학교 폭력을 당하자 조폭을 시켜 응징한 사건이 있었다. 그런데 그 응징이 너무 잔혹해서 불량 학생들은 심각한 중상을 입고 말았다. 세상은 프레임을 씌우기 좋아한다. 아이들은 하나 같이 이 사건을 두고 민재 같은 애 잘못 건드리면 저런 꼴 나는 거라며 수군거렸다. 관석이도 나사가 빠진 애가 아니었기에 민재는 건드리지 않았다.

"너는 관석이 안 무서워?"

나는 소파 모서리에 마주 앉아 있는 민재에게 물었다. 도서관의 창밖에는 비가 추적추적 내리고 있었다.

"무섭긴, 나는 우스워."

그는 갑자기 웃음을 터뜨렸다.

"우습다니?"

"여긴 지방 도시라 일종의 야만이 남아 있는 것 같거든."

"서울에서 왔다고 지방 무시하냐."

나는 헛웃음과 함께 허리에 손을 얹으며 말했다.

"내가 다녔던 곳은 이런 학교 폭력은 없었거든."

그는 어깨를 으쓱했다.

"그래? 나는 어떤 학교든 일진이란 건 있을 줄 알았어."

"오히려 다른 차원의 권력이 존재했지."

"다른 차원이라니?"

"이곳처럼 야생적이지 않았어. 이미 학생들도 학교를 초월한 어른들의 가치가 물들어 있었거든. 권력지향적이고 자본주의적이었다고나 할까. 부모님이 어떤 직업이고 얼만큼의 권력과 부를 소유했는지가 중요했어. 보다 중요한 건 권력을 세습하고 부를 상속할 수 있는지의 여부였지. 그게 가능하다면 이미 무언가를 성취한 거나 다름없었거든. 또 어느 정도의 성적을 갖고 있으며 어떤 학교를 갈 수 있는지도 중요한 요인이었지. 이러한 잣대로 비슷한 조건을 가진 애들끼리 몰려다니며 어른들과 유사한 권력 놀이를 했어. 오히려 물리적인 힘에서 오는 권력은 야만스러운 것에 불과했지."

"신기하네, 그런 세상이 있다는 게."

"그래서 흥미로워. 한 세상의 권력을 살펴보면 그곳의 가치 기준을 알 수 있거든. 내가 느끼기에 여긴 아직 야생의 세계 같아. 그래서 좋아."

나는 어떤 점이 좋냐고 물었다.

"내가 있었던 곳은 어른들의 세상을 닮아 추악하기 짝이 없었어. 정말 구역질이 날 정도였지. 그런데 여긴 원초적이거든. 그만큼 순수하다는 얘기지. 나는 순수한 세계에 있는 거 같아 더 마음이 편해. 내가 추구하는 것도 그런 것이거든."

그는 천천히 책장을 덮더니 말을 이었다.

"그리고 나는 이런 곳일수록 동물적인 감각이 필요하다는 생각이 들어."

"그게 무슨 얘기야?"

"일진은 동물적인 감각이 뛰어난 애들이야. 가만히 생각해봐. 관석이가 모든 애들을 괴롭히지 않아. 건드리지 않는 애들이 대부분이야. 관석이는 이미 겁 먹어 있는 애들만 골라 괴롭히고 있어. 결투를 해서 굴복시킨 다음 괴롭히는 게 아니야. 이미 항복할 준비가 되어 있는 애들에게만 다가가는 거지."

가만 생각해 보니 그의 말이 맞았다. 교실에 와서도 특정한 서너명의 아이들만 괴롭혔다. 그와 싸워서 굴복당한 애들은 단 한 명도 없었다. 이미 겁 먹은 아이들만 골라 괴롭히고 있었다. 나도 그중 하나였다.

"나는 이런 야생의 세계에서는 기세가 중요하다고 생각해."

"기세?"

"응. 너는 나를 당해낼 수 없다, 너는 나를 물면 치명상을 입는다는 걸 암시하는 거지."

"어떻게?"

"그의 존재를 특별하게 생각하지 않고, 더 높은 차원의 가치를 추구하기만 하면 돼. 동물적인 감각을 지닌 애들은 이미 알아챌 수 있거든. 쟤는 나의 논리가 통하지 않겠구나, 건드려서는 안 되겠구나 하는 걸 암시하는 거지. 중요한 건 기세야."

괴롭힘당하는 약자들을 생각해 보니 하나같이 무기력했고 순응적이었으며 이렇다 할 목적의식도 없었다. 오로지 괴롭힘과 지배받는 것에만 온 신경이 집중되어 있을 뿐이었다. 그건 나의 이야기이기도 했다. 반면 그는 완전히 반대였다. 누구도 침범해 올 수 없는 자신만의 세계가 있었다.

창밖에는 빗줄기가 점점 굵어지고 있었다. 이야기는 점점 깊어져 갔다. 나는 어느새 답답한 속내를 털어놓고 있었다. 관석이가 무서운데 어떻게 해야 하는 걸까. 그가 비호하는 상민이와 어떻게 얽히고설킨 문제를 풀어낼 수 있을까.

"나는 다시 상민이의 친구가 되고 함께 어울리고 싶었는데 이제는 그러고 싶지 않아졌어. 그 모든 걸 끊어내고 더 가치 있는 걸 찾아보고 싶어."

나는 테이블에 놓인 책들을 바라보며 독백을 하듯 말했다.

"난 네가 이 문제를 스스로 해결할 수 있을 거라 믿어."

그는 나를 똑바로 바라보며 말했다.

"그게 무슨 뜻이야?"

"그 누구도 우리의 삶에 해결사가 될 수 없어. 오직 자신만이 해결사가 될 수 있을 뿐이야."

내가 눈을 꿈뻑거리자 그가 말을 이었다.

"선생님도, 부모님도, 친구도 결코 우리의 문제를 해결해 줄 수 없어. 해결책은 반드시 스스로 찾아야 해."

"스스로 자신의 해결사가 된다고?"

"응. 나는 네가 이 모든 것에 저항할 수 있다고 믿어."

"하지만 저항한다고 달라지는 게 있긴 할까."

나는 잔뜩 주눅이 든 채로 넋두리하듯 말했다.

"물론이지!"

내가 천천히 고개를 들며 그를 바라봤다. 그러자 그는 확신에 가득 찬 눈빛으로 말을 이었다.

"저항 의지를 갖는 그 순간부터 이미 모든 것이 달라져 있을 거야."

나는 묵묵히 고개를 끄덕였다. 그의 말은 마치 창밖의 빗방울처럼 마음 한구석을 잔잔하게 두드렸다. 문득 그에게서 받은 코르크가 생각났다. 그날 무슨 결심을 했던 것인지, 그 뒤로 매일 코르크를 갖고 다니기 시작했다. 주머니 속 코르크는 마치 일발 장전된 총알처럼 느껴졌다. 이제 곧 방아쇠를 당길 순간이 다가올 것이란 예감이 들었다. 매일 이 긴장의 연속이었다.

기회는 예기치 않게 찾아왔다. 얼마 지나지 않아 상민이에게서 문자가 왔다. 나이키 재킷을 돌려준다며 자신의 동네로 오라는 것이었다. 실상은 재킷을 돌려주는 대가로 신발을 빌려달라는 것이었다. 주머니에 손을 넣어 장전되어 있던 코르크를 만졌다. 이제는 달라져야만 한다. 마른침을 꿀꺽 삼키곤 방아쇠를 당겼다.

〈이젠 네가 좀 와라. 빌렸으면 직접 돌려주는 게 기본 아니냐. 그리고 너 이번에도 신발 빌리고 싶은 거잖아. 빌리고 싶으면 직접 찾아와. 그럼 빌려줄지 말지 생각해 볼게.〉

답장을 보내자 곧바로 전화벨이 울렸다.

"그래 갖다 줄게 씨발놈아. 교회 뒷골목에서 가만히 기다려라. 한 시간 후에 보자."

전화가 끊겼다. 가슴이 쿵쾅거렸다. 어떻게 해야 할지 감이 잡히질 않았다. 찬물로 세수를 하고 거울을 바라봤다. 그와 싸우게 될까? 어떻게 싸워야 하지? 관석이와 함께 오면 어쩌지? 머릿속이 혼란스러웠다. 주머니 속 코르크를 만지작거렸다. 알 수 없는 용기가 생겼다. 다시 교복을 입었다. 흙먼지 속에 쓰러졌을 때 입고 있던 그 패잔병의 전투복이었다. 집을 나서며 민재에게 전화를 걸었다. 그의 목소리가 들리자 덤덤하게 말했다.

"코르크 고맙다."

"응? 그게 뭔 소리야?"

민재의 물음을 뒤로하고 바로 전화를 끊었다. 곧이어 전화벨이 울렸지만, 배터리를 분리했다. 그래. 어떻게든 내 힘으로 한다. 코가 부러지든, 이가 부러지든, 얼굴이 멍으로 얼룩지든. 다리가 떨려왔다. 왼손에서 만지작거리던 코르크를 있는 힘껏 꼭 쥐었다. 집 근처의 교회 뒷골목은 전투 장소로 적합한 곳이었다. 골목은 첨탑 위에 있는 십자가의 붉은 조명과 노란 가로등 불빛으로 이미 극적인 연출이 되어 있었다.

심호흡을 하며 수십 가지 경우의 수를 생각하고 있을 때였다. 저 멀리서 이글거리는 두 개의 새빨간 불빛이 내게 다가왔다. 그것은 상민이와 관석이가 만들어내는 담뱃불이었다. 그들은 성큼성큼 다가오며 손가락을 튕겨 담벼락에 담배를 던졌다. 두 개의 담뱃불은 요란하게 불꽃을 튀기곤 이내 사라졌다.

"기윤아, 오늘 너 오줌 지리게 해줄게."

관석이는 어깨 근육을 풀며 말했다. 가로등을 등지고 있어 얼굴은 보이지 않았지만 음흉한 미소를 짓고 있다는 걸 알 수 있었다.

옆에서 아무 말 없이 서 있던 상민이가 성큼성큼 다가왔다. 그리고 내 면전에 나이키 재킷을 던졌다. 시야가 가려진 사이에 복부에 묵직한 타격감이 전해졌다. 어느새 나는 멱살을 잡힌 채 담벼락에 몰려 있었다. 숨통이 막혀왔지만 정신을 차리고 눈을 부릅떴다.

"좆만 한 새끼가 한번 같이 놀아줬더니, 이젠 아주 처돌았지?"

그는 이마에 핏줄이 불어날 정도로 씩씩거리며 말했다.

"그래, 씨발 놀아줘서 고마웠다. 치려면 쳐. 근데, 마지막으로 하나만 묻자."

나는 숨을 쉬기 위해 멱살을 잡은 그의 손을 있는 힘껏 떼어내려 움직였다. 하지만 그의 손은 나의 목덜미를 강하게 움켜잡고 있었다.

"난 그래도 널 친구라고 생각했어. 근데 넌 단 한 번도 날 친구로 생각한 적 없었냐? 단 한순간도 말이야."

그의 목젖이 위아래로 움직였다. 분노에 가득 차 있던 그의 눈빛이 순간 흔들렸다. 그때 나는 어떤 대답을 원했던 것일까.

"하! 이거 골 때리는 새끼네! 몇 번 놀아줬더니, 뭐 친구? 상민아, 이거 재밌다."

관석이가 담배에 불을 붙이며 말했다. 상민이는 다시 정신을 차렸다는 듯 주먹을 꽉 움켜쥐었다.

"친구? 까고 있네. 넌 그냥 내 물주야."

"그래. 조금이라도 남아 있던, 그 우정이라고 생각했던 것도 다 없었던 걸로 할게. 이제 너한테 빌빌대지 않을 거야!"

뜨거운 눈물이 흘러내렸다. 상민이의 팔꿈치를 힘껏 내리쳐 멱살을 풀고, 박치기를 날렸다.

"이런 씨발, 좆같은 새끼가!"

예상치 못한 나의 행동에 놀란 관석이는 담배를 땅바닥에 내팽개치곤 달려왔다. 코를 잡고 잠시 휘청하던 상민이는 피를 보더니 욕을 내뱉으며 나를 노려봤다. 그리고 이글거리는 눈으로 내게 달려왔다. 본능에 몸을 맡겼다. 그와 바닥에 뒤엉켜 주먹을 내질렀다. 잠시 후 나는 그의 발길질에 나가떨어졌다.

바닥을 짚고 일어서다가 눈앞에 벌어진 광경에 놀라고 말았다. 관석이가 다른 누군가와 싸우고 있었다. 그는 민재였다. 알 수 없는 용기가 샘솟았다. 눈을 돌릴 새도 없이 다시 상민이가 주먹을 날렸다.

어느새 우리가 정신없이 싸우던 골목에는 새로운 빛깔

이 덧칠되기 시작했다. 적색과 푸른색이 요란하게 담벼락에 물들고 있었다. 호루라기 소리와 다급한 외침이 들려왔다. 난데없이 우악스러운 손길들이 나를 잡아 끌어냈다. 경찰 아저씨들이었다. 그들의 손에 붙들려 있는 사이 민재를 바라봤다. 그는 관석이의 발차기를 온몸으로 끌어안았다. 그리고 그가 중심을 잃고 비틀거리는 사이 얼굴에 주먹을 날렸다. 관석이가 코를 움켜쥐며 쓰러졌다. 그들도 그게 마지막이었다. 뭐가 어떻게 되는 건지 몰랐다. 다시 정신을 차려보니 경찰서였다.

이내 사건의 전말이 드러났다. 어째서 민재가 이곳에 함께 앉아 있는지도 그제야 알게 되었다. 그는 미심쩍은 전화를 받곤 택시에 올라타 무작정 이끌리는 곳으로 향했다. 그리고 마주한 결투 현장 속으로 그대로 뛰어든 것이었다.

문득 나는 아직도 내가 주먹을 움켜쥐고 있다는 사실을 깨달았다. 마치 딱딱하게 굳은 것처럼 잘 펴지지가 않았다. 억지로 힘을 주어 왼손을 펼쳐보니 땀에 전 코르크가 있었다. 나는 코르크를 민재에게 슬쩍 보여주었다. 경찰서의 엄숙한 분위기에도 불구하고 우리는 피식 웃음을 터뜨리고 말았다.

사건은 금방 결론이 났다. 정기적인 상민이의 물품 갈취, 관석이의 폭행, 그리고 그들에 저항한 나, 그리고 나를 도와준 민재 이렇게 말이다.

부모님들이 경찰서로 하나둘 찾아왔다. 모든 사실을 알게 된 상민이와 관석이의 부모님이 고개를 숙였다. 엄마는 내가 괴롭힘을 받고 있었다는 사실을 알곤 울음을 터뜨렸다. 민재의 아버지는 나를 탐탁지 않게 여기는 눈빛이었지만, 사내답게 친구를 도와주었던 자신의 아들을 내심 자랑스러워하는 것 같았다. 그리고 다른 부모들을 대신해 사건을 종결짓는 한 마디를 남겼다. 아이들의 문제를 경찰서가 아닌 학교에서 처리하자는 것이었다. 그렇게 이 사건은 학교로 넘겨졌다.

이튿날 징계위원회가 열려 심판이 시작되었다. 다시 한 번 부모님을 모셔 와야 했다. 부모님들이 다 모였을 때, 나는 가슴이 아려왔다. 지난밤, 정신없던 경찰서에서는 느끼지 못했던 감정이었다. 나의 부모님이 너무나 초라해 보였다. 특히 민재의 부모님에 비해 유난히 작아 보이기까지 했다. 엄마는 무릎이 나온 면바지와 손목이 보푸라기로 가득한 카디건을, 아버지는 내가 유행이 지나 신지 않는 신발과 택시 운전할 때 입는 낡은 유니폼을 입고 있었다. 나의 세계가 요동치기 시작했다. 내 모든 것을 바치기로 했던, 내가 쌓아올린 모든 것이 기저에서부터 무너지기 시작했다. 나의 화려한 멋의 근원이 이토록 초라했다는 것을 그제야 깨달았다. 어쩌면 멋있어지고 싶던 욕구는, 이 초라한 근원을 감추기 위함이었는지도 몰랐다. 현기증이 났다. 마치 세계가 재구성이라도 되는 것처럼 뒤틀리고 요동쳤다.

관석이의 채무 관계가 낱낱이 밝혀졌다. 무려 집계된 금액만 해도 칠백여만 원에 달했다. 상민이도 보이지 않게 특정 아이들을 골라 상납 형식으로 적지 않은 금품을 갈취하고 있었다. 나와 민재 역시 싸움을 했다는 점에서 죄가 없진 않았다. 관석이는 퇴학에 처해졌고, 상민이는 전학을 권고받았으며 나는 민재와 함께 일주일간 교내봉사를 하게 되었다.

이 사건으로 인해 학교는 분위기마저 바뀌기 시작했다. 누구나 관석이의 부재를 달가워했다. 상민이가 떠난 패거리는 와해되었다. 물론 경수를 중심으로 다시 뭉쳤지만, 그들은 그저 비행과 일탈이 아닌 친분으로 뭉친 무리로 그 성격을 바꿔나갔다.

징계를 받게 된 우리는 학교 바닥에 들러붙은 껌을 떼고, 화장실의 찌든 때를 벗겨야 했으며, 도서관의 먼지를 다 털어내야 했다. 그리고 갱생하라는 의미에서 전설이 된 선배들을 기리고 있는 명예의 전당을 청소해야만 했다.

"야, 근데 이상하지 않냐?"

선배들의 액자를 닦던 민재가 말했다.

"뭐가?"

"이 선배들이 칭송받을 만하다고 생각해?"

"우리 학교에서 고위 공직자에 국회의원, 대학교수 그리고 명문대에 진학한 선배 정도면 뭐 그럴듯한 사람들 아니겠냐."

나는 액자들을 하나씩 훑어보곤 말했다.

"아니 내 말은 이들이 우리의 이정표처럼 걸려 있을 만한 존재냐는 거지. 자 봐! 우리들이 좇아야 할 궁극적인 목표처럼 보이고 있잖아."

듣고 보니 맞는 말 같았다. 여태껏 명예의 전당에서 그와 같은 의문을 가져본 적이 없었다. 그저 당연하게만 받아들이고 있었다. 명예의 전당에 걸려 있기에 그저 우러러볼 수밖에 없는 존재들이었다. 신입생이라면 누구나 새 학기가 시작하는 첫날 담임 선생님을 졸졸 따라 이곳을 방문해야만 했다. 그렇게 입학식에 교묘하게 끼워진 하나의 절차가 우리들에게 우상과 영웅들을, 그리고 인생의 이정표를 제시했던 것이다.

"그러고 보니 다른 이유로 명예의 전당에 온 선배들이 없네."

나는 팔짱을 끼고 전당을 둘러보며 말했다.

"그래, 이단자가 단 한 명도 없어. 학교가 우리에게 보여주는 영웅들이 고작 이것뿐이라니. 멍청하기 짝이 없어!"

그는 걸레를 바닥에 내던지곤 말을 이었다.

"우리 명예의 전당을 뒤집어보자."

나는 무슨 말인가 싶어 그를 빤히 쳐다봤다.

"훗날 이 고귀하신 선배님들보다 더 세련된 방식으로 이곳에 오자는 거지. 이단자로서 말이야."

우리는 한참 동안이나 주위를 둘러보며 말없이 서 있었다. 마치 이곳에 올 먼 훗날 우리의 모습을 가늠하듯 말이다. 어느새 종소리가 울려왔고 명예의 전당에는 열기가 한풀 꺾인 사다리꼴의 햇살만이 길게 드리워져 있었다.

10
가을밤의 멜로디

 어느새 여름 틈새로 가을 향기가 스멀스멀 풍겨왔다. 푸르렀던 녹음도 노랗고 빨갛게 물들어갔으며, 하늘은 점점 높고 파래졌다. 아침저녁으로 선선한 바람도 불어왔다. 교정에도 새로운 분위기가 감돌기 시작했다. 수학여행이 다가오고 있었다. 모두가 기다리는 그날이 가까워질수록 나는 점점 불안해졌다. 장기자랑을 준비하는 것도 아니었고, 뭐 특별한 계획을 세우는 것도 아니었다. 고민은 단 하나, 멋진 옷을 준비하는 것뿐이었다. 수학여행이라는 패션쇼에서 누구에게도 뒤처지고 싶지 않았다. 지난 사건으로 멋을 갈망하는 욕망의 초라한 근원을 인식했음에도 불구하고, 여전히 멋을 좇고 있었다. 나는 그런 놈이었다.

 주변 친구들은 수학여행을 맞아 묵직한 용돈을 받았다

고 자랑했다. 나도 부모님에게 친구들의 이야기를 들먹이며 용돈을 받아냈다. 옷을 살 돈이 생겼지만, 또 다른 고민이 생겼다. 학교에는 불문율이 존재했으니, 수학여행에 대부분의 학생들이 캐리어를 끌고 온다는 것이었다. 그렇지 않으면 세련되지 못하다고 여겨졌다. 나도 뒤처지고 싶지 않았다. 부모님도 마음 편히 제대로 된 여행 한 번 떠나본 적 없었기에 집에는 캐리어가 없었다. 한정된 용돈으로 모두 갖고 싶었으니 미칠 노릇이었다.

어느 쉬는 시간이었다.

"돌아버리겠네 진짜."

나는 기지개를 켜며 탄식하듯 말했다.

"왜 또."

민재가 물었다.

"캐리어냐, 옷이냐, 그것이 문제로다!"

"또 옷 타령이냐. 수학여행이니 옷은 뭐 그렇다 치고, 캐리어는 왜?"

"다들 캐리어 끌고 온다잖아."

"그냥 가방 가져가면 되잖아."

"혼자 가방 메고 있으면 쪽팔리잖아."

"쪽팔릴 게 뭐 있냐? 고작 3박 4일인데 수학여행이 무슨 대단한 여행이라고 캐리어까지 끌고 가. 그냥 갖고 있는 가방 들고 가면 되지. 나는 그 이상한 유행들에 왜 그렇게 다들 얽매이는지 모르겠어."

그는 미간을 찌푸리며 말했다.

"또 꼰대 같은 소리한다. 그럼 너는 캐리어 안 끌고 가게?"

"짐도 얼마 안 되고, 그냥 배낭에 다 구겨 넣어 갈 거야."

"수학여행에 배낭이 뭐냐 진짜."

"작년의 방황을 함께했던 배낭이거든. 난 이거만 있으면 어디든 떠날 자신이 있어."

"아무리 그래도 배낭이라니."

나는 배낭은 상상도 하기 싫어 고개를 가로저었다.

"그러면 내 캐리어 빌려줄까?"

"진짜? 그럼 나야 좋지!"

"그럼 나 책 한 권만 사줘."

나는 그의 제안을 흔쾌히 받아들였다.

주말엔 함께 백화점으로 쇼핑을 갔다. 우리는 상점을 돌아보다 몇 번이고 흠칫 놀랐다. 낯익은 얼굴들이 너무 많았던 것이다.

"뭐야 지금 쉬는 시간인가? 여기 학교인 줄 알았다."

민재가 지나가는 친구들을 바라보며 어리둥절해했다.

모두들 수학여행에 신중을 기하고 있었다. 그들에게 뒤처질세라 신중을 기해 쇼핑했다. 점점 손에 들린 쇼핑백이 늘어났다. 그 묵직함이 주는 행복함도 잠시, 이상하게도 무언가 찝찝한 감정이 느껴졌다

내가 옷을 결제할 때는 구깃구깃한 봉투에서 현금을 꺼내 지불했다. 하지만 민재는 달랐다. 그가 내민 것은 어머니가 쇼핑하라고 주었다는 백화점 VIP 카드였다. 계산대에 세워진 팸플릿에 의하면 그 등급이 되려면 일 년에 몇천만 원을 소비해야만 했다. 내가 모든 재원과 노력을 쏟아부어 지향하고자 한 멋이라는 것이 민재에게는 그저 의식주의 일부라는 사실을 어렴풋이 깨달았다. 내가 좇았던 것이 고작 이거였던 것일까. 하지만 손에 들린 쇼핑백은 이런 찝찝한 감정을 금세 망각시키고 말았다.

백화점을 나서 서점으로 향했다. 민재는 내가 옷을 고를 때처럼 무척이나 신중하게 책을 살펴봤다. 뭐 이렇게 오래 걸리는지, 지루함에 눈물까지 흘리며 하품을 했다. 그가 건

넨 것은 오르한 파묵의 『새로운 인생』이었다. 카운터로 향했다.

"만 원입니다."

괜찮은 가격이었다. 이거면 캐리어를 끌고 갈 수 있었다. 이제 수학여행을 위한 모든 준비가 되었다고 만족감을 느끼며 민재에게 책을 건넸다.

캐리어를 가지러 민재의 집으로 향했다. 이번에는 창문이 아닌 현관으로 들어갔다. 문을 열자 어머니가 살갑게 반겨주었다.

"안녕하세요."

나는 예의 바르게 인사했다.

"그래, 기윤이 왔구나."

폭력 사건으로 좋지 못한 인상을 남겼던지라, 그런 환대가 고마우면서도 내심 부담스러웠다. 잠시 우리는 소파에 둘러앉아 차를 마셨다. 어머니는 수학여행을 가게 되어서 좋겠다며, 필요한 건 다 준비했는지, 특별한 계획은 없는지 등을 물었다. 나는 최대한 밝은 태도로 열심히 질문에 대답했다. 하지만 민재는 그동안 보지 못했던, 조금은 무뚝뚝한 태도로 앉아 있었다.

"그럼 올라가 있을게요."

그는 대뜸 몸을 일으키더니 아주 정중하게 말했다.

"그래. 먹을 것 좀 올려 보낼게. 기윤아, 저녁시간도 다 되었는데 저녁 먹고 가렴."

어머니는 민재의 기분을 최대한 맞춰주려는 듯 말했다. 그를 따라 계단을 올라가며 그들의 관계에 석연치 않은 무언가가 쌓여 있는 것이 아닐까 하는 생각이 들었다.

방에 들어서자 낯선 기분이 들었다. 일전에는 관석이에게 흠씬 두들겨 맞고 와서 정신이 없었던 것일까. 그때는 이곳을 그저 하나의 배경으로만 인식했었다. 하지만 지금은 공간의 모든 요소가 호기심을 끌고 있었다. 특히 이목을 끌었던 것은 벽 한 면을 가득 메우고 있는 책장이었다. 그곳에는 서재 못지않게 많은 책들이 꽂혀 있었다. 그는 새 책을 꺼내 책장에 꽂아 넣었다. 그리고 만족한 듯 미소 지었다.

"너는 이 책들을 다 읽은 거야?"

나는 책들의 제목을 천천히 훑어가며 말했다.

"물론 아니지. 읽지 못한 게 더 많아."

"근데 왜 또 책을 사는 거야?"

"그건 너랑 비슷하지 않을까. 너도 옷이랑 신발이 충분한데 매일 사고 싶어 하잖아."

"그런 건가."

나는 머리를 긁적였다.

"농담이고. 나는 책장에 책을 꽂을 때면 하나의 지도를 만들고 있다는 생각이 들어."

그는 책장을 마주 보고 있는 반대편 벽면의 커다란 세계지도를 가리키며 말했다.

"책장이 지도라고?"

"응. 책장이 하나의 지도라면 읽은 책들은 내가 여행한 곳이고, 읽지 못한 책들은 내가 앞으로 여행할 곳이야. 나는 이 세계를 모두 여행할 거야. 그리고 저곳도."

그는 세계지도를 가리킨 뒤 말을 이었다.

"언젠가 이곳을 떠나서…."

나는 고개를 끄덕이며 책상에 걸터앉다 그만 조그마한 액자 하나를 넘어뜨렸다. 액자를 들춰봤다. 다행히 깨지지 않았다. 문득 사진에 호기심이 생겼다. 그 속에 어린아이와 한 여인이 있었다. 아이는 사진 찍는 것을 부끄러워하는 듯했다. 여인은 아이의 키높이에 맞춰 쪼그려 앉아 그를 따스하게 안고 있었다. 아이는 민재가 분명했다.

"이 분은 누구야?"

책들을 살펴보고 있는 민재에게 사진을 보여주며 말했다.

"어머니야."

그는 담담한 표정으로 말했다.

"어머니? 전혀 다른 분 같은데."

나는 고개를 갸우뚱했다.

"나를 낳고 길러주신 어머니야. 내가 열한 살 때 돌아가셨거든."

"그러면 아래층에 계신 분은?"

"이모님이야. 법적으로는 새어머니지."

"왜 이모님이라고 불러?"

나는 그의 호칭에 놀라며 물었다.

"세상에 어머니가 두 명 있을 수는 없거든. 어머니는 대체 불가능한 존재잖아. 원래는 아주머니라고 불렀는데 협의를 본 게 이모님이야. 대신 공식 석상에서는 엄마라고 불러달라고 타협을 보긴 했지만. 사실 그런 자리에서는 호칭을 전혀 쓰지 않고 있지."

"그러면 나도 이모님이라고 부를까?"

나는 심각한 얼굴로 물었다. 어머니가 저녁을 먹고 가라고 한 말도 생각나 괜히 걱정이 되었다.

"뭐라고?"

그는 갑자기 웃음을 터뜨렸다.

"나 진지하게 물어본 건데 왜 웃어?"

"방금 상상했거든, 네가 이모님이라고 부르는 거."

"좀 이상하려나?"

"나는 괜찮으니까 그냥 하던대로 편하게 어머니라고 해. 괜히 이상한 상황 만들지 말고."

"오케이, 접수."

그의 이야기를 듣고 식탁에 앉아 있으니, 새로운 것들이 보이기 시작했다. 어머니는 민재를 다정하게 대하려고 했지만, 그는 마치 담장을 둘러친 것 같았다. 그렇다고 그가 버릇없어 보이는 것은 아니었다. 오히려 그의 태도에는 정중한 예의 같은 것들이 깃들어 있었다. 그저 마음 어느 한 구석 깊숙한 곳의 문을 이미 닫아버린 것 같았다.

쇼핑백에 캐리어까지 챙기니 짐이 너무 많았다. 어머니는 편하게 가라며 택시를 잡아주셨다. 예상치도 못하게 아주 편하게 집으로 돌아오니 어느새 밤이 깊었다. 서둘러 짐을 싸고 침대에 누웠다. 그런데 도무지 잠이 오질 않았다. 무엇 때문이었을까. 나는 뜬눈으로 밤을 지새웠다.

*

드디어 수학여행이 시작되었다. 아침부터 교정에는 패션쇼가 열렸다. 한껏 차려입은 친구들이 하나둘 운동장에 등장했다. 나도 당당한 발걸음으로 교문을 통과해 한껏 폼을 잡고 캐리어 위에 앉아 있었다. 잠도 제대로 못 잤지만, 기분만큼은 그 어느 날보다 상쾌했다. 민재는 예고했던 대로 배낭을 메고 책을 읽으며 나타났다. 멀리서 다가오는 민재를 바라보며 혀를 내둘렀다. 하지만 언제나 한결같은 그의 모습에 어떤 안정감을 느꼈다.

인원 점검이 끝났고, 드디어 버스에 올라탔다. 민재와 함께 버스 맨 뒷자리에 앉아 출발을 기다렸다. 버스는 흥분에 가득 차 시끌벅적했다. 그때 한 녀석이 나를 불렀다. 어떤 여자애가 나를 찾는다는 것이었다. 밖으로 나가보니 지민이가 친구들과 함께 서 있었다. 심장이 쿵쾅거렸다 그런 그녀가 오렌지 한 개와 정갈하게 접힌 종이쪽지를 건넸다!

"고마워."

너무 놀랍고 쑥스러웠던 나는 고맙다는 말 이외에 어떤 말도 하지 못했다. 잠시 동안 아이들이 만드는 소란 속에서 그녀와 마주 봤다. 어색했지만 불편하지는 않았다. 그녀의 미소는 물론이고 옷 태에서 드러나는 볼륨 있는 몸매와 뽀얀 얼굴, 아기자기한 이목구비, 고데기로 한껏 부풀린 헤어스타일은 나의 마음을 간지럽혔다. 버스들이 시동을 걸기 시작했다. 우리는 각자의 버스로 돌아갔다.

"야, 봤냐? 지민이가 이거 주고 갔어."

나는 방정맞게 호들갑을 떨며 민재에게 말했다.

"너 좋아하나 보다. 쪽지에는 뭐라고 쓰여 있어?"

"나를 오랫동안 지켜봤대. 그리고 문자 달라고 자기 번호도 적어놨어."

"연락 한번 해봐."

"뭐라고 보내는 게 좋을까?"

"사모하는 지민 씨…."

그는 장난기 가득한 얼굴로 시를 읊듯 말했다.

"80년대에서 왔냐? 야, 그냥 책이나 봐."

어느새 버스가 출발했다. 차창 밖으로 풍경이 시시각각 변해갔다. 온 세상이 달라 보였다. 지민이의 얼굴이 떠올랐고, 기분이 날아갈 것만 같았다. 가슴 두근거리며 문자를 보냈다. 괜히 들뜬 마음으로 민재에게 말을 걸었다.

"넌 버스에서도 책이 눈에 들어오냐."

"책은 시간을 내서 읽는 게 아니라, 시간 날 때 읽는 거야."

그는 책에서 시선을 떼지 않은 채 말했다.

"무슨 책인데?"

"새로운 인생. 네가 사준 거."

그는 책장을 덮고 책 표지를 보여주었다.

"무슨 내용이야?"

"새로운 인생을 찾아 방황하는 어느 청년 얘기야. 어느 날, 주인공이 미지의 책을 읽게 되는데, 그 뒤로 완전히 다른 사람이 돼. 책이 보여준 새로운 시각과 가치에 매료되고만 거지. 그래서 그는 자신이 지각한 꿈과 이상을 실현할 수 있는, 그동안 살았던 세계와는 완전히 다른 세계를 찾아 방황길에 올라. 버스를 타고 세상을 헤매고 다녀. 그는 자신이 좇는 그 세계를 '새로운 인생'이라고 불러."

"그래서 제목이 새로운 인생이구나."

나는 고개를 끄덕이곤 말을 이었다.

"그런데 그런 새로운 인생이 있을까? 지금과는 완전히 다른 그런 세상."

"아직은 모르지. 그의 방황은 이제 막 시작되었거든."

"궁금하다. 맨 뒷장에 결말이 있지 않을까?"

"안 돼. 중요한 건 결말이 아니라 시도들이야. 보물은 거기에 있어."

그는 단호하게 말했다.

새로운 인생을 찾아 헤매는 어느 방랑자 이야기. 그가 버스를 타고 세상을 방황한다고 했던가. 엘리베이터에서 들었던 그의 방황 이야기가 떠올랐다. 차창에 기댄 민재의 모습에 책의 줄거리가 오버랩 되었다. 그가 자신의 이야기를 한 건 아닐까, 하는 생각마저 들었다. 그 비현실적인 느낌에 정신이 몽롱해졌고, 잠시 후 잠이 들었다. 오렌지 향기에 잔뜩 취해 흥분해 있었고, 밤잠을 설쳤으니 당연한 일이기도 했다. 경주에 도착하자 민재가 나를 깨웠다. 그는 그때까지도 자신의 이야기를 읽고 있었다.

버스가 콘도를 코앞에 두고 움직이질 않았다. 알고 보니 이틀 동안 내린 폭우와 함께 토사가 유실되어 진입로가 막힌 것이었다. 인부들이 복구 작업을 벌이고 있었다. 담임 선생님은 각자 짐을 챙겨 콘도까지 걸어가야 한다고 했다. 실로 가관이었다. 모두들 진창 속에서 캐리어를 끌고 가느라 사투를 벌였다. 대부분 나처럼 캐리어를 애지중지 안고 갔다. 자신의 몸집보다 큰 캐리어를 끌고 온 여자애들은 아예 진창 속에 빠뜨리기까지 했다.

"어휴, 그러니까 나처럼 배낭을 메고 오라니까."

전교생이 벌이는 그 눈물겨운 희극 속에서 오직 민재만이 배낭을 멘 채 콘도로 향했다.

혼란 속에서 방 배정을 끝마치고 본격적인 경주 답사가 시작되었다. 학술부원들이 일일 문화 해설사로 나섰다. 그들은 미리 조사해 온 신라시대의 역사와 유적지에 얽힌 이야기들을 열성을 다해 풀어냈다. 하지만 하나도 귀에 들어오지 않았다. 모두들 무리 지어 몰려다니며 떠들고 장난치고 사진찍기에 여념이 없었다. 여자애들에게 짓궂은 장난을 치는 남자애들도 있었고, 다른 학교 학생들이랑 괜한 신경전을 벌이는 녀석들도 있었다. 민재도 하품을 하더니 입을 열었다.

"아, 차라리 책이나 읽고 싶은데."

나는 주위를 둘러보느라 정신이 없었다. 지민이를 찾고 있었다. 그리고 어딘가에서 지민이가 지켜보고 있을지도 모른다는 생각에 한껏 폼을 잡으며 다녔다. 그날 내가 한 것이라곤 그것뿐이었다.

드디어 지루했던 답사가 끝나고 저녁이 찾아왔다. 선생님은 9시 이후로 돌아다니면 벌을 주겠다고 했지만, 엄포에 불과했다. 모두들 밀회를 떠나기 시작했다. 복도를 살금살금 기어가는가 하면, 각 방의 테라스와 테라스를 건너뛰며 위험까지 무릅썼다. 우정을 찾아서, 사랑을 찾아서 말이다.

지민이의 초대를 받았던 나도 곧 떠날 채비를 했다. 그녀는 친구 두 명을 데리고 오라고 했다. 같은 방에 배정된 동건이와 민재를 꼬드겼다. 동건이는 자신이 맡은 방송부 부장자리에 꽤나 큰 책임감을 갖고 있는 친구였다. 그는 말을 꺼내기가 무섭게 얼른 가자고 나의 어깨를 주무르기까지 했다. 하지만 민재는 별로라는 말뿐이었다.

"야, 이런 기회도 흔치 않아. 여기서 독거노인처럼 책이나 읽고 있는다고?"

"그래. 얼른 가자. 여자 셋에 남자 셋. 이렇게 돼야 아귀가 딱 맞는 거야. 네가 있어야 이 밤의 균형이 맞춰진다고."

간곡한 설득 끝에 민재는 알겠다며 몸을 일으켰다. 테라스로 나가 이동을 시작했다. 무려 삼 층이었지만 우리는 호기롭게 테라스를 넘어갔다.

"앗!"

그때 갑자기 민재가 외마디 비명을 질렀다.

"왜, 뭐야?"

나는 놀라서 물었다.

"책을 떨어뜨렸어. 가지러 가야겠다."

"지금? 에이 내버려 둬. 풀숲에 떨어진 책을 누가 가져가겠어. 일단 놓고 이따가 같이 가지러 가자."

"그러지 뭐."

그는 찝찝한 듯 고개를 돌려 다시 한번 풀숲을 내려다보곤 발걸음을 옮겼다.

"똑똑."

베일에 가려진 창문을 두드렸다.

창문이 열리고 커튼이 걷혔다. 이내 달콤한 향기가 풍겨왔다. 어둠 속에서 우리를 반기는 그녀들의 미소에 정신이 아득할 정도로 기분이 좋았다. 조그마한 방에 여섯 명이 둘러앉았다. 어디서 준비한 건지 과자도 있었고, 술도 있었다. 서로에게 술을 따라주며 간단하게 자기소개를 했고, 서로의 이야기를 나누기 시작했다. 자연스럽게 게임을 시작했다. 벌주가 오갔고, 웃음이 피어났다. 우리들은 흑기사를 자처하며 그녀들의 마음을 사려 노력했다. 대신 그녀들은 사심이 담긴 아찔한 소원들을 들어주었다. 이제 어색함도 없어졌다. 아찔한 육각형이 만들어졌다.

곁에 앉은 지민이 때문에 황홀할 지경이었다. 과자를 집을 때 스치던 그 손길, 고개 돌려 나를 바라보는 그 눈빛, 음료수를 흘렸다고 직접 바지를 닦아주던 그 마음. 그녀에게 흠뻑 빠져버리고 말았다. 동건이와 규나도 서로 마음에 들었는지 관심을 표하기 시작했다. 민재와 가연이만 마음이 맞는다면 딱 좋겠다는 생각이 들었다. 하지만 민재는 그녀를 별로 마음에 들어 하는 것 같지 않았다. 오히려 풀숲에 두고 온 책을 생각하는 듯했다.

진실게임의 시간이 다가왔다. 아슬아슬한 질문들이 이어졌다. 좋아하는 사람이 있는지. 혹시 이 중에 마음에 드는 사람은 있는지. 첫 키스는 언제 어디서 누구와 했는지.

우리는 마음을 간지럽히는 진실을 말하기도 했고, 부끄러워하며 벌주를 마시기도 했다. 민재의 차례가 다가왔다. 가연이는 자신의 친구 중 한 명이 민재가 다녔던 과학 고등학교에 재학 중이라고 운을 떼며 말했다.

"혹시 그 사건에 대해 얘기해줄 수 있어? 친구도 자세히는 잘 모르더라고."

갑자기 민재의 얼굴이 대리석처럼 차갑게 굳었다. 그는 벌주를 들이켜곤 피곤해서 먼저 가겠다며 몸을 일으켰다. 그는 테라스가 아닌 현관문을 열고 방을 나섰다. 우리는 순찰을 도는 선생님들에게 민재가 걸릴까 잔뜩 겁을 먹었다. 아찔했던 균형이 깨지고 말았다. 모두들 당황하고 말았다.

"미안. 먼저 가봐야겠다. 문자 할게."

지민이가 고갤 끄덕이며 배웅해 주었다. 동건이도 따라 나섰다. 방에 돌아가니 민재는 없었다. 문득 그가 책을 떨어뜨린 게 생각났다.

"어디 가?"

동건이가 물었다.

"잠깐 나갔다 올게."

정원으로 나가니 민재가 벤치에 앉아 있었다.

"벌주 마시고 갑자기 책 생각이 났나 봐?"

농담을 건네며 그에게 다가갔다. 그는 책을 살며시 흔들곤 피식 웃었다.

"아, 좋다 말았네."

벤치에 나란히 앉으며 애써 밝게 말했다.

"미안. 분위기 다 망쳤네. 그러니까 왜 데려가서."

그는 바닥을 응시한 채 말꼬리를 흐렸다.

"그래도 타이밍 좋았어. 딱 분위기 좋을 때 나와서 아마 지민이가 애가 탈 거야."

너스레를 떨며 살며시 그의 눈치를 봤다. 평소 같았으면 웃었을 그였다. 하지만 그는 하나의 생각에 사로잡힌 듯 멍하니 정면을 응시하고 있을 뿐이었다.

"너무 놀랐거든. 과거가 그렇게 집요할 줄 몰랐어."

그는 시선을 고정한 채 나지막이 말했다.

"그게 무슨 소리야?"

"과거는 애써 지우려고 해도, 도망치려 해도 집요한 추격자처럼 따라와서 발목을 잡고 마는 거지."

그는 한 손으로 짧은 머리를 쓸어 넘기며 말했다.

"정말 그곳에서 무슨 일이… 있었던 거야…?"

나는 괜한 질문을 했나 싶어 말꼬리를 흐렸다.

"진실게임이냐?"

그가 고개를 돌려 물었다.

"벌주는 없어."

"그래… 뭐, 가연이도 아는 추격자를 굳이 너한테 감출 필요까지야."

그가 씁쓸하게 웃고는 천천히 말을 이었다.

"그곳에서 여자 친구를 사귀었거든."

"오, 정말?"

"응. 그런데 다섯 살이나 연상이었어."

그는 생각에 잠기듯 바닥에 시선을 고정한 채 말을 이었다.

"그녀를 처음 봤던 건 어느 봄날이었어. 영화처럼 첫눈에 반한 건 아니었고, 사랑에 빠진 건 피아노 연주를 들었을 때였지. 참, 그녀는 음악 교생이었거든. 우리가 첫사랑 얘기를 해달라고 했는데, 대신 피아노를 치겠다고 한 거야. 그때 연주한 곡이 이루마의 〈Love me〉였어. 그 곡 알아?"

"아니."

"나중에 기회가 있으면 들려줄게. 아무튼 나는 그때 그렇게 사랑에 빠졌어. 그녀는 담임 선생님을 도와 우리 반을 맡고 있었는데, 그건 정말 좋은 빌미였지. 매일 그녀를 찾아가서 쓸데없이 상담을 요청하고, 수업이 끝나고도 계속해서 괴롭혔어. 정말 마주 보고 말이라도 걸어 보고 싶어서 이런저런 얘기를 구구절절 꺼내기도 했지. 읽은 책 이야기를 지루하게 늘어놓기도 하고, 써온 시들을 보여주기도 했고. 매일 만나다 보니 그녀도 내가 정이 들었나 봐. 자신의 소소한 얘기도 해주더라고. 그렇게 한 달 정도 지났을까, 어느 날 내가 용기를 내서 고백을 했어. 그녀도 내가 좋다는 거야. 그렇게 연애를 시작했지. 연애는 처음이라 서툴렀지만, 정말 열정적으로 뭔가를 해본 건 그게 처음이었던 것 같아. 학교에서는 아무도 몰래 데이트를 하기도 했지."

그는 잠시 웃음 짓더니 다시 말을 이었다.

"비록 교생실습 기간은 금방 끝이 났지만 우리의 만남은 계속해서 이어졌어. 여름방학 때는 함께 여행도 떠났었지. 유난히 따뜻했던 겨울도 지나고 봄이 찾아왔을 무렵이었어. 정말 모든 것이 좋았는데, 내가 아주 큰 실수를 저지르고 말았어."

"뭐였길래?"

"학교에서… 디지털카메라를 잃어버렸거든. 거기에 우리의 모든 사진이 담겨 있었어. 정말 모든 사진이 담겨 있었던 거지. 솔직하게 말하자면, 침대에 누워 함께 찍은 사진도 있었어. 그때는 우리에겐 그것마저 사랑의 행위였거든. 사진이 퍼져나갔어. 소문도 퍼졌지. 근데 잔인한 건 비밀을 알아낸 사람들이 그것을 죄로 규정하고 단죄하기 시작했다는 거야. 부도덕하다고 말이야. 하지만 단죄의 대상은 내가 아니었어. 오직 그녀였지. 왜냐하면 난 고등학생이었으니까. 어떤 놈들은 그걸 출력해서 내 책상에 올려놓거나, 사물함에 붙여놓기까지 했어."

"내가 다 열받네. 그래서 어떻게 됐어?"

"그냥 해프닝으로 일단락되기를 바랐지. 하지만 그렇지 않았어."

"일이 더 커졌어?"

"응. 사진과 소문은 그녀가 다니는 대학교까지 퍼졌어. 그 무렵부터 그녀는 내게 죽고 싶다는 말을 자주 하곤 했어. 못 견디겠다고, 모든 걸 그만하고 싶다고, 다 끝내고 싶다고… 하지만 그땐 나도 놀라고 움츠러들었던 터라 그녀를 감싸주지 못했어. 세상 사람들이 다 손가락질을 하니까 뭘 어떻게 해야 할지 몰랐거든. 사과를 하고 용서를 구해도 이미 엎질러진 일이라 돌이킬 수 없었던 거지. 나는 나대로 곤두박질치고 있었어. 나도 죽고 싶다는 생각이 들었거든. 내 책상에도 하루가 멀다 하고 사진들이 나붙고 쑥덕거리는 말들이 들려왔거든. 차라리 그녀와 함께 먼 곳으로 도망치고 싶더라고. 근데 이제 그녀가 나를 만나주지 않았어. 집 앞에서 밤새 기다렸는데도 소용없더라고. 그리고 며칠 뒤 소식이 들려왔어… 도저히 믿을 수가 없었지… 자살을 했다더라고."

나는 홀로 입술을 매만지며 심각한 표정으로 천천히 고갤 끄덕였다.

"나도 모든 걸 끝내려고 했어. 하지만 나는 용기가 없었어. 고작 한 것이라곤 수면제 한 통을 다 털어 넣은 것뿐이었지. 다행이라고 해야 할까, 나는 결국 아버지 병원으로 실려갔어. 응급치료를 받았고, 죽다 살아났지. 이 주 동안 병원 신세를 졌어. 학교에 돌아가니 아버지가 자살한 아들도 살려내는 명의라고 떠들어대더라고. 세상 만사에 자포자기 심정이었기에 아랑곳하지 않았어. 그런데 한 녀석이 죽은 그녀를 두고 또다시 조롱하는데 참을 수가 없더라고.

그 자식을 의자로 내리찍고 미쳐 날뛰었지. 그게 학교에서의 마지막 기억이야…."

"그렇게 시작된 거구나."

"뭐가?"

"너의 기나긴 방황이."

내가 답하자 그는 애써 웃음 짓더니 아무 말 없이 밤하늘을 바라봤다. 침묵이 맴도는 사이, 어느 방에선가 깔깔거리는 행복한 웃음소리가 들려왔다. 우리도 웃음에 전염되어 살며시 미소를 지었다. 얼굴에 차가운 무언가가 느껴졌다. 빗방울이었다. 조금씩 떨어지던 빗방울이 점점 굵어지기 시작했다. 우리는 몸을 일으켜 건물로 들어갔다. 주머니에 손을 찔러 넣고 계단을 오르려는데, 복도 저 끝 어둠 속에서 반쯤 문이 열린 곳이 보였다. 그곳에서 노란빛이 새어 나오고 있었다.

"저게 뭐지?"

내가 묻자 민재가 가보자고 했다.

그곳은 강당이었다. 간이 의자들이 줄을 맞춰 빼곡히 놓여 있었다. 어둠 속에서 무대에만 노란 조명이 켜져 있었다. 우리는 천천히 발걸음을 옮겨 무대에 올랐다. 장기자랑을 펼칠 애들이 연습하고 간 듯 이런저런 소품들이 무대 뒤편에 널브러져 있었다. 한편에는 피아노가 있었다. 문득 민재가 이야기했던 피아노 곡이 생각났다.

"참, 그 아까 말했던 곡 MP3에 있어?"

"그건 없는데. 왜?"

주머니에 손을 찔러넣고 피아노 곁을 서성거리던 그가 물었다.

"갑자기 궁금해서. 들려준다고 했잖아."

"들려줄까?"

"어떻게?"

"이걸로."

그가 피아노를 가리키며 말했다.

"피아노 칠 줄 알아?"

그는 고개를 끄덕이며 천천히 피아노 앞에 앉았다.

"그럼 엄마가 가르쳐준 건데. 비록 오랜만이지만…"

잠시 손을 풀더니 건반을 두드리기 시작했다. 텅 빈 강당에서 연주를 들으며 그의 일 년을 마음 속에 그려봤다.

민재는 그날 밤 이후로 함께 밀회를 떠나지 않았다. 동건이와 함께 새벽이 되어서야 돌아오면 그는 홀로 책 속에 얼굴을 묻은 채 자신의 이야기를 진전시키고 있었다. 경주에서의 마지막 밤, 수학여행의 꽃이라고도 할 수 있는 장기자랑 시간에도 마찬가지였다. 그는 담임 선생님에게 몸이 안 좋다는 핑계를 대고 불참했다. 내겐 책을 읽을 거라고 솔직하게 털어놓았다.

공연은 정말 재미있었다. 보는 내내 배꼽을 잡게 했던 차력과 코미디 쇼, 감탄을 자아낼 만큼 멋진 춤과 노래를 선보인 친구들. 하지만 그때뿐이었다. 그 어떤 무대도 내게 깊은 울림을 남기지 못했다. 모든 무대가 끝이 나고 방으로 돌아가는 길, 나는 무의식적으로 어떤 멜로디를 흥얼거리고 있었다. 그것은 그날 밤 민재가 연주했던 곡이었다.

11
영원히 머물 수 없는 순간

 내게 비춰온 한 줄기 오렌지빛은 이제 온 세상을 물들였다. 온통 지민이 생각뿐이었다. 그녀와 쉴 새 없이 문자메시지를 주고받았다. 교정에서는 이목을 피해 은밀한 데이트를 즐겼고, 정성스레 쓴 편지를 교환했다. 하굣길에는 서로의 동선을 수정해 함께 집으로 향했다. 자기 전에는 이불 속에서 핸드폰이 뜨거워질 때까지 대화를 나누었다. 세상이 너무나 아름다웠다.

 그러나 사랑을 해본 적 없던 나는 무척이나 서툴렀다. 그 누구도, 나의 인생에 훈수 두기 좋아하는 어른들은 물론이거니와 수학과 과학, 역사와 철학, 도덕과 법은 물론 피임법에 이르기까지 모든 것들을 가르치려 하는 학교에서도 사랑에 대해서는 이렇다 할 조언을 해주지 않았다. 너무나 어려웠다. 그녀와 이야기를 나눌 때면 그녀의 눈을 바라봐야 하는 건지 입술 끝에 귀여운 점을 바라봐야 하는 건지, 그녀의 봉긋한 가슴이 팔뚝에 스칠 때면 사과를 해야 하는 건지 모른 척해야 하는 건지 도대체가 알 수 없었다.

며칠 밤을 뜬 눈으로 고민한 끝에 용기 내서 사랑을 고백해냈고, 그녀의 승낙도 받아내었건만 정말이지 사랑은 너무나 어려웠다. 많은 것들을 함께하며 그녀의 속마음도 얼추 알게 되었다. 하지만 그 이상으로 우리의 관계를 진전시키는 것이 어려웠다. 손도 잡아보지 못했다. 너무나 두려웠다. 섣부른 스킨십으로 모든 것이 끝날 수도 있다고 생각했다. 그리고 무엇보다 그녀는 내게 신성스러운 존재였다. 그녀를 어루만지고 싶은 욕망이 일 때면, 마음속에서 이런 생각이 드는 것이었다.

'이렇게 예쁜 지민이에게 어떻게 그런 짓을!'

어느 날 그녀는 이런 나의 망설임과 두려움을 눈치챘는지 먼저 다가왔다. 횡단보도의 녹색 보행 신호등이 깜빡일 때, 그녀는 내 손을 잡곤 뛰기 시작했다. 아, 그 행복했던 달리기! 그녀의 작은 손은 보드랍고 따뜻했다. 그녀는 경이롭기 그지없던 그 손으로 내게 떡볶이를 먹여주었다. 그러

곧 고개를 살짝 기울여 사랑스러운 눈으로 나를 바라봤다. 그런 시선을 받을 때면 정말이지 세상 모든 걸 가진 것 같았다. 함께 버스에 타면 그녀는 머리를 나의 어깨에 살포시 기대었다. 용기 내어 헝클어진 그녀의 머리를 귀 뒤로 넘겼다. 그녀는 두 눈을 감은 채 나의 팔뚝을 꼬옥 붙들었다.

금단의 벽이 허물어진 이후, 틈만 나면 그녀의 손을 잡았다. 놓아주기 싫었다. 손잡기가 익숙해지자 다음 단계로 넘어가고 싶었다. 그녀의 입술을 볼 때면 가슴이 두근거렸다. 나의 이름을 불러주는, 웃을 때 입꼬리를 따라 보조개를 자아내는, 예쁜 말들만 속삭이는 그녀의 입술을 탐하고 싶었다. 어스름이 내려앉은 저녁, 그녀와 함께 앉아 있을 땐 어찌나 입술이 아름다워 보이던지. 키스해야만 했다. 어떤 애정의 대화로도 나의 욕망을 충족시킬 수 없었다. 그러나 용기가 없었던 나는 키스할 기회를 번번이 놓치고 말았다. 혹시 그녀가 뺨을 때리지 않을까, 실망하지 않을까 걱정이 되었던 것이다.

어느 날, 민재에게 지민이의 자랑을 한참 동안이나 늘어놓았다.

"넌 지민이를 무슨 여신처럼 생각하고 있는 것 같다."

그는 한심하다는 듯 말했다.

"지민이 정도면 여신이지."

"위험해 보이는 걸."

"뭐가?"

"네가 스스로의 자존감을 너무 낮추고 있는 것 같아 보이거든. 지민이는 지민이일 뿐이야. 근데 너는 스스로를 깎아내리면서 걔를 여신이라고 여기고 있어. 엎드려서 올려다보니까 높아 보이는 거야. 더군다나 먼저 관심을 표한 것도 지민이잖아?"

"그렇지만 좋은 걸 어떡해."

"그건 연애가 아니라 숭배야 숭배. 성스러운 여자한테 키스나 할 수 있겠냐."

"키스해 봤는데?"

"네가? 퍽이나 해봤겠다."

"해봤다니까!"

나는 되레 화를 내며 헛기침을 했다.

사실 지민이와 사귈 수 있게 되었던 것도 민재의 도움이 컸다. 그가 조언해 주었던 것처럼 분위기와 타이밍을 잘 노려 용기 있게 속마음을 털어놓았고, 그 결과 본격적으로 연애를 할 수 있게 되었다. 그런 그에게 키스에 대해서도 자문을 구할까 생각했다. 하지만 막상 물으려니 무언가 거북스럽기도 했고, 이미 했다고 했으니 자존심 때문에 물어볼 수도 없는 일이었다. 혼자 해결해야만 했다. 인터넷을 검색했다. 키스신들을 시청했고, 키스하는 방법들을 글로 읽었다. 조사-분석해 본 결과 여자들은 박력 있는 키스를 좋아했다. 밀치고 당기고 속박하고 내리찍고 흡입하는 강렬한 키스 말이다.

마침 지민이와 사귄 지 오십 일이 되는 날이었다. 꽃다발을 준비했다. 극장 앞, 그녀가 나타나기만을 기다렸다. 살며시 그녀의 등 뒤로 다가가 꽃다발을 내밀었다. 만개한 꽃을 본 그녀의 얼굴에 보조개가 피어났다. 그녀는 안개꽃에 둘러싸인 장미의 향기를 한껏 들이켜곤 미소를 지으며 나의 목을 끌어안았다. 그녀의 허리를 감쌌다. 눈이 마주쳤다. 키스해! 마음속에서 외침이 들렸다. 그러나 사람이 북적이는 극장 앞에서 키스를 하기란 더욱 어려운 일이었다.

데이트가 끝나고 그녀를 집까지 데려다주었다. 나는 반드시 키스를 하겠다는 사명감으로 가득 차 있었다. 어디에서 키스를 해야 할까. 연실 두리번거렸다. 버스정류장에는 취객이 앉아 있었다. 성당 앞에는 다른 연인이 앉아 있었다. 공원은 가족 단위로 산책하는 주민들로 시끌벅적했다. 우리는 결국 그녀의 아파트 앞까지 도착해 버렸다. 아, 이렇게 오늘도!

"기윤아, 나 올라가는 거 지켜봐 줄래? 무섭거든."

그녀는 아파트 현관 계단에 올라서며 말했다.

"응? 올라가는 걸?"

"내일까지 엘리베이터 점검한다고 해서 구 층까지 걸어가야 하거든."

이건 하늘이 주신 절호의 기회였다.

"그럼 같이 가자."

"정말?"

나는 희망에 가득 차 고개를 끄덕였다.

우리는 침묵 속에서 나란히 계단을 올랐다. 발소리만이 귓가에 울려 퍼질 뿐이었다. 침을 꼴깍 삼켰다. 텅 빈 층계에 침 넘어가는 소리가 울려 퍼진 것 같았다. 사 층, 오 층… 심장이 쿵쾅거렸다. 육 층, 칠 층… 그리고 팔 층. 에라 모르겠다. 그녀를 벽에 밀쳤다. 그녀가 놀라 눈을 동그랗게 떴다. 잠시 침묵이 맴돌았다. 움직임이 없자 센서 등이 꺼졌다. 그녀는 창가에서 비춰오는 장방형 달빛 속에 갇혀 있었다. 빠르게 뛰는 맥박이 관자놀이에서 느껴졌다. 그녀의 눈빛이, 입술이 너무나 아름다웠다. 키스하고 뺨 한 대 얻어맞지 뭐! 그녀가 살며시 눈을 감았다. 입술이 맞닿자 이제껏 느껴보지 못했던 환상적인 부드러움이 느껴졌다. 눈을 감고 몽환적인 유화 속을 헤엄쳐 다녔다. 얼마나 지났을까, 센서 등이 켜졌다. 눈을 뜨고 천천히 입술을 뗐다. 채 마르지도 않은 물감이 온몸에 끈적하게 묻어 있는 것 같았다.

"안 때려?"

속삭이듯 그녀에게 물었다.

"때리다니?"

"뺨 맞을 각오로 한 거거든."

그녀는 달빛 아래서 배시시 웃었다.

"바보. 큭큭."

그녀는 나의 허리를 감싸안고 가슴에 얼굴을 묻었다. 나도 그녀를 꼬옥 안았다.

"기윤아."

"응?"

"꽃다발 학교로 가져다주면 안 돼?"

"왜?"

"내가 얼마나 사랑받고 있는지 친구들에게 보여주고 싶어."

나는 웃으며 고개를 끄덕였다. 어떤 부탁이든 들어줄 수 있었다.

"또 하면 안 돼?"

내가 물었다.

"뭘?"

그녀는 나를 올려다봤다.

"키스."

"바보. 그런 건 물어보는 게 아냐."

나는 다시 키스했다. 층계참에는 센서 등이 꺼지고 달빛만이 남았다.

이튿날 꽃다발을 들고 등교했다. 행여나 누가 볼세라 창피한 마음에 꽃다발을 사물함에 고이 숨겨두었다. 수업 시간 내내 그녀에게 꽃다발을 어떻게 전해줄지 생각하느라 진땀을 뺐다. 쉬는 시간, 나는 사물함을 열어 민재에게 보여주며 지난밤 있었던 일을 이야기했다.

"와, 그러니까 선물 준 걸 다시 학교로 가져다 달라고 한 거야?"

그가 놀라며 물었다.

"응."

"그분 아주 가지가지 하시네."

"난 지민이가 부탁하면 뭐든지 다 들어줄 거야."

그는 한심하다는 듯 나를 바라보며 눈살을 찌푸렸다.

"근데 이걸 어떻게 갖다 주려고?"

"그래서 말인데, 다음 쉬는 시간에 5반까지만 같이 가줘."

그는 고개를 가로저었다.

"한 번만 살려줘. 맛있는 거 사줄게."

꽃다발을 등 뒤에 감추고 그녀의 교실로 향했다. 민재는 결국 동행해 주었다. 교실에선 여자애들이 시끌벅적하게 떠들고 있었다. 도저히 들어갈 용기가 나지 않았다. 갑자기 교실 앞문이 열렸다. 민재가 열어젖힌 거였다. 그는 나를 교실로 밀어 넣고 문을 닫았다. 모두들 하던 것을 멈추곤 나를 바라봤다. 알아들을 수 없는 웅성거림이 들려왔다. 마치 동물원의 원숭이라도 된 듯한 기분이었다. 웃고 있는 지민이를 발견했다. 꽃다발을 들고 그녀를 향해 다가갔다. 모두들 소리를 꺅꺅 내질렀다. 꽃다발을 내밀었다.

"고마워…."

그녀는 꽃다발을 처음 본다는 듯, 이런 이벤트는 전혀 예상하지 못했다는 듯 화들짝 놀라며 만개한 꽃처럼 환하게 웃었다. 그날 아주 중요한 사실을 깨닫게 되었다. 여자에게 사랑이란 주위 사람들에게 자신이 얼마나 사랑받는 존재인지 보여주는 것이라고 말이다.

이 사건 이후 우리의 관계는 새로운 국면으로 접어들었다. 내가 그녀에게 건넸던 꽃다발처럼 우리의 사랑은 더욱 만개해갔고, 향기는 더욱 짙어져만 갔다.

어느 토요일 저녁이었다. 지민이는 집이 빈다고 했다. 부모님이 일이 있어 집에 홀로 있게 될 거라고 했다. 혼자 있으려니 무섭다고 했다. 나는 내가 지켜주겠노라고 큰소리쳤다. 그녀는 그러면 집에 와줄 수 있겠냐고 했다. 물어볼 걸 물어봐야지! 나는 타지도 않던 자전거를 꺼내 밤이 내려앉은 거리를 달리기 시작했다. 엘리베이터를 타고 그녀의 집에 도착해 초인종을 누르려니 문이 살짝 열려 있었다. 고개를 갸우뚱하며 살며시 문을 열었다.

"지민아?"

아무 대답이 없었다. 물소리가 들려왔다. 신발을 벗고 소리가 들리는 곳으로 향했다. 주먹 하나 들어갈 정도로 열린 문틈 사이로 욕실의 노란 조명과 샤워를 하는 소리가 새어 나왔다. 은밀한 세계로 연결된 듯한 그 조그마한 틈새로 다가갔다. 수증기가 뿌옇게 낀 거울에 샤워를 하는 그녀의 실루엣이 은은하게 반영되고 있었다. 뒤로 나자빠졌다. 가슴이 쿵쾅쿵쾅 뛰기 시작했다. 고양이처럼 날렵하게 신발을 낚아채고 현관 밖으로 나가 그녀의 샤워가 끝나길 기다렸다. 잠시 후 물소리가 그치자 아무 일도 없었다는 듯 초인종을 다시 눌렀다. 그녀는 샴푸 향기를 풍기며 문을 열어주었다.

"올 줄 알고 문 열어놨었는데."

"그래도 혹시나 해서 기다렸지."

그녀는 차 한 잔을 내주고 머리를 말렸다. 아무렇지 않은 척했지만 마른침을 삼키는 건지 차를 마시는 건지 몰랐다. 그녀는 자신의 방으로 안내했다. 그녀의 향기에 정신이 아득했다. 수증기 찬 거울 속 그녀의 실루엣이 떠올랐다. 그녀는 자신의 침대 밑에 이부자리를 깔아주었다. 우리는 불을 끄고 각자의 잠자리에 누웠다. 잠이 올 리가 없었다.

"자?"

침대 밑에서 그녀를 올려다보며 물었다.

"아니."

그녀도 몸을 돌려 나를 바라봤다.

"지민아, 여기 이상한 것 같아."

나는 내가 누운 이부자리를 가리키며 말했다.

"뭐가?"

나는 몸을 일으켜 책상 연필꽂이에서 두 개의 볼펜을 꺼내 양손에 움켜쥐었다. 볼펜을 바닥과 평행하게 나란히 잡곤 이리저리 신중한 얼굴로 무언가를 탐지하듯 방 안을 왔다 갔다 했다. 그녀는 의아한 눈빛으로 나를 바라봤다. 나는 그녀가 깔아준 이부자리에 이르자 볼펜을 교차시켰다.

"역시 여기에 수맥이 흐르고 있었어."

그녀는 웃음을 터뜨렸다.

"저, 그래서 말인데, 침대에서 같이 자면 안 될까. 내가 수맥에 민감하거든."

그녀는 미소 지으며 이불을 살짝 들춰주었다. 그녀의 침대에 파고들었다. 그녀에게 팔베개를 해주었다. 그녀가 꼼지락거릴 때마다 달콤한 살내음이 풍겨왔다. 미칠 것 같았다. 키스했다. 누가 듣기라도 할까 귓속말을 주고받았다. 더 깊고 부드럽고 진하게 키스를 했다. 그녀의 셔츠를 벗겼다. 목덜미에 키스했다. 어리숙하게 브래지어를 풀었다. 봉긋 솟은 하얀 둔덕, 나는 기쁨에 겨워 두 눈을 감고 그곳에 얼굴을 묻었다. 우리의 밤은 이제 막 시작되었을 뿐이었다.

그 이후에도 그녀와 많은 밤들을 함께했다. 형식은 달랐지만 내용은 같았다. 결론도 같았다. 함께 아침을 맞이했지만 관계를 맺진 못했다. 그녀는 촉촉한 동굴에 막 들어가려는 나를 가로막고 언제나 질문을 던졌다. 나 임신하면 어떡할 거야? 나 이러려고 만나? 나 처음이라 무서운데. 창피해. 부끄러워. 때로는 그녀가 그 순간 질문하지 않기를 바랐다. 지금 돌이켜보면 그녀는 단지 안정감을 줄 재치 있는 말과 분위기를 필요로 했던 것이 아니었을까. 그러나 그때는 그저 그녀를 지켜주고만 싶었다. 그녀를 궁지에 몰아넣은 것만 같은 죄책감마저 들었다. 내겐 너무나 소중한 그녀였기에.

이렇게 나는 첫사랑 앞에서 미숙하고 어리숙했으며 그리 남자답지도 못했다. 고백의 순간에도 몇 번이나 주저했고, 키스해도 되냐는 쓸데없는 배려를 자주 했으며, 잠자리에서는 이제 그녀를 범하지 않고 영원히 지켜주겠다는 멍청한 맹세를 하기 시작했다.

그녀는 가장 가까운 것 같으면서도 가장 멀리 있었다. 그녀의 모든 걸 다 아는 것 같으면서도 도저히 이해할 수 없었다. 싸운 뒤에는 언제나 내가 먼저 사과했다. 그녀의 잘못으로 인해 싸워도 마찬가지였다. 헤어지자는 그녀를 몇 번이고 붙잡아야 했다. 구질구질해졌다. 이제 나도 남자답게 그녀를 리드하고 싶었다. 그런데 그 방법이 잘못되었다.

하루는 그녀를 집으로 초대했다. 억지로 로맨틱한 분위기를 조장했다. 무작정 그녀에게 키스하고, 그 어색한 분위기에도 불구하고 그녀를 침대로 데려갔다. 옷을 벗기고 그녀를 탐험하기 시작했다. 그녀는 놀란 채 나를 받아들였다. 그러나 그 행동엔 조화라곤 찾아볼 수 없었다. 급발진을 일으킨 자동차처럼 어딘가 결함이 내재되어 있었다. 그녀가 갑자기 나를 밀쳤다. 흩어진 옷가지로 몸을 가렸다. 금방이라도 울음을 터뜨릴 것 같았다. 나 역시 놀라 그대로 굳어버리고 말았다. 그녀는 잠시 자리를 비켜달라고 했다. 옷을 입고 나온 그녀는 집엘 간다며 신발을 신었다. 데려다준다고 했지만, 그녀는 혼자 가고 싶다고 차갑고 단호하게 말했다. 창밖으로 초라하게 집으로 향하는 그녀를 멍하니 바라볼 수밖에 없었다. 이게 아닌데…. 나는 그 자리에서 움직이지도 못한 채 그만 눈물을 흘리고 말았다. 정말이지 흐느끼기까지 하면서 펑펑 울었다.

나는 며칠에 걸쳐 무릎까지 꿇으며 진심으로 사과했다. 마침내 그녀는 나를 용서해 주었다. 우리는 아무 일도 없었다는 듯 예전처럼 돌아왔다. 그러나 우리의 관계를 지탱하는 주춧돌은 이미 스러져 있었다. 나의 기질이 그녀를 충족시킬 수 없었던 것이다. 그녀는 능숙하게 리드하는 남자를 원했지만, 나는 보는 바와 같았다. 여전히 어리숙할 뿐이었다. 결국 그녀는 내게 이별 통보를 했고, 다른 남자 친구를 사귀었다. 그는 공고에 다니는 한 살 연상의 선배였다. 큰 키에 다부지고 남자다워 보였으며 십 대라는 게 믿기지 않을 정도로 짙은 콧수염을 갖고 있었다.

관계를 되돌리려 노력했지만, 지민이는 내가 여자를 너무나 모른다는 이유로 거절했다. 그렇지만 나를 잃고 싶진 않다며 친구로 지내자고 했다. 친구, 그 얼마나 슬픈 말인가. 그녀는 학교에서 나와 마주치면 정말 친구처럼 대했다.

그녀를 매일 피해 다녔지만 그녀가 어디서 볼지도 모른다는 생각에 더 열심히 축구를 했고, 더 소란을 피웠으며, 더 멋있어지려 노력해 봤다. 그러나 아무 소용없었다.

하루에도 감정이 수십 번도 더 바뀌었다. 다시 애원하고 매달렸고 보기 좋게 걷어차였다. 아무렇지 않은 척 다시 쌩쌩하게 새 출발을 한다며 굳은 다짐을 했지만 몇 번이고 무너져야 했다. 수업 시간, 출석을 부를 때는 물론이거니와 선생님들의 질문에 대답하는 목소리에는 영혼이 없었다. 노래방으로 향해 눈물을 훌쩍이며 노래를 불렀다. 애잔한 유행가가 모두 나를 위한 것 같았다. 그녀와 함께했던 거리를 홀로 거닐었다. 어떤 짓을 해도 위안이 되지 않았다. 그저 이젠 모든 것이 끝났다는 허탈감과 혼자라는 공허함만이 나를 가득 채우고 있었다.

넋이 나간 채로 기말고사를 봤다. 민재는 시험이 끝나자 내게 다짜고짜 함께 사찰에 가자고 했다. 물어봐도 자세한 설명은 않고, 할 일이 없으면 일단 가자고 했다. 나는 그저 아무 의욕도 없이 고개를 끄덕였다.

토요일, 새벽같이 일어난 우리는 두 시간 동안 버스를 타고 일관산(一貫山)에 도착했다. 추위에 옷깃을 여몄다.

우리는 새벽이 어스름히 깔린 산길을 걷기 시작했다. 등산한 지 얼마나 지났을까 온몸이 따뜻해지고, 이내 더워지기 시작했다. 이슬에 젖어 있는 낙엽을 밟는 느낌이, 고요한 산속의 공기가 이상하리만치 아름답게 느껴졌다. 한 시간 정도 올라갔을까, 서서히 떠오르는 아침 햇살이 부드럽게 감싸고 있는 한 사찰에 도착했다. 어디에선가 새들이 지저귀는 소리가 들려왔다. 마치 꿈을 꾸는 건 아닌가 하는 생각마저 들었다.

우리는 법당에서 나오는 스님 한 분과 마주쳤다.

"스님, 그동안 잘 지내셨죠?"

민재가 인사를 했다.

"민재가 어쩐 일이냐?"

차분한 인상에 동그란 안경을 쓴 스님은 조금은 놀란 듯 그에게 악수를 청했다.

"오늘이 그날이거든요. 친구랑 같이 왔어요."

나는 고개 숙여 스님께 인사를 했다.

"그래, 벌써 시간이 그렇게 지났구나. 잘 지내고 있는 것 같아 보기 좋다."

그들은 웃으며 서로의 안부를 물었다. 그리고 스님은 시내에 볼 일이 있다며 서둘러 발길을 재촉했다.

"참, 내 말해 놓을 테니 점심 먹고 가거라."

바쁜 걸음으로 걷던 그가 고개를 돌려 말했다.

"네, 알겠어요. 그럼 살펴 가세요."

나는 스님이 법당을 돌아 사라지는 걸 보곤, 오늘이 어떤 날인지 물었다. 그는 이곳이 바로 자신이 사랑했던 여인의 장례와 천도재(薦度齋)를 지낸 곳이며, 오늘이 그녀의 기일이라고 했다.

"그냥, 같이 오면 좋을 것 같았어."

그는 자신은 천배(千拜), 그러니까 절을 천 번 하며 이런저런 생각을 하고 싶다고 했다.

"절을 천 번이나 한다고?"

"응. 같이 한번 해볼래?"

"글쎄. 추워서 아무것도 하기 싫은데."

나는 주머니에 손을 찔러 넣곤 몸을 으스스 떨며 말했다. 그러곤 일단 그가 절하는 걸 지켜보고 결정하겠다고 했다. 우리는 가파른 계단을 올라 극락전으로 향했다. 신발을 벗고 법당에 들어갔다. 싸늘한 냉기가 감돌았다. 불상 앞에서 스님 한 분이 정좌한 채 앉아 있었고, 한 아주머니가 절을 하고 있었다. 우리는 그들에게 방해가 되지 않게 눈빛으로 대화하며 구석에 쌓인 방석을 집어 들곤 자리를 잡았다. 그는 법당의 중간쯤에, 그리고 나는 그의 먼발치에 자리를 잡곤 앉았다.

폭신한 방석에 정좌를 하고 그를 지켜봤다. 그는 손에 쥐고 온 제임스 조이스의 『젊은 예술가의 초상』을 자신의 방석 옆에 살포시 내려놓았다. 그것은 마치 스님 곁에 놓인 불경처럼 어딘가 성스러운 구석이 있는 것 같았다. 공손하게 방석을 앞에 두고 선 그는 나를 한 번 뒤돌아보곤 이제 시작한다는 듯 고개를 끄덕였다.

그가 절을 하기 시작했다. 합장을 하곤 조용히 무릎을 꿇었다. 천천히 고개를 숙여 절을 하며 이마를 바닥에 갖다 댔다. 자세를 고정한 채 두 손을 손바닥이 하늘을 향하게끔 하고 머리 양옆에 두었다. 그러곤 천천히 일어나 다시 합장했다. 그는 계속해서 절을 했다. 절을 하는 민재가 어딘가 경건해 보이는 것 같기도 했다.

그의 반복적인 동작을 지켜보며 생각에 잠겼다. 지민이와 함께했던 시간에 대해서. 나는 이제 혼자가 되었다. 눈물이 팽 돌았다. 가만히 있으니 발끝이 시려왔다. 옷깃을 여몄지만 점점 추워지기 시작했다. 민재는 땀을 흘리기 시작했다. 추위 때문이었을까, 호기심 때문이었을까. 나도 천배라는 걸 해보고 싶었다. 방석을 들곤 그의 옆으로 자리를 옮겼다.

그를 따라 절을 하기 시작했다. 마음속으로는 하나, 둘 숫자를 세어 나갔다. 무릎을 꿇고 이마를 바닥에 갖다 대며 절을 하니 마음 한편이 경건해지는 것만 같았다. 백 번을 하니 이마와 콧등에 땀이 맺히고 몸이 후끈후끈해지기 시작했다. 이젠 그와 속도도 달라졌다. 이백 번, 삼백 번… 똑같은 동작을 반복하고 반복하니 생각이 생각에 꼬리를 물고 떠올랐다. 아버지, 어머니, 상민이와의 우정, 지민이와의 사랑, 곁에 있는 민재 그리고 나에 대해서 말이다. 복잡했다. 모든 것들이 얽히고설켜 있었다. 그 어떤 것도 정의할 수도 결론 내릴 수도 없었다. 내가 두 명이 된 것 같았다. 절을 반복해서 하고 있는 나와, 생각의 심연으로 빠져드는 나로 말이다. 오백 번, 육백 번… 어떠한 정의도, 결론도 내리지 않기로 했다. 그저 의식의 흐름에 몸을 맡겼다. 땀은 비 오듯 쏟아졌고, 몸은 지쳐갔다. 그럼에도 끝까지 해보고 싶다는 묘한 오기가 생겨났다.

허벅지 근육의 통증이 선명해질수록 마음은 이상하리만치 점점 심연으로 파고드는 것 같았다. 심해지는 육체적 고통에 대비되는 묘한 안정감이 느껴졌다. 사랑의 아픔도 아련하게 느껴졌다. 힘들었지만 끝까지 해보고 싶다는 묘한 오기가 생겨났다. 칠백 번이 넘자 절을 하는 것은 나 자신이면서도 내가 아닌 것만 같았다. 민재는 어느새 천배를 끝내고 내 곁에 조용히 앉아 있었다. 나는 계속해 나갔다. 팔백 번이 넘자 반복되는 육체적인 고통은 숨 쉬는 것처럼 자연스러움으로 다가왔다. 구백 번 즈음 나는 깊은 심연 속에서 어떤 꿈틀대는 무언가를 느꼈다. 만지고 싶지만 만질 수 없는, 규명하고 싶지만 규명할 수 없는 그런 것이었다. 그리고 마지막 천 번.

방석에 조용히 앉아 숨을 가다듬었다. 땀이 뚝뚝 떨어지고 있었다. 천배. 어떤 답을 얻은 것도, 결론을 내린 것도, 깨달음을 터득한 것도 아니었지만 몸과 마음을 정화한 것 같은 상쾌함이 느껴졌다. 우리는 가부좌를 틀고 땀이 식을 때까지 침묵 속에서 그 묘한 감정을 만끽했다.

밖으로 나오니 따스한 아침 햇살이 쏟아졌다. 우리는 따스함을 만끽하며 계단에 나란히 앉았다.

"너 불교 신자였어?"

나는 저 멀리 굽이진 산등성을 바라보며 물었다.

"아니. 세례도 받았으니 굳이 따지자면 천주교인이지만, 깊은 믿음은 없어."

"그러면 작년에 그 일 때문에 왔던 거겠네."

"응. 근데 내가 왔을 때는 이미 그녀의 장례식도, 천도재도 끝난 뒤였어."

그는 잠시 기억을 회상하는 듯하더니 말을 이었다.

"법당 한구석에서 울고 있는 나를 보곤 스님 한 분이 다가오시더니 자초지종을 물으시더라고. 그분이 아까 만났던 그 스님이야. 스님이 제안하시더라고. 그녀의 극락왕생을 기도하며 절을 해보지 않겠냐고. 백팔배를 했어. 집으로 돌아갔는데 마음이 개운하지가 않더라고. 다음 날 다시 이곳으로 찾아왔어. 스님을 만나 이번에는 만배를 해보겠다고 했지. 스님은 아무나 하는 게 아니라며 만류하시더라고. 하지만 나는 더 처절하고 지독한 걸 해보고 싶었거든."

"그래서 만배를 했어?"

"결국 했지. 이틀이 걸렸어. 처음에는 그 행위를 통해 속죄 받고, 용서받고, 그녀의 명복을 빌고 싶었거든. 그런데 막상 절을 끝내고 보니까 그게 아니더라고. 만배를 통해 아주 작지만 강렬한 번뜩임을 느꼈어."

"그게 뭔데?"

"우리는 언제나 행복했던 시간 속에 영원히 머물 수 없다는 걸 깨달았어. 그 순간들을 뒤로한 채 불확실한 미래로 나아가야만 하는 거지. 조류에 떠밀려가듯이 말이야. 그렇다면 사랑하는 사람이 우리의 곁을 떠나는 것도 하나의 순리라는 게 자명해지더라고. 나의 어머니가, 그녀가 내 곁을 떠난 것처럼…."

그리고 잠시 뜸을 들이더니 말을 이었다.

"그렇지만, 사랑과 행복이 가득한 순간 속에 영원히 머물지 못한다 하더라도 내가 숨 쉬고 살아가야 할 이유가 있다는 생각이 들었어."

나는 그게 무엇이냐고 물었다.

"아직은, 아니 앞으로도 그게 뭔지 규명할 수 없겠지만, 내 안에 점점 커져만 가는 순수하면서도 강인한 열망이 내가 살아갈 이유일지도 모른다는 생각이 들었어. 그건 말이지… 사랑보다 지고한 그 무언가야. 나는 이제 그걸 위해 살아갈 거야…."

사랑보다 지고한 그 무언가. 더 이상 묻지 않고 천천히 고개를 끄덕였다. 그는 손에 쥔 제임스 조이스의 책을 꼭 움켜쥐었다. 아침 햇살 속에서 '젊은 예술가의 초상'이란 글자가 빛나고 있었다.

12
비극의 탄생

 겨울방학이 시작되었지만 그리 달라진 건 없었다. 예비 고3이었기에 계속해서 학교에 나가야 했다. 모처럼 주말을 맞아 늦잠을 자고 있을 때였다. 전화 한 통이 걸려왔다. 엄마였다. 가게 일을 도와달라고 했다. 인상을 잔뜩 쓰고 투덜거리며 집을 나섰다. 사실 도와주는 것은 정말 별거 아니었다. 그보다는 마음이 불편했다.
 초등학교와 중학교 사이에 자리 잡은 분식집 겸 문방구. 엄마는 이곳에서 십오 년째 자리를 지키고 있었다. 언제부터인가 이 초라한 간판과 엄마에게서 문득문득 풍겨오는 떡볶이 냄새가 싫었다. 이것들이 나의 고귀한 세계를 촌스럽게 물들이는 것만 같았다. 그날도 시키는 대로 일을 하면서 내내 불만이 가득했다. 벗어나고만 싶었다. 하지만 불만을 품고도 일은 성실하게 해냈다. 선반을 깨끗이 닦아내고, 물건들을 깔끔히 정리했다. 손을 호호 불어가며 대걸레를 빨고 있는데 인기척이 느껴졌다.

"기윤아!"

고개를 돌려보니 민재였다.

"어쩐 일이야?"

"서점에 들렀다가 집에 가는 길이야. 책 좀 샀거든."

그는 종이가방을 보여주며 말했다.

"그러는 넌 여기서 뭐 하는 거야?"

그가 아무것도 묻지 않고, 얼른 돌아가기만을 바랐다. 그때 엄마가 나왔다.

"안녕하세요!"

"어머, 민재 아니니?"

"여기 종종 지나가곤 했는데, 어머니 가게인 줄은 몰랐네요."

그는 안부를 물으며 자연스럽게 가게로 들어왔다. 그리고 엄마와 자연스레 이야기를 나누었다. 학교 생활부터 이곳의 주요 고객인 초중생들의 관심사까지 다양한 주제로 대화가 오갔다. 넉살 좋게 엄마와 이야기를 나누는 그가 신기했다.

"시간이 벌써 이렇게 됐네. 민재 저녁 아직 안 먹었지?"

엄마는 민재를 집으로 초대했다.

"네, 좋아요!"

우리는 함께 집으로 향했다. 집에 도착한 엄마는 중국집에 전화를 걸었다. 민재는 불편한 내색도 없이 짜장면과 탕수육을 맛있게 먹어치웠고, 나보다도 더 살갑게 엄마와 이야기를 했다.

"어머님, 저 그림들은 누가 그린 거예요?"

민재는 벽에 걸린 그림들을 가리키며 말했다.

"기윤이가 그린 거야."

엄마는 그림을 보며 추억을 곱씹듯 말을 이었다.

"기윤이가 그림을 제대로 배운 적은 없었지만, 곧잘 그리곤 했어. 미술대회만 나가면 상을 타왔거든. 저게 다 상장들이야. 꾸준히 가르쳤으면 좋았을 텐데. 기윤이 아버지가 반대를 많이 하셨거든. 돈이 많이 들기도 했고, 그것만 생각하면 아직도 미안할 뿐이지."

"뭐가 미안해. 나도 지겨웠다니까."

민재는 화제를 바꿔 나의 방을 구경시켜달라고 했다. 함께 방으로 향했다. 정말 간소한 방이었다. 조그마한 침대와 중학교 시절부터 써오던 낡은 책상, 그리고 소중한 보물들이 담겨 있는 옷장이 전부였다.

"이거 봐도 돼?"

그가 침대맡 테이블에 있는 드로잉북을 가리켰다.

"응."

그는 침대에 걸터앉아 한참 동안이나 말없이 드로잉북을 넘겼다.

"이제 그림 안 그리는 거 아니었어?"

"언제부턴가 다시 그려 보고 싶더라고."

"와, 멋진데! 네가 이런 걸 그릴 줄은 몰랐어."

그의 칭찬에 내심 기분이 좋았지만 애써 태연한 척했다.

"근데 이것들은 뭘 그린 거야? 어떤 구체적인 것을 그린 것은 아닌 것 같고. 조금은 난잡하지만, 뭐랄까, 그림들이 하나같이 어떤 알레고리를 갖고 있는 것 같아."

그는 드로잉북을 한 장 한 장 유심히 살펴보며 말했다.

"소설의 초상화라고나 할까."

"소설의 초상화?"

"응. 말 그대로 소설의 초상화를 그리고 싶었어. 이건 데미안이고, 이건 황야의 이리, 이건 나르치스와 골드문트야."

나는 드로잉북을 다시 한 장 한 장 넘기며 그 주제들을 설명해주기 시작했다.

"이건 새로운 인생."

"이건 그리스인 조르바."

"이건 위대한 개츠비야."

그는 설명들을 들으며 다시 한번 그림을 살펴봤다. 그의 표정은 마치 동화책을 보는 어린애 같았다.

"와, 소설의 초상화라, 흥미로운데."

"언젠가 네가 말했잖아. 책은 하나의 인격체라고. 기억나?"

"응, 기억나지."

"책을 읽고 난 뒤에 느껴지는 그 모호한 이미지들을 형상화해보고 싶었거든. 아쉽게도 너처럼 글재주가 없으니 그 감정들을 어떻게 표현해 볼 방법이 있어야지. 그런데 문득 네 말이 어떤 힌트가 되었던 것 같아."

"그래서 소설의 초상을 그리기 시작했다, 이거야?"

"그렇지."

"멋진데! 어떻게 그런 생각을 할 수 있는 거야? 나는 글로만 표현할 생각을 했는데."

그는 잔뜩 흥분한 채 말했다.

"그저 나는 너처럼 유려한 글은 쓰지 못해 그림을 그린 것뿐이야."

"아냐. 네가 옳아. 소설은 명확하게 지각할 수 있지만, 형태가 없는 무형의 존재라고 할 수 있어. 눈에 보이지 않는 걸 글로써 표현한다는 자체가 불완전한 시도였던 거지. 하나의 유기체를 죽여 해부하는 시도였다고나 할까. 그에 반해 네 초상화들은 상징, 암시, 알레고리로 소설이라는 인격체를 보다 온전하게 표현하고 있어. 네 그림들은 살아 있다고."

그는 책상 위에 놓인 그림을 잠시 바라보더니 다시 말을 이었다.

"맙소사. 넌 포착한다는 게, 표현한다는 게, 예술이 뭔지 알고 있어. 나도 그런 시를 써야 할 텐데…"

침대에 앉아 있던 나는 그의 거창한 찬사에 조금은 놀라 아무 말도 할 수 없었다.

"나는 이게 제일 마음에 들어."

그는 페이지를 거꾸로 넘겨 그림 하나를 가리켰다.

헤르만 헤세의 『수레바퀴 아래서』를 그린 그림이었다. 주인공 한스 기벤라트는 순수하고 어떠한 격정도 없는 표정으로 강가에서 낚시를 하고 있었고, 그의 위로 거대한 수레바퀴가 돌진하고 있었다. 수레바퀴의 바큇살이 있어야 할 부분에는 그의 아버지가, 학교가, 동급생들이 그려져 있었다.

"그림을 계속 그려보는 건 어때?"

가만히 그림들을 들여다보던 민재가 다시 입을 열었다.

"응?"

"넌 화가가 되고 나는 시인이 되는 거야."

그는 장난꾸러기 같으면서도 제법 진지한 얼굴로 말했다.

"화가라, 글쎄, 잘 모르겠어."

"왜?"

"화가가 된다는 게 내심 두렵거든."

"두렵다니?"

"아버지 때문인 것 같아. 어린 시절부터 아버지는 내게 궁색한 화가의 삶에 대해 입이 닳도록 얘기하셨어. 현실 부적응자에 돈도 못 벌고 사람 구실도 못 한다고. 주위에 아는 화가가 단 한 명도 없는데 어떻게 그렇게 잘 아셨는지 모르겠어."

"어른들이 다 그렇지. 우리 아버지도 그러시는 걸. 시인에 대해서 어떻게 그렇게 잘 아시는지."

그는 빈정거리는 태도로 어깨를 들썩이며 말했다.

"그래서 나도 언제부턴가 무의식적으로 화가를 잉여인간과 동일시하기 시작했던 것 같아. 게다가 아버지는 왼손잡이인 나를 억지로 오른손을 쓰게 만들었어. 왼손잡이는 밥 굶어 죽을 예술가들의 특징이라나 뭐라나."

"네가 왼손잡이였어?"

그가 놀란 듯 눈을 동그랗게 뜨며 말했다. 나는 고개를 끄덕였다.

"응. 근데 오른손으로 사는 것에 익숙해졌어. 모두들 오른손을 쓰며 살고 있으니까."

나는 왼손으로 연필을 잡고 능숙하게 돌리며 말했다.

"너도 나처럼 잘 길들여졌구나."

"그런 셈이지. 그래도 그림만은 왼손으로 그려. 아무리 해도 오른손으로는 도저히 못 그리겠더라고."

"왼손이 간직하고 있는 건 본능 같은 건지도 모르겠네… 그래도 계속 그려봐. 난 네 그림들 너무 좋은걸. 혹시 모르잖아. 그리고 나는 훗날 예술가들의 후원자가 될 거야. 네 그림 다 사줄게."

그는 드로잉북을 가리키며 말했다.

"넌 못 살 텐데?"

"왜?"

"엄청 비싸게 팔 거거든."

"그래도 나한테는 싸게 줘야 되는 거 아니냐?"

"살 사람이 너밖에 없을 텐데 비싸게라도 팔아야지."

우리는 한바탕 웃음을 터뜨렸다.

그를 버스 정류장까지 바래다주었다. 방으로 돌아왔다. 익숙한 공간이 어딘가 다르게 느껴졌다. 그 달라진 분위기에 나를 조율해야 할 것 같았다. 그때부터였다. 매일 밤 책상에 앉아 연필을 깎았다. 그리고 드로잉북을 펼쳤다.

*

우리에게도 진정한 의미의 방학이 찾아왔다. 고작해야

보름이었지만, 우리는 이 시간을 값지게 보내기로 했다. 무엇을 할 것인가. 고심 끝에 서로가 꺼낸 제안은 이러했다. 나는 텅 빈 학교에 침투해 소강당에서 밤새 영화를 보며 크리스마스를 맞이하자고 했고, 그는 설악산 대청봉에서 새해 일출을 바라보자고 했다. 우리는 이 모두를 실행에 옮기기로 했다.

크리스마스가 가까워졌다. 막연했던 계획도 점점 구체화되었다. 하지만 이내 문제점들이 드러나기 시작했다. 소강당의 열쇠는 어떻게 구할 것인가. 수위 아저씨가 지키고 있는 학교에 어떻게 잠입할 것인가. 그리고 만에 하나 일탈 행위들이 들키기라도 한다면 뒷감당은 어떻게 할 것인가. 머리를 쥐어짜니 첫 번째와 두 번째 문제는 금세 해결되었다.

방송부원인 동건이에게 방송실 키를 빌렸다. 학교로 향했다. 수위 아저씨에게는 잠시 두고 온 것이 있다며 교실로 가는 척 방송실로 향했다. 그곳에 비치된 예비 소강당 키를 훔쳤다. 뒷문에서 곧바로 건물로 진입할 수 있는 교직원용 화장실 창문의 잠금장치를 풀어 놓았다. 모든 것이 완벽했다. 이제 화장실 창문을 통해 학교에 잠입해 크리스마스이

브를 즐기기만 하면 되었다. 우리는 마지막 문제는 염두에 두지 않기로 했다.

결전의 날, 어느새 창밖으로 어스름이 짙게 내렸다. 약속 시간이 되자 검은색 비니를 푹 눌러쓰고 집을 나섰다. 골목 저 끝에서 검은색 야구모자를 푹 눌러쓴 사내가 보였다. 민재였다. 우리는 서로를 보고 웃음을 터뜨렸다. 약속하지도 않았는데 머리부터 발끝까지 온통 검은색이었던 것이다.

"이거 영화 같네, 우리 꼭 어디 털러 가는 것만 같잖아."

나는 함께 발걸음을 옮기며 말했다.

"잠깐, 잊지 마. 6대 4로 나눌 거라는 거."

그가 갑자기 진지한 얼굴로 말했다.

"내가 6이겠지?"

"내가 6인데?"

농담을 주고받았더니 어느새 긴장감이 사라졌다. 학교가 시야에 보였다. 우리는 악당의 소굴로 진입할 첩보영화의 주인공이라도 된 것처럼, 조용히 시선을 교환하곤 담장을 넘었다. 미리 잠금장치를 풀어놓은 교직원 화장실로 향했다.

"이런 젠장, 수위 아저씨가 잠갔나 보네."

민재가 아무리 흔들어도 창문은 미동조차 하지 않았다. 나는 비니를 벗어 신경질적으로 머리를 헝클었다. 그러나 이대로 돌아갈 수는 없었다. 그때, 맞은편 공사장 이 층에 사다리 하나가 눈에 띄었다.

"야, 저 사다리 어때?"

나는 사다리를 가리키며 말했다.

"사다리로 어떻게?"

"저기 테라스로 들어가는 거야."

건물 이 층에는 휴게실 용도로 만든 테라스가 있었다. 그곳 문은 잠겨 있더라도 얇은 카드 한 장만 있으면 쉽게 열 수 있었다. 우리는 공사장의 접이식 사다리를 훔쳐 어둠 속을 질주했다. 민재가 먼저 사다리를 타고 올라가 손을 내밀었다. 지갑에 있던 도서관 카드로 테라스의 잠긴 문을 열었다.

"끼이이익."

경첩의 울림이 짙은 어둠이 깔린 복도에 울려 퍼졌다. 숨을 죽였다. 익숙한 공간이었지만 무척이나 낯설었다. 어둠 속을 질주해 소강당으로 향했다. 준비해 온 열쇠로 잠긴 문을 열었다. 이곳이 바로 우리만의 공간이었다. 암막 커튼을 치고, 온풍기를 켰다. 무대의 노란 조명도 켜놓으니 훌륭한 아지트처럼 느껴졌다. 텅 빈 무대에 마주 앉아 가져온 음식을 꺼냈다. 저녁은 치킨과 햄버거였다. 우리는 뭐가 그리 좋았던지 연신 웃음을 터뜨리며 저녁을 먹었다.

"짜잔."

민재는 가방에서 묵직해 보이는 술병 하나를 꺼냈다. 잭다니엘이었다.

"와, 이거 양주 아냐? 어린 줄만 알았더니."

나는 술병을 받아 들곤 익살스러운 눈빛으로 그를 바라봤다.

"나를 무슨 찐따로 보나. 나도 다 마셔봤어."

"난 양주는 처음이거든."

"아마 반할 거다. 저번에 형이 집에 왔을 때 한 잔 타줘서 살짝 맛만 봤었는데 괜찮더라고."

그는 능숙하게 잭 다니엘과 콜라를 섞더니 잭콜이라 불린다는 음료를 제조해 냈다.

"캑캑, 이게 무슨 맛이야."

그래도 몇 모금 마셔보니 맛이 괜찮은 것도 같았다. 내가 홀짝이는 동안 민재는 자신이 준비해 온 영화를 틀었다.

"좋아, 준비됐어."

강당의 모든 조명이 꺼졌다. 프로젝터는 무대의 커다란 스크린에 멋진 화면을 만들었다. 극장이라 해도 무색할 정도로 분위기가 있었다. 삼백 개의 좌석이 온통 우리 차지였다. 우리는 서로의 잔을 챙겨 들고 마음에 드는 자리에 골라 앉았다.

영화는 「가을의 비행」이었다. 주인공은 우수한 성적으로 대학을 졸업한 뒤, 의과대학 진학을 앞두곤 돌연 여행을 떠나기로 결심한다. 그는 통장 잔고를 몽땅 꺼내 중고 오토바이와 텐트, 그리고 잡다한 용품을 구입한다. 어느 새벽, 그는 사랑하는 사람들에게 편지를 남긴 채 자신의 고향 잭슨빌을 떠나 여행길에 오른다. 그의 여행은 그리 순탄치만도 않았으니, 잦은 고장을 일으키던 오토바이는 미국 대륙을 횡단하던 도중 완전히 망가지고 만다. 할 수 없이 그는 오토바이를 버리고 히치하이킹과 여행자들의 대리운전을 도맡으며 샌프란시스코 해변에 다다르게 된다.

미국 대륙을 횡단한 그는 이번에 종단을 결심하고 캐나다 국경에 있는 매닝 주립공원으로 향한다. 남쪽으로 방향을 잡고 멕시코 국경을 향해 주야장천 걷기 시작한다. 그는 장장 육 개월 만에 거지꼴로 멕시코 국경인 캄포에 도착한다. 그는 엉망이 된 몸을 이끌고 또다시 히치하이킹과 화물열차에 몰래 올라타기를 반복하며 멕시코 여행길에 오른다. 우연히 카페에서 친해진 의사의 초대를 받게 된다. 그는 주인공의 심상치 않은 기침소리를 듣더니 심각한 얼굴로 결핵일지도 모르니 고향으로 돌아가 치료받기를 권고한다. 하지만 그는 여기서 멈출 수 없다며 페루로 향한다.

파나마 해협을 건너 페루에 이르기까지 또다시 반 년의 시간이 흐른다. 그는 페루에 도착했다는 팻말을 보자 기쁨의 눈물을 흘린다. 자신이 여행의 종점으로 삼은 마추픽추에 가까워졌음을 실감한 것이었다. 하지만 그는 너무나 지치고 병들어 있었다. 결핵이 그의 온몸을 갉아먹고 있었던 것이다. 자신의 몸을 너무나 혹사시키며 여행을 했던 탓이었다. 그는 쿠스코에서 어렵사리 마추픽추에 도착한다. 그리고 가쁜 숨을 몰아쉬며 산을 오른다. 태양의 도시에 도착하자 그의 독백이 이어졌다.

"여기에 오기까지 소중한 것들과 이별해야만 했다. 버리고 또 비워야만 했다. 아프기만 했던 이별이 무엇을 위한 것이었는지 이제서야 명백해진다. 저기 저 하늘의 독수리를 보라. 아무것도 소유하지 않음으로써 자신의 본능대로 살아간다. 그 때문에 이별한다는 것은, 비워낸다는 것은 본능에 충실해진다는 것이다. 이제 나는 아무것도 소유하고 있지 않다. 마지막 순간이 다가왔다. 나 자신과 이별해야 할 차례다. 온전한 내가 되기 위해서. 나는 이제서야 비로소 태어나는 것이다…"

그는 마추픽추의 담벼락에 기대 미칠 듯이 기침을 하곤 지쳐 쓰러졌다. 그리고 다신 일어나지 못했다. 슬프지만 아름다운 첼로 선율과 함께, 동물의 뼛조각처럼 황야에 버려진 오토바이, 이제는 일상으로 돌아간 여행에서 만난 사람들, 그가 지나온 텅 빈 길들이 오버랩되며 지나갔다. 영화는 그렇게 끝이 났다. 우리는 엔딩 크레디트가 끝날 때까지 말이 없었다. 극장은 어둠 속에 잠겼.

"뭔가 찝찝해. 너무 비극적이야. 주인공이 멋지게 여행을 끝내고 집으로 돌아갈 줄 알았는데."

나는 좌석에 몸을 묻은 채 말했다.

"하지만 나는 오히려 비극적이어서 좋았는걸."

그는 자세를 고쳐 앉으며 말했다.

"좋았다고?"

"응. 한 인간의 비극 속에는 언제나 처절하고 지독한 무언가가 느껴지거든."

"하지만 너무 처절하고 지독해서 우울하잖아."

"그 어둡고 우울한 비극이 바로 삶의 또 다른 이름이야."

"비극이 삶의 다른 이름이라고? 그럼 행복도 없다는 이야기야?"

"아니, 그런 얘기가 아니지. 행복이 없는 삶이 어디 있겠어. 우리가 갖고 있는 소소한 계획들이나 품고 있는 열망들, 그것들의 실현이 곧 행복이지. 하지만 이런 행복에도 불구하고 죽음으로 귀결되는 하나의 삶을 거시적으로 놓고 보면 비극 그 자체야. 인간의 삶은 온갖 부조리와 오류, 기만, 그리고 고뇌들로 가득 차 있을 뿐이거든."

"너무 암울해. 삶이 비극일 수밖에 없다면."

"역설적으로 삶은 그래서 아름다운 거야. 인생은 비극이라는 대전제에도 불구하고 우리는 무언가가 되기 위해, 어딘가에 도달하기 위해, 또 어떤 것을 성취하기 위해 발버둥치고 또 발버둥 치잖아. 수포로 돌아갈지도 모를 그 모든 불확실한 노력과 투쟁의 날갯짓 때문에 오히려 비극적 삶은 더 아름다워지는 거야. 한 인간의 비극적인 삶을 다룬 소설이, 영화가 긴 여운을 남기는 이유도 바로 그 때문이지."

"인생이 비극적이기에 더 아름답다 이거지…. 그렇지만 주인공은 너무나 일찍 죽은 거 같아. 그의 인생은 이제 막 시작되었을 뿐인데."

나는 턱을 매만지며 말했다.

"너는 죽음도 그저 비현실적인 것으로만 생각하고 있구나."

"그럼 우리 앞에도 죽음이 기다리고 있을까?"

"물론, 죽음도 삶의 일부분에 지나지 않는 걸. 세상에 만연한 게 바로 죽음이야. 부모님도 죽음을 맞이할 거고, 우리도 마찬가지야."

"그렇지만 죽음이란 먼 훗날에 찾아올 미지의 것이라고 생각했는데."

"나는 말이지, 이젠 죽음을 두려워하지 않을 거야."

그의 두 눈은 그저 열여덟의 치기가 아닌 진중함으로 빛나고 있었다.

"넌 정말 죽음이 두렵지 않아?"

문득 민재가 경험했을 두 여인의 죽음이 머릿속을 스쳤다.

"물론 죽는다는 것은 슬프고 또 두렵기도 하지. 하지만 죽음이란 건 언제 찾아올지 아무도 모르는 일이야. 간밤에 이곳 강당에 불이 나서 우리가 내일 아침 눈을 뜨지 못할 수도 있고 말이야. 그저 극단적인 예를 든 것뿐이니, 인상 쓰지 말고 잘 들어봐. 그러니까, 내 말은 우리의 삶에 불현듯 죽음이 찾아온단 사실은 곧 우리의 삶이 유한하단 증거라는 거지. 이러한 삶을 자신의 내면의 소리를 따라서, 자신의 본성대로 멋지게 산다면, 그런 사람에겐 언제 죽는다는 건 문제가 되지 않는다고 생각해. 나는 그런 삶을 살 거야."

취기 때문이었을까, 우리는 어둠 속에서 죽음에 대해서, 본성에 대해서, 자유의지에 대해서 이야기를 나누었다. 그 시간은 마치 사제와 교인이 교리 문답을 나누는 것처럼 진중하고 엄숙하기까지 했다. 이튿날 학교를 벗어나 집으로 돌아온 나는 가슴속에 알 수 없는 어떤 무언가가 느껴지기 시작했다. 그것은 새로운 믿음이었다.

*

 덜컹거리는 버스는 우리를 하얗게 뒤덮인 설악산의 초입에 내려놓고 떠났다. 영하의 날씨였지만 하늘은 너무나 맑았다. 덕분에 따스한 겨울 햇살을 받으며 기분 좋게 대청봉을 향해 갔다. 고요하게 잠들어 있는 것 같은 백담사에 도착하니 스님 한 분이 따스한 차를 내주었다. 향기로운 따스함 때문인지 얼어붙은 수렴동 계곡마저 포근하게 보였다. 스님에게 감사의 인사를 하고 다시 길을 나섰다. 이마에는 땀이 송골송골 맺혔고, 발걸음을 옮길 때마다 하얀 입김이 피어났다. 언제부터인가 우리는 마치 독백하듯 서로의 솔직한 이야기를 털어놓기 시작했다.

 "엄마는 내가 열한 살 때 돌아가셨어."

 무슨 말을 해야 할지 몰라 침묵을 지켰다. 뽀드득거리는 소리만이 귓가에 맴돌았다. 그가 다시 말을 이었다.

 "우리 엄마는 참 예쁜 분이셨어. 친구들에게도 언제나 자랑스러웠지. 단편적인 기억이지만, 어렸을 땐 나를 종종 무릎에 앉혀놓고 피아노를 치곤 하셨어. 그때 그 부드러운 선율은 기억 속에 여전히 선명한 이미지로 남아 있어. 손으로 만져질 것 같은… 이따금씩 그 환영들이 눈앞에 펼쳐지곤 해."

"어쩌다 돌아가신 거야?"

"암이었거든. 항암 치료를 견디지 못하고 돌아가셨지."

"그렇구나…."

"나는 학교가 끝나면 언제나 엄마가 누워 있는 병실로 달려갔어. 그리고 엄마 곁에서 책을 읽거나 레고를 조립하며 시간을 보내곤 했지. 엄마는 부드러운 봄바람에도 몹시 아파하셨어. 언젠가 엄마가 내 손을 잡고 했던 말이 아직도 기억이 나. 자신이 너무나 부끄럽다고 했어. 지금 생각해 보면 아마 내가 너무 어려 알아듣지 못할 것 같다 생각하고 더 솔직하게 말하신 것 같기도 해."

"부끄러웠다고?"

"응. 어렸을 적부터 외할아버지가 지어준 이름으로 불리며 살았는데 언젠가부터 누군가의 아내, 누군가의 며느리, 누군가의 엄마로 불리기 시작했다는 거야. 새로운 자리와 호칭이 자랑스럽기도 했지만 한편으로는 그렇게 불리는 것이 어딘가 부끄러웠대. 잘해보려고 했지만 병상에 누워 있어서 더 부끄럽다고 했어. 어떤 칭호로 불리는 것도, 본래의 자기 자신으로 사는 것도 모두 서툴고 어리숙했다고 눈물을 흘리셨지."

"너는 감수성이랄까, 그런 것들이 어머니를 닮은 것 같다."

"그럴지도 모르지. 나도 엄마처럼 그 부끄러움으로부터 태어난 게 아닐까 생각이 들어. 나도 부끄럽거든. 언제나 누군가의 아들, 누군가의 동생으로만 불려왔어. 지금까지 두 나무의 그늘 속에서 살아왔던 거야. 부끄러움은 나의 근원이니 영원히 벗어날 수 없겠지만, 그래도 부끄러움을 극복해서 나라는 존재로 온전히 살아가고 싶어…."

이야기를 나누는 사이 우리는 어느새 수렴동 대피소에 도착했다. 얼음을 깨고 계곡물로 점심 겸 저녁을 해 먹었다. 다시 짐을 꾸려 길 떠날 채비를 했다. 내친김에 중청 대피소까지 강행하려 했다. 막 길을 떠나려는데 대피소 직원이 다급하게 뛰쳐나왔다. 겨울 산은 오후 세 시만 돼도 이미 저녁이라며 산행을 만류했다. 무슨 말인가 싶었지만, 그의 말이 금세 이해가 되었다. 해는 아직 하늘에 떠 있었지만, 해를 등진 골짜기에는 이미 어둠이 내려앉고 있었다. 우리는 수렴동 대피소에서 여정을 풀기로 했다.

새벽 일찍 일어나니 눈이 펑펑 쏟아지고 있었다. 우리는 따스한 아침을 든든히 챙겨 먹고 짐을 꾸렸다.

"와, 이런 날 등산해도 괜찮은 걸까."

내가 창밖을 바라보며 말했다.

"남자라면 직진이지!"

그가 신발끈을 조이며 결의에 찬 눈빛으로 말했다.

그의 말 한마디에 용기를 얻었다. 우리는 기세 좋게 등반에 나섰다. 하지만 봉정암에 가까워질수록 눈발은 거세져만 갔고, 이윽고 매서운 바람까지 불어오기 시작했다. 가까스로 봉정암에 도착한 우리는 간이 천막이 드리워진 법당 처마 아래 걸터앉았다. 결정을 해야만 했다. 더 나아갈 것인가, 되돌아갈 것인가. 그때 내가 입을 열었다.

"남자라면 직진이지!"

"그래, 남자라면 직진이지!"

그가 몸을 일으키며 기운차게 말했다.

봉정암을 떠나자 눈발이 더욱 거세졌다. 반면 우리의 행색은 너무나 형편없었다. 내복과 면바지, 운동화와 설악산의 초입에서 구입한 삼천 원짜리 아이젠이 전부였다. 쌓여 가는 눈은 어느새 발목 사이로 들어와 양말과 내복을 적시기 시작했다. 민재는 배낭 방수커버를 벗겨내 맥가이버 칼로 사등 분을 했다. 이 조각들을 나의 발목과 자신의 발목에 하나씩 감싸고 고무줄로 단단히 묶어 신발 사이로 눈이 들어오지 않게 만들었다. 목도리를 다시 둘러 눈만 빼꼼히 보이게 했다.

하지만 속수무책이었다. 눈보라까지 몰아치기 시작했다. 눈발에 얻어맞는 기분이었다. 눈은 어느새 무릎 가까이까지 쌓여 있었다. 어디가 나아가야 할 길인지, 어디가 걸어온 길인지 분간할 수도 없었다. 길이 아닌 곳으로 잘못 내디딘 발은 허벅지 깊이로 쑥 꺼지기까지 했다. 몇 번이고 고꾸라졌다. 무섭고 두려웠다.

"힘내자!"

"조금만 더 힘내자!"

가쁜 숨을 몰아쉬며 힘내자는 말 이외에 그 어떤 말도 할 수 없었다. 몸을 피할 곳도 없었다. 눈을 헤집는 발걸음은 갈수록 무거워져만 갔고, 자연이 보여주는 매서운 공포에 어떠한 말조차 꺼낼 수 없었다. 이러다 죽을 수도 있겠구나 하는 생각 때문에 매 순간 공포를 느꼈다. 그러나 우리는 단 한순간도 발걸음을 멈추지 않았다. 간간이 발견하는 이정표를 따라 묵묵히 걸었다. 그렇게 눈보라 속을 두 시간 남짓 걸었을 때, 저 멀리 중청 대피소가 보였다. 우리는 눈보라 속에서 기쁨의 환호를 내지르며 얼싸안았다.

"자네들 이렇게 하고 여기까지 온 건가?!"

잠시 눈을 피하고 있던 아저씨들이 우리의 행색을 보곤 아연실색했다.

"자네들 명심하게, 겨울 산은 목숨을 잃을 수도 있는 곳이야."

그들은 마치 에베레스트라도 등반하는 듯, 전문 등산화에서부터 스키 고글까지 등산용품으로 완전 무장하고 있었다. 대피소의 온도계는 영하 16도를 가리키고 있었다. 우리는 난로 앞에서 젖은 옷가지를 말리며 언 몸을 녹이니 긴장이 풀렸는지 깜빡 잠에 들었다. 얼마나 지났을까, 밖에 나가보니 눈보라는 기세가 한풀 꺾여 있었다. 그 사이에 따뜻한 차를 내어준 아저씨들은 이미 길을 나서고 없었다.

다시 무장을 하고 눈보라를 헤집으며 나아갔다. 하늘이 도운 건지 눈발이 점점 잦아들기 시작했다. 날씨가 호전될수록 우리는 알 수 없는 어떤 에너지로 충만해지기 시작했다. 정상이 코앞에 보이자 우리는 달리기까지 했다. 대청봉에 도착했을 땐, 거짓말처럼 눈발이 서서히 멈추더니 이윽고 갈라진 구름 사이에서 청명하게 푸른 하늘이 나타났다. 따스한 겨울 햇살이 다시금 설악산을 포근하게 감싸 안았다. 우리는 누가 먼저랄 것도 없이 대청봉의 비석 기단에 올라 어깨동무를 하고 포효하듯 소리를 내질렀다.

가벼운 마음으로 하산해 국립공원 사무소를 지날 때였다. 한 관리소 직원이 창문 너머로 우리를 발견하고는 급히 달려왔다.

"지난 밤에 조난신고한 게 자네들이야?"

그가 다급한 태도로 물었다.

"아뇨."

우리는 서로의 얼굴을 바라본 뒤 말했다.

"지난밤 두 청년이 조난신고를 했는데, 그게 자네들인 줄로만 알았지. 간밤에 매서운 날씨 때문에 구조대가 이제야 본격적인 수색 작업을 벌이기 시작했거든."

그는 체념의 눈빛으로 고개를 가로저으며 돌아갔다.

하지만 우리는 그의 말에 큰 관심을 기울이지 않았다. 그럴 만도 했던 것이, 우여곡절 끝에 대청봉에 올랐다는 성취감과 환희에 도취되어 있었다. 게다가 하산할 땐 우린 더 이상 열여덟 살도 아니었다. 마치 새로 태어난 기분이었다. 우리는 그 참을 수 없는 흥분감에 새로운 계획을 즉흥적으로 만들어내기까지 했다. 애초 계획했던 새해 일출을 보지 못했으니 동해로 향해 일출을 보기로 했다.

버스를 타고 속초로 향했다. 허름한 민박집에 여정을 푼 뒤, 밤바다를 바라보며 회를 먹었다. 그때 무심코 본 티브이에선 지역 뉴스가 보도되고 있었다. 설악산의 조난자들에 대한 얘기였다.

구조대가 수색 끝에 발견한 것은 조난자가 아닌 차갑게 식은 시신 두 구였다. 그들은 눈보라 속에서 오세암으로 향하다 그만 길을 잃었고, 폭설 속에 무방비 상태로 조난되었다고 했다. 놀랍게도 그들은 우리와 동년배였다. 앵커는 그들의 형편없는 등산장비와 무모했던 도전정신이 화를 불렀다고 결론지었다. 우리는 멍하니 티브이를 바라봤다. 민박집으로 돌아가는 길, 이상하게도 침묵만이 맴돌았다.

"와, 소름 끼친다. 우리가 뉴스에 나올 수도 있었던 거잖아. 그 아저씨 말 생각나? 겨울산은 목숨을 잃을 수도 있다는…."

나는 차가운 밤바람에 옷깃을 여미고 잔뜩 몸을 움츠린

채 말했다.

하지만 민재는 아무 말이 없었다. 그저 무겁고도 미세하게 고개를 끄덕일 뿐이었다. 산행의 피로 때문일까, 나도 더 이상 대화를 나누고 싶지 않았다. 우리는 잠자리에 들 때까지 필요 이상의 대화를 하지 않았다. 그리고 이튿날 일출을 보기 위해 이른 새벽부터 망상 해수욕장에 오들오들 떨며 서 있을 때도, 아무 말이 없었다. 그저 수평선을 바라본 채 하얀 입김만 내뿜을 뿐이었다. 이윽고 저 멀리서 붉은 태양이 떠올랐다.

"그들도 어떤 부푼 기대를 안고 설악산에 오지 않았을까, 우리처럼 말이야."

민재가 노을을 응시한 채 긴 침묵을 깨며 내게 말했다.

"나도 왠지 모르게 그들의 죽음이 마음에 걸렸어. 우리가 지금 여기에 서 있는 건 그저 우연이었을까. 어쩌면 그들이 서 있었을지도 모르는 일이잖아."

"나는 이 세상엔 우연이란 없다고 생각해. 모든 일엔 이유가 있지. 우연이란 그저 겁쟁이들과 멍청이들이 인간과 세계가 형성하고 있는 거대한 인과율을 마주하는 것이 두려워 만들어낸 나약한 개념일 뿐이야."

"인과율?"

"세상만사가 돌아가는 어떤 원리라고나 할까. 혹자는 이 인과율을 신이라고, 혹은 운명이라고 부르지. 하지만 나는 그렇게 보지 않아. 분명히 인과율에는 우리의 본성과 의지가 개입되어 있거든."

"그럼 그들이 그러한 비극으로 치달은 것처럼, 우리가 이곳에 이렇게 서 있는 것도 어떤 이유가 있는 것일까?"

그가 천천히 입을 열었다.

"그들보다 더 멋진 비극을 만들기 위해서."

그의 얼굴이 타오르는 붉은 여명에 물들어가고 있었다.

13

혁명 전야

뭐가 그리도 급했던 것일까. 학교는 개학도 하기 전에 우리를 고3으로 만들고 반 편성까지 마쳤다. 민재와 또다시 같은 반이 되었다. 바뀐 것은 학년만이 아니었다. 마음속에도 무언가 싹트기 시작했다. 모의고사 성적을 받고 새삼스레 위기를 느꼈다. 변함없이 이과 1등을 차지한 민재와 달리 나는 여전히 바닥을 저공비행하고 있었다.

새로운 필기구와 문제집을 구입했다. 민재가 하는 것을 반의반이라도 따라 하면 성적이 오를 것 같았다. 그를 따라 독서실에 다니기 시작했다. 하지만 갑자기 삶의 패턴을 바꾼다는 것은 어려운 일이다. 진득하니 공부하는 게 좀이 쑤셔 견딜 수가 없었다. 그럴 때면 무료함이나 달래보려 반대편에 있는 그에게 다가갔다. 그는 정말 지독하게 느껴질 정도로 공부를 하고 있었다. 뒷모습에서 어떤 열기마저 느껴졌다. 나는 어쩔 수 없이 자리로 돌아와야만 했다.

그래도 그와 함께하는 것이 즐거웠다. 잠자는 것만 빼고 하루를 온전히 함께 보내며 이전과 같이 이런저런 생각과 마음들을 공유했다. 그의 시와 글을 읽었고, 나의 그림을 보여주었다. 무엇보다 그와 함께하는 삶엔 어떤 균형감이 있었다. 당장의 성적으로는 마땅히 갈 대학도 없는 것이 사실이었지만, 불안하지 않았다. 오히려 내가 지금 굉장히 올바른 길로 나아가고 있다는 확신마저 들었다.

담임 선생님은 봄방학을 맞이해 우리에게 숙제를 냈다. 스스로 동기부여를 하라며 캠퍼스 투어를 하고 오라는 것이었다. 민재는 자신의 형이 다닌다는 고려대학교로 함께 가자고 했다. 우리가 간다는 소식에 그의 형은 캠퍼스 가이드는 물론 자신의 집에서 하룻밤을 재워준다고까지 했다. 다가온 주말, 우리는 서울로 향했다.

"네가 기윤이구나?"

민재의 형이 멋들어지게 악수를 청했다.

당당하게 펼쳐진 어깨, 가볍게 주머니에 찔러 넣은 왼손, 신뢰감을 주는 미소, 적당한 세기의 악력. 훗날 누군가와 악수를 한다면 꼭 그처럼 해야겠다고 다짐했다. 민재의 형 서찬원. 그는 어느 날 사진 속에서 보았던 모습과 크게 다르지 않았다. 정장이 아닌 청바지와 카키색 퀼팅 재킷 그리고 페니로퍼 차림이었지만 그의 자신감 넘치면서도 지적인 모습은 여전했다.

그는 자신의 대학교를 안내해 주었다. 겨울이었지만, 햇살은 다가오는 봄을 예고하듯 따사로웠다. 청명한 햇살 아래 아름다운 교정을 둘러봤다. 고풍스러운 중세 유럽풍 건물들과 고딕양식의 정수를 보여주는 도서관이 눈길을 사로잡았다. 캠퍼스는 정말이지 그동안 막연하게 꿈꾸었던 대학교의 낭만이 피어날 낙원처럼 보였다.

그는 "대학에서는 말이지"로 운을 떼곤 캠퍼스 곳곳에 깃든 이야기들을 재미있게 해주었다. 원하는 강의를 선택해서 듣고, 내킬 때는 결석도 하고, 점심시간에는 잔디밭에서 친구들과 짜장면을 시켜 먹고, 같은 과 친구들 혹은 동아리 친구들끼리 종종 여행을 떠난다는, 어딘가 낭만적인 이야기를 듣고 있노라니 가슴 한편이 부풀어 올랐다. 이것이 바로 대학에 가야만 하는 이유처럼 들려왔다. 나도 그 멋진 낭만을 향유하고 싶었다.

나란히 이야기를 나누며 교정 한구석을 지나칠 때였다.

"이게 뭐예요?"

나는 커다란 기념비를 가리키며 물었다.

"이런 게 여기에 있었나? 어디 보자, 아, 이게 4·18의거 기념비구나."

그는 잠시 비문을 들여다보곤 말했다.

"뭐라고 쓰여 있는 건가요?"

나는 비문이 온통 한자투성이라 머리를 긁적이며 물었다. 그때, 옆에 있던 민재가 비문을 읽어주기 시작했다.

자유! 너 영원한 활화산이여!
사악과 부정에 항거하여
압제의 사슬을 끊고
분노의 불길을 터뜨린
아! 1960년 4월 18일!
천지를 뒤흔든 정의의 함성을 새겨
그날의 분화구 여기에 돌을 세운다.

부정, 항거, 압제, 분화구, 자유! 이런 단어들을 듣고 있노라니 이상하리만치 가슴이 뜨거워지는 것을 느꼈다.

"4월 18일에 뭐가 있었나 보네요?"

내가 물었다.

"4.19혁명은 사실 하루 전, 바로 이곳에서 시작되었거든."

그는 팔짱을 낀 채 조금은 자랑스럽게 말했다.

"4.19요? 어디서 들어보기는 했는데, 저는 이과라 이런 걸 잘 몰라서…."

"1960년, 이승만의 자유당 정권이 부정선거를 저지르자 이곳 학생들이 민주주의를 수호하기 위해 들고일어났어. 바로 이 사건이 도화선이 되어 4.19혁명으로 이어지게 된 거야."

"그럼 이곳 대학생들이 혁명을 주도한 거네요?"

나는 기념비에 역동적으로 부조된 학생 시위대를 응시하며 말했다.

"그렇지."

"멋져요. 학생들인데도 세상을 바꾸기 위해 나선 거잖아요."

"맞아. 그때는 시위대를 해산시키려고 경찰과 군인은 물론 정치 깡패도 동원했거든."

"저 같으면 하지 못했을 거 같은데."

"희생 없이는 세상이 바뀌지 않는다는 걸 알았던 거지."

"희생을 무릅쓴 사람들… 이제는 다들 뭐 하고 있으려나요?"

나는 부조를 바라보며 반쯤 감탄에 젖어 말했다.

"다들 꽉 막힌 어른이 돼서 세상을 움켜쥐고 있지."

그때 민재가 불쑥 끼어들며 말했다. 찬원이 형은 잠시 못마땅한 눈빛으로 그를 바라봤다.

"그래, 이런 건 그들처럼 다 옛날 얘기야. 사실 나도 캠퍼스에 이런 게 있는지도 몰랐어. 정말 낡고 잊혀가는 것들이지. 이제 세상은 딱히 바뀔 만한 것도 없고, 살 만하니까 그럴 만도 하지. 게다가 캠퍼스에 중요한 건 따로 있거든."

그는 기념비를 뒤로하고 발걸음을 돌리며 말했다.

"그게 뭔데요?"

나도 그를 따르며 물었다.

"술, 우정, 사랑, 축제, 학점, 그리고 취업."

그가 웃으며 답했다.

찬원이 형은 대학 근처 레스토랑에서 근사한 저녁을 사

주고 자신의 차로 서울의 이곳저곳을 구경시켜 주었다. 늦은 저녁이 되어서야 그의 집에 도착했다. 도심의 야경이 멋지게 보이는 고급 오피스텔이었다.

 그는 맥주 한 캔 정도는 괜찮다며, 그리고 술은 어른에게 배워야 한다며 냉장고에서 맥주를 꺼내주었다. 내가 흥미를 보이자 카투사로 복무했던 군대 이야기와 자신의 연애 경력, 그리고 로망에 가득 찬 대학생활에 대해 자세하게 강의해 주었다. 그는 민재와는 달리 사람을 기분 좋게 매료시키는 어떤 활력이 있었다.

 "형은 정말 세상은 바뀔 것이 없다고 생각해?"

 민재가 난데없이 말을 꺼냈다.

 "너 또 아버지 얘길 하고 싶은 거냐?"

 그는 맥주 한 모금을 들이켜곤 대답했다.

 "…"

 민재는 맥주잔에 시선을 고정한 채 아무 말도 하지 않았다.

 "아버지가 다 우리 생각해서서 그러시는 거지. 형도 지나고 보니 별거 아니더라. 내년이면 대학에 갈 텐데, 그때부터 다 네 마음대로 해."

그는 아무 일도 아니라는 듯 민재의 어깨를 가볍게 툭툭 치며 말했다.

"대학에 간다 해도 달라질 게 없을 것이라는 게 뻔히 보이니깐 그렇지. 되돌아보면 나는 언제나 복종만 하며 살았어. 아버지는 내 의사는 단 한 번도 물어보신 적 없었지. 이미 내 인생 설계를 끝마쳐놓으셨어. 대학생이 되면 내 마음대로 하라고? 지금껏 이렇게 복종만 하며 살아왔는데, 대학엘 간다고 달라질까?"

민재의 말투가 점점 거칠어지기 시작했다.

"민재야, 아버지 편찮으신 거 알잖아. 아버지 도와드려야지. 그게 아들로서의 도리야. 그리고 찌질하게 시나 깔짝대면서 사람 구실이나 하겠냐? 아버지 체면도 생각해 봐. 그리고 아버지가 그동안 일구어놓으신 건 그저 조그마한 가업이 아니라 거대한 기업이야. '하나의 세계'라고. 남들은 갖고 싶어도 못 갖는 환경이야. 인마, 지금 네가 불평불만 하는 건 배가 불러서 그래. 그리고 네 인생이 무슨 소설 같은 줄 알아? 시처럼 아름다울 것만 같아? 책 속에서 나와 현실을 둘러봐. 진짜 인생은 소설이나 시 따위로는 설명할 수도 없어. 그리고 무엇보다 넌 군대 좀 빨리 갔다 와야 돼."

그는 말을 마치자 맥주를 단숨에 들이켜곤 한숨을 내뱉었다.

"나도 아버지 절뚝거리시는 거 보면 마음이 아파. 그래, 맞아. 아버지가 다 잘되라고 그러시는 거겠지. 그런데 우리를 자신의 세계에 부품으로 만들려고 하려는 측면도 있잖아. 나는 그저 하나의 태엽일 뿐이야. 아버지의 의도가 무엇이었든, 나도 형처럼 아버지 말씀이면 언제나 곧이곧대로 따랐어. 그렇지만… 이건 너무 부조리하잖아."

민재의 눈에 눈물이 맺히기 시작했다.

"그리고 대학생 되면 마음대로 살라면서? 형은 그래서 마음대로 살고 있는 거야? 가슴에 손을 얹고 말해봐. 혹시 형도 아버지의 설계대로 살고 있는 건 아냐? 경영학을 전공하고 훗날 아버지를 도와드리는 게 형이 애초부터 원하던 길이었어? 이게 형의 꿈이었냐고."

나는 어떻게 해야 할지 몰라 두 사람의 눈치만 살피고 있었다.

"야, 서민재. 사내 새끼가, 눈물 안 닦아? 그리고 뭐? 꿈? 저거 말하는 거야?"

그는 창가에 비치된 천체 망원경을 가리켰다.

"인마, 정신 좀 차려라. 형이 이제 와서 우주 비행사가 되고 싶다고 하면 넌 응원해 줄래? 그건 어렸을 때 잠깐 빠지는, 말 그대로 꿈일 뿐이야. 형은 그저 가끔 별을 보는 걸로 만족해. 꿈은 꿈이고 현실은 현실이야. 우리에겐 모두 각자의 몫이 있어. 자신에게 주어진 게 있다고. 네가 하는 짓거리도 아버지가 원하시는 길 속에서 할 수 있는 거라는 걸 잊지 마."

"그래. 지금 해왔던 것처럼 나태해지지 않고 더 열심히 한다면 아버지 바람대로, 아버지가 원하는 아들이 될 수 있겠지. 그런데 난 싫다고. 하고 있지만 너무 힘들다고. 나 없어도 되잖아…? 형이 나 대신 다 해줄 수 있잖아…?"

민재는 갑자기 테이블을 박차고 일어섰다. 걸음을 옮기더니 더 이상은 버틸 수 없다는 듯 벽을 향해 있는 힘껏 주먹을 날렸다. 그러곤 그대로 무릎 꿇은 채 주저앉아버렸다. 정적이 맴돌았다. 그의 소리 없는 흐느낌이 느껴졌다. 벽에 걸린 시계 소리만 더욱 커져갔고, 저 멀리 창밖에선 자동차 경적 소리가 아스라이 들려왔다. 한참 동안이나 두 형제 사이에서 안절부절못하던 나는 민재의 곁에 살며시 다가가 그의 어깨에 손을 얹었다.

"괜찮냐…."

그때만큼 민재가 건드리면 그대로 스러질 것처럼 약해 보인 적이 있었던가. 그에게는 무언가 기댈 곳이 필요해 보였지만, 세상 그 무엇도 그의 버팀목이 되지 못할 것이라는 그런 확신이 들었다. 억울한 것일까, 분노한 것일까, 서글픈 것일까. 깊은 곳에서 들끓는 오열로 요동치는 어깨에선 온갖 감정이 느껴지는 것만 같았다.

"서민재, 지금까지 충분히 잘해왔어. 지쳐서 그런 것뿐이야."

찬원이 형은 조금은 딱딱하지만 애정이 느껴지는 말투로 말했다.

잠시 후, 그는 분위기를 전환하려는 듯 창가의 천체망원경을 작동시키더니 우리를 불렀다. 그는 별자리 판을 보여주며 사자자리의 위치와 모양을 가르쳐주고 그 밑에 보이는 토성의 위치를 알려주었다. 겨우 눈으로 연결한 사자자리 밑에 있는 행성. 타원의 고리를 가진 조그마한 갈색빛 행성이 지구의 천삼백 배 정도의 크기라니 믿기지 않았다.

민재도 조용히 렌즈를 통해 저 먼 우주를 바라봤다. 그는 머나먼 행성과 별들의 아득한 거리를 통해 꿈의 부질없음을 은유적으로 보여주고 싶었던 것일까. 그러나 차분히 망원경을 들여다보는 민재의 눈망울에는 저 아득하고 광대한 천체의 아름다운 광휘가 그대로 반영되어 빛나고 있었다. 손만 뻗으면 금방이라도 닿을 것처럼.

*

 개학하고 첫 운동장 조회가 열렸다. 민재와 같은 줄에 나란히 서서 지루하기 짝이 없는 교장 선생님의 설교를 들었다. 나는 눈물까지 흘리며 긴 하품을 했다. 이야기가 길어지자 운동장에 늘어선 오와 열이 점차 느슨해져 갔다. 하지만 잠시 후 분위기가 순식간에 달라지고 말았다. 독사 때문이었다. 그는 교장 선생님의 마이크를 이어 받아 조회대에 섰다.

 우리는 그를 독사라 불렀다. 익히 악명이 높았기 때문에 전설로만 내려왔던 그의 존재를 모두 알고 있었다. 독사는 재단에 속한 중고등학교를 이삼 년 정도를 주기로 번갈아 가며 재직하고 있었다. 다른 선생님들조차 너네는 독사 선생님이 없는 걸 다행으로 여겨야 한다고 말할 정도였다. 재직하게 되면 매번 학생부 부장을 맡았는데, 그때마다 느슨해진 학교의 기강을 제대로 잡았다. 이번에 독사가 오게 된 건 지난 번에 터졌던 학교 폭력 사건 때문이었다. 교장 선생님은 명월고에 새로운 질서 확립이 필요하다고 여겼던 것이다.

독사를 처음 마주하고 든 생각은 진짜 잘못 걸리면 큰일 나겠구나 하는 것이었다. 개학날 그는 자신의 무력을 뽐내기라도 하듯 등교 시간에 맞춰 텅 빈 운동장에서 홀로 운동을 하고 있었다. 입고 있던 셔츠는 평행봉에 걸쳐놓고 민소매 티만 입은 채 딥프레스를 했고, 철봉에 매달려 턱걸이를 했다. 사람이 저렇게 단단할 수 있을까 하는 생각이 들 정도로 팔과 어깨가 쩍 벌어져 있었고 가슴은 근육이 화가 난 것처럼 잔뜩 부풀어 있었다. 독사의 퍼포먼스 전략은 확실하게 먹혀들어 갔다. 그가 쌓아온 명성과 직접 보여준 육체적 강인함은 전교생을 압도하고도 남았다.

독사가 마이크 테스트를 하자 나는 본능적으로 얼른 눈물을 닦고 눈을 동그랗게 떴다. 짝다리를 짚고 있던 녀석들도 자세를 바로 했다. 독사는 잠시 근엄한 얼굴로 운동장을 바라봤다. 그 모습은 마치 자신의 부대를 사열하는 사단장처럼 보이기까지 했다.

"주목. 요즘 언론을 통해 교내 두발 자유화니 뭐니 떠들어대는 통에 너희들도 한창 들떠 있는 것으로 안다. 앞으로 더 이상 이것에 대해 왈가왈부하며 소란 피우지 않도록 오늘 이 자리에서 확답을 내려주겠다."

"우리도 두발 자유화되는 건가?"

"에이, 설마 독사가."

"드디어 올 것이 오는구나!"

여기저기에서 웅성거림이 울려 퍼지기 시작했다.

"자. 조용! 모두 학교 기념비에 새겨진 건학이념을 다 같이 읽어보도록."

그는 기념비를 가리키며 말했다.

몇몇 친구들이 그의 명령에 놀라 건학이념을 읽었지만, 그것은 하나의 웅얼거림으로 들릴 뿐이었다.

"너 이리 올라와."

그는 조회대 앞에 홀로 서 있는 한 학생을 가리켰다. 그러자 학생회장은 압축했던 스프링이 풀리기라도 하는 것처럼 재빠르게 조회대로 뛰어 올라갔다.

"자, 학생회장이 읽으면 자네들은 복창한다. 실시!"

"유구한 전통을 보존하고,"

학생회장은 잔뜩 긴장한 채로 기념비를 읽어나갔다. 그러자 모두가 그를 따라 복창했다.

"유구한 전통을 보존하고,"

"자명한 진리를 숭상하는,"

"자명한 진리를 숭상하는,"

"참된 명월인이 되자."

"참된 명월인이 되자."

전교생이 영문도 모른 채 건학이념을 복창했다. 독사가 다시 마이크를 잡았다. 옆으로 밀려난 학생회장은 옆에서 쭈뼛쭈뼛 서 있었다.

"바로 이 건학이념이 학교가 여러분에게 해줄 말이다. 우리 설립자 선생께서는 일찍이 자네들이 나아갈 올바른 길을 제시해 주셨다. 자네들은 그저 저기 기념비에 새겨진 건학이념처럼, 참된 명월인이 될 수 있길 바란다. 또한, 내가 이 학교에 있는 한, 두발 자유 같은 해괴망측한 일은 벌어지지 않을 것이다. 다들 쓸데없는 생각 따윈 접고 공부에 전념할 수 있도록."

독사는 웅성거림을 뒤로하고 교무실로 돌아갔다.

당시 전국적으로 두발 자유화의 물결이 일고 있었다. 언론도 오랫동안 이어진 군대 문화의 잔재가 드디어 없어지고 있다며 긍정적인 시선으로 이 현상을 바라봤다. 많은 중고등학교들이 변화의 물결을 받아들였다. 하지만 독사는 변화를 불허했다. 이미 세상의 변화에 동조한 우리는 불만을 갖기 시작했다. "시대를 역행하고 있다.", "우리를 통제하고 억압하려고 한다.", "인간의 기본권인 표현의 자유를 침해하는 처사다." 온갖 의견들이 쏟아졌지만, 정작 독사 앞에서는 모두들 침묵할 뿐이었다.

이윽고 돌이킬 수 없는 사태가 발생했다. 세상의 흐름에 맞춰 멋 좀 내보겠다고 구레나룻을 기른 친구들이 무더기로 적발되었다. 그들은 운동장으로 끌려가 사형수들처럼 줄을 맞춰 의자에 앉았다. 독사는 이발기로 그들의 머리를 무참히 난도질했다. 잘린 머리카락이 흙바닥에 우수수 떨어졌다. 처량하기 그지없던 그 모습이 바로 우리의 처지였다.

"야, 씨발 저건 너무하지 않냐?"

"이건 진짜 아닌 것 같다. 친구네 학교는 어느 정도 기르는 건 허용한다는데."

"그래, 갑자기는 아니더라도 조금씩 완화해 줄 수는 있는 거잖아."

불만을 넘어서 분노의 여론이 들끓었다. 그럴수록 독사는 무력을 동원하고, 불온하고 쓸데없는 일만 꾸민다며 매달 말에 열리는 학생위원회를 무기한 유보했다.

친구들 사이에서 반항심이 걷잡을 수 없이 번져나갔다. 괜한 의협심이 들끓기 시작했다. 드디어 이 시대가 나를 부르는 것만 같았다. 민재는 머리 기르는 것에 관심도 없었지만, 그날의 참극을 두 눈으로 목격하곤 이 사태를 그저 방관해서는 안된다고 했다.

"이대로 당하고 있으면 안 될 것 같은데."

그는 창가에 비스듬히 기댄 채 다소 심각한 얼굴로 말했다.

"내가 나서볼까."

나는 창틀에 걸터 앉으며 말했다.

"네가 뭘 어떻게 하려고?"

"이럴 때 하라고 있는 게 데모 아니겠어?"

"너 혼자 나갔다가 독사한테 질질 끌려가서 두들겨 맞고 끝날 것 같은데."

"까짓것 내가 총대 한번 메지 뭐!"

"아무 준비 없이 나갔다가 웃음거리밖에 안 돼. 그리고 누가 너를 따라서 선뜻 독사 앞에 대항하려고 하겠냐. 징계나 안 받으면 다행이겠다."

그는 고개를 가로젓곤 팔짱을 꼈다.

"그럼 뭐 좋은 방법이라도 있어?"

"기억나? 4.18 기념비."

"당연히 나지. 근데 갑자기 왜?"

내가 의아해하며 물었다.

"우리 학교에도 4.18 기념비를 세워보는 거야."

"그게 무슨 말이야?"

"이제 세상을 바꾸기 위해 우리가 나서보는 거야."

나는 무릎을 치고 걸터앉아 있던 창틀에서 뛰어 내렸다.

"좋지! 세상을 바꿔보는 것도."

그리고 두 주먹을 불끈 쥐며 말했다.

우리는 마치 엄청난 일을 할 것처럼 의견을 모았다. 하지만 그 방법이 도무지 떠오르지 않았다. 며칠 동안 고민했지만 어떠한 답도 찾지 못했다. 시도 때도 없이 독사의 이발기 소리가 들려왔다. 그저 침묵하며 참극을 지켜보는 수밖에 없었다. 그날의 결의도 이렇게 흐지부지되는 게 아닌가 싶었다.

그러던 어느 날이었다. 그날도 어김없이 민재와 함께 독서실에서 새벽을 맞이하고 있었다.

"엄청난 걸 발견했어! 바로 우리가 찾던 거야!"

민재가 잔뜩 들뜬 목소리로 말했다. 그리고 나를 휴게실 한구석으로 데려갔다.

"이게 뭐야?"

그가 불쑥 내민 것은 한 권의 책이었다. 겉표지에는 '파리는 어떻게 나치에 저항했는가'라고 쓰여 있었다.

"도대체 뭐기에 이렇게 호들갑이야."

"바로 이거야. 어때?"

그는 책장을 넘겨 사진 하나를 가리켰다.

그것은 흑백사진이었다. 사진 속에는 여섯 명의 사내가 있었다. 모두 소총을 들고 있었지만, 군인은 아닌 것이 분명했다. 멋쟁이들이었다. 셔츠를 가슴까지 풀어헤치고 소매도 걷어붙였다. 멜빵을 한 사내도 있었고, 가죽 장화를 신은 사내도 있었다. 그중 탄약상자에 걸터앉은 사내는 포

마드로 멋지게 빗어넘긴 가르마를 갖고 있었다. 브라우닝 경기관총을 든 사내는 남성미가 물씬 풍기는 헌팅캡을 눌러썼다. 그들은 강요에 의해 전장에 온 것 같지 않았다. 전장에서 느낄 수 있는 긴장감도 없었고, 군인들에게서 으레 느껴지기 마련인 규율과 질서도 없었다. 바리케이드를 등지고 있는 그들에게서는 자유와 낭만만이 감돌았다. 사진에는 간략한 설명이 곁들여져 있었다.

    제2차 세계대전 당시 나치 독일 점령에 저항했던 파리 시민들. 이들은 드골의 자유 프랑스군과는 달리 프랑스의 자유해방을 위해 자발적으로 결사된 비공식적 조직이며 통칭 '레지스탕스'라고 불렸다.

그는 레지스탕스가 마침내 프랑스 정부도 포기했던 나치 독일로부터의 해방을 이끌어냈으며, 단순히 파리 해방뿐만 아니라 제2차 세계대전을 연합군의 승리로 이끄는 데 중요한 역할을 했다는 걸 잔뜩 흥분한 채 이야기했다. 사진 속 젊은이들을 바라봤다. 레지스탕스. 정규군도 아닌 시민들이 어떻게 그렇게 큰 일을 해낼 수 있었을까. 괜스레 가

숨이 벅차올랐다.

"어때? 바로 우리가 찾던 이미지라고."

그는 잔뜩 흥분된 표정으로 말했다.

"무슨 말이야?"

나는 잔뜩 들떠 있는 그를 의아하게 바라보며 물었다.

"우리도 파리 해방을 위해 싸웠던 레지스탕스처럼 압제에 맞서 저항하고 투쟁해 보는 거야."

"레지스탕스! 완전 멋지잖아!"

나는 무릎을 치며 소리를 질렀다.

그날 밤, 교내 지하조직 레지스탕스가 탄생했다. 다음 날부터 우린 함께할 동료들을 물색하기 시작했다. 누가 레지스탕스의 단원으로서 적합한 자질을 갖춘 인물인지를 분별해 내기 위해 친구들 하나하나의 행동 패턴, 생활습관, 그리고 눈빛을 면밀히 뜯어봤다. 내가 턱으로 한 친구를 가리키면, 민재는 고개를 끄덕이거나 가로저으며 의견을 종합해 갔다. 그렇게 네 명의 친구들이 최종적인 리스트에 이름을 올렸다.

"너 우리랑 같이 일 하나 해보자."

우리는 이런 식으로 그들에게 접근해 학교의 자유해방

을 위한 가슴 뜨거운 계획을 설명해 주었다. 그들은 하나같이 침을 꿀꺽 삼키며 제안을 받아들였다. 그들에게서 꿈을 꾸는 듯한 눈빛도 마주할 수 있었다. 우리에게 언제나 호의를 갖고 있던 영점 일 톤의 거구 류석, 동그란 안경과 어릴 적부터 이마에 난 흉터로 해리포터라 불리던 성상식, 다시 같은 반이 된 최수형, 방송부 부장을 하며 기자를 꿈꾸고 있던 홍동건, 이렇게 여섯 명은 뜻을 같이하는 혁명의 동지가 되었다. 머지않아 창단식 및 첫 공식회의를 하기로 했다.

첫 모임은 텅 빈 과학실에서 은밀히 이루어졌다.

"오늘 우리가 여기 왜 모였는지는 다들 알고 있겠지?"

다들 모이자 민재가 입을 열었다.

모두들 서로의 눈빛을 교환한 뒤 의미심장하게 고개를 끄덕였다. 민재는 갑자기 의자를 옮겨 칠판 위에 걸린 액자를 내렸다. 그는 교단에 서더니 액자를 교탁 위에 세워 우리에게 보여주었다. 액자엔 서예에 능했다는 창립자의 자필로 쓰인 건학이념이 자리 잡고 있었다.

"뭐야. 독사처럼 우리한테 읽게 하려고?"

석이가 안경을 고쳐 쓰며 말했다.

"하하, 아니."

민재가 미소 짓더니 말을 이었다.

"이게 바로 우리가 싸워야 할 대상이야."

"싸워야 할 대상이라니?"

동건이가 의아한 표정을 지으며 물었다.

"유구한 전통과 자명한 진리. 이 건학이념이야말로 거대한 괴물과 다를 바 없어. 우리가 마주하고 있는 지금 바로 이 상황이 이것으로부터 비롯된 거야. 지켜야 할 전통이 있고, 확고한 진리가 있는데 새로운 가치를 받아들일 수 있겠어? 독사도 이런 논리를 내세워 자유와 존엄을 짓밟으며 우리를 억압하고 있는 거야. 레지스탕스는 이제 이 괴물을 부정하고 용감하게 맞서 싸울 거야."

친구들은 감탄한 듯 눈을 껌뻑이며 고개를 끄덕였다.

"이게 바로 우리 레지스탕스의 심벌이야."

나는 책상에 준비해 온 도안을 펼쳐 보이며 말했다.

레지스탕스의 기치를 표현할 수 있는 심벌을 만들기 위해 몇 날 며칠 밤을 지새웠다. 마침내 고안해 낸 것은 활짝 펼친 손바닥과 그 안에 그려진 귀 형상이었다. 인간이 귀를 기울일 때 본능적으로 손을 이용해 귓바퀴를 확장하는 행위를 형상화한 것이다. 귓바퀴는 숫자 '6'으로 표현했는데, 이는 여섯 명의 레지스탕스 구성원 수를 의미했다.

"이 심벌은 억압받는 친구들의 작은 목소리까지 귀담아 듣겠다는 뜻을 담고 있어."

나는 귀에 손을 갔다 대며 심벌을 몸소 보여주었다.

"미쳤다. 나 지금 소름 돋았어."

내가 설명을 마치자 수형이는 몸을 으슬으슬 떨며 닭살 돋은 자신의 팔뚝을 내밀었다. 민재는 물론 다른 동지들도 뿌듯한 표정으로 고개를 끄덕였다. 우리는 레지스탕스의 심벌에 각자의 이름을 써 넣고 마지막까지 자유해방을 위해 투쟁하기로 결의했다.

"그래서 우리가 뭘 하면 되는 건데?"

석이는 안경을 고쳐 쓰며 물었다.

"레지스탕스의 이름에 걸맞은 걸 할 거야."

민재가 답했다.

"그게 뭔데?"

수형이가 물었다.

"그건 아직 구체적으로 정해지지 않았지만, 일단 학교의 여론을 취합하고, 차차 회의를 거쳐서…."

"게릴라전을 해보는 거야. 어때?"

내가 민재의 말을 가로막으며 단호하게 말했다.

"게릴라전이 뭐 하는 건데?"

수형이는 고개를 갸우뚱 하며 물었다.

"우리의 자유의지와 메시지를 직접적으로 전달하는 거지."

"어떻게?"

"학생부 교무실을 공격하는 거야."

나는 잔뜩 흥분한 목소리로 대답했다

모두들 그거야말로 레지스탕스에 어울리는 것이라며 고개를 끄덕였다. 민재는 당황한 기색이 역력했지만 별수 없이 의견을 받아들였다. 일단 구체적인 계획도 없었거니와, 모두들 이미 게릴라 쪽으로 마음이 기울었던 탓이었다. 나는 신이 나서 그 자리에서 첫 게릴라를 계획했다. 그리고 의협심에 그 총대를 혼자 메기로 했다.

결전의 날이 다가왔다. 쿵쾅대는 가슴을 부여잡고 계단을 올랐다. 식은땀이 등줄기를 타고 흘러내렸다. 학생부 교무실이 바로 코앞이었다. 그래, 우리가 싸워야 할 것은 건학이념이 아닌 학생부 교무실과 독사다! 문에는 식사 중이라는 팻말이 걸려 있었다. 기세등등하게 내가 하겠다고 말했으니, 물릴 수도 없었다. 주위를 살핀 뒤, 주머니에 감춰 온 날달걀 두 개를 꺼냈다. 그리고 굳게 닫힌 문을 향해 힘껏 내던졌다.

개교 이래 처음으로 울려 퍼진 저항의 신호탄! 소식은 삽시간에 퍼졌다. 우리는 교실은 물론 급식실과 매점, 청소 시간과 등하교 시간까지 때와 장소를 가리지 않고 이 사건이 회자되는 것을 쉽게 목격할 수 있었다. 학생들뿐만이 아니었다. 선생님들 역시 이 사건에 대해 자신들의 상반된 의견을 피력하느라 분주했다. 여론이 어떻든 간에, 나는 이 무모하고도 과감한 행동이 바로 내가 한 것이라는 것을 밝히고 싶어 입이 근질근질했다. 특히 여학생들에게서 이 사건이 회자될 때면 그러한 욕망은 더욱 커져만 갔다.

나뿐만이 아니었다. 이러한 찬사에 더욱더 고무된 레지스탕스는 마치 위대한 의거를 준비하는 투사라도 된 듯, 보다 자극적인 게릴라를 계획해 나갔다. 학교 담벼락에 래커로 자유를 부르짖는 구호와 독사에 대한 욕설을 새겨놨고, 독사가 아침마다 하는 평행봉에 케첩을 뿌려놨다. 이에 그치지 않고 학생부 교무실까지 몰래 잠입해 독사의 방석에 보리차를 부어놓았고, 그의 구두에 압정을 넣어놨다. 교정은 연이은 레지스탕스의 거사 소식에 들뜨기 시작했다.

하지만 민재는 단 한 번도 의거에 동참하지 않았다. 게릴라를 탐탁하지 않게 여겼지만, 그렇다고 다른 대안이 있는 것도 아니어서 그저 심정적으로 동조만 할 뿐이었다. 거사를 마치고 대원들과 함께 돌아오면 민재는 조용히 책을 읽고 있었다. 그가 보던 책은 『프랑스 혁명사』였다.

"얼마나 듬직하냐? 우리 레지스탕스의 브레인께서는 이렇게 전략을 연구하고 계신다고."

나는 대원들에게 농담을 건네며 민재 옆에 앉았다. 내가 어깨동무를 했지만 그는 아무 반응도 없이 책에 시선을 고정하고 있었다.

"뭐 좋은 거라도 찾았어?"

"아직. 그냥 다행이라는 생각이 들었어."

그는 책을 덮더니 나를 가만히 응시했다.

"뭐가?"

"지금 이 시대에 기요틴*이 없다는 게."

"뭔 소리야?"

"아무것도 아니야."

일주일, 이 주일, 시간이 지날수록 학교는 전에 없던 열광과 환호로 물들어 가고 있었다. 모두들 새로운 시대의 도래를 열망하고 있었다. 우리는 마치 영웅이라도 된 것처럼 그 책임감과 영광에 도취되어 갔다. 그럴수록 더욱더 과감하고 그 누구도 예상치 못한 게릴라를 감행해 나갔다.

우리는 훗날 레지스탕스의 기치를 후배들에게 고스란히 전해주어야 한다며 사진들을 찍기 시작했다. 레지스탕스의 심벌을 배경으로 래커와 계란을 손에 쥔 채, 혹은 케첩과 페인트를 손에 쥔 채 카메라 앞에 섰다. 마치 의열단원들이 거사에 앞서 태극기를 뒤로하고 자신들의 최후의 무기와 함께 마지막 사진을 남겼던 것처럼 말이다. 그뿐만 아니라 어느 종군기자가 남긴 전장의 한 장면처럼, 게릴라전의 순간순간을 사진에 담았다.

* 프랑스 혁명 기간 동안 사용된 처형 도구이다. 높은 틀에 설치된 무거운 칼날이 떨어져 사람의 목을 절단하는 방식으로 작동한다. 당시 의사였던 기요탱(Joseph-Ignace Guillotin)의 제안에 따라 개발되었다.

"아무래도 게릴라는 아닌 것 같다."

어느 날 민재가 내게 심각한 얼굴로 말했다.

"그럼 다른 좋은 방법이 있는 거야?"

"아직 그건 아니지만, 좀 더 생각해 봐야 할 것 같아."

"그것 봐, 아직 없잖아."

"지금 너희들은 게릴라를 무슨 애들 장난치듯 하고 있어."

"애들 장난이라니. 그저 거사에 즐겁게 임하고 있을 뿐이야."

"아냐! 너흰 이 일을 그저 유희로만 여기고 있다고. 이렇게 가다간 학교에서 강경책을 내놓을 거야."

"그럼 무슨 대안이라도 있어? 레지스탕스를 만든 건 넌데 구체적인 계획도 생각 못 했잖아."

그가 입을 굳게 다물었다.

"물론 더 좋은 방법이 있을 수도 있지. 그래, 너는 머리도 좋으니까 더 고민해 봐. 나는 나가서 발로 뛸 테니까. 하지만 그때까진 이렇게 가는 걸로 하자. 게다가 봐봐. 전교생이 우리의 메시지에 동요하고 있다고. 이제 조금만 더 밀어붙이면 세상이 변할 거야."

그렇게 게릴라는 계속되었다. 이제 게릴라전을 수행하는 데 긴장조차 하지 않게 되었다. 무뎌지고 말았다. 거사를 치르는 것이 마치 슈퍼에 가서 껌 한 통 사는 것처럼 쉽게만 느껴졌다. 계획하고 실행하면 그만이었다. 우리는 점점 더 과격해졌고, 과감해졌다.

"야! 학교장 긴급조치라는 게 나붙었대!"

어느 날 상식이가 급하게 달려와 숨을 헐떡이며 말했다.

층별마다 구비된 게시판에는 '학교장 긴급조치 제1호'라는 새롭게 제정된 교칙이 나붙었다. 우리는 게시판에 몰려든 아이들을 헤집고 들어갔다.

"이 교칙은 인재 양성의 요람인 본교의 학풍을 어지럽히는 일체의 활동을 제한함으로써 건전한 면학 환경을 지키는 것을 목적으로 한다."

상식이가 긴급조치의 제1장 1조 1항을 나지막이 읽어 내려갔다.

커다란 벽보에 써 있는 긴급조치는 빼곡했지만 주된 목적은 일체의 테러 활동을 제한하기 위한 것이었다. 제2장 3조에서는 테러를 일삼은 자들과, 테러를 선동하는 자들, 그리고 불온사상을 품은 자들에 대한 징벌이 조목조목 열

거되어 있었다. 이것은 우리 레지스탕스를 향한 경고문이나 마찬가지였다. 레지스탕스의 앞날에는 교내봉사부터 유기정학, 무기정학 그리고 퇴학만이 기다리고 있을 뿐이었다.

점심시간, 우리는 소각장 앞에서 긴급회의를 열었다. 각자의 손에는 아이스크림이 하나씩 들려 있었다.

"야, 우리 계속하다간 위험한 거 아닐까?"

동건이가 항상 목에 걸고 다니는 방송실 키를 만지작거리며 말했다.

"넌 이 정도 각오도 안 했냐? 독사도 발버둥 치는 거지. 이제 우리의 해방도 멀지 않았어. 그리고 어차피 긴급조치로 걸리나 그냥 걸리나 매한가지야. 안 걸리면 되는 거지 뭐."

내가 강한 어조로 말했다.

"우릴 모방이나 하고 다니는 잔챙이들이나 걸리지, 우리 같은 프로가 걸리겠냐."

수형이는 거만한 표정을 지으며 아이스크림 막대를 잘근잘근 씹었다. 그의 말처럼 교내에는 이제 레지스탕스를 모방하는 행위들이 여기저기서 터져 나오고 있었다. 우리가 아주 오래전에 했던 교무실 계란 투척 같은, 아주 수준 낮은 것들이었다. 그럴 때면 우리는 그들과 차별화를 하기 위해 더 강력한 게릴라를 펼쳤다.

긴급회의의 결과는 간단했다. 우리는 긴급조치에도 불구하고 계속해서 투쟁을 해나갈 것을 다시 한번 굳게 결의했다.

"그래도 당분간 몸 사리는 게 좋을 것 같다. 분명 누가 걸리든 시범 케이스로 호되게 당할 거야. 뭔가 더 강력하게 메시지를 전달할 방법이 없을까."

민재가 벽에 몸을 기댄 채 신중한 태도로 말했다.

"있긴 뭐 있어. 우리가 얼마나 무서운지 보여주는 거지."

나는 확신에 가득 차 대답했다.

마치 레지스탕스를 향한 경고문처럼 나붙은 긴급조치는 또한 학교생활 전반에 대한 교칙을 명시화하고 있었다. 학교생활 전반에 대해 세세한 규범이 제시되었고, 이것을 어길 시 긴급조치와 함께 도입된 벌점제도를 통해 제재를 가하겠다고 선포했다. 그동안 말 많았던 두발 규정에 대해서도 학교의 입장을 공고히 했다. 예시 사진까지 내걸어 더 명확한 규정을 제시했다.

사실 긴급조치는 그저 그동안 불문율처럼 자행되던 징계와 처벌 그리고 두발 규정을 명문화해 놓은 것에 지나지 않았다. 대부분의 아이들은 '뭐야, 별로 새로울 것도 없잖아' 하는 태도로 긴급조치를 웃어넘기기까지 했다. 그러나 우리는 이 교칙이 얼마나 까다롭고 번거로운 것인지 깨닫는 데 그리 오랜 시간이 걸리지 않았다. 이것은 낚싯바늘로 일일이 불순분자들을 색출할 수 없었던 독사에게 거대한 그물이 주어진 것이나 마찬가지였다. 이제 독사는 휘파람을 불며 던져놓은 그물을 막 끌어올리려 하고 있었다.

우리는 더욱더 강력한 메시지가 필요하다고 생각했다. 민재는 게릴라와 같은 폭력의 언어가 아닌 보다 울림이 있는 메시지를 통해 우리의 의지를 전달해야 한다고 했다. 갑자기 그가 무릎을 치며 말했다.

"방송실을 장악하는 거야."

"방송실을?"

내가 되물었다.

"응. 방송을 통해 우리의 메시지를 학교 전체에 울려 퍼지게 하는 거야!"

"오! 그거 재밌겠는데."

우리는 하나같이 외쳤다. 그랬다. 재미였다. 사실 레지스탕스에게 게릴라는 이제 하나의 유희로 전락해 버렸다. 무뎌질 대로 무뎌지고 말았다. 더 자극적이고 재미있는 게 필요했다. 새로운 전략이 우리를 다시 들끓게 했다. 이번에는 민재도 직접 나서기로 했다.

이번 계획에는 동건이의 적극적인 협조가 필요했다. 방송부 부장인 동건이는 사건이 터지면 자신이 책임을 져야 한다며 극구 반대했다. 그러나 우리의 끈질긴 설득 끝에 그는 방송실 기계 조작법을 상세히 알려주곤 열쇠를 넘겨주었다.

"만일의 사태엔 내가 체육시간에 열쇠를 도둑맞은 걸로 할 테니까, 그다음엔 너네들이 알아서 해."

거사 날이 다가올수록 여태껏 행했던 게릴라와는 비교할 수 없는 긴장감이 몰려왔다. 민재는 연설문을 작성하기 시작했고, 나는 방송기기 조작법을 은밀하게 배웠다. 모든 것이 순조롭게 진행되었다.

결전의 날이 다가왔다. 우리는 시계를 똑같이 맞추었다. 정확히 같은 시간에 주어진 역할을 동시다발적으로 수행하기로 했다. 나는 방송 계기판을 조작하고, 석이는 전교생이 들을 수 있도록 모든 교실에 오디오 채널을 연결한다. 민재는 연설문을 낭독한다. 수형이는 연설이 끝나는 대로 화재경보기를 작동시킨다. 모든 것이 순조롭게 진행되었다. 나는 동건이가 알려준 버튼을 눌러 민재의 목소리를 한 음조 낮춰 변조시킬 준비를 했다. 'ON AIR'라고 쓰인 전광판에 마침내 빨간불이 들어왔다. 민재는 숨을 크게 들이쉬곤 마이크를 움켜잡았다.

"우리는 오늘, 학교의 압제에 항거하기로 결의했다. 오늘날의 학교는 누구를 위한 학교란 말인가. 우리의 눈에 보이는 것은 학생들의 머리 위에 군림하려는 독재자의 모습뿐이다. 그는 우리에게 순종적인 태도와 획일적인 사고방식을 강요하며 우리를 자유도 낭만도 없는 황혼의 세계로 이끌고 있다. 무엇을 위한 전통이고 무엇을 위한 진리란 말인가. 그것은 독재자의 전리품이지 우리 시대를 위한 유산이 아니다. 그것은 우리에게 공허한 메아리로 울려 퍼질 뿐이다. 지금 이 시간부로 우리는 우리의 자유와 존엄을 쟁취하기 위한 투쟁의 서막을 공식적으로 선포하는 바이다."

침을 꿀꺽 삼켰다. 그의 연설을 코앞에서 듣고 있노라니 가슴 뜨거운 전율까지 느껴졌다. 예고했던 대로 화재경보기가 울리기 시작했다. 전교생은 언젠가 재난 대비 훈련에서 했던 것처럼, 신속히 운동장으로 대피했다. 우리도 서둘러 방송실을 박차고 나가 아무 일도 없었다는 듯 대피 행렬 속으로 숨어들었다. 날카로운 경보음이 뒤섞인 일대 혼란 속에서 나는 주체할 수 없는 흥분을 느끼며 복도를 내달렸다. 이제 곧 세계가 바뀔 것 같다는 예감이, 아니 확신이 들었다.

14
레지스탕스

 학교는 일대 혼란에 휩싸였다. 여론은 극명하게 나뉘었다. 레지스탕스의 선포에 열렬한 지지를 보내는가 하면, 쓸데없는 혼란만 야기했다며 눈살을 찌푸리기도 했다. 유희거리를 만들어준다고 호기심을 내비치기도 했고, 무관심으로 일관하기도 했다. 관점이 어떻든지 간에 중요한 것은 모두들 레지스탕스의 정체를 궁금해했다. 독사도 예외는 아니었다. 그는 우리의 정체를 찾기 위해 혈안이 되어 있었다.

 수사망이 좁혀왔다. 동건이는 자신이 예상했던 대로 이 사건의 가장 유력한 용의자가 되었다. 항상 목에 걸고 있던 열쇠를 도둑맞은 것은 그런대로 납득이 되었지만, 방송부원이 아닌 누군가가 기계조작을 능숙하게 했다는 것이 의심을 사기에 충분했다. 독사의 집요한 추궁은 그를 범죄자로 몰아가고 있었다. 그는 수업에도 빠진 채 반나절을 학생부 교무실에서 취조를 받았다. 모든 사실이 드러날까 조마조마했다.

"나 이제 이 짓거리 그만할래. 내가 뭘 위해서 희생한 건지 모르겠어."

기진맥진해 돌아온 동건이가 맥없이 말했다.

"네가 아니었으면 하지 못했을 일이야."

나는 동료들을 대신해 조심스럽게 말했다.

"그냥 너네만 재미 본 거지 뭐."

그는 의자에 털썩 주저앉으며 말했다.

"하지만 우리가 고작 재미를 위해 이번 일을 한 게 아니란 건 너도 잘 알잖아. 무엇보다 네 도움이 없었다면 하지 못했을 일이라고."

민재가 미안한 표정을 지으며 말했다.

"알아. 근데 이제 지쳐버렸어. 다 그만할래. 너네도 거기 한번 갔다 오면 내 심정을 이해해 줄 거야."

우리는 동건이를 잡을 수도, 비난할 수도 없었다.

긴급조치는 마치 하나의 거대한 그물과도 마찬가지였

다. 독사는 휘파람을 불며 그물을 회수하기 시작했다. '교칙대로 한다'는 명분 아래 융통성 있게 용인되던 모든 것들도 금지되었다. 이제 우리는 로봇처럼 명령에 따라 움직여야만 했다. 학교는 징벌과 정죄의 공간이 되어버렸다. 복도에선 무릎을 꿇고 벌을 받거나 매를 맞는 친구들이 심심치 않게 보였다. 쉬는 시간마다 운동장은 죗값을 치르기 위해 달리는 친구들로 북새통을 이루었다. 여기저기서 반성문을 썼다는 이야기가 들려왔다.

멋있어지려 노력하는 친구들은 패션 아이템들을 빼앗겼다. 나 역시 교복 위에 걸쳤던 파란색 나이키 점퍼를 압수당했다. 여학생들은 고데기와 머리를 돌돌 마는 데 쓰는 롤, 그리고 화장품 등을 빼앗겼다. 학생부는 늘어나는 압수품을 감당할 수가 없어 빈 창고를 사용하기에 이르렀다.

심지어 흡연측정기까지 등장했다. 주기적으로 학생들의 일산화탄소 농도를 측정해 일정 수준이 넘으면 흡연자로 간주했다. 이 광경은 조금 우스꽝스럽기까지 했으니, 교실에 가만히 앉아 있다가도 후, 하고 내쉰 입김 한 번에 귓불을 잡혀 끌려갔다. 흡연 측정은 어느새 매주 두 번 실시되는 하나의 관례로 자리 잡았다. 여기저기서 불만이 터져 나오기 시작했다. 흡연자뿐만 아니라 비흡연자들도 마찬가지였다. 흡연측정이란 절차 속에 '감시'와 '통제'의 냄새가 불쾌할 정도로 풍겼던 것이다.

무엇보다 공포를 심어주었던 것은 두발 규제였다. 긴급조치에 묘사되어 있는 두발 규정에 조금이라도 어긋나면 경고가 가해졌고, 두 번째에는 바로 이발기가 사용되었다. 여학생들에게는 그다지 강경하게 나가지 않았지만, 남학생들의 머리에는 구레나룻으로부터 시작하는 일명 '고속도로'가 정수리까지 이어졌다.

학교가 이상하리만치 답답하게 느껴졌다. 사소한 것 하나하나까지 규제를 따라야 한다는 게 엄청난 스트레스로 작용했다. 학교에는 이상한 소문도 퍼졌다. 벌점을 전산으로 종합 관리하는 선도부원이 뇌물을 받고 벌점을 감해준다는 것이었다.

"이게 누구야. 수형아, 와이셔츠 바지에 넣고 다녀야지. 반장 계속하려면 말이야. 아, 맞다 이젠 반장 아니지?"

복도에서 선도부 부장이 수형이에게 조롱 투로 말하곤 지나갔다. 그를 따라다니는 선도부원들이 웃음을 터뜨렸다. 지난봄, 수형이는 여자 친구와 함께 진정한 사랑을 찾을 거라며 가출을 했다. 이틀 만에 찜질방에서 잡혀 온 그는 애들에게 적잖은 웃음거리가 되곤 했다.

"이런 씨발, 프락치 같은 새끼들!"

수형이가 이를 갈며 말했다.

"살판났네, 이제 지네들 시대라 이거지."

"아, 비겁한 앞잡이 새끼들이 뒤질라고."

석이는 두 눈을 부릅뜨고 안경을 고쳐 쓰며 말했다. 상식이도 어금니를 꽉 깨문 채 그들의 뒷모습을 노려보며 거들었다. 나도 같은 마음이었다. 그들이 으스대며 돌아다니는 꼴이 눈에 거슬렸다. 하지만 이제 우리가 할 수 있는 것이 없었다. 더 이상 게릴라 활동은 학교에 어떤 울림도 주지 못했다. 오히려 독사의 강압적인 정책만 부추긴다며 부정적인 여론만 들끓을 뿐이었다. 또다시 고민에 빠질 수밖에 없었다.

비가 쏟아지던 월요일, 야외 조회는 방송을 통한 실내 조회로 대체되었다. 교장 선생님의 긴 훈화에는 긴급조치에 대한 이야기는 하나도 없었다. 이윽고 독사가 티브이에 등장했다. 그저 전송되는 영상에 불과했지만, 여전히 그의 모습은 우리를 압도하는 무언가가 있었다. 모두들 독사가 바로 앞에 있는 것처럼 숨을 죽이고 방송을 지켜봤다.

"여러분, 오늘은 긴급조치에 대해 한마디 하려고 합니다. 많은 학생들이 학교의 규정이 가혹해졌다고 불만의 목소리를 내고 있는 것으로 압니다. 그러나 이런 학생들은 소수에 불과합니다. 성실하고 모범적인 대다수의 학생들은 이번 긴급조치와 아무런 상관없이 학교를 다니고 있습니다. 벌점 30점 초과로 이미 반성문을 제출한 학생이 몇 있지만, 벌점이 하나도 없는 학생들이 대다수입니다. 소수의 불량한 학생들이 긴급조치에 대해 불만을 터뜨리고 있을 뿐입니다.

여러분은 얼마나 좋은 시대에 살고 있는지 모르고 있습니다. 잠시 제가 대학생이던 시절을 얘기해 볼까 합니다. 우리 어른들은 군사정권의 독재에 항거해 거리로 뛰쳐나갔습니다. 대다수의 학생들이 참여했기에 강의도 제대로 할 수 없을 정도였지요. 많은 친구들이 다치고 군경들에게 잡혀가 호된 고문을 받았습니다. 혹 안타깝게도 목숨을 잃은 친구들도 있었습니다. 그 시절 피로 얼룩진 희생의 토대 위에 세워진 것이 바로 지금 이 시대입니다. 여러분은 바로 그 유산을 누리며 살고 있는 것입니다. 이전 세대보다 훨씬 더 풍요롭고 자유롭게 말입니다. 부디 어른들의 숭고한 희생을 헛되이 하지 않길 바랍니다…"

그는 잠시 눈을 지그시 감더니 말을 이었다.

"여러분은 미래를 향해 나아가야 할 고등학생들입니다. 학생 시절에는 학생다운 단정한 모습으로 친구들과 올바른 우정을 쌓아나가고, 함께 열심히 공부하며 좋은 대학에 진학하면 됩니다. 어른들이 이루어놓은 축복과도 같은 기반에서 머리 좀 컸다고 이유 없는 반항을 일삼으며 학창시절을 낭비하지 않기 바랍니다. 그리고 그러한 반항을 멋으로, 낭만으로 생각하는 학생이 있다면 다시 한번 자신을 되돌아보십시오. 대학 진학이 전부가 아닙니다. 대학의 간판도 중요하지만 대학생이 되면 여러분은 해야 할 게 산더미입니다. 이제 대기업에 취업하려면 각종 자격증은 물론이고 누구나 토익점수를 갖춰야 한다는 것을 언론매체를 통해 익히 들었을 겁니다. 공무원의 경쟁률은 이제 100:1을 넘었다고 합니다. 벌써 앞서가는 친구들은 따로 토익도 준비하고 있습니다. 여러분은 해야 할 것이 많습니다. 이제 사람의 등급도 스펙으로 매겨지는 시대입니다. 축복받은 이 시대에 태어난 여러분은 학교가 제공하는 최상의 환경에서 면학에 힘쓰며 이 시대에 경쟁력 있는 인재가 되길 바랍니다."

독사의 연설은 확실히 효과가 있었다. 모두들 긴급조치를 당연하게 수긍했고, 어떤 친구들은 조급함마저 보이며 공부에 매진하기 시작했다. 우리 레지스탕스도 그러한 분위기에서 자유로울 수 없었다.

"독사의 말에 동요될 필요는 없다고 생각해. 그는 그저 우리를 자신들의 양산품으로 만들고 싶은 것뿐이니까. 그래도 우리가 그동안 해왔던 방법은 수정할 필요가 있다고 봐. 테러 행위는 이제 아이들에게 큰 호소를 할 수 없고, 든든한 여론을 얻은 독사도 더 이상 동요하지 않을 테니까. 자칫하다간 학교생활만 더 힘들어지는 수가 있어."

민재가 단호한 어조로 말했다.

"언제부터 우리 게릴라가 테러가 된 거냐. 뭐 그래서 좋은 방법이라도 있어?"

나는 그의 단어 선택에 불쾌함을 내비치며 되물었다.

"글쎄 아직 뚜렷한 건 없지만, 지금껏 우리가 해온 것보단 온건하지만 보다 호소력 있는 방법이 있을 거라 생각해."

"나는 반대야. 우리가 항상 해오던 방식대로 강력한 메시지를 계속해서 남겨야 한다고 봐. 생각 안 나? 게릴라를 벌일 때마다 얼마나 학교가 떠들썩했는지?"

"그래서 뭘 더 어떻게 할 건데?"

민재가 그동안 보지 못했던 진지한 태도로 물었다.

"더 강력한 방법이 있어. 압수품들을 몰래 빼돌려서 애들에게 나눠주는 거야. 흡연측정기도, 이발기도 부숴버리고…, 그래, 출석부도 싹 없애면 애들이 더 좋아하겠지."

"계속해서 테러를 하자는 거네. 그다음엔? 그렇게 훔치고 때려 부수고 없애버린 다음엔? 네가 대신 학생부장, 아니 교장이라도 하려고?"

"야, 넌 뭐 말을 그렇게 하냐. 그리고 그 테러라는 말 좀 그만해. 거 엄청 거슬리네."

내가 신경질적으로 말했다.

"잘 생각해 봐. 우리의 게릴라도 돌이켜보면 그저 테러 행위일 뿐이었어. 게다가 지금 독사는 무척이나 학생들을 위하는 척하며 긴급조치를 합리화하고 있어. 이제 타당한 건 긴급조치지 우리의 게릴라가 아니야. 또다시 무차별적 게릴라를 일삼는다면 우리는 그야말로 테러 집단에 지나지 않는 거야. 그동안 우리는 너무 멍청했어. 이제 노선을 완전히 바꿔야 해."

"멍청했다니, 그래서 지금 너는 우리가 그동안 해온 것도 비난하는 거냐?"

내가 화를 내며 말했다.

"비난? 그래 조금은 회의적이야. 사실, 우린 목적은 잊은 채 테러라는 폭력적인 수단 그 자체를 즐겼던 건지도 몰라. 가슴에 손을 얹고 생각해 봐. 지금까지 의거라는 이름하에 해오던 행위들에 우리가 얼마나 낄낄대며 즐거워했는지. 보다 이성적으로 생각해 보라고. 이제 그 방법을 바꿔야 할 때야. 더 호소력이 짙은 방법이 있을 거야."

"우리가 그저 낄낄댔다니 너는 말을 그따위로밖에 못하냐? 혹시 너도 프락치 아냐?"

"뭐 프락치? 이 새끼가! 너 나 못 믿냐?"

"뭐? 새끼? 이 새끼가!"

격하게 논쟁하던 우리는 어느새 서로의 멱살을 잡고 있었다. 묵묵히 지켜보던 친구들이 달려들어 싸움을 말렸다.

"프락치란 말 취소해 이 새꺄."

"증명해 봐 그럼. 네가 프락치가 아니란 거."

"증명? 그래 좋아. 보여줄게. 너처럼 과격하지 않아도 이 세상을 바꿀 수 있다는 걸."

우리는 서로를 강하게 밀쳐냈다. 그는 자신의 옷매무새를 가다듬었다.

"그래 씨발, 어디 한번 해봐! 배신자 같은 새끼야!"

뒤돌아 묵묵히 걸어가는 그를 향해 소리쳤다.

나는 얼마 지나지도 않아 후회했다. 왜 대화로 풀 수 없었을까. 하지만 그가 증명하겠다고 한 이상 가만있을 수 없었다. 나 또한 기존의 노선이 옳다는 것을 증명해야만 했다. 레지스탕스가 두 가지 노선으로 갈라졌다. 석이와 수형이는 나와 함께하겠다고 했다. 상식이는 내가 너무 과격해졌다며 민재의 노선을 따르기로 했다. 하지만 그의 온건함에 지루함을 느낀 나머지 이내 그만두고 말았다.

"나는 여섯 명이서 함께할 때가 좋았던 거 같아. 딱 그때가 재미있고 이상하게 용기도 넘쳤는데 이제는 뭐 때문에 이 짓을 하는지도 모르겠어."

석이도 머지않아 레지스탕스를 그만하겠다고 했다. 그를 잡을 수 없었다. 우리를 뜨겁게 했던 활력이 없어진 것은 이미 실감하고 있었다. 양분된 조직에는 이상한 오기만

이 감돌았다. 우리는 한 교실에 있으면서도 서로를 모른 척했다. 그는 매일 조용히 책을 들여다보고 또 공부만 할 뿐이었다. 그런 그가 무엇을 증명하겠다는 건지, 무언가 계획하고 있긴 한 건지 도무지 짐작조차 할 수 없었다. 점점 조급해졌다. 먼저 증명해야만 했다. 무엇을 할지 이미 구상했다. 문제는 방법이었다.

수형이와 함께 거사를 치르기로 했다. 그도 선도부 녀석들의 콧대를 눌러줄 기회라며 이를 갈았다. 모든 정보 수집이 끝났다. 자물쇠를 무력화할 도구가 필요했다. 교직원 아저씨가 종종 절단기를 이용해 열쇠를 잃어버린 자물쇠를 끊어주던 일이 생각났다. 그가 예초기를 돌리며 정원의 잔디를 다듬는 사이 반쯤 열려 있는 창고에 잠입했다. 온갖 잡동사니가 쌓여 있는 창고에서 묵직하게 생긴 절단기와 고무 코팅된 목장갑, 그리고 자루를 훔쳐 가방에 담아 도망쳤다.

어둠이 짙게 깔린 일요일 저녁, 수형이와 사다리를 타고 학교에 잠입했다.

"진짜 이렇게 해도 괜찮은 걸까?"

그는 와들와들 떨며 말했다.

"너 이렇게 선도부 애들한테 무시만 당하고 살 거야? 우리가 어떤 존재인지 보여주자고! 이제 학교의 마지막 희망도 레지스탕스뿐이야!"

이렇게 말하는 나 역시 떨리기는 마찬가지였다. 하지만 더 이상 돌이킬 수 없었다.

학생부 교무실로 달려갔다. 절단기를 이용해 자물쇠를 손쉽게 무력화했다. 적의 심장부에 침투하니 손까지 바들바들 떨렸다. 식은땀이 뚝뚝 떨어졌다. 수형이도 계속해서 땀을 훔쳐냈다. 캐비닛 위에 이발기와 흡연측정기 박스가 눈에 띄었다. 수형이는 계획했던 대로 두 기계를 꺼내 발로 밟아 부숴버렸다. 그 사이 나는 컴퓨터를 켜 소문으로만 듣던 벌점 현황을 기록하는 문서 파일을 삭제했다. 전교생의 죄를 면해주었다! 구원해 주었다! 우리는 스스로의 행위에 도취되고 더욱 고무되었다.

다음 목표는 중앙 교무실이었다. 교무실도 절단기 앞에서 속수무책이었다. 반별로 나란히 꽂혀 있는 출석부를 자루에 옮겨 담았다. 두툼해진 자루는 무척이나 무거웠다. 그것들을 사다리가 연결된 테라스에 놓고 이번에는 압수품 보관소로 향했다. 압수품은 반별로 깔끔하게 분류되어 있었다. 준비해온 자루를 펼쳐 각 학급별로 물건들을 담았다. 도중에 빼앗겼던 나의 나이키 점퍼가 나왔지만, 나중에 의심을 사지 않기 위해 빼돌리지 않았다. 자루에 마커로 각 학급의 표시를 해놓았다. 일 층부터 삼 층까지 고양이처럼 뛰어다니며 절단기로 각 학급의 문을 연 뒤 자루를 던져 넣었다.

출석부가 가득 담긴 자루를 밖으로 던지고 사다리를 통해 내려갔다. 무리하게 뛰어다니고 잔뜩 긴장했던 탓인지 손발이 후들후들 떨려왔다. 사다리를 접어 풀숲에 숨겨두었다. 출석부의 표찰과 명부를 모조리 제거했다. 이제 그 누구도 출석부가 어느 학교 것인지 알 수 없었다. 이 무거운 것을 근처 고물상까지 갖다 놓았다. 우리는 무엇이 두려웠던지 이미 학교를 벗어났음에도 뛰고 또 뛰었다. 수형이는 몇 번이나 다리에 쥐가 나는 바람에 바닥에 주저앉았다. 그를 버리지 않고 길바닥에서 몇 번이나 마사지해주고 부축해 주었다. 아, 얼마나 눈물겨운 투쟁이었던가!

월요일 아침부터 학교는 혼란에 휩싸이기 시작했다. 우리의 거사가 점점 윤곽을 드러냈다. 그 사이 전교생은 자신들의 물건을 찾아갔다. 민재가 지켜보는 앞에서 보란 듯이 나이키 점퍼를 꺼내 챙겼다. 그는 불안한 기색을 보이더니 이내 교실을 나갔다.

그러나 백일하에 드러난 '의적' 활동은 누가 보아도 그야말로 범죄행위에 가까웠다. 교무회의는 강경책을 내놓았다. 범죄자가 누구든지 끝까지 쫓아 엄중한 처벌을 하겠다고 했다. 각 반의 담임 선생님들은 출석부를 잃어버린 책임으로 시말서를 제출해야 했다. 모든 선생님들이 화가 머리 끝까지 치솟았다. 그동안 우리의 게릴라를 철없는 장난으로 귀엽게 바라보던 타조알도 마찬가지였다.

전교생이 우리를 동조하는 것 같았다. 잦은 지각과 결석을 하던 녀석들도, 너무 많은 벌점을 받은 녀석들도, 자신의 압수품을 돌려받은 녀석들도 모두 이게 무슨 횡재냐며 좋아했다. 압수품을 반환하라는 독사의 말엔 그 누구도 따르지 않았다. 이제 애들이 들고일어날 차례라고 생각했다. 하지만 그것은 나의 착각이었다.

"어떤 미친놈들인지 고맙긴 하지만 그 새끼들은 걸리면 이제 좆됐다."

"좆되기만 하냐. 이 정도면 특수절도지. 소년원에 가면 딱이겠다."

"진짜로 간댕이가 배 밖으로 나온 놈들이지. 진짜 궁금하다 어떤 놈들인지."

그 어떤 수혜자들도 우리에게 동조하려 하지 않았다. 그저 사건을 흥미롭게 바라보며, 범죄자가 누군지 알고 싶어할 뿐이었다. 이 정도일 줄은 미처 알지 못했다. 사건이 터지면 학생들이 혁명의 열기에 열광하고, 독사가 두 손 두 발 들며 정책을 바꿀 것이라 기대하고 예상했다. 하지만 그것은 오산이었다. 불안의 씨앗이 싹트기 시작했다. 얼마 지나지 않아 학교에는 경찰까지 도착했다.

"기윤아. 아무리 생각해도 우리 미쳤던 것 같아. 자수하자. 자수하면 봐줄지도 모르잖아."

수형이가 겁에 질린 목소리로 말했다.

"걱정 마. 우리 꼬리 잡힐 거 하나 없어."

나는 내심 떨리면서도 애써 담담한 척했다.

"진짜 안 걸릴 수 있다고 생각해? 경찰까지 왔다고. 걸리면 네가 내 인생 책임질 거야? 네가 꼬드기지만 않았어도 안 하는 건데. 내가 진짜 미쳤지…."

그는 어쩔 줄 몰라 하며 연신 머리를 쥐어뜯었다.

"와, 이 새끼 같이 해놓고 이제 와서 내가 억지로 시킨 것처럼 얘기하네."

"그래. 네가 꼬드기지만 않았어도…."

"야, 꺼져. 그래, 걸리면 내가 다 혼자 한 거라고 할게. 비겁한 새끼."

수형이는 꼭 그래달라고, 미안하다며 자리를 떴다. 하루, 이틀, 시간이 지날수록 사건은 어떻게 진전되는 것인지, 침투 흔적 속에 결함은 없었는지, 걱정과 회상을 수도 없이 반복했다. 독사와 경찰이 방문을 두드리는 꿈까지 꾸었다.

그러나 내가 기획하고 '홀로 행했던' 이 범죄는 아무것도 아닌 것이 되고 말았다. 사건이 터진 지 삼 일이 지나서였다. 학교 본관의 중앙 현관과 각 층의 중앙 홀에는 대자보가 나붙어 있었다.

학생 인권 선언문 - 현행 제도에 대한 30개조 반박문

오늘에 이르러 우리 명월인은 천부적인 존엄성과 기본권이 점점 억압되고 있다는 것을 통감하고 있다. 학교는 긴급조치라는 그동안 유례없던 학칙과, 시대를 역행하는 강압 정책들을 통해 학생들을 옭아매고 있다.

또한 학생위원회의 무기한 연기로 학생들의 발언권을 말살시켰고, 소통을 거부한 채 맹목적인 복종만을 강요하고 있는 실정이다.

시국의 가장 큰 문제는 그동안 벌어진 일련의 테러 활동을 범죄 그 자체로 본다는 것이다. 사실 이러한 행위들은 현 사태를 진단하는 실질적인 지표일 뿐이다. 이로써 긴급조치의 근본적인 부조리, 즉 일반적인 강제, 합법적인 억압, 제도적 불합리가 명백하게 드러났다. 하지만 학교 측은 지금껏 제도의 모순으로 촉발된 이러한 행위들의 그 현상 자체에만 주목했을 뿐, 근본적인 원인들을 재고하지 않았다. 오히려 학생위원회를 무기한 연기함으로써 학생들과의 불통을 공식적으로 선언했고, 학교장 긴급조치를 통해 이러한 부조리를 정당화했을 뿐이다. 그리하여 일련의 사건들이 지금의 사태까지 치닫게 된 것이다.

명월고는 지금 시국의 흐름에 발맞추지 못한 채 시대의 조류를 거스르고 있다. 학교 측이 학생들의 여론을 유연하게 수용하지 못한다면 더욱 과격한 행위들이 분출될 것이다. 또한 학교 측에서는 현 입장을 고수하기 위해 지금보다 더 강압적인 입장을 취할 수밖에 없을 것이다. 이제 우리 앞에 놓인 것은 분열과 불통, 맹목적인 억압과 굴종뿐이다.

따라서 본 선언문은 학생들의 존엄성과 기본권을 천명하는 동시에, 학교 정책의 부조리를 드러냄으로써 학생과 학교의 조화로운 상생을 위한 해결책을 제시하고자 한다.

다음 장부터는 30개조 반박문이 이어졌다. 이것은 학교 입장과 긴급조치에 대한 무척이나 논리적인 비판이었다. 각 조항에서는 학생 인권을 천명하는 동시에 개혁안을 제시하고 있었다. 주된 골자는 폐단만을 야기하는 긴급조치의 철폐, 체벌 금지, 두발 제도의 완화, 표현의 자유에 대한 유연한 인정, 그리고 학생위원회의 재개를 통한 여론 수용이었다. 선언문의 말미에는 무려 민재의 실명도 적혀 있었다. 나는 입을 쩍 벌리며 놀라고 말았다.

주위를 둘러봤다. 모두들 대자보를 읽곤 통쾌해했다. 감탄과 함께 손뼉을 치는 친구들도 있었다. 기분이 이상했다. 조용하게 나붙은 대자보가 오히려 요란한 의적 활동보다 호소력을 갖고 있었다. 문득, 우리 레지스탕스의 투쟁이 막바지에 이르렀다는 예감이 들었다. 교실로 달려가니 민재는 이미 교장실로 불려가고 없었다. 그가 보여주고 싶었던 것이 이것이었을까. 홀로 불려가 취조를 받을 민재가 걱정되었다. 교장실로 달려갔다.

헐떡거리며 노크를 한 뒤 교장실의 문을 열었다. 교장 선생님과 독사 그리고 민재가 테이블에 앉아 있었다. 카메라를 든 낯선 사내도 앉아 있었다. 모두가 나를 쳐다봤다. 교장 선생님의 의문에 찬 눈빛을 대변해 독사가 어떻게 왔는지 물었다. 사내는 흥미로운 사건이 곧 일어날 것 같다는 듯 자세를 고쳐 앉았다.

"제가 이 조직의 사령관입니다. 민재는 시키는 대로 했을 뿐입니다."

민재가 나를 보며 어처구니없다는 듯 고개를 가로저으며 피식 웃었다.

나도 민재 옆에 앉게 되었다. 오가는 대화로 금세 사건의 전모를 파악했다. 낯선 사내는 기자였다. 민재는 대자보를 준비하며 한 신문사에 연락을 했고, 사회부 기자가 취재를 온 것이었다. 기자는 민재의 인간적인 매력과 대자보를 보고 그를 꽤나 마음에 들어 하는 눈치였다. 테이블의 판도는 기이했다. 교장과 독사가 한 편이 되고 기자와 민재가 한 편이 되어 줄다리기를 하고 있었다.

"제가 긴급조치라는 교칙을 보았는데 굉장히 강압적이더군요. 몇몇 학생들을 취재해 본 결과, 이런 교칙이 실제로 어떻게 적용되고 있는지도 알게 되었습니다. 마치 지난 군사정권을 그대로 이곳 교정에 재현해 놓으셨더군요. 민재 학생이 쓴 대자보가 오히려 더 현명해 보였습니다."

기자는 당돌한 태도로 말했다. 독사가 자세를 고치며 반박하려 했지만 교장 선생님이 가로막았다.

"허허, 젊은 기자 양반. 좀 전에 전화 통화하지 않았나요?"

누가 보아도 재단 윗선을 통해 신문사에 압력을 넣은 것 같았다.

"네, 받았죠. 저도 이럴 땐 어떻게 해야 하는지도 잘 알고 있지요. 그런데 제가 제안 하나 하겠습니다. 사회면에 제가 취재하고 직접 본 사건에 대해서가 아닌, 학생과 소통하는 선진적인 학교라는 주제로 긍정적인 기사를 써드리겠습니다. 대신 민재 학생의 주장대로 긴급조치를 철폐하고 학생위원회를 재개해 주셨으면 합니다."

그는 민재와 나를 번갈아 보더니 웃으며 말했다. 교장 선생님은 심기가 불편한 듯 헛기침을 했다. 그러곤 턱을 매만지며 창밖을 내다보더니 이내 그러겠노라고 약속했다. 독사는 아무 말도 하지 못한 채 몹시 불쾌한 표정을 지었다.

"저도 하나만 제안했으면 합니다."

민재가 말하자 교장 선생님이 끄덕였다.

"그동안의 테러 활동에 대해 조사하지 않았으면 합니다. 이러한 행위를 일삼은 친구들은 그저 자신들의 권리를 어떻게 표현하는지 몰랐을 뿐입니다. 방법을 잘못 택했던 것이죠. 그들의 과격성엔 저도 놀랐습니다. 그러나 그들에게 기회를 주었으면 합니다. 제가 이런 일을 한 것은 그들이 걱정되었기 때문입니다. 모두 제 친구들이자 후배니까요. 그들도 앞으로 학교에 펼쳐질 올바른 변화를 지켜볼 겁니다. 그리고 자신들의 행위가 옳지 않았다는 것도 깨닫겠지요. 대신 그들의 실수를 눈감아 주신다면, 제가 일련의 사태에 대한 모든 책임을 지고 징계를 받겠습니다."

그렇게 토론은 민재와 기자의 승리로 끝났다. 모든 것이 변화하기 시작했다. 수사는 중지되었고, 긴급조치가 철폐되었으며, 압수품 창고도 없어졌다. 학생위원회도 재개되었다. 여러 차례 학급회의가 진행되었고, 반장을 통해 여론이 학생위원회로 전달되었다. 학생들은 물론 선생님들까지 모두들 민재의 학생 인권선언문에 대한 수용과 해석을 놓고 열을 올렸다.

결과적으로 보자면 교내의 두발자유는 우리가 졸업한 지 이 년 뒤에야 이루어졌다. 당시 학생들의 의견을 취합해 토론에 토론을 거듭하는 학생위원회는 겉으로 보기엔 엄청난 일을 하고 있는 것처럼 보였지만, 실상 그들은 다시 독사와 손을 잡고 현행 교칙을 폐지하는 대신 암묵적으로 조금 완화해 유지하는 식으로 합의를 도출해 냈을 뿐이었다. 물론 눈에 띄는 변화도 있었다. 하나는 권력 이동이었고, 다른 하나는 학생들의 의식 변화였다.

그동안 선도부원들이 노란 완장을 차고 무소불위의 권력을 휘두르고 다녔다. 하지만 이제는 그 권력이 학생위원회의 임원들과 각 반의 반장들에게로 넘어갔다. 그들이 오히려 새로운 교칙으로 선도부를 규제하기 시작했다. 반장에서 쫓겨난 수형이를 대신해 엉겁결에 부반장에서 반장이 된 규영이는 위원회에 나가느라 기세가 등등해졌다. 예전에는 찍소리도 못했던 깐깐하고 고리타분한 이 녀석이 교실에서 큰소리를 치고 있는 걸 보고 있노라면, 민재가 엄청난 짓을 했다는 생각이 들었다.

그럼에도 철폐된 긴급조치만으로도 학교는 숨통이 트이는 것 같았다. 독사는 다시 이발기와 흡연측정기를 구입했지만 민감해진 교내 여론 때문에 사용하지 못했다. 체벌도 정말 부득이한 경우가 아니면 이루어지지 않았다. 교정에는 툭하면 설득력도 없는 대자보가 나붙었고, 어떤 녀석들은 조금만 부당하다고 느끼면 사회의 부조리를 고발하는 방송 프로그램에 제보해 독사를 주인공으로 만들고자 했다. 시끄럽긴 했지만 그래도 교정에는 전에 없던 어떤 활기가 넘쳤다.

우리 '단 두 명'의 레지스탕스는 학생들을 선동해 일련의 폭력행위를 조장했다는 이유로 이 주일의 교내봉사를 선고받았다. 학교가 의견 조율로 시끌벅적할 동안 우리는 복도의 껌딱지를 뗐다.

어느 늦은 저녁, 민재와 함께 집으로 돌아가던 길이었다.

"참, 근데 어떻게 학생 인권 선언문을 쓸 생각까지 한 거야?"

나는 주머니에 손을 찔러 넣으며 물었다.

"책에서 영감을 얻었어. 프랑스 혁명의 인권 선언문을 읽게 됐거든. 이거다 싶었지."

"역시 레지스탕스의 전술가답다."

나는 엄지를 치켜세우며 장난스러운 말투로 말했다.

"나를 장물랭*이라고 불러."

"그게 누군데?"

"있어 그런 사람이."

그는 미소 지으며 숨을 깊게 마시고 내쉬더니 말을 이었다.

"그런데 조금은 허무한 기분이 들어."

"허무하다니?"

"처음엔 세상을 바꾼 기분이었는데, 어쩌면 모든 것이 그대로일지도 모른다는 생각이 들었어."

"모든 것이 그대로라니. 지금 학교가 얼마나 시끌벅적

---

* 장 물랭(Jean Moulin)은 제2차 세계 대전 중 프랑스 레지스탕스 운동의 중요한 지도자로, 파편화된 레지스탕스 단체들을 하나로 통합해 이끌었다. 1943년 6월 게슈타포에 체포되어 고문을 받았고, 결국 같은 해 7월 사망했다. 그는 프랑스 저항 운동의 상징적인 인물로 기억된다.

한데."

"그거 알아? 긴급조치가 철폐되고 새로운 교칙이 제정된다 해도 달라질 것은 아무것도 없어. 설사 바뀐다 하더라도 그것은 나와는 전혀 상관없는 것들이야."

그는 한 손에 가볍게 쥐고 있는 책을 바라보며 말했다.

"그래도…."

나는 말을 삼켰다. 고작 하려던 '재미있었다'는 말이 너무나 경망스럽게 느껴진 것이었다.

"도대체 무엇을 위한 혁명이고, 투쟁이었을까. 여전히 세상은 그대로고, 나는 이렇게 나약하게 존재하고 있는데 말이야…."

그가 저 먼 곳으로 시선을 옮기며 말했다.

그의 시선을 따라갔다. 그곳은 원근법이 끝나는 곳에 우뚝 솟아 있는 종합병원이었다. 건물 꼭대기의 푸른 십자가는 그날따라 유난히 밝게 빛나고 있었다. 위엄을 갖추고 도심을 내려다보는 것 같았다. 그 위용은 도심을 밝히는 수많은 교회의 붉은 십자가를 압도하고도 남았다. 그제야 여전히 모든 것이 그대로라는 그의 말이 이해가 되었다.

15
물수제비

 그해 여름은 무척이나 더웠다. 삼십 년 만에 찾아온 무더위로 연신 폭염 주의보가 발령되었다. 여름방학인데도 학교에 있어야만 한다는 사실이 우리를 더욱 지치게 했다. 그날도 태양이 작열했다. 창밖으로 여기저기서 아지랑이가 피어올랐다. 매미는 우리를 약 올리기라도 하는 듯 방충망에 붙어 요란하게 울어댔다. 점심시간이 되자 모두들 교실에 틀어박혀 에어컨에 최대한 몸을 밀착시킨 채 널브러져 있었다. 더위를 참지 못한 민재와 나는 수건 한 장씩을 들고 샤워실로 향했다.

 복도에서 수형이와 마주쳤다. 그는 한쪽 눈에 안대를 한 채 가방을 메고 있었다.

 "너 어디 가?"

민재가 물었다.

"어디 가긴 집에 가지. 아폴로 눈병에 걸렸거든."

그는 안대를 가리키며 말했다.

"뭐야, 눈병 걸리면 학교 안 나와도 되는 거야?"

"응. 무려 일주일이나. 전염병이거든."

그는 엄지를 치켜세우며 씨익 웃었다.

"야, 전염병이면 옮겨줘."

나는 진지하게 그를 붙잡으며 말했다.

"뭔 소리야."

그가 손사래를 치자 민재와 나는 약속이라도 한 듯 그를 넘어뜨렸다. 그리고 안대를 벗겼다.

"야, 이거 다 가짜야. 뭐가 있어야 옮겨주든가 하지."

그는 자신의 멀쩡한 눈을 보여주었다.

"좋아. 내 고급 정보를 알려주지."

그는 잠시 주위를 살피곤 우리에게 허위로 아폴로 눈병 진단을 받을 수 있는 곳을 알려주었다.

"너희니깐 알려준다. 대신 소문내면 안 돼. 나도 어렵게 알아낸 거니까."

정보를 알려준 수형이는 가벼운 걸음으로 교정을 떠났

다. 그를 보내고 시원한 물줄기 속으로 뛰어든 우리는 벌써부터 병가를 언제 써먹을 것인지, 그 일주일 동안 무엇을 할 것인지 달콤한 상상의 나래를 펼쳤다.

"오토바이를 타고 제주도를 일주해 보는 거야. 어때?"

민재가 머리를 감다 말곤 말했다.

"오! 그거 좋다!"

나는 흘러내리는 비눗물 줄기 속에서 힘겹게 눈을 뜨며 말했다. 그렇게 우리의 병가 계획은 물줄기 속에서 즉흥적으로 세워졌다.

일은 빠르게 진행되었다. 하지만 곧바로 한 가지 문제에 봉착했다. 미성년자는 오토바이를 렌트할 수 없다는 것이었다. 그리하여 우리는 신분증 위조의 달인으로 소문난 문과의 김영복을 찾아갔다. 그는 교실 구석에 앉아 만화책을 보고 있었다.

"영복아, 작업 좀 해주라."

내가 그의 옆에 조심스레 앉으며 말했다.

"나 이제 손 씻었어."

그는 투명할 정도로 깨끗한 무테 안경을 고쳐 쓰며 말했다.

"이번 한 번만 해주라."

그는 수차례의 부탁에도 불구하고 고개를 가로저을 뿐이었다.

"좋아, 대신 가짜 아폴로 눈병 진단서 받을 수 있는 데 알려줄게. 알지? 그거면 일주일 동안 학교에 안 나와도 되는 거."

민재가 주위 눈치를 살피며 나지막이 말했다. 그는 잠시 눈썹을 긁적이더니 이내 고개를 끄덕였다. 그리고 수고비는 장당 만 원이라고 했다. 거래가 성사되었다.

다음날 영복이가 찾아와 위조된 주민등록증을 내밀었다. 그는 마치 암거래를 하는 것처럼 주위를 둘러보며 은밀하게 행동했다. 서둘러 돈을 챙겨 받은 그는 자신과의 거래는 없었던 것으로 하자며 자리를 떴다. 새로 태어난 주민등록증은 그 누가 보아도 완벽한 스물한 살의 신분증이었다. 그러나 이것만으로는 영화 「가을의 비행」에서 본 것처럼 터프한 네이키드 오토바이를 운전할 수는 없었다.

"응? 오토바이 타는 법?"

두영이를 찾아가 오토바이 타는 법을 알려달라고 했다. 그는 이미 일 학기에 수시로 대학교를 합격해 중고차를 사겠다는 일념 하에 매일 밤 치킨 배달을 하고 있었다. 그는 학교에서 무료하게 시간을 보내는 게 지루했는지, 우리의 부탁을 흔쾌히 들어주었다. 그의 강습이 시작되었다. 시동 거는 법부터 시작해, 기어 변환 같은 기본 조작과 반드시 준수해야 할 교통 법규 등을 천천히 익혀나갔다.

"이제 도로에 나가도 되겠는걸."

일주일째 되는 날, 두영이가 말했다.

"벌써?"

우리는 미심쩍은 눈빛으로 물었다.

"운전은 원래 하면서 배우는 거야. 진정한 라이더는 도로에서 태어나는 법이지."

그는 배달용 오토바이에 기대 팔짱을 끼며 말했다. 특훈은 그렇게 일주일 만에 끝이 났다.

이제 진단서만 있으면 모든 것이 완벽했다. 수형이가 알려준 재래시장 근처의 한 안과 의원을 찾아갔다. 이렇게 생긴 진료 시설은 난생처음이었다. 드라마 촬영을 위해 만든 80년대 세트장처럼 보였다. 간판은 네온사인이 아닌 페인트로 칠해져 있었고 이마저도 세월의 흔적이 역력했다. 미닫이문을 열자 쇠가 갈리는 소름 끼치는 소리가 들려왔다.

진료실만 덩그러니 있는 의원엔 간호사도, 아니 아무도 없었다.

"저어, 계십니까?"

"안녕하세요…."

조심스레 인기척을 내자 잠시 후 동굴같이 어둑한 복도에서 누군가 걸어 나왔다. 슬리퍼를 질질 끌며 커다란 돋보기안경을 쓴 백발의 노인이 나타났다. 그는 우리의 존재는 아랑곳하지도 않고 하얀 가운을 입었다. 단추를 다 채운 그는 아무 말 없이 우리를 바라봤다.

"저, 저희가 아폴로 눈병에 걸린 것 같아서요."

"그게, 며칠 전부터 눈이 따갑고, 눈곱도 끼고… 침침한 것 같기도 하고요."

그는 고개를 끄덕이더니 난데없이 시력검사를 하고, 우리의 얼굴을 이상한 틀에 고정시킨 후 눈에 조그마한 플래시를 비춰보곤 이리저리 관찰했다. 위생 상태가 의심 가는 막대로 우리의 혀를 누르더니 목구멍도 관찰했다.

"일주일이면 되지?"

그가 물었다. 우리는 서로의 눈치를 본 뒤 고개를 끄덕였다. 그는 진단서 두 장을 건네주었다. 서둘러 진료비를 지불하고 미스터리로 가득 찬 병원을 나섰다. 무언가 찝찝했지만 상관없었다. 우리에게 휴가증이 들려 있었다.

부모님에게는 서울에 사는 민재의 형 집에서 일주일 동안 지내며 특훈을 받을 거라고 거짓말을 했다. 조력자들의 도움에 힘입어 계획은 순조롭게 진행되었다. 마침내 우리는 제주도로 향하는 조그마한 비행기에 앉아 있었다.

난생처음 마주한 제주도는 공기부터 달랐다. 거리에 늘어선 야자수와 현무암, 그리고 푸른 하늘이 이채로움을 더했다. 렌트 업체 직원은 별 의심 없이 오토바이를 대여해 주었다. SYM 울프 클래식은 연식이 오래되었지만, 그건 별문제가 안 되었다. 이미 우리는 클래식한 디자인과 남성미가 물씬 풍기는 네이키드 오토바이에 흠뻑 매료되어 있었다. 시동을 켤 때의 쾌감이란 이루 말할 수 없었다. 마치 우리의 심장도 엔진 소리에 맞처 박동하는 것 같았다. 첫 출발부터 순탄치 않았으니 시동을 몇 번이나 꺼먹고, 자동차들의 클랙슨 세례를 수없이 받았다. 하지만 두영이의 말처럼 우리는 도로에서 진정한 라이더로 거듭날 수 있었다. 어느새 경쾌하게 나아가는 오토바이는 제주 도심을 벗어나 해안 도로로 접어들었다.

"우린 자유다!"

소리를 내지르며 해안 도로를 달렸다. 온몸으로 느끼는 바람과 내리쬐는 태양, 파도가 쉴 새 없이 부서지는 절벽, 그리고 끝없이 펼쳐진 푸른 바다. 모든 것이 절경이었다. 한참을 달리다 보니 저 멀리 빨간 등대가 보였다. 작은 등대에 오토바이를 기대어놓고 한껏 멋진 포즈로 기념사진을 남겼다. 그리고 등대에 기대앉아 바다를 바라보며 연신 감탄사를 내뱉었다.

"그나저나 우리 제주도에서 뭐 하기로 했었지?"

나는 등대에 몸을 기대며 물었다.

"오토바이 타고 일주하기로 했잖아."

그는 별 이상한 질문을 한다는 듯 나를 바라보며 말했다.

"아니, 일주는 그렇다 치고 구체적인 계획이 없잖아."

우리는 서로를 멍하니 바라봤다.

"그러게, 우리 이제 뭘 하지?"

우리는 허탈하게 웃음을 터뜨렸다.

"이왕 이렇게 된 거 그냥 달려보자. 배고프면 밥 먹고, 멋진 장소가 나오면 앉아서 쉬고, 더우면 바다에 뛰어들고, 뭐, 시원한 그늘 있으면 낮잠도 실컷 자고. 텐트도 있겠다

아늑한 잠자리 찾으면 거기가 그날 숙소지 뭐."

민재가 헬멧을 쓰며 말했다.

우리의 진짜 여정은 엔진 소리와 함께 그제야 시작되었다. 출발지와 도착지만이 정해져 있는 즉흥적인 여행. 해안을 향해 뻗어 있는 현무암 절벽에 한참 동안이나 앉아서 이야기를 나누고, 푸르른 해안이 나오면 팬티만 입고 바다로 뛰어들었다. 간혹가다 만나는 어르신들로부터는 그들의 지혜가 느껴지는 인생에 대한 색다른 강의도 받았다. 배가 고프면 챙겨온 버너에 갓 잡은 거북손을 넣어 라면을 끓여 먹었다. 야자수 그늘에서 잠시 낮잠도 자고, 해변과 마주한 카페에서 커피를 마시며 여유도 부렸다.

이틀째 되던 날, 느지막이 점심을 먹고 해안 도로를 달리던 중이었다. 앞서 달리던 민재가 비상 깜빡이를 켜며 손짓을 했다. 그를 따라 오토바이를 멈춰 세웠다.

"여기 한번 가보자."

그는 가로등에 걸린 조그마한 현수막을 가리켰다.

"그리스 신화 박물관? 오, 재밌겠는데!"

제주도와는 어딘가 잘 어울리지는 않아 보이지만 그때부터 제주도에는 아프리카, 소인국, 성(性) 같은 독특한 테마를 가진 박물관들이 우후죽순 생겨나고 있었다.

우리는 지도에 표시된 대로 1116번 국도를 타고 박물관으로 향했다. 내륙지역도 해안가 못지않게 아름다웠다. 도로는 차량 한 대 없이 텅 비어 있었고, 벌판에는 소들이 자유로이 뛰어놀았다. 송아지는 나무그늘에서 낮잠을 자고 있었다. 마치 한 폭의 풍경화 속을 단둘이 여행하는 기분이었다.

얼마나 달렸을까, 이국적인 느낌의 한 건물이 눈에 들어왔다. 여행 다큐멘터리를 통해 언젠가 보았던 것 같은, 도리아식 열주들이 늘어선 그리스 신전이었다. 오토바이를 주차하고 가까이 가보니 '개장 준비 중'이라는 팻말이 붙어 있었다. 그 밑에는 조그맣게 개장 날짜가 쓰여 있었다.

"뭐야, 다음 주에 개장하는 거였어!"

"이런 젠장!"

우리는 마주 보고 어이없다는 듯 실소했다. 그리고 이내 허탈감을 느끼며 열주 기둥이 만드는 그림자에 벌러덩 드러누웠다. 풀 내음 가득한 바람이 불어와 양 볼을 간지럽혔다. 시원한 그늘에서 한참 동안이나 침묵을 즐겼다.

"저기에 뭔가 쓰여 있다."

나는 중앙에 위치한 열주 사이에 커다랗게 새겨진 기호 같은 문자 조합을 턱으로 가리켰다.

$$\gnomon\ \sigma\epsilon\alpha\upsilon\tau\acute{o}\nu$$

"뭐라고 써놓은 거야. 무슨 암호 같기도 하고."
"흠, 분명 어디서 봤던 것 같기도 한데."
그는 몸을 반쯤 일으키고 미간을 찌푸리며 천장을 바라봤다.
"저런 걸 어디서 봐. 기분 탓이겠지."
나는 늘어지게 하품을 하곤 관심 없다는 듯 눈을 감았다.
"그런가."
그도 다시 벌러덩 드러누웠다.
얼마나 지났을까, 그는 무릎을 치며 벌떡 일어나더니 가방을 뒤적여 책을 꺼냈다. 『신화의 상징과 힘』이란 제목이었다. 그리고 빠르게 책장을 넘기기 시작했다. 비스듬히 누워 그의 행동을 지켜봤다.
"봐, 내가 어디서 본 거 같았다니까. 이거랑 똑같지?"
그가 책을 내밀며 말했다.

"이건 그리스어로 그노티 세아우톤. 이건 너 자신을 알라는 뜻이야."

그는 손가락으로 삽화 하나를 가리켰다. 천장의 것과 똑같은 문구가 쓰여 있었다.

"소크라테스인가 하는 사람이 말했다는 거 아냐?"

"응, 맞아. 하지만 그 이전에 델포이의 아폴론 신전 입구에 쓰여 있었어."

그는 책을 덮으며 말했다.

"델포이? 아폴로 신전? 알기 쉽게 좀 말해봐."

"고대 그리스인들은 델포이를 세상의 중심이라 여겼어. 세상의 배꼽이라고도 불렀지. 바로 이 델포이에 아폴론의 신전이 있었는데, 이곳은 신탁(神託)으로 유명한 곳이기도 했어."

"신탁?"

"아폴론은 태양의 신이면서 동시에 예언의 신이기도 했거든. 신탁은 일종의 예언 같은 거야. 그래서 자신들의 운명을 알고 싶었던 사람들은 신탁을 받기 위해 델포이 신전을 찾아가곤 했어. 신전에선 여사제가 일종의 접신(接神)을 통해 아폴론의 뜻을 전해줬지. 마치 오늘날의 무당처럼 말이야."

"아폴론은 예언의 신이었으니 신탁도 용했으려나."

"그래서 그랬을까, 신화 속 인물들인 파리스나, 오이디푸스, 페르세우스, 아이게우스, 그리고 헤라클레스는 물론이고 그 유명한 소크라테스도 이곳에서 신탁을 받았어. 그들 모두는 아폴론의 신탁처럼 살다 죽었고."

"왠지 섬뜩한걸. 인간은 주어진 운명대로 살아간다는 건가."

"고대 그리스 사람들은 한 인간이 태어나는 순간 고유한 운명이 주어진다고 믿었어. 운명의 세 자매라고 불리는 모리아이가 이 일을 담당한다고 봤지. 아기가 태어나면 모리아이가 바로 일을 시작했어. 클로토는 실을 뽑고, 라케시스는 이것을 실타래에 감았어. 그리고 아트로포스는 가위로 이 실을 똑 잘라 마무리 지었지. 그들은 이렇게 만들어진 하나의 실타래가 바로 한 인간의 운명이라고 여겼던 거야."

"아폴론은 예언을 통해 모리아이가 만든 운명을 인간에게 알려줬던 거네."

"맞아. 그리스인들은 신들이 운명을 자아냈으니, 그들에게 간절하게 물으면 알려줄 거라고 믿었던 거지."

"오늘을 살고 있는 우리에게도 숙명이니 운명이니 하는 것들이 있을까?"

"음, 그것에 대해 답을 하기 전에 먼저 그들이 왜 운명의 신을 만들었던 건지 살펴봐야 한다고 생각해."

"왜 만들었던 건데?"

나는 비스듬히 누워 팔로 머리를 받친 채 물었다.

"두려움 때문이었다고 봐."

"그게 무슨 소리야?"

"인간은 본능적으로 이해하지 못하는 것에 두려움을 가지기 마련이거든. 저 태곳적 인간이 천둥 번개를 얼마나 두려워했을지 생각해 봐. 동굴 속에서 자다가 난데없이 눈부시게 번쩍이는 섬광과 천지를 짓찢는 굉음을 마주하는 거지. 이해할 수 없으니 두려울 수밖에. 하지만 오늘날 우리는 천둥 번개를 두려워하지 않아. 과학적으로 이해했으니까. 잠시 놀랐다가도, 뭐야 번개네 하고 마는 거지. 따라서 무언가를 이해한다는 것은 한편으로 두려움을 극복해 나가는 거라 할 수 있어."

"그래서 두려움 때문에 운명의 신을 만들었다는 거야?"

"응. 그리스인들은 어떤 관념을 사전적으로 정의하기보

단, 관념의 동인으로 작용하는 무언가가 있다고 봤어. 그것이 바로 신이야. 천둥 번개를 보고 그걸 그저 올림푸스 최고의 신 제우스가 노여워하는 거라고 봤지. 이제 그들은 천둥 번개를 보고도 놀라지 않아. 그 모든 현상이 신으로 인한 것이라고 봤던 거야. 천둥 번개뿐만이 아니야. 그들은 모든 관념을 이런 식으로 이해했어. 모든 관념에 신이 주재하고 있다고 본 거지. 이제 그들은 세상을 탐구하는 대신 신을 믿기 시작했어."

"왜 직접 고찰하는 대신 신을 믿었던 거야?"

"신은 이해의 대상이 아니라, 믿음의 대상이기 때문이지. 신을 믿음으로써 관념 또한 신앙으로 수용했던 거야. 그래서 그리스인들은 사전보다 신화 체계를 더 일찍 만들어낸 거고. 근데 여기에 이점이 하나 있어."

"그게 뭔데?"

"삶에 대한 두려움을 해소할 수 있다는 거지. 그리스인들은 삶의 두려움을 극복하기 위해 자신들이 만든 모든 신을 믿었어. 신앙을 가지고 신화를 믿으면 세상이 이해되는 거였지. 탐구할 필요도 없었어. 세상은 신들이 주관하니까. 그들에게 이해가 안 되는 건 오직 신들뿐이었어. 이제 신들이 두려움의 대상이 된 거지. 그래서 신을 더욱 절실하게 믿었던 거고. 게다가 신앙의 대가는 달콤했어. 두려움을 극복하고 안락을 향유할 수 있게 됐지."

"안락을 향유한다는 건 무슨 얘기야?"

"신화의 세계에서는 모든 게 명증되어 있거든. 우주의 탄생과 인류의 기원도 설명되고, 선과 악의 기준도 분명하지. 인간의 소명까지도 정해져 있어. 이제 세상 모든 게 설명되고 있기 때문에 두려움을 느낄 필요가 없어진 거야. 신앙을 가짐으로써 삶의 불안을 극복한 거지. 신앙의 선물이 바로 안락함이거든."

"그럼 운명의 신도 두려움을 극복하기 위한 것이었다는 말이네."

나는 턱을 매만지며 곰곰이 생각한 뒤 말했다.

"그렇지. 내일을, 미래를 알 수 없는 불가해한 삶, 그것에 대한 두려움을 극복하기 위해 운명의 신이 만들어진 거야. 필요에 의해서. 주어진 운명이 있으니 삶과 미래를 걱정할 필요가 없어진 거지."

"운명을 거부하고 내 의지대로 살려면 신을 부정해야 하는 걸까?"

나는 고개를 돌려 그를 바라보며 물었다.

"맞아! 그게 바로 내가 하고 싶은 말이었어. 운명이란 우리가 만들고 정의할 수 있는 거야. 하지만 우리는 그 기회를 놓치고 말았어. 앞서 말한 것처럼 신을 부정하면 삶에 두려움이 생기거든. 그리스 신화라는 다신교 체계가 그 효력을 잃어갈 즈음, 그것을 대체할 만한 게 나타났어. 그게 바로 기독교야. 하나님이라는 절대자가 등장한 거지. 이제 세상에 난무하는 온갖 신들을 믿을 필요가 없어졌어. 오직 유일한 하나의 신만 믿으면 되는 거였지."

"모든 것을 관장하는 유일신이기 때문에?"

"맞아. 나는 기독교가 다신교보다 인간들에게 더 큰 안락감을 주었다고 생각해. 불완전한 인간을 닮은 다신교의 여러 신들보다는 완전무결한 신성을 갖춘 유일신이 더 믿음직스러우니까. 게다가 기독교는 세상의 모든 게 규명돼 있어. 신의 말씀이 적힌 성경도 있고, 십계도 있고, 인간과의 언약도, 우리가 따라야 할 규범도 도덕도 이미 제시돼 있지."

"거기에서 우리 운명은 어떻게 설명되고 있는데?"

"하나님에 대한 맹목적인 믿음과 복종이지. 대홍수가 왜 일어났던 걸까? 소돔과 고모라는 왜 불과 유황 속에서 파국을 맞이했을까? 요나는 어째서 리바이어던의 배 속에 갇히게 됐을까? 바로 그들은 믿음 대신 의심을 했고, 절대자가 규정해 놓은 선에서 벗어났기 때문이었어. 구약에서 보듯 하나님은 인간의 운명을 자신의 세계 안에 제한해 놨어. 최후의 그날을 약속하며 말이야. 인간을 그저 선한 양으로 만들고 싶어 했던 거지."

"인간은 운명이 있다고 믿고 싶어 하는 본능을 가진 걸까? 우리는 운명을 새롭게 정의할 수 있음에도 계속해서 신앙의 세계에서 운명론을 믿어온 거잖아."

"그건 인간이 본래 나약하고 불완전한 존재기에 어쩔 수 없는 일이라고 봐. 나는 인간이 가장 두려워하는 게 있다면, 그건 불확실한 미래가 주는 불안이라고 생각해. 인간이 어디로 가는지에 대한 무지는 우리를 끊임없이 괴롭혀 왔어. 이 괴로움과 두려움으로부터 벗어나기 위해 그저 신을 믿었던 거지. 실로 멍청한 안락함이야. 자유를 대가로 삼았으니 말이야."

"으음, 그렇다면, 운명을 부정하는 건…."

나는 기둥에 몸을 기댄 채 턱을 매만지며 말했다.

"신앙과 안락에 대한 거부인 거지. 대신 자유를 얻을 수 있어. 대신 이 자유에는 두려움과 불안이 필연적으로 따라오게 돼 있지."

"두려움과 불안을 동반한 자유…."

"그래서 나는 신을 부정할 수밖에 없어."

그는 확신에 가득 찬 눈으로 말을 이었다.

"내가 동경하고 추구하는 건 오직 자유와 운명의 개척이거든."

그는 마치 '그노티 세아우톤'에 대한 답을 찾은 것처럼 확신에 찬 눈빛이었다. 언덕 너머에는 벌써 해가 기울고 있었다. 세상은 난생처음 보는 붉은 파스텔 빛으로 물들고 있었다.

*

우리가 첫날 베이스 캠프로 삼은 곳은 중문 해수욕장 근처 해안 절벽에 있는 동굴이었다. 처음에는 모래사장에 텐트를 쳤지만, 갑자기 소낙비가 퍼붓는 바람에 어쩔 수 없이 그곳으로 옮겨야 했다. 우리는 비에 젖은 생쥐 꼴로 모닥불

옆에 쪼그려 앉아 파도가 부서지는 해안을 바라봤다. 저 멀리 반대편 해변 끝에는 하얏트 호텔이 호화롭게 빛나고 있었다.

"우리 왠지 초라해 보인다. 그치?"

나는 턱으로 호텔을 가리키며 말했다.

"그래도 멋지잖아. 누가 이런 곳에서 잘 생각을 하겠어."

"하긴 그래."

점점 바람이 거세지고 빗발도 세졌다. 동굴이라 그런지 더 추웠다. 우리는 피로에 지쳐 텐트로 기어들어 갔다. 그는 플래시를 비춰 짧은 일기를 썼다. 나는 금세 잠이 들었다. 밤새 추적추적 내리는 빗소리와 해수욕장의 끊임없이 밀려오는 파도 소리가 들려왔다.

이른 아침, 잠에서 깨었다. 민재는 여전히 자고 있었다. 몸을 일으키려던 찰나, 텐트 천장의 까만 점들이 눈에 들어왔다. 잠에서 덜 깬 나는 그 점들을 멍하니 바라봤다. 아뿔싸, 그것은 점들이 아니었다. 적어도 스무 마리 정도의 바퀴벌레처럼 생긴 벌레들이 천장에서 나를 바라보고 있었다. 나중에 알게 되었는데 그것은 갯강구라 불리는 갑각류의 해양생물이었다. 나는 놀라 나자빠지며 소리를 내질렀다.

"으악!"

민재도 놀라 잠에서 깼다.

"뭐, 뭐야?!"

"바, 바퀴벌레!"

갯강구들도 놀라 미친 듯이 텐트 안을 활개 쳤다. 우리는 비명을 내지르며 허둥지둥 텐트를 기어 나왔다. 몸서리를 치며 온몸을 털어냈다. 아침 햇살 속에서 갯강구들과 난데없는 사투를 벌여야만 했다. 텐트는 물론 침구류까지 털고 또 털어냈다. 알고 보니 텐트의 살짝 열린 지퍼 사이로 녀석들이 들어와 동침한 것이었다. 우리는 밤새 얼굴과 다리, 팔 등이 간지러워 긁었던 기억까지 만들어내며 다시 한번 몸서리쳤다.

"야, 그 스님이 누구더라. 왜 있잖아, 해골 물 마신 사람."

"아, 원효대사?"

우리는 아침부터 팅팅 부은 얼굴로 라면을 끓여 먹으며 원효대사의 이야기를 했다.

"그래. 생각해 보면 우리가 지난밤 얼마나 잘 잤냐 이거야. 캬, 모든 것은 마음먹기에 달린 거야!"

나는 흥분해 젓가락까지 흔들며 호들갑을 떨어댔다.

"아, 모든 것이 일체유심조(一切唯心造)이니라!"

그는 합장까지 하며 너스레를 떨었다.

동굴에서의 하룻밤을 보낸 우리는 앞으로 베이스캠프를 선정하는 데 더욱 신중을 기하기로 했다. 하지만 신중하기만 했지, 어리숙할 뿐이었다. 울창한 숲속에 텐트를 친 날, 달빛에 비친 이상한 그림자와 부스럭거리는 소리 때문에 두려움에 떨며 밤잠을 설쳤다. 비가 추적추적 내려 어느 공원의 야자수 밑을 잠자리로 선정한 날은, 관리인에게 내쫓겼다.

이번에는 제대로 찾자며 선정한 베이스 캠프는 성산 일출봉을 마주하고 있는 터진목이었다. 오랜만에 깊은 잠에 빠져들었다. 파도 소리와 함께 일찍 일어나 아침을 해 먹고 있었다. 산책을 하던 마을 어르신 한 분이 지팡이로 딱딱 소리를 내며 우리에게 다가왔다.

"자네들 여기서 잠을 잔 겐가?"

"네."

"여긴 그렇게 경솔한 행동을 해서는 안 되는 곳이야…."

그는 지팡이로 텐트를 가리키며 말했다.

그리고 이야기를 해주었다. 터진목은 1948년 4월 3일, 이른바 제주 4.3사건으로 이백 여명의 제주도민들이 집단 총살된 곳이라고 했다. 이곳이 주민들에게는 씻을 수 없는 아픔이자 아물지 않는 상처라고 덧붙였다. 우리는 할아버지에게 고개를 숙여 사죄하고 서둘러 텐트를 철수했다. 그리고 급히 소주 한 병을 사와 조촐한 사죄와 애도의 제사를 지냈다. 언젠가, 터진목에 커다란 위령비가 세워졌다는 소식을 접했다. 그곳이 바로 그날 밤 우리가 잠들었던 곳이었다.

그래도 우여곡절 끝에 비양도(飛揚島)에서는 멋진 베이스캠프를 갖게 되었다. 그곳은 제주도의 부속섬 우도(牛島)에서 다리 하나를 건너야 하는 작디작은 섬이다. 온통 싱그러운 녹음으로 뒤덮여 있었고, 부드러운 바닷바람이 불어왔다.

우리는 종일 비양도의 새하얀 모래사장과 에메랄드빛 파도 위에서 여유롭게 해수욕하며 시간을 보냈다. 그리고 해 질 녘쯤 다시 시동을 걸어 베이스캠프를 물색했다. 고심 끝에 텐트를 친 곳은 이름 모를 언덕의 끝자락이었다. 조금만 걸음을 옮기면 바로 절벽이라 전망도 멋졌다. 해변에서 갓 채취한 거북손과 미역을 넣어 라면을 끓여 먹은 뒤, 각자의 여유를 즐겼다.

나는 절벽에 앉아 저물어가는 햇살이 파도에 부서져 찬란하게 빛나는 해변을 스케치했다. 민재는 오토바이에 기대 수첩에 무언가를 써나갔다. 그가 귀에 꽂은 이어폰에서는 간헐적으로 어딘가 모르게 감미로운 선율이 들려왔다.

"무슨 노래 듣고 있어?"

"말러 교향곡 5번 4악장이야. 들어볼래?"

그는 내게 이어폰 한쪽을 건넸다. 나란히 앉아 함께 말러 교향곡을 들으며 한참 동안이나 먼 바다를 바라봤다. 애잔하면서도 감미로운 선율은 점점 짙어지는 노을과 함께 온 세상을 아름답게 물들여가고 있었다.

"앞으로 구체적인 계획이 있어?"

나는 수평선을 응시한 채 그에게 물었다.

"어떤 계획?"

"네가 되고 싶다는 모험가이자 시인이 어떻게 될 수 있는 건지 궁금해졌거든. 그게 어떤 직업처럼 자격증을 취득하거나 취업의 문을 통과하는 것도 아니고, 자칭 시인이자 모험가라고 떠들어댄다고 그렇게 되는 것도 아니잖아. 뭐 시집을 내고 여행 좀 몇 번 하면 시인이나 모험가가 되는 걸까."

그는 수첩과 펜을 잔디밭에 내려놓으며 말했다.

"맞아. 그게 바로 내가 고민하고 있는 거야. 도대체 어떤 왕도나 방법론이 있는 것도 아니니 말이야. 네 말처럼 시 몇 편 쓴다고, 여행 몇 번 한다고 결코 내가 꿈꾸는 나 자신은 될 수 없을 거라고 봐. 그래서인지 더더욱 닿을 수 없는 것처럼 느껴지는 것 같아."

"시인이란 것도 쉬운 게 아닌가 보네."

나는 들판에 핀 야생화를 뜯어 손끝으로 매만지며 말했다.

"하지만 어렵지만도 않을 것 같아. 마음속에 어떤 이끌림을 강렬하게 느낄 수 있거든."

"꿈이 있는 네가 참 부럽다. 나는 아직 뭐가 되고 싶다는 꿈조차 없거든."

"걱정 마. 너도 가슴속에 꿈틀대는 무언가가 있을 거야."

"내게도 그런 게 있을까?"

"아직 느끼지 못했을 뿐이지. 귀 기울이다 보면 언젠가 알게 될 거야. 날 믿어도 좋아. 우리는 같은 이단자잖아."

그가 미소 지으며 말했다.

나는 고개를 끄덕이며 한참이고 수평선을 바라봤다. 꽃을 바람에 날려 보내고 다시 입을 뗐다.

"근데, 만약에 시인이 되지 못하면 어떻게 할 거야?"

"상관없어. 예전에는 누군가에게, 특히 아버지에게 인정받는 시인이 되고 싶었지만… 이제 내게 시인이라는 건 어떤 목표가 아닌 그저 삶의 방식일 뿐이야. 시인이 되기 위해 발버둥 치는 게 아니라, 진짜 시인처럼 사는 거지. 어떤 이끌림을 따라 본능적으로 사는 거야… 그걸 따라가다 보면 언젠가…."

그때 문득 민재의 푸른 십자가가 떠올랐다.

"너는 정말이지 어려운 꿈을 택한 거 같다."

"그래도 주어진 이 모든 걸 극복해 낼 거야. 아니, 초월해 낼 거야."

그는 입술을 굳게 다물고 노을이 붉게 타오르는 수평선에 시선을 던졌다. 그를 따라 어딘가로 이어져 있을지도 모를 세계의 경계를 바라봤다. 잠시 동안 맴돌던 침묵을 깨고 그가 몸을 일으켰다. 잠시 걷고 온다며 절벽 아래 해안으로 향했다.

잠시 후, 그는 내가 스케치하던 해안에 홀로 서 있었다. 돌을 주워 들었다. 그리고 밀려오는 파도를 향해 힘껏 돌을 던졌다. 붉게 타오르는 수평선을 향해, 저 너머의 세계를 향해 돌을 던졌다. 그의 손을 떠난 돌은 파도에 저항하듯 수면을 박차고 힘겹게 나아가다 이내 가라앉았다. 가라앉고 또 가라앉았다. 그럼에도 그는 계속해서 돌을 던졌다. 그 순간 그를 포착하고 싶은 강렬한 욕망에 사로잡혔다. 재빨리 드로잉북을 펼쳤다. 그리고 연필을 들었다. 그를 놓치고 싶지 않았다. 담아내고 싶었다. 태초부터 끊임없이 몰아쳐 온 파도를 향해 무의미할지도 모를 저항을 시도하는 나의 친구를 말이다.

16
금지된 항해

　교정에서의 마지막 가을이 다가왔다. 민재는 담임 선생님의 권유로 지원했던 의대에 수시로 합격했다. 다만 조건부 합격이라 대학교에서 제시하는 최소 등급을 수능 세 개 영역에서 충족해야만 했다. 그동안 그의 성적으로 미루어 볼 때 그 누구도 합격을 의심하지 않았다. 그는 합격 통보를 받았음에도 아무 일도 없었던 것처럼 함께 독서실을 다녔다. 밤새 공부했고, 틈틈이 책을 읽었으며 또 무언가를 열심히 써나갔다.

　반면 나는 하나라도 걸려라는 심정으로 상향 지원해서 쓴 수시 원서들이 모조리 탈락하고 말았다. 잠시나마 맛보았던 달콤한 상상의 나래도 물거품이 되고 말았다. 조금은 풀이 죽은 채 그의 곁에서 조용히 공부에 매진하기 시작했다.

야자가 끝나고 터덜터덜 독서실로 향하던 길이었다.

"끝내주는 거 보여줄게."

갑자기 그가 독서실 뒷골목으로 방향을 틀어 내게 손짓했다. 그를 따라가자 담벼락에 오토바이가 주차되어 있었다.

"에이 설마. 아니지?"

내가 놀라며 말했다.

그러자 그는 씩 웃으며 오토바이에 시동을 걸었다.

"뭐야, 어떻게 된 거야?!"

나는 호들갑을 떨며 소리를 질렀다.

"어때, 괜찮지?"

"제주도에서 탔던 거랑 같은 모델이잖아! 와, 죽여준다!"

"좀 달려볼까?"

그가 헬멧을 건네며 손짓했다. 오토바이는 바람을 가르며 나아갔다. 도로는 잠깐 내렸다가 그친 소나기로 촉촉하게 젖어 있었다. 경쾌한 엔진 소리가 귓가에 맴돌았고, 상쾌한 가을 냄새가 코끝을 간지럽혔다. 십오 분이 될까 말까 하는 짧은 시간이었지만 하루의 모든 것을 날려버리는 것처럼 기분이 좋았다. 그 이후, 우리는 야자가 끝나면 비 오는 날을 제외하곤 습관적으로 드라이브를 즐겼다.

시간은 계속해서 반복되었다. 야자를 했고, 드라이브를 즐겼으며, 독서실을 갔다. 오늘이 어제와 다를 것이 없었고, 내일도 오늘과 크게 다르지 않을 것이란 확신이 있었다. 수능은 이제 백이십 일도 남지 않았다. 조급하고 답답했다. 학교의 분위기는 이런 우리의 마음을 싱숭생숭하게 했다. 마지막 축제가 다가오고 있었던 것이다. 교정 이곳저곳에서 후배들이 축제를 준비하고 있었다.

독서실에서 공부를 마치고 집으로 돌아가던 길이었다.

"이틀 뒤에 대본 리딩 하는데 같이 가볼래?"

민재가 조금은 쑥스러운 듯 말했다.

"대본 리딩?

무슨 소린가 싶어 되물었다.

"연극을 상연하게 됐어."

"네가 연극을 한다고?"

내가 놀라며 물었다.

"아니 연극을 상연한다고. 얼마 전에 내가 쓴 대본을 연극부에게 전해줬거든. 답변이 왔는데 이번 축제에 상연하고 싶대."

"정말? 근데 갑자기 웬 연극이야?"

"레지스탕스 사건 이후로 세상을 바꾸는 건 어렵다는 걸 느꼈거든. 세상이 바뀌는 것처럼 보였지만 우리는 결국 제자리였고, 또 그대로였잖아?"

"뭐, 그렇긴 했지. 근데 그게 연극이랑 무슨 상관이야?"

"나는 비극 예술이 혁명 못지않게 강력한 메시지와 호소력을 갖고 있다고 생각해."

"그럼 연극으로 혁명이라도 일으키겠단 소리야?"

"응. 하지만 눈에 보이는 세상이 아닌, 전혀 다른 층위의 세상을 향한 혁명이라고나 할까."

"그게 무슨 말이야?"

"비극을 통해 사람들의 내적인 무언가를 자극시켜 보고 싶어. 일종의 영적 도정을 부추기는 내적 혁명이랄까."

"음, 근데 과연 비극이 그런 힘이 있을까?"

"당연하지. 우리는 비극이라는 메타포를 통해 여태껏 자각하지 못했던 자신의 삶의 비극적인 요소들, 부조리와 억압을 인식할 수 있어."

"흠, 인식한 다음에는?"

"나는 그저 세상을 하나의 관점으로 포착하고 진단하는 것이 바로 비극 예술이라고 생각해."

"진단만?

"응. 해결책은 그것을 접한 인간 개개인의 몫일 뿐이지."

그는 내가 고개를 갸우뚱하며 관자놀이를 긁적이자 말을 이었다.

"아무튼 중요한 건 연극을 무대에 올리게 됐다는 거야."

"네가 어떤 극을 만들었을지 궁금한걸. 대본 리딩도 같이 가보자. 참, 그전에 한번 읽어볼 수 있어?"

그는 다음 날 내게 두툼한 대본을 건네주었다.

"와, 이게 네가 썼다는 바로 그거야?"

내가 페이지를 넘겨보려 하자 그가 가로막았다.

"지금 보지 말고, 새벽에 읽어봐."

"왜?"

"이 밝은 태양 아래서는 당위성이 없거든."

그는 손을 뻗어 창가에 비춰오는 햇살을 만지며 꽤나 진중한 표정으로 말했다.

그게 무슨 말인가 의아했지만, 알겠다며 대본을 가방에

집어넣었다. 하루 종일 궁금했다. 하지만 그의 아리송한 제안을 따르기로 했다. 마침내 새벽이 되어서야 집에 돌아왔다. 대본을 꺼내 서둘러 침대에 누웠다. 불을 끄고 조그마한 스탠드를 켰다. 부드러운 노란빛이 대본을 비췄다. 제목은 「루멘」이었다. 겉표지를 넘겼다. 극이 시작되기에 앞서 서문에는 한 인용문이 적혀 있었다.

자기실현의 목표는 모범 시민, 도덕군자, 세계의 구원자, 혹은 유능한 사람이 아니다. 이것들은 집단에 의해 만들어진 하나의 가상으로서 자기의 페르소나에 불과하다. 자기실현은 바로 그러한 집단 인간이 되지 않기 위한 작업이다.

칼 구스타프 융

고개를 갸우뚱하면서 페이지를 넘겼다. 고요했던 새벽, 나는 무엇에라도 홀린 듯 막힘없이 루멘을 끝까지 읽었다. 페이지를 덮었지만 도통 잠을 잘 수 없었다. 사실 극을 잘 이해한 것은 아니었다. 이게 무슨 이야기인가 싶기도 했다.

하지만 극이 남긴 여운이 너무나 강렬했다. 마치 다른 세계를 여행한 기분이었다. 이것을 민재가 썼다는 것이 놀라울 뿐이었다.

방과 후 민재와 함께 소강당으로 향했다. 연극부원들이 모여 있었다. 그들은 무대에 빙 둘러앉아 있었다. 낯익은 명찰들이 그들의 가슴팍에 달려 있었다. 그들은 이미 대본을 읽고 배역까지 정해 놓은 것이었다.

"기다리고 있었어요."

연극부 부장인 경환이가 몸을 일으키며 말했다.

"그럼 앉아서 얘기할까."

민재는 그들이 마련해 준 자리에 앉으며 말했다.

"아, 이 친구는 대본을 처음으로 읽어 준 독자라 함께 왔어. 연극이 어떻게 만들어지는지 직접 보고 싶다길래. 괜찮지?"

모두들 내가 왜 온 건지 의아해하는 눈치를 보이자 그가 덧붙였다. 그들은 그제야 고개를 끄덕이며 환영한다는 듯 미소까지 지었다.

"사실 형을 이렇게 부른 건 단순히 대본 리딩만을 보여 주고 싶어서는 아니에요. 작가와 직접 이런저런 얘기를 나뉘보고 싶었거든요. 저희가 대본을 읽어봤는데 이것저것 궁금한 것들이 있어서요. 그것들을 이해하면 무대 상연에 도움이 될 것 같았거든요."

"내가 상연에 관여해선 안 될 거 같은데. 이해하고, 해석하고, 표현하는 것은 연출자와 배우들인 너희들의 몫이 아닐까."

"물론 저희 몫이지요. 솔직히 말하자면 저는 연기도 배우고 연극에 대해서도 공부했는데, 형의 작품을 읽어보고 조금 놀랐어요. 저보다 더 잘 알고 있는 거 같아서요. 그래서 배울 게 있으면 배우자는 심정으로 이렇게 부른 거예요."

"무슨 말인지 알겠어. 내가 도움이 돼야 할 텐데."

"되고 말고요. 그럼 시간이 없으니 대본 리딩을 진행하며 그때그때 궁금한 것들을 물어보도록 할게요."

극이 시작되었다. 주인공 루멘은 우주 공간에 떠 있는 거대한 인공위성 '림보'에 살고 있었다. 그는 이 림보에서 나고 자랐다. 그곳은 작은 지구라고 해도 무색할 정도로 모든 것이 갖춰져 있었다. 산과 들이 있었고, 강과 바다가 있었으며, 맑은 공기와 햇살도 있었다. 나무와 온갖 식물이 무성했고, 온갖 동물들도 있었다. 깨끗하고 맑은 공기도 있었고, 인공적으로 만들어진 중력도 있었다. 하지만 작다고만 할 수 없을 정도로 거대하고 웅장했다. 이곳이 완성되기까지 백 년이라는 세월이 걸렸을 정도였다.

그는 자신이 왜 이곳에서 태어났는지 잘 알고 있었다. 그것은 림보의 역사이자, 가문의 역사이기도 했다.

림보는 스페이스 콜로니 프로젝트로 우주 공간에 처음으로 만들어진 거대 인공위성이었다. 처음에는 시험적으로 운영되던 곳이었기에 텅텅 비어 있었다. 안전성도 입증되지 않아 언제 어떤 일이 벌어질지 모르는 곳이었다. 그 때문에 오직 용기 있는 소수의 지원자들만이 와서 살 뿐이었다. 초기의 거주민은 채 백 명도 되지 않았다. 그런데 어느 날 갑자기 지원자가 수천만 명이 몰리기 시작했다. 지구를 향해 돌진하고 있는 거대한 행성이 관측된 것이다. 이것은 지구를 멸망시키고도 남을 크기였다. 시험적으로 운영되던 림보가 대재앙을 모면할 수 있는 유일한 피난처가 되었다.

지원하면 누구나 갈 수 있던 림보는 이제 아무나 갈 수 없는 곳이 되었다. 오직 부와 권력을 가진 유력 계층만이 선택받아 갈 수 있었다. 루멘의 증조할아버지는 그렇게 림보행 우주선에 올라탔다. 1세대 이주민으로 림보에 도착한 그는 지구의 모든 것을 목격했다. 선택받지 못한 사람들과, 기꺼이 지구의 운명과 함께하기로 결심한 사람들만이 지구에 남았다. 그들은 대재앙을 모면하기 위해 처절한 사투를 벌였다. 우주선을 띄워 날아오는 행성에 착륙해 핵무기를 폭파시켰다. 거대한 폭발과 함께 행성이 파괴되었다. 성공적이었다. 모두들 기뻐했다.

하지만 대재앙의 끝에, 예기치 못한 또 다른 재앙이 시작되었다. 거대한 행성의 파편들이 지구에 쏟아지기 시작했다. 직접적인 충돌은 막았지만, 소낙비처럼 쏟아지는 파편에 지구의 절반이 참혹한 전쟁을 치른 것처럼 쑥대밭이 되고 말았다. 게다가 거대한 파편 하나는 달과 충돌했다. 이것이 진짜 재앙의 시작이었다. 달의 자전축이 망가졌다. 이것의 영향으로 공전궤도도 망가지고 말았다. 공전궤도가 급격하게 나선형으로 줄어들며 지구에 수렴하고 있었다. 바꿔 말하면 달이 지구를 향해 돌진하고 있었다. 지구는 다시 한번 핵무기를 사용했다. 번쩍이는 섬광과 함께 그날부터 하늘에서 달을 볼 수 없었다.

달의 부재는 지구에 엄청난 변화를 가져왔다. 달과 지구 사이의 만유인력의 부재는 지구의 자전축을 급격하게 기울이기 시작했다. 그것은 한 세기가 지난 지금까지도 여전히 진행 중이었다. 극에 있던 모든 빙하가 녹았다. 지진과 해일이 동시다발적으로 일어났다. 조수간만의 차도 없어져 엄청난 바닷물들이 육대주의 해안 일대를 집어삼켰다. 자전축의 변화로 새로운 극지방과 적도가 생겼고, 기후대도 예측할 수 없을 정도로 바뀌었다. 지각변동이 활발해짐에 따라 지구는 분화구마다 거친 용암과 화산재를 내뿜었다. 거의 모든 생물들이 적응을 하지 못한 채 멸종해 갔다.

그렇다고 림보가 대재앙을 모면했다고 해서 천국처럼 살기 좋았던 것은 아니었다. 한 세기 동안의 림보의 역사는 그야말로 혼돈이었다. 그들은 각기 다른 언어를 썼다. 인종도 달랐다. 국적도 달랐다. 문화도 달랐다. 그들은 끼리끼리 모여 공동체를 이루었다. 다툼이 시작되었다. 이념이 생겨났고, 이념끼리 충돌했다. 목소리가 높아졌다. 전쟁이 이어졌고, 참극이 벌어졌다. 기나긴 고난 끝에 화합을 이루었다. 하나의 이념이 우위를 차지했다. 그로부터 정치 체제와 정부가 수립되었다. 국가 이념이 탄생했고, 그들의 지도자가 선출되었다. 인공위성에 불과했던 림보는 하나의 국가가 되었다. 이제 림보 이주민들은 자신들을 림보 사람들이라고 했다.

루멘은 지구로부터 온 이주민 4세대이자, 림보의 국민이었다. 림보는 하나의 이념으로 똘똘 뭉쳤다. 그들이 최고의 가치로 삼고, 최후의 목표로 삼고 있는 것은 단 하나뿐이었다. 지구를 대체할 수 있는 새로운 행성을 찾는 것. 그래서 림보에는 '우주 항해학'과 '신행성 탐사론'이 하나의 이념으로, 학문으로 발달했다. 각 가정에는 액자가 하나씩 걸려 있었다. 그것은 저 먼 옛날 우주에서 찍은 지구 사진이었다. 모두가 새로운 지구를 꿈꾸었다. 국민과 국가가 똘똘 뭉쳐 인류의 지상 낙원을 찾기 시작했다. 새로운 행성을 찾는 것, 그것이 모두의 꿈이자 모두의 목표가 되었다.

확고한 목적은 수단을 정당화하기 마련이다. 새로운 행성을 찾는 것, 그 이외의 것은 모두 가치 없는 것으로 여겨졌다. 가치 없는 것들은 이제 탄압의 대상이 되었다. 국가와 국민이 힘을 합쳐야 마주할 수 있는 지상 낙원으로부터 멀어진다는 이유에서였다. 루멘은 이런 림보에서 나고 자랐다. 그 역시 어렸을 적부터 새로운 지구를 찾는 것을 사명으로 여기며 살았다. 국가의 사명이 자신의 꿈이고, 그 목표를 위해 자신을 기꺼이 희생하겠다고 다짐했다. 그리하여 그는 새로운 행성을 찾아 모험을 떠나는 탐사대원이 되기로 결심한다. 그리고 그렇게 되었다.

"가장 걱정되었던 것이 우주라는 공간이 너무 거대하다는 것이었어요."

경환이가 흐름을 끊으며 민재에게 말했다. 다른 연극부원들도 그의 말에 동의하는 눈치였다.

"경환이 말이 맞아. 근데 알아둘 게 있어. 무대라는 공간은 작지만, 한편으론 모든 게 가능한 곳이야. 무대에 오른 배우는 그 자신이 아닌 극중 인물이 되는 거고, 하나의 사물에는 생명이 부여되고, 시공간은 현실을 초월하게 돼. 관객은 극의 사실 여부에는 관심이 없어. 일단 막이 오르면 그 세계가 어떤 세계든 존재한다고 믿게 되지. 보다 중요한 건 작가와 배우 그리고 무대연출자들이 각자의 분야에서 얼마나 작품의 당위성을 부여하는가 하는 거야. 그게 너희들의 몫이고."

민재가 말하자 모두들 고개를 끄덕였다.

"이건 정말 연출자의 몫이겠군요."

"그렇지. 이런저런 무대효과만으로도 우주라는 걸 충분히 표현할 수 있을 거야."

탐사대원이 된 루멘은 매일 밤 홀로 창가에 서서 지구를 바라봤다. 그가 태어나서 지금까지 바라본 지구는 항상 같은 모습이었다. 새까만 화산재 속에 갇혀 있는 지구. 그에게 지구는 암흑의 행성이었고, 죽음의 행성이다. 그는 한정된 자원을 갖고 사는 림보를 떠올리며, 저것이 곧 림보의 미래라고 생각했다. 그럴 때면 하루 빨리 새로운 행성을 찾아야겠다는 사명감에 불타올랐다. 그리고 홀로 사명감에 젖어 뜨거운 눈물을 흘리기도 했다.

그러던 어느 날, 그는 호기심에 골동품 상점에서 무전기를 구입했다. 그것은 대재앙 이전, 초기 림보 거주민이었던 어느 과학자가 재미 삼아 만든 통신 장치였다. 당시 림보는 한 개인이 지구의 누군가와 통신하는 게 보안상 금지되어 있었다. 그는 지구에 있는 친구와 누구에게도 감시받지 않고 시시콜콜한 이야기를 나누기 위해 이것을 만들었다. 기존에 있던 무전기를 확장시킨 개념으로, 입력한 알고리즘에 맞춰 시시각각 변화하는 주파수를 통해 대화를 나눌 수 있는 장치였다. 통신 위성을 기지국처럼 사용하기 때문에 지구 어디에 있더라도 교신이 가능했다.

"이게 바로 그 과학자가 만든 거라고요?"

루멘이 상점 주인에게 물었다. 주인공을 맡은 윤한이는 마치 상점에라도 있는 것처럼 실감 나게 연기했다.

"그럼요. 지구에서 교신을 받을 사람이 없다는 게 흠이긴 합니다만 그래도 그가 만들었다는 거에 소장 가치가 있지 않겠습니까. 대원님께는 싸게 드리죠."

상점 주인을 맡은 인환이가 익살스러운 태도로 말했다.

어느 날, 루멘은 심심풀이로 자신의 방에서 무전기를 만지다 소스라치게 놀라고 만다. 수화기 너머에서 목소리가 들려온 것이다. 한 여자의 음성이었다.

"슐라마이트예요."

그가 이름을 묻자 여주인공을 맡은 예린이가 말했다. 나는 흠칫 놀랐다. 그녀의 목소리 톤이 마치 한국어로 더빙된 어느 외화 시리즈의 여배우처럼 느껴졌던 것이다. 아니나 다를까 경환이가 그녀에게 톤을 조금 진정시키라고 했다.

그녀는 자신이 지구에 살고 있다고 했다. 루멘은 누군가의 장난이라고만 여겼다. 무료하던 참에 잘 되었다고 생각한 그는 거짓인 줄 알면서도 그녀와 대화를 이어나갔다. 하지만 대화를 하면 할수록 이상한 기분을 느꼈다. 그녀가 사용하는 단어, 어법, 억양이 너무나 생소했던 것이다. 그는 문득 그녀가 정말 지구에 살지도 모른다는 생각을 했다. 대화는 채 한 시간도 안 돼 끊기고 말았다. 무전기를 다시 만져도 잡히는 신호가 전혀 없었다.

이상하게도 교신은 매일 저녁, 같은 시간에만 가능했다. 기계를 만질 줄 아는 그도 영문을 모르는 일이었다. 죽음의 행성에 사람이 살고 있다니 말도 안 되는 일이었지만, 그는 대화를 이어나갔다. 그는 매일 밤 그녀와 대화를 나누는 데 흠뻑 빠지고 말았다.

어느 날 그녀는 자신들의 새로운 종교에 대해 이야기해주었다. 메시아의 재림과 함께 새로운 시대가 열릴 것이라는 현세에서의 구원론을 믿는 종교였다. 예언에 따르면 머지않아 먼 바다 동쪽에서 강한 빛줄기와 함께 메시아가 나타날 것이라고 했다.

"그곳 사람들은 무얼 믿어요?"

이번에는 그녀가 루멘에게 물었다.

"우리 림보인들은 모두 다 함께 새로운 행성으로 갈 그날만을 믿어요."

그는 림보 제일의 가치에 대해서, 모두가 좇는 이상향에 대해서, 림보인의 사명에 대해서, 그리고 머지않아 용감한 탐사대원이 되어 새로운 행성을 찾아 떠날 자신의 꿈에 대해 이야기했다. 그녀도 그의 이야기를 진지하게 들어주었다.

그렇게 육 개월의 시간이 흘렀다. 그에게 점점 믿음이 생겨났다. 어쩌면 지구도 사람이 살 만한 곳이지 않을까. 그리고 단 한 번도 실체를 본 적 없는 그녀를 사랑하고 있는 건 아닐까.

그는 마침내 탐사대원에 발탁되었다. 림보에서 발언권과 영향력이 생겼다. 그는 우주 항해학회에서 지구를 탐사해 보는 것이 어떻겠냐고 주장했다. 반발이 거셌다. 지구는 여전히 두꺼운 화산재와 뿌연 연기에 둘러싸여 한 세기 전부터 이미 정상적인 기상 활동이 사라졌다는 것이었다. 또한 높은 방사능 수치로 제대로 된 생명체가 살 가능성이 희박하다고 했다. 루멘은 마침내 지구에 사람이 살고 있다는 것을 증명해 보이겠다며 호언장담했다.

하지만 다음 날, 그는 당황하지 않을 수 없었다. 회장에 무전기를 가져왔지만, 교신이 멈춘 것이었다. 웃음거리가 되고 말았다. 집에 돌아가서도 마찬가지였다. 이제 더 이상 교신이 되지 않았다. 학회에서는 그에게 몽상가란 별명을 붙였다. 그는 자신이 슐라마이트와 교신을 한 적이 있었는지 스스로를 믿을 수 없는 지경에까지 이르렀다.

루멘은 매일 밤 슐라마이트의 꿈을 꾸었다. 꿈에서 마주하는 여인의 모습은 매일 밤 달랐다. 하지만 그는 생김새가 달라도 그녀가 슐라마이트라는 것을 알 수 있었다. 대화는 계속되었다. 그녀는 언제나 그의 이야기를 경청했고, 믿어주었다. 이제는 따스한 포옹도 하며 그를 안아주기까지 했다.

그녀가 허상의 존재가 아니라고 믿고 싶었다. 결국 그는 지구에도 사람이 살 수 있다는 것을 증명하기로 했다. 매일 지구의 움직임을 관찰하고 분석하기 시작했다. 그러던 어느 날, 그를 아끼던 교수가 조용히 그를 불렀다. 그는 충격적인 이야기를 듣게 되었다.

그동안 림보에서 지구 탐사와 지구 귀환 프로젝트를 주장했던 사람들이 모두 숙청당했다. 림보의 권력을 장악한 유력 계층은 자신들의 정당성이 지구를 부정하는 '우주 항해학'과 '신행성 발견론'에서 온다는 것을 알았기에 진실을 감추고 있었다. 그리고 두 이론과 학문을 유일한 가치로, 제일의 사명으로 만들어 림보인들의 모든 것을 제한하고 통제해 왔다. 이 이데올로기의 모순과 결점을 발견한 이들은 모두 흔적도 없이 사라졌다. 열성적인 신봉자들은 매년 신행성을 탐사한다며 광활한 우주 공간으로 자발적으로 사라져갔다. 그렇게 림보는 거주에 알맞은, 통제에 적절한 인구수를 유지하며 한 세기 동안 동일한 집단에 의해 지배되고 있었다.

"부디 경찰의 눈에 띄게 행동하지 말게나."

백발의 노 교수를 맡은 경렬이는 대사를 실감 나게 내뱉었다.

"선배, 제가 느낀 루멘은 몽상가적인 사람이었는데 여기에 참고해야 할 만한 그의 특징이 있을까요?"

윤한이가 턱을 매만지며 물었다.

"전체적인 느낌은 몽상가적인 사람이 맞아. 무언가를 쫓는 듯한, 성취해야 할 것이 저 멀리에 있는 듯한 그런 사람. 그렇지만, 자신에게 완전한 확신이 없는 걸 표현해 줬으면 해."

"완전한 확신이 없다는 건 무슨 의미죠?"

"그는 슐라마이트의 존재가 망상일지도 모르고, 지구에 인간이 산다는 것이 증명되지 못한 가설에 불과할지도 모른다는 불안감을 언제나 느끼고 있어. 그럼에도 모호한 영감만을 믿고 움직이는 거야."

"그 영감이란 것이 슐라마이트군요."

"그래 맞아. 그걸 예린이가 잘 표현해 줘야지."

민재가 예린이를 바라보며 말했다.

"선배, 처음 읽어봤을 때와는 다르게 제가 맡은 슐라마이트라는 역은 뭔가 비현실적인 존재처럼 느껴지는 거 같아요. 루멘의 이정표 같은 역할을 하는."

예린이가 제법 진지한 얼굴로 말했다.

"정확해. 슐라마이트는 루멘의 아니마* 같은 거야."

"아니마요?"

"아니마는 이성적인 인간에게 영감을 선사하는 영적인 존재야. 자세히 설명하자면 복잡하지만, 일종의 내적 조력

---

* 칼 융(Carl Jung)이 제시한 개념으로, 남성의 무의식 속 여성적인 측면을 의미한다. 아니마는 남성의 감정, 직관, 창의성의 원천이며, 꿈, 환상, 예술적 표현에서 나타난다. 융은 아니마가 네 가지 발전 단계를 거친다고 보았다. 첫 번째 단계는 성적 본능의 이브(Eve), 두 번째 단계는 감정적 사랑의 헬렌(Helen), 세 번째 단계는 지혜와 직관의 마리아(Maria), 마지막 네 번째 단계는 완전한 심리적 통합의 슐라마이트(Shulamite)이다.

자라고나 할까. 그래, 단테의 베아트리체 같은 존재라고 보면 돼."

다들 아리송하게 고개를 갸우뚱하자 그가 말을 이었다.

"괜찮아. 그리 깊은 의미 부여는 안 해도 돼. 예린이처럼 막연한 의미를 느끼는 것만으로도 충분해. 좋아 그럼 계속해 볼까?"

루멘은 탐사대원으로서 우주로 떠나게 될 날이 정해졌다. 그는 방향을 바꿔 지구로 갈 과감한 계획을 세웠다. 그는 연구실에서 각종 식물들의 씨앗과 동물들의 유전자 샘플을 훔쳤다. 그리고 도서관에서 귀중한 책들을 옮겨 그의 탐사선에 실어놨다.

탐사를 하루 앞두고 노 교수가 그의 방으로 찾아왔다. 그는 그동안 몰래 감춰온 거라며 두터운 서류를 건넸다. 그것은 지구 회귀론자들의 연구 기록이었다. 그는 림보의 역사를 이제 끝낼 때가 되었다며, 루멘에게 희망을 걸겠다고 악수를 청한 뒤 돌아갔다. 자료를 살펴보던 그는 지도 하나를 발견했다. 그곳에는 사람이 살 만한 다섯 지역이 표시되어 있었다. 루멘은 그중 하나를 선택해야만 했다. 그날 밤, 그는 꿈속에서 술라마이트를 만났다.

출항날이었다. 그는 우주선에 홀로 앉아 출발을 기다리며 관제탑과 관행적인 교신을 하고 있었다. 이제 계기판에 목적지의 좌표를 입력해야 했다. 그는 마른침을 삼키곤 본래의 좌표 대신 지구로 좌표를 입력했다.

"이스트(East) 호, 준비 완료. 출발 대기."

루멘은 관제탑에 마지막 메시지를 보냈다. 자신은 지구가 살 만한 곳이라는 걸 증명하기 위해 모두가 두려워하는 지구로 되돌아갈 것이라고 당당하게 말했다. 출항은 생방송으로 중계되었고, 림보의 모든 사람들이 동요하기 시작했다. 림보의 최고 협의체인 10인 위원회는 이스트 호의 요격을 즉각 명령했다. 미사일이 발사되었다. 그는 미사일을 따돌리기 위해 엔진의 출력을 최대한으로 올렸다. 이스트 호는 지구를 향해 돌진했다. 여전히 미사일은 그를 따라왔다. 지구와 가까워질 수록 속도는 무서울 정도로 빨라졌고 그에게 엄청난 중력 가속도가 가해졌다. 미사일은 이 힘을 이기지 못하고 방향을 잃더니 이내 공중에서 터졌다.

그는 정신을 잃고 말았다. 무의식 속에서 다시 한번 슐라마이트를 만났다. 이번에도 그를 따스하게 안아준 그녀는 용기를 북돋아주었다. 정신을 차린 그는 있는 힘을 다해 엔진을 정지시키고 역추진 엔진을 작동시켰다. 마침내 탐사선은 두꺼운 화산재로 가득 차 있는 대기권에 안정적으로 진입했다.

이스트 호의 엄청난 속도로 인해 칠흑같이 어두운 대기권에 커다란 구멍이 뚫렸다. 그리고 그사이로 강렬한 햇살과 함께 루멘이 나타났다. 지구에선 기나긴 시련을 견뎌낸 인류가 고개를 들고 그의 등장을 지켜봤다.

윤한이가 마지막 대사를 읊었고 막이 내렸다. 혼자 읽었을 때보다 무언가 더 강렬하고 명확하게 느껴졌다. 분명 어디선가 어렴풋이 느꼈던 그 무언가와 닮았는데 그게 무엇인지 도대체가 알 수 없었다. 매일 밤 침대에 누우면 루멘이 생각날 정도였다.

드디어 고대하던 축제날이었다. 민재와 소강당으로 향했다. 두 번째 줄에 자리를 잡고 앉았다. 관객은 삼십 명이 될까 말까 할 정도로 텅 비어 있었다. 당연한 일이었다. 강당 밖에서는 햇살이 눈부시게 내리쬐고 있고, 그곳에 더 재미있는 것들이 즐비했다. 관객은 더 오지 않았고, 그렇게 막이 올랐다.

이렇게 멋진 무대가 될 것이라곤 상상도 하지 못했다.

신비로운 우주 영상이 프로젝터를 통해 무대 위에 뿌려졌다. 민재가 경환이에게 추천해 주었다는 말러 교향곡 5번 4악장과, 교향곡 9번 4악장, 그리고 베토벤 교향곡 3번 2악장이 배경음악으로 흘러나왔다. 무엇보다 윤한이와 예린이의 연기력은 루멘과 슐라마이트가 대본 속에서 살아 나온 것 같았다. 나는 무대로 빨려 들어가고 말았다.

어느새 연극은 클라이맥스에 치달았다. 루멘이 탐사선에 올라 관제탑에 메시지를 보냈다.

"여기는 이스트 호. 림보에 목적지 수정을 통보한다. 나는 림보의 모두가 두려워하고 터부시하는 지구로 향한다. 무엇 때문에 두려워하는가. 무엇 때문에 터부시하는가. 그곳에는 진실이 있다. 무려 한 세기 동안 수천 명의 탐사대원이 우주로 나아갔고, 수만 명의 지구 회귀론자들이 흔적도 없이 사라졌다. 그 결과가 무엇이었던가? 우리가 진보했는가? 아니, 우린 그저 림보에 머물고 있었을 뿐이다! 모두들 거대한 기계의 조그마한 부속품이 되어 자유를 반납한 채 그저 조그마한 안락함만을 향유했을 뿐이다! 나는 이제 두려움과 금기를 뚫고 지구로 나아갈 것이다. 위험이 도사리고 있는 자유의 땅으로 나아갈 것이다."

루멘은 마침내 지구로 돌진했다. 그리고 이내 정신을 잃고 무의식에서 슐라마이트와의 마지막 재회를 한다.

"슐라마이트?"

눈부신 안개와 빛 속에서 슐라마이트가 나타났다.

"네, 맞아요."

"물어보고 싶었어요. 당신이 아니면 누구에게도 물어볼 수 없었거든요. 내가 제대로 된 길을 가고 있긴 한 건가요? 내겐 확신이 없어요. 그럼에도 내가 여기까지 온 건, 당신 때문이었어요. 당신은 알고 있나요. 지금 가고 있는 이 길이 옳은 건지. 이 길 끝에 무엇이 기다리고 있는 건지 말이에요."

"당신은 그 누구도 가지 않은 최초의 길을 가고 있는 선지자예요. 그 길이 옳은지 그른지 증명하는 것은 전적으로 당신의 몫이지요. 길에서 쓰러질 수도, 아니 어쩌면 죽을 수도 있겠죠. 물론 돌아갈 수도 없고요. 마침내 도달한 목적지에 무엇이 당신을 기다리고 있는지 아무도 모르는 일이에요. 위험과 불안이 여기저기서 당신을 엄습할 거예요. 하지만 그만큼 자유가 충만하고 위대한 여정이라는 것은 분명해요."

슐라마이트는 거대한 빛과 함께 그에게 다가왔다. 그리고 그를 따스하게 안아주었다.

"그러니 용기를 내세요. 당신은 이곳에 머무르면 안 돼요. 더욱더 멀리 나아가야 해요."

루멘은 정신을 차리고 가까스로 지구에 착륙했다. 비틀거리며 탐사선에서 내려 대지에 첫 발을 내디뎠다. 저 멀리 인류의 거주 구획임을 증명하는 희미한 불빛을 발견했다. 한 세기에 걸친 시련을 견디며 살아온 사람들이 그를 기다리고 있었다. 그에게 따스한 햇살이 내리쬐고 있었다.

"저 희미한 빛이 바로 내가 나아가야 할 길이다. 이제 나를 기다리고 있는 것은 예측할 수 없는 위험뿐이다. 그러나 이 길 위에는 새로운 지각과 인식이, 그 속에는 무한한 자유가 가득 차 있다. 나는 림보를 벗어나 스스로를 구원했다."

루멘의 마지막 대사와 함께 무대가 눈부시게 밝아지면서 막이 내렸다. 여기저기서 박수와 환호성이 터져 나왔다. 배우들이 다 함께 나와 관객에게 인사를 했다. 연극부는 박수갈채를 받았고, 배우들은 꽃다발을 한아름 받았으며, 연출자는 호평을 받았다. 극작가는 아무것도 받지 못했다. 하지만 민재는 행복을 넘어 어떤 희열까지 느끼는 듯한 표정이었다.

17
시베리아 횡단열차

 그해 수능시험날도 유난히 추웠다. 부모님의 극진한 배웅을 받으며 집을 나섰다. 평소 같았으면 골목에서 민재를 기다렸을 텐데, 홀로 버스를 타러 갔다. 우리는 다른 고사장에 배정되었기에 각자 다른 길을 가야 했다. 정류장에서부터 낯선 감정이 밀려왔다. 학교로 향하는 버스가 정차했지만 떠나보내야 했다. 그리고 고사장으로 향하는 버스에 올라탔다. 정신없이 시간이 흘렀고, 시험이 끝났다. 홀가분할 줄 알았던 발걸음은 오히려 공허하기까지 했다. 집으로 돌아가는 길, 마음이 싱숭생숭했다.

 집에 도착하니 엄마가 따스하게 반겨주었다. 맛있는 갈

비찜 냄새가 진동했다. 아버지도 일찍 퇴근하셨다. 엄마는 밥 위에 몇 번이고 큼지막한 갈비를 얹어주며 많이 먹으라고 했다.

"어때, 잘 본 것 같아?"

아버지가 조심스레 물었다.

"그래도 기윤이가 민재랑 다니더니 공부도 열심히 했잖아요. 좋은 결과 있을 거예요."

엄마는 나의 눈치를 보더니 대신 대답해 주었다. 그리고 말을 이었다.

"수능도 끝났는데 민재 한번 데려와. 엄마가 맛있는 거 해줄게."

"그래, 그 친구는 의대에 합격했다지? 이제 졸업하면 보기도 힘들 텐데 날 잡아서 초대 한번 해라."

아버지도 그에게 호기심을 내비치며 말했다.

가채점을 해보니 기대했던 것보다 점수가 꽤나 올랐다. 기쁜 마음에 민재에게 전화를 했다. 시험은 잘 치렀는지, 채점 결과는 어떤지, 최소 등급은 충족시켰는지, 앞으로 졸업 때까지 무엇을 하며 지낼 건지 뭐 그런 이야기들을 두서없이 나누어보고 싶었다. 그런데 수화기에서 들려오는 것은, 반복되는 통화 연결음뿐이었다. 조금 걱정이 되었지만, 기다려보기로 했다.

민재를 만난 건 주말이 지나고 월요일에서였다. 수능을 끝으로 더 이상 수업은 없었지만 학교로 향해야 했다. 수업 일수를 채워야 졸업을 할 수 있다는 것이었다. 그 귀찮은 걸음을 하기 위해 집을 나서는데 민재가 골목 어귀에서 환하게 웃으며 손을 흔들고 있었다.

"뭐야, 주말 내내 연락도 안 되고. 무슨 일 있었던 거야?"

나는 그의 미소와는 달리 조금 심각한 태도로 물었다.

"딱히 일이 있었던 건 아니고, 시험 보고 집에 가니 아무것도 할 수 없더라고. 마치 그동안 감겨 있던 태엽이 모두 풀어진 것만 같았지. 주말 동안 내리 잠만 잤어. 내가 그렇게 잠이 많은 줄 처음 알았다."

그는 깊은 회상에 잠긴 것처럼 먼 곳을 가만히 응시한 채 말했다. 나는 혹시 그가 지난 일처럼 수면제를 많이 먹은 건 아니었나 덜컥 겁이 났다. 하지만 자세히 묻지 않았다. 두서없이 이야기를 나누다 보니 어느새 수능 성적 이야기를 하고 있었다.

"그것 봐. 너도 할 수 있다고 했잖아!"

그는 나의 소폭 상승한 시험 성적에 놀라며 자신의 일처럼 기뻐했다.

"너는 잘 봤어?"

그는 대학에서 요구하는 최저등급을 가뿐하게 충족시켜 사실상 합격한 거나 다름없었다. 이제 형식적인 합격 통보만 기다리면 되었다.

"참, 근데 지난밤 이상한 꿈을 꿨어."

그가 무언가 생각난 듯 손가락을 튕기며 말했다.

"어떤 꿈이었는데?"

"잘 기억이 안 나. 새벽까지만 해도 뭔가 끈적하게 머릿속을 맴돌았는데, 지금은 단편적인 장면만이 어렴풋하게 떠올라."

그게 무언지 묻자 그는 기억을 쥐어짜 내듯, 미간을 찌푸리며 말을 이었다.

"어딘가로 떠나야 했어. 이제 이별의 순간이구나 하는 생각이 들더라고. 서글프기도 하고, 아쉽기도 하고, 두렵기도 하고, 설레기도 했어. 그때 갑자기 이상한 일이 일어났어. 나를 둘러싼 거대한 세계가 점점 작아지기 시작한 거야. 줄어들고 줄어들더니 이내 방석 한 장 크기로 작아졌어. 발밑에 있던 축소된 세계가 천천히 나를 떠나갔어. 마치 프로젝터에서 쏘는 영상처럼 하얀 벽을 타고 올라갔어. 그리고 벽에 텅 비어 있던 황금빛 액자 속으로 들어가더라고. 그건 마치 미술관에 걸린 그림 같았어. 그건 말이지, 어떻게 설명하는 게 좋을까, 내가 살아오면서 경험하고 인식했던 것들의 총체가 형상화된 그림이었어. 가만히 보니 그 속에 나도 조그맣게 자리 잡고 있더라고. 그때 갑자기 마음이 어떤 충족감으로 가득 차올랐어. 그건 이루 말할 수 없는 행복이었어."

내가 흥미로운 듯 고개를 끄덕이자 그는 설명을 덧붙였다.

"그때 나는 결심했어. 이 그림에 제목을 붙이고 떠나기로 말이야."

"그래서 제목을 붙였어?"

"세계의 완전한 변용(變容)."

"으음, 세계의 완전한 변용…."

"그것밖에 떠오르는 생각이 없더라고."

그는 가볍게 어깨를 들썩이며 말했다.

그의 꿈은 마치 한 폭의 추상화를 연상케 하는 구석이

있었다. 며칠이 지나도 계속해서 머릿속을 맴돌았다. 정말이지 한번 그려보고 싶었다. 안평대군의 꿈만 듣고 그것을 그림으로 그린 안견처럼 말이다. 천천히 구상을 마치고 드로잉을 시작했다.

수능을 끝마치고 보내는 학교에서의 삶은 무료하기 짝이 없었다. 교실은 영화관으로 바뀌었다. 하루 종일 영화를 봤다. 이것도 재미있었지만 며칠 지나니 할 만한 게 못 되었다. 우리는 도서관으로 향해 각자의 시간을 보냈다. 언제나 그랬듯 민재는 책을 읽고 무언가를 썼고, 나는 그림을 그리거나 책을 뒤적거렸다. 나는 특히 두꺼운 에른스트 곰브리치의 『서양 미술사』를 즐겨보곤 했는데, 장황한 시대 배경이나 인물에 대한 평가 그리고 작품 해설은 생략한 채, 삽화를 천천히 감상했다.

"이제 얼마 안 있으면 우리도 졸업하겠네. 곧 대학생도 되고 말이야. 믿기지가 않는다."

나는 하던 걸 멈추고 기지개를 켜며 말했다.

"넌 대학에 가고 싶어?"

민재가 책을 덮으며 물었다.

"글쎄, 뭐, 대학 말고 다른 건 생각해 본 적 없으니깐. 다들 원서 쓰고 대학에 가니 나도 똑같이 하는 거지. 왜, 너는 가기 싫어?"

"요즘에 고민이 그거야. 어떻게 하면 대학을 안 갈까. 나는 따로 하고 싶은 게 있거든."

"그게 뭔데?"

"세계 이곳저곳을 떠돌아다니고 싶어. 아주 오랫동안 말이야. 그리고 동시에 엄청난 책을 읽어 나가는 거야."

"그건 대학생이 돼서 해도 되는 거잖아?"

"합격했다는 사실 때문에 더욱더 대학교에 가고 싶지 않아졌어. 나는 말이지, 머지않아 진짜 떠날 거야."

그는 무척이나 진지한 태도로 말했다.

"그렇게 마음 가는 대로 살아도 괜찮은 걸까?"

"대학엘 간다면 나는 죽은 존재나 마찬가지일 거야."

"죽은 존재나 마찬가지라니?"

"학문이란 위는 제한된 소화능력만을 갖고 있다. 융이 한 말이야."

"제한된 소화 능력이라니?"

"학문이란 하나의 사고 체계야. 그 견고한 논리 체계를 통해 세상을 분석하고 이해하지. 소화하는 거야. 하지만 견고한 만큼 무척이나 제한적이야. 그 사고 체계에 맞아떨어지지 않으면 전혀 이해할 수가 없는 거지. 소화할 수 없는 거야. 소화할 수 없는 건 이제 아예 받아들이지도 않아. 학문적이지 않다, 논리적이지 않다, 비과학적이다며 배척하고 마는 거지. 소화할 수 없으니, 편식할 수밖에. 하지만 나는 그렇게 되고 싶지 않아. 세상을 떠돌며 많은 것들을 다 먹어 치우고 소화시키는 잡식동물이 되고 싶어."

"그럼 대학보다 여기저기를 여행하고 많은 책을 읽는 게 더 가치 있다는 말이야?"

"응. 세상은 학문이란 위만으로 소화시킬 수 없어. 지혜와 영감이라는 소화기관도 필요하지. 이것은 결코 학문의 영역에서 얻을 수 없는 것이야. 오직 날것 그대로의 세상에서만 배양할 수 있지. 책 속에서 선지자들은 어떻게 그러한 소화기관을 얻는지, 그것을 통해 어떤 영양소를 얻을 수 있는지 얘기하고 있어. 나는 그것을 체득하기 위해 낯선 세상으로 향할 거야. 새로운 것들을 직접 씹어 먹고 소화시켜서 세상을 자양분으로 삼는 거지."

"세상을 자양분으로 삼는다고?"

"응. 그런 지상의 양식을 먹어야 초인이 될 수 있는

거야."

"초인이면 니체가 말한 거 아냐? 초인이 그런 의미였나?"

"응. 니체는 초인이란 춤추는 소크라테스라고 했어."

"그게 무슨 의미야?

"소크라테스처럼 이성적이고 논리적이면서 동시에 번뜩이는 영감을 좇으면서 무의식의 언어인 예술을 사랑하는 거지."

"시인이 된다더니 이젠 초인이야?"

내가 머리를 긁적이며 말했다.

"내겐 시인이나 초인이나 같은 의미거든. 아무튼 그러한 삶을 살기 위한 여정을 하나 계획했어."

"뭔데?"

"시베리아 횡단열차를 타고 러시아 대륙을 횡단하는 거야. 블라디보스토크에서 이르쿠츠크, 모스크바를 거쳐 상트페테르부르크까지 열차를 타고 가는 거지. 그리고 북유럽으로 넘어가 빙하와 밤하늘의 오로라도 볼 거야."

"그 뒤엔? 한국으로 돌아올 거야?"

"아직 구체적인 계획은 없지만, 그 후에는 뭐 어떻게든 되겠지. 중요한 건 바로 시베리아 횡단열차를 타고 이 세계를 벗어나 새로운 세계로 나아갈 거라는 거야."

그는 어느새 잔뜩 들떠 있었다.

"러시아면 춥지 않을까. 영하 40도는 족히 된다고 하던데. 우리 설악산에서도 죽을 뻔했잖아."

"하하 맞아. 이번엔 잘 준비해서 가야지. 나폴레옹마저 굴복시킨 매력적인 날씨잖아. 그렇다고 죽기까지야 하겠어. 러시아 사람들은 저 먼 옛날부터 매년 그런 겨울을 보내면서도 지금까지 살아왔다고. 하얗게 눈 덮인 시베리아 벌판, 그 설원 속을 가로지르는 용맹한 열차. 어때, 멋지지 않아?"

그는 상상의 나래를 펼치듯 허공을 바라보며 행복에 가득 찬 얼굴로 말했다.

"그래. 멋지긴 할 것 같다."

그의 멋진 계획에 왠지 주눅이 드는 것만 같았다.

"너는 뭐 할 건데?"

민재가 물었다.

"글쎄, 나는 겨울방학 동안 알바해서 학비나 보태볼까 생각 중이었어."

수능을 보곤 언젠가부터 돈을 벌어야겠다는 생각이 들기 시작했다. 수소문 결과 야간 술집 아르바이트가 시급이 세다는 것을 알게 되었다. 아직 미성년자였지만, 위조된 주민등록증을 갖고 있었기에 당장 일을 시작하기로 했다. 번화가에 위치한 한 바에 아르바이트를 구하러 갔다. 사장은 신분증을 보더니 별 의심도 없이 나를 고용했다. 밤 열한 시부터는 재즈 피아노가 연주되는 분위기 좋은 바였다. 하는 일은 청소와 설거지, 주문과 서빙 등 잡다한 일이었다. 일은 그다지 어려울 것도 없었고, 고급스러운 술집이다 보니 간혹가다 두둑한 팁을 주는 손님도 있어 좋았다. 그럼에도 힘든 것이 있었으니, 연기를 해야 한다는 것이었다.

나이를 속여 위장취업을 했기에 스물두 살처럼 행세해야만 했다. 직원을 제외한 알바는 총 세 명이었는데, '서류상' 동갑인 누나 한 명과 군 입대를 앞둔 스물한 살 형들 두 명이었다. 그들과 대화할 때면 언제나 존대를 썼다. 하지만 며칠이 지나자 그들은 내게 편하게 반말을 쓰라고 했다. 나는 존댓말이 편하다고 했지만, 그들은 자신들이 불편하다며 반말을 해달라고 간곡히 부탁했다.

정말이지 불편해 죽을 지경이었다. 형들은 나를 부담스

러울 정도로 형으로 우대해 주었다. 그들은 쓰레기를 건물 밖 지정된 곳으로 내다 버리는 일이나, 마감 후 의자를 거꾸로 포개놓는 것 따위의 자질구레한 일들을 모두 자신들이 하겠다고 했다.

"형. 이건 제가 할게요."

"기윤이 형, 이건 제가 주방 쓰레기랑 한 번에 묶어서 내다 버릴게요."

형들은 콧수염도 짙게 나고, 가슴 근육도 탄탄하게 부풀어 있었다. 그런 그들에게 반말을 하며 형 행세를 해야만 했다. 이러다 연말 연기대상 후보에 오르는 것이 아닌가 재미있는 상상을 하기도 했다. 어쩌면 모든 것이 들통나 형들에게 맞아 죽을지도 모른다는 걱정과 함께.

그렇게 나의 열아홉 살은 점점 끝을 향해 달리고 있었다. 눈이 소복이 쌓인 어느 날, 수능 성적표가 손에 쥐어졌다. 생각했던 것과 한치의 오차조차 없는 그런 성적표였다. 십구 년 나의 인생의 결산이었다. 그곳에 나는 우수하지도 않은, 저조하지도 않은 성적을 가진 그저 그런 놈이었다. 이제 세상이 궁금해하는 것은 내가 아니었다. 이 종이 한 장이었다.

애초 계획했던 대로 원서를 썼고, 아무 부담도 없이 결과를 기다렸다. 동시에 입시에 대한 고민과 상담이 진행되었다. 담임 선생님은 취업률이 높은 이공계열 학과가 있는 대학을 추천해 주었다. 그러나 나는 그러한 사실들에는 전혀 관심이 없었다.

"여긴 미대가 있나요?"

그가 고른 대학들을 손가락으로 가리키며 물었다.

"공대 갈 녀석이 미대는 왜?"

"미대 여자애들이 예쁘잖아요."

그때 담임 선생님의 표정은 당장이라도 나를 한 대 쥐어박을 것 같았다. 하지만 그건 농담이 아니라 진심이었다. 내가 눈여겨보고 있던 것은 이상하게도 미술 관련 학과가 있는 대학이었다. 마침내 신소재공학과 회화, 두 학과가 있는 한 대학을 찾아내었다. 그리고 그곳에 원서를 썼다.

"근데 진짜 무서운 건 점점 익숙해지고 있다는 거야. 내가 진짜 형이라고 착각을 하고 있었다니까."

나는 도서관 소파에 누워 천장을 바라보며 한숨을 내쉬었다.

"그거 완전 재밌겠는데. 스릴 넘치게 돈도 벌고. 조만간 놀러 가봐야겠다. 나도 가서 형 대접 좀 받아보자."

민재는 오랜만에 장난기 어린 눈빛을 띠며 말했다. 그리고 머지않아 정말로 내가 일하는 바에 찾아왔다. 다행히도 우려했던 일은 벌어지지 않았다.

"여긴 어쩐 일이야?"

나는 노심초사하며 주위를 둘러본 다음 말했다.

"심심하기도 하고 궁금해서 한번 와봤어."

그는 아무렇지도 않은 듯 웃으며 대답했다.

그가 자리를 잡고 앉았다. 산미구엘 한 병과 기본 안주로 제공되는 땅콩과자를 한가득 가져다주었다. 한창 바쁜 시간이라 함께 앉아 노닥거릴 시간도 없었다. 서빙을 하고 주문을 받으며 먼 발치에서 그를 지나치듯 바라봤다. 그의 모습은 평소와 확연하게 달랐다. 창밖을 바라보며 불안한 듯 다리를 떨다가, 초조한 듯 입술을 깨물었다. 그리고 깊은 한숨을 내쉬며 답답한 듯 머리를 쓸어 넘겼다. 나는 무언가 이상하다는 생각을 했다.

정신없이 바빴지만, 새벽 두 시가 되자 제법 한가해졌다.

"혼자 있어도 안 심심해?"

그의 맞은편 소파에 앉으며 물었다.

"괜찮아. 분위기도 좋고 조용히 집중도 할 수 있고."

"그치? 오는 손님들마다 다들 그런 얘기 하더라고."

그는 무슨 생각을 하고 있는지 한참을 멍하니 창밖만 바라봤다. 그러곤 잠시 후 다시 입을 열었다.

"사실, 나 오늘 엄청난 짓을 했어. 가슴이 두근거려서 도저히 집에 있을 수 없더라고. 그래서 여기에 왔어."

"뭘 했는데 그래?"

"티켓을 사버렸어."

"무슨 티켓?"

"동해시로 가는 버스랑 블라디보스토크로 향하는 페리, 그리고 시베리아 횡단열차 티켓."

"진짜? 언제? 아버지가 허락해 주셨어? 어머니는? 형은 뭐래? 뭔 돈으로?"

나는 놀라서 질문을 퍼부었다.

"이번 달 둘째 주 토요일에 블라디보스토크로 향하는 티켓이야. 그리고 아직 아무에게도 말 안 했어. 뭐 돈은 여기저기서 빼돌렸어. 모자르면 거기서 어떻게든 일자리라도 구해 봐야지."

그는 맥주 잔을 매만지며 말을 이었다.

"계획대로라면 모든 준비를 끝마치는 대로 과감하게 떠날 수 있을 것만 같았거든. 근데 막상 떠날 때가 되니까 미치겠는 거야. 엄청 두렵고, 가슴은 벌렁거리고, 손에는 식은땀이 나고. 잠도 못 자겠더라고. 오히려 이 선택이 옳은 걸까 하고 의구심만 들고…."

그가 고개를 푹 숙인 채 의기소침해하며 말했다.

"근데 뭐 너야 그동안 선택한 것들이 옳았다는 걸 언제나 증명해 냈잖아."

"그랬었나…."

"응. 언제나 너는 내가 하지 못하는 무언가를 해내거든. 나라면 결코 생각도 실천도 하지 못할 그 무언가를…."

"그래, 이번에도 증명해 볼게."

그가 눈빛을 바꾸며 단호하게 말했다.

"그래도 부모님한테는 말해야지. 걱정하실 거 아냐."

"절대 허락해 주지 않을걸. 꽤 긴 여행이 될 테니까. 러시아를 거쳐 유럽도 돌아보고 지브롤터 해협을 건너 북아프리카랑 중동에도 가볼 생각이거든. 그래, 말해야지. 근데 이젠 허락받지 않을 거야. 통보만 할 생각이야. 여태껏 충실하게 복종만을 해왔으니까. 더 이상 타인이 규정해 주는 대로, 나의 유한한 인생을 살진 않을 거야. 이제는 스스로 개척해 볼 거야. 부모님이 동의하시든, 하지 않으시든 변할 건 없어."

그는 입술을 지그시 깨문 채 굳은 결심을 한 듯 천천히 고개를 끄덕였다. 말려야 하는 걸까, 의문이 들었지만 그의 확고한 결심을 믿기로 했다. 아니, 오랫동안 꿈꾸어온 그의 위대한 여정을 지켜보고 싶었는지도 모르겠다.

"이번 여정은 정말 멋진 모험이 될 거야."

내가 미소 지으며 말했다.

"이제 가봐야겠다."

그는 천천히 몸을 일으키며 말했다. 그를 건물 밖까지 바래다주기로 했다. 엘리베이터에서도 우리는 아무 말도 하지 않았다. 그는 천천히 오토바이에 시동을 켰다.

"너한테라도 얘기하니 좀 낫다. 그래도 넌 믿어주고 응원해줄 것 같았거든. 아무도 내 여정을 달가워하지 않을 테니까. 단 한 명이라도 응원해 주고 믿어준다면 그래도 멋지게 떠날 수 있을 거야."

그의 말이 헬멧 안에서 윙윙 울리며 무척이나 극적으로 느껴졌다.

"이제 이 주도 안 남았네. 그때까지 도움 필요하면 언제든지 말하고."

나는 주먹으로 그의 어깨를 애써 장난스레 툭 치며 말했다. 그의 눈빛이 헬멧에 가려 보이지 않았다. 광택이 도는 까만 페이스 실드는 나와 도심을 볼록거울처럼 반영하고 있었다. 그는 지금 세상을 어떻게 바라보고 있는 것일까. 잠시 그는 아무 말 없이 어딘가를 응시하고 있었다. 미세하게 떨리는 그의 어깨의 진동이 흐느낌인지, 엔진의 울림인지 분간할 수 없었다.

"간다."

그는 새벽의 한산한 도로를 가로지르며 사라져갔다. 아득히 사라져가는 엔진 소리가 왠지 모르게 슬프고 외롭게 들렸다.

그는 여행을 남겨두고 우리 집에 놀러와 엄마가 해주는 갈비를 함께 먹고, 아버지와 이런저런 이야기를 나누며 하룻밤을 보냈다. 전교 일등에 의대에 합격한 그런 민재가 친구라는 것만으로도 부모님은 무척이나 기뻐하는 것 같았다. 그는 언제나 그랬듯이 부모님에게 나보다도 더 살갑게 대해 분위기를 즐겁게 했다. 그날 밤, 그에게 유화를 보여주었다. 아직 색은 덜 칠했지만, 거의 완성한 상태였다. 그는 한참 동안이나 뚫어져라 캔버스를 바라보곤 말했다.

"와아, 진짜 네가 그린 거라고? 뭐랄까, 내가 꾼 꿈과는 조금 다르긴 하지만, 그 속에 흐르는 내용은 같은 형태를 띠고 있는 것 같아. 이 그림 마음에 든다. 정말 멋져."

"가기 전에 선물로 줄 게."

며칠 동안 밤을 지새우며 그림에 몰두했다. 일이 끝나고 피곤했지만 이젤 앞에 앉아 그림을 그렸다. 완성된 건 그가 여행을 단 이틀만을 남겨 놓았을 때였다. 그에게 그림을 선물했다. 그는 두 손에 캔버스를 쥐고 한참 동안 그림을 들여다봤다.

"오늘은 내가 쏜다!"

민재가 소리쳤다. 우리는 삼겹살집으로 향했다. 우리는 고기와 함께 소주잔을 기울이며 이제는 추억이 될 그간의 추억을 곱씹었다. 하지만 이상하게도, 우리는 아득하고 불확실한 미래에 대해서는 단 한마디도 하지 않았다. 집으로 돌아가는 길에도 마찬가지였다.

"참 나도 줄 게 있어."

"뭔데?"

그는 잠시 걸음을 멈춰 가방을 뒤적거렸다.

"이거."

그가 건넨 건 손바닥보다 조금 큰 수첩이었다.

"이게 뭐야?"

"내가 그동안 쓴 시들. 그래도 나름 괜찮다고 생각하는 것만 골라 정리한 거야."

페이지를 넘겨보니 각 장에는 정갈한 필체로 정리된 시들이 있었다.

"시가 몇 개나 있는 거야?"

"딱 백 편만 골랐어."

"정말? 그렇게나 많아? 개고생했겠는데."

나는 눈을 동그랗게 뜨며 말했다.

"진짜 개고생이었지. 근데 다 만들고 나니까 기분이 좋더라."

"왜?"

"책이 만들어진다면 이런 기분일까 싶었거든. 손으로 만져지는 묵직한 느낌이 너무 좋았어. 이 느낌은 마치 뭐라고 말해야 할까. 지금도 그렇고 그동안 나는 이상만을 좇으며 살았거든. 그 말은 현실에 발 딛고 있지 않다는 의미기도 했지. 근데 이 책의 촉감이 마치 내가 발 디딜 수 있는 유일한 대지처럼 느껴졌어."

"근데 발 딛고 있어야 할 대지를 줘도 되는 거야?"

"디뎠으면 이제 나아가야지."

그는 담담하게 말했다.

"이제 곧 떠나네. 진짜 믿어지지 않는다."

나는 애써 밝은 태도로 말했다.

"그러게. 드디어…."

그는 무겁게 고개를 끄덕이며 말꼬리를 흐렸다.

"준비는 다 끝났고?"

"응, 그나저나 오토바이나 맡아주라. 마음껏 타도 좋아. 대학 가서 술값 모자라면 팔아도 상관없고."

"하하, 내가 술값도 없겠냐. 됐어. 돌아올 때까지 잘 보관해줄게. 참, 근데 가면 언제 돌아오는 거야?"

"글쎄, 언젠가는 오겠지?"

"그럼 오늘이 마지막인가?"

"아니, 내일 출발하기 전에 너한테 들를게. 오토바이도 주고 인사도 할 겸. 새벽에 떠나는 페리라서 막차를 타고 미리 동해로 가 있어야 하거든."

우리는 언제나 그랬듯 다시 만날 것처럼 가볍게 작별 인사를 나누었다.

"참! 이거 그래도 명색이 시집인데 왜 제목이 없어?"

나는 길을 가다 말고 뒤돌아 시집을 머리 위로 흔들며 큰 소리로 말했다.

"하하, 생각해 보니 그렇네! 맞아! 책이 제목도 없어서는 안 되지. 으음… 뭘로 할까?"

그가 저 편에서 물었다.

"레지스탕스 어때?"

내가 소리쳤다.

"그거 좋은데?"

그는 고개를 끄덕이더니 손을 흔들며 걸음을 재촉했다. 나도 가볍게 손을 흔들었다.

다음 날, 민재에게 생각보다 일찍 연락이 왔다. 때마침 오픈을 담당하는 날이어서 한 시간 일찍 바에 출근해 의자들을 정리하고 있을 때였다. 그는 십 분 내로 도착한다고 했다. 서둘러 정리를 마치고 점퍼를 챙겨 나갔다. 내가 일하던 바는 번화가의 초입이자 대로를 면한 건물 사 층에 있었다. 차량의 흐름과 인파, 두 물결을 바라볼 수 있는 건물의 모서리에 서서 주머니에 손을 찔러 넣고 그를 기다렸다.

민재를 떠올리니 주위의 모든 것이 불완전해 보였다. 금요일의 번화가는 어둠을 두려워하는 듯 현란한 조명으로 밝게 빛나고 있었다. 많은 사람들이 이 빛 속에서 무언가를 찾고 싶어 하는 듯 부나비처럼 모여들었다. 어두운 얼굴을 하고 이곳에 도착해 비로소 웃음 짓는 사람들. 그들은 어둠 속에서 무엇을 견딜 수 없어 이곳으로 나온 것일까. 자신과 비슷한 사람들을 만나 위안을 받고 싶은 것일까, 견딜 수 없는 공허함을 하룻밤이면 사라지고 말 따스한 취기로 채워보고 싶은 것일까.

모든 것이 무의미하게 느껴졌다. 자동차의 물결이 굽이치는 소리, 여느 술집에서 들려오는 최신가요, 그리고 알아들을 수 없는 사람들의 환호성과 웅성거림은 마치 하나의 조화로운 음악처럼 들려왔다. 허무의 야상곡. 그런대로 화음을 가진 선율 속에서 새로운 세계로 나아가려는 민재와, 이곳에 서 있는 나를 생각해 봤다. 그렇다면 나는 어느 세계의 인간인가. 이곳의 인간인가, 저 너머의 인간인가. 홀로 자문하고 또 자문했다. 의식의 흐름은 머지않아 불협화음으로 인해 중단되었다.

타이어와 아스팔트가 만들어내는 경박한 마찰음, 두 물체가 그대로 들이받은 듯한 투박한 충돌음, 이어지는 자동차들의 경적과 사람들의 급박한 외침. 이내 이 부자연스러운 불협화음에 신경이 쏠리기 시작했다. 나 홀로 민감한 것일까. 행인들은 아무 의식도 하지 못했는지 아랑곳하지 않고 어딘가로 쉼 없이 몰려가고 있었다. 호기심을 참지 못하고 부나비들의 조류를 거슬러 불협화음의 근원지로 향했다. 저 멀리 사거리에서 턱주가리가 빠진 듯 범퍼가 떨어져 나간 승용차 한 대와 반파되어 나뒹굴고 있는 오토바이 한 대가 보였다.

"설마…"

불길한 예감이 싸늘하게 등줄기에 전해졌다. 내달리기 시작했다.

헬멧을 쓴 사내는 오토바이보다 더 먼 곳에 고꾸라져 있었다. 그는 보도블록에 도저히 사람이 취할 수 없는 부자연스러운 자세로 맥없이 널브러져 있었다. 그는 민재였다. 내게 마지막 인사를 하러 오기로 한 녀석이 바닥에 누워 있었다.

구경꾼들이 사고 현장으로 몰려들어 장벽을 만들었다.

호기심만 내비칠 뿐 아무것도 하지 않는 그들을 헤치고 그의 곁에 다가가 무릎을 꿇고 주저앉았다.

"에이, 말도 안 돼. 아니지? 아니야…."

나는 혼잣말을 하며 계속해서 고개를 가로저었다.

깨진 페이스 실드 사이로 피투성이가 된 그의 얼굴이 보였다. 나는 이럴 수 없는 거라고 절규하듯 소리를 지르기 시작했다. 그 뒤론 내가 뭘 했는지 지금까지도 기억하지 못한다. 다만 생각나는 것은 응급실에 도착해 의료진들에게 이 종합병원 이사장의 아들이니 빨리 살려달라고 애원한 것뿐이다.

나의 소란 때문인지 민재의 부모님도 곧 도착했다. 수술복을 입은 의사들은 민재의 아버지에게 심각한 표정으로 무언가를 설명하더니 이내 수술실로 들어갔다. 수술이 시작되었음을 알리는 안내판에 불이 들어왔다. 수술실 앞을 초조하게 서성거리는 아버지의 손이 간헐적으로 떨리는 것이 보였다. 어머니도 소파에 앉았다 일어났다를 반복하며 절망에 빠져 있었다. 열두 시쯤에는 찬원이 형도 핏기 없는 얼굴로 도착했다. 가족이 다 모이길 기다렸다는 듯, 얼마 지나지 않아 수술실의 불이 꺼졌다. 문이 열리자 의료

진들이 무거운 걸음으로 걸어 나왔다. 모두 자리에서 일어났다. 마스크를 벗은 의사는 모두가 도저히 받아들일 수 없는 하나의 사실을 알려주었다.

"서민재 군은 사망했습니다. 죄송합니다."

그리고 민재가 죽기 전 무의식 속에서 힘겹게 꺼낸 마지막 한마디를 전해주었다.

"열차는… 떠났나요?"

18
순교자

 졸업앨범에 있어야 할 사진은 국화꽃에 둘러싸였다. 어제까지만 해도 함께 이야기를 나누었던 민재였다. 그런 그가 사진 속에서 수줍게 웃고 있을 뿐이었다. 그제야 깨달았다. 곁에 있던 소중한 누군가의 죽음이라는 것이 얼마나 인정하기 힘든 사실인가 하는 것을 말이다. 그는 언제나 말하곤 했다. 죽음이란 늘 우리 곁에 있는 것이라고. 하지만 동의할 수 없었다. 인정하고 싶지 않았다. 부정하고 싶었다. 셀 수 없이 머리를 흔들어보고, 눈을 질끈 감았다 떠보았지만 소용없는 일이었다.

 시간이 지나자 구역질이 나서 견딜 수가 없었다. 화장실을 쉴 새 없이 들락날락했다. 변기를 부여잡고 구토를 했다. 슬픔에도 불구하고 밀려오는 허기에 억지로 구겨 넣은 것들까지 모두 게워냈다. 게워냈지만 또 게워내고 싶었다. 속이 텅 비었는데도, 계속해서 구역질이 났다. 지금 와서 생각해 보면 그것은 심리적인 거부반응이 아니었나 싶다. 사력을 다해 이미 소화되어 버린 민재의 죽음을 게워내고 싶었던 것이다.

식장은 국회의원부터 시작해 시장, 기업인들 등 수많은 사회 저명인사들이 보낸 화환들로 수 놓였다. 그 사이에 학교의 이사장님과 교장 선생님의 화환도 보였다. 삼 일 동안 참 많은 조문객들이 다녀갔다. 선생님들과 학교 친구들, 레지스탕스와 연극부도 그의 죽음을 애도했다. 붐볐던 만큼 많은 이야기들이 오갔다.

그들이 기억하는 민재의 모습은 참으로 다양했다. 어른들은 가업을 이어받아 의사가 될, 아버지를 닮아 유능한 기업인이 될, 형을 닮아 유능하고 세련된 청년이 될 학생으로 기억했다. 친구들은 그를 부잣집 도련님이자, 유일하게 의대에 합격한 모범생, 용감하게 대자보를 내붙였던 지성인, 완성도 있는 대본을 쓴 극작가로 기억했다. 장례식장을 지키며 드는 의문은 왜 아무도 그를 모험을 동경하며 시인을 꿈꾸던 학생으로, 동생으로, 친구로 기억해 주지 않느냐는 것이었다.

언젠가 스콧 피츠제럴드의 『위대한 개츠비』를 읽고 민재와 함께 이야기를 나눈 적이 있었다. 주인공인 개츠비는 살아생전 자신의 대궐 같은 저택에서 많은 파티를 열었다. 저명인사들은 물론이고 초대받지 않은 손님들까지 그의 성대한 파티에 참석하기 위해 장사진을 이루었다. 하지만 그가 죽고 치러진 장례식에는 단 두 명의 조문객이 방문했다. 장소는 같았는데, 사람들로 붐볐던 그의 저택은 적막만이 가득 차 있을 뿐이었다. 나는 이것이 바로 개츠비가 인생을 잘못 살았다는 반증이라고 했다. 하지만 민재는 반대했다.

"실패한 인생이라고?"

그가 눈살을 찌푸리며 말했다.

"장례식에 단 두 명만이 온 거잖아."

"과연 많은 조문객들이 왔다고 해서 그의 장례식이 달라졌을까."

그는 다소 공격적인 태도로 말했다.

"응. 많은 사람들이 찾아와 그를 애도해 준 거니까."

"아니야. 여기서 주목해야 할 건 단 두 명의 조문객이야.

그들은 개츠비의 진짜 모습을 알고 있던 사람들이었어. 조문객이 많아졌다고 해도 마찬가지야. 그중 진정한 조문객은 단 두 명뿐이지. 나는 장례식에 몇 명이 오는가 하는 것은 중요하지 않다고 봐. 고인의 진짜 모습을 기억해 주는 단 한 명의 조문객이 있다면, 그걸로 충분한 거야. 그것이야말로 멋진 인생을 살았다는 반증이지. 그래서 개츠비가 위대한 거야."

조문객들의 행렬 속에서 한참 동안이나 영정사진을 바라봤다. 나는 그가 개츠비가 될 수 있도록 삼 일 동안 장례식장을 떠나지 않기로 했다. 정신없이 바빴지만, 새벽 두 시가 넘자 한숨 돌릴 수 있게 되었다. 슬픔과 피로에 찌든 그의 아버지가 내게 다가와 말했다.

"기윤아, 이제 그만 돌아가서 쉬렴."

하지만 나는 고개를 가로저었다. 장례식장을 지킬 거라며 이렇게 하지 않으면 후회할 것 같다고 했다. 또다시 민재를 생각하며 눈물까지 흘렸다. 그는 고개를 끄덕이며 자리로 돌아갔다. 그리고 한 시간쯤 지났을까, 그가 조용히 나를 불렀다. 함께 야외 벤치에 앉아 그가 내민 것은 편지 봉투였다.

"이게 뭔가요?"

내가 조심스럽게 물었다.

"민재가 남기고 간 편지란다."

"읽어봐도 될까요."

그는 고개를 끄덕이고 새벽하늘을 바라보며 담배에 불을 붙였다. 그의 손이 미세하게 떨리고 있었다.

민재는 사고가 있었던 날, 아버지에게 대학에 가는 대신 긴 여행을 떠나겠다고 통보했다. 당연하게도 아버지가 화를 내며 수긍하지 않자, 미리 써놓은 편지 한 장을 책상 위에 남겨 놓은 채 오토바이에 시동을 걸었다.

아버지께

난생처음으로 아버지께 반기를 들려고 합니다. 아버지가 대학 대신 모험을 떠난다는 저의 결정을 결코 허락해 주지 않으리라는 것을 잘 알기 때문입니다. 그런 것을 기대한다면 아마 저는 평생 집을 나서지 못할 겁니다. 그래서 이렇게 무작정 짐을 싸서 길을 떠납니다. 가족들의 따스한 환송도 받지 못하는 그런 모험이 되겠죠. 이것이 제가 집을 떠나며 가장 서글프게 생각하는 것입니다. 그래도 다행이라는 생각이 듭니다. 여정에 앞서 마음을 강인하게 다잡을 수 있으니까요. 힘들거나 지칠 때 추억하긴 하겠지요. 하지만 결코 이곳으로 발길을 돌리지 않을 것입니다. 저는 따스함을 잃어버렸으니, 이제 돌아올 곳이 없는 겁니다.

모두들 저를 미쳤다고 생각하겠지요. 저도 알고 있습니다. 아버지의 아들이라는 자리가 누군가에게는 동경과 부러움의 자리라는 것을요. 그러나 저는 너무 버거웠습니다. 아버지의 세계는 하나의 종교와도 마찬가지였습니다. 아버지의 말씀 하나하나가 성문화된 그런 종교였죠. 모든 것이 일목요연하게 정리되어 있었습니다. 무엇이 최고의 선인지, 무엇이 최고의 가치인지, 무엇이 나아가야 할 길인지 말이죠. 저는 그저 맹신하고 복종하며 따르기만 하면 되는 거였지요. 하지만 도저히 버틸 수가 없었습니다. 어스름이 내린 저녁, 아버지 병원의 푸른 십자가를 볼 때면 두렵기까지 했습니다. 이미 저는 사상적으로 이단이었으니까요.

카인의 말로는 추방입니다. 그래서 저는 불가피하게

떠날 수밖에 없습니다. 이제 제가 원하는 것은 그 누구도 정의하지 않은 날것 그대로의 세상과 마주하는 것입니다. 걱정 마세요. 제겐 선지자들의 책이라는 훌륭한 가이드북이 있습니다. 낯선 세계와 오감으로 맞닥뜨리고, 그것을 저만의 시각으로 인식할 겁니다. 지혜로워질 것이고, 강인해질 것입니다. 그렇게 얻은 지각과 영감으로 시를 쓸 겁니다. 마음속에서 요동치는 감정들을 풀어낼 겁니다. 또한 알고 있습니다. 아버지의 종교를 부정하는 대가는 생각보다 잔인할지도 모른다는 사실을 말입니다. 모든 것이 정의되지 않은 채, 가치판단이 내려지지 않은 채 무시무시하게 똬리를 틀고 있겠지요. 저를 기다리는 것은 위험하기 짝이 없는 고독과 시련뿐이겠지요. 하지만 저는 그래서 더욱 설렙니다.

아버지는 제가 자랑스러웠던 적이 있나요. 저는 아버지가 언제나 자랑스러웠습니다. 어린 시절 당신은 제게 유일한 영웅이었습니다. 아버지가 학교에 올 때면 얼마나 자랑스러웠는지, 친구들에게 크게 소리치고 싶을 정도였습니다. 그런 영웅이 이제는 사뭇 왜소하게만 보여 가슴이 아픕니다. 제가 우러러보았던 영웅은, 이제 되레 훌쩍 커버린 저를 올려다봅니다. 어머니가 돌아가시곤 중풍은 당신 육체의 절반을 집어삼켰습니다. 이제 쓰러지지 않기 위해 오른손에 움켜쥔 지팡이는 저의 가슴을 저미게 합니다. 노쇠한 영웅은 혈기 왕성한 젊은 시절처럼, 자신의 세계를 지키려 고군분투하고 있는 것일까요. 그럼에도 저는 당신이 언제나 존경스럽습니다.

어린 시절 아버지가 위인 전집을 사주셨던 일이 기억납니다. 책장 한편을 채운 위인전에 새겨진 그들의 초상은 제가 좇아야 할 영웅들처럼 저를 내려다보곤 했습니다. 아버지는 부와 명예 그리고 명성으로 귀결되는 그들의 이야기처럼 저 또한 그런 인생을 살길 바라셨을 것입니다. 그러나 제겐 그들 인생의 찰나 속에 존재하는, 살아 숨 쉬는 시련과 고난의 과정, 위험천만한 모험이 동경의 대상이었습니다.

아버지는 언젠가 제게 문학이 현실도피의 이상적인 세계라고 하셨죠. 그러나 그곳은 제가 몸담고 싶은, 살아 숨 쉬는 이상향이었습니다. 저는 아버지의 세계에서 그런 꿈을 꾸며 살았습니다. 이제 그 꿈을 향해 나아가려고 합니다. 당신을 거역하고 새로운 세계로 나아가보려 합니다. 당신이 규정하는 아들이 아닌, 저 스스로가 규정하는 자신이 되어보려 합니다. 하늘에 계신 어머니는 저의 여행을 어떻게 생각하실까요. 저를 무릎에 앉히고 피아노를 쳐주시던 어머니가 오늘따라 너무나 보고 싶습니다. 아버지, 당신의 사랑 잊지 않겠습니다. 언제나 존경하고 사랑합니다.

아버지는 내가 편지를 읽는 동안 두 개비의 담배를 한숨으로 바꾸어 공중으로 흩뿌렸다. 그 희뿌연 연기 속에는 헤아릴 수 없는 무언가가 뒤엉켜 있는 것 같았다. 나는 민재가 익히 접어놓았을 자취를 따라 편지를 도로 접어 봉투에 넣었다. 그는 믿을 수 없다는 듯 머리를 가로젓고 세수를 하듯 마른손으로 얼굴을 비볐다. 입가의 초췌한 수염에서는 건초더미를 매만지는 듯한 소리가 났다

"민재가 어떤 친구였는지 말해주겠니?"

잠시 후 그는 침묵을 깨며 말했다.

"민재는… 뭔가, 다른 친구들과는 많이 달랐어요. 아주 많이요."

운을 떼곤 회상을 시작했다. 그가 좋아했던 책들, 그가 내뱉은 생각들, 그가 썼던 시들, 그가 창조한 연극, 함께 떠났던 짧은 여행에 대해서 두서없이 이야기했다. 그리고 그가 꿈꾼 이상향과 결국 떠날 수밖에 없었던 이유도 덧붙였다. 그는 아련하게 웃음 짓다가도, 아들의 죽음을 믿을 수 없다는 듯 고개를 흔들었다. 이야기가 죽음에 귀결되었을 때, 나는 슬픔을 주체하지 못하고 눈물을 쏟아내고 말았다.

"부끄럽구나. 아버지면서도 아들에 대해서는 잘 알지 못했어. 민재가 그런 아들인 줄 이제서야 알았구나…."

그는 충혈된 눈으로 애써 미소를 지어 보이며 말했다.

"아버님, 정말 죄송해요…, 제가 너무 한심한 것 같아요… 그때, 그래도, 말려야 했던 걸까요. 민재가 떠난다고 제게 말했을 때, 저는 말릴 수 없었어요. 너무나 확고했거든요. 역시, 그래도 말려야 했던 걸까요. 다 제 잘못 같아요. 너무 큰 죄를 진 것 같아요…. 하지만 그때 저는 민재를 그저 믿어주고 행운을 빌어주는 수밖에 없었어요…."

나는 주저앉듯 털썩 무릎까지 꿇곤 오열하기 시작했다.

"괜찮다. 그래, 어쩌면 그게 진짜 우정일지도 모르지. 민재가 많이 고마워할 게다."

그는 나의 어깨를 토닥여주곤 자리를 떠났다.

장례 이틀째 되는 날, 경찰은 사고 현장에 버려져 있던 민재의 소지품을 가져다주었다. 수학여행과 설악산에 가져갔던 배낭과 조그마한 크로스백이었다. 찬원이 형과 함께 유가족들을 위해 마련된 방에서, 고대 유물을 살펴보는 탐사대원처럼 조심스레 짐을 풀어봤다. 정말 간소했다. 여벌의 옷과 속옷, 세면도구, 지갑과 여권, 일기장과 메모장 그리고 책 두 권이 있었다. 찬원이 형은 손에 쥔 책들의 제목을 음미해보듯 찬찬히 살핀 후, 한 권씩 조심스레 내려놓았다. 읽다 말았는지 책갈피가 끼워진 서머싯 몸의 『달과 6펜스』와 페이지 구석구석 암호처럼 메모가 빼곡히 적혀 있는 레비 스트로스의 『야생의 사고』였다.

"이 녀석 도대체가 무슨 생각이었던 거야…."

그는 책을 바닥에 내려놓으며 이마를 짚었다. 이윽고 바닥에는 한 방울, 두 방울, 눈물이 떨어지기 시작했다. 나 역시 눈물을 흘리며 의문을 가질 수밖에 없었다. 민재는 도대체 어떤 세계를 꿈꾸었던 것일까. 무엇이 그를 그런 확고한 신념에 가득 차게 했던 것일까. 그는 가장 가까운 친구였음에도, 도대체가 이해할 수 없는 친구였다.

뜬눈으로 지새웠던 장례식도 어느새 끝이 났다. 발인식엔 친구라곤 나밖에 없었다. 그 많던 조문객들은 어디로 간 것일까. 친구들에게 연락했다. 마지막 가는 길이니 함께해달라고 부탁했지만 다들 바쁘다고 할 뿐이었다. 반장이었던 규영이에게 전화해 친구들과 함께 와달라고 부탁했지만 그는 싸늘할 뿐이었다.

"우리는 이미 장례식에 다녀왔다고. 민재의 죽음에 대해서 할 수 있는 건 다 했는데, 얼마큼 더 슬퍼해야 하는 거냐? 알아? 넌 그저 네 슬픔을 타인에게 강요하고 있는 것뿐이야."

듣고 보니 그의 말이 맞았다. 또한 깨달았다. 개츠비는 화려한 장례식을 원하지 않는다는 것을.

무언가 본질적인 것—그것을 영혼이라 불러야 할까—이 빠져나간 민재의 시신은 마침내 하얀 뼛가루로 변해 유골함에 담겼다. 그는 자신의 근원으로 되돌아간 듯 어머니의 곁에 안치되었다. 그 조그마한 도자기에 담긴 것이 민재라니 도저히 믿기지가 않았다. 그가 죽은 것이 아니라 그토록 꿈꾸던 새로운 세계로 떠난 것이라는 착각마저 들었다. 아니, 그렇게 믿고 싶었다.

마지막까지 함께한 이들은 이제 민재를 놓아주자며, 보내주자며, 좋은 곳으로 갈 거라며 서로를 위로해 주었다. 가슴속에서는 하나의 의문이 싹텄다. 왜 이제야 보내주자 하는가. 왜 이제야 말이다. 그들에게 소리치고 싶었지만, 차마 입 밖에 꺼낼 수는 없었다.

 그렇게 민재는 우리의 곁을 떠나갔다. 민재의 부모님과 형은 나를 따스하게 배웅해 주었다. 아버지는 차비를 하라며 흰 봉투를 건네주었지만, 정중하게 거절한 채 빈손으로 집으로 향했다. 집에 돌아오니 엄마가 나를 꼭 안아주었다. 그러곤 사람은 그렇게 소중한 사람들을 하나씩 떠나보내며 조금씩 이별연습을 해야 하는 거라고 다정하게 일러주었다. 나는 엄마 품에 안겨 마치 아이처럼 한참 동안이나 펑펑 울고 말았다.

 세상은 아무 일도 없었다는 듯 움직이고 있었다. 그날의 사고 현장에 경찰이 임의로 그린 하얀 자취 위로 자동차들이 무심하게 지나다녔다. 그가 쓰러져 있던 보도블록에는 인기 여배우가 주름개선 크림을 들고 서 있는 실물 크기의 패널이 자리 잡았다. 친구들은 시끌벅적하게 스키장으로, 겨울 바다로 졸업여행을 떠났다. 나 역시 일상으로 돌아가야 했다. 더 이상 연기를 지속할 힘도 용기도 없어 하던 일을 그만두었다.

하지만 스스로를 추스르기가 너무나 힘이 들었다. 여기저기서 민재의 이야기가 들려왔다. 그저 흥밋거리로 회자되며 그는 왜곡되고 변질되었다. 처음에는 나서서 그들과 맞서 싸웠다. 민재는 그런 친구가 아니었다고 말이다. 하지만 부질없는 짓이었다. 그들은 이미 단정 짓고 확정 지었던 것이다.

무엇보다 나를 아프고 힘들게 했던 것은, 민재가 친구를 잘못 만나 죽음에 이르렀다는 이야기였다. 결국 나 때문이라는 것이었다. 곰곰이 생각해 보면 틀린 말도 아니었다. 그렇게 나의 마음은 차가운 송곳으로 쑤셔지고 헤집어졌다. 내가 기대했던 민재의 소식은 이러한 성질의 것들이 아니었다. 미지의 세계에서 보내오는 사진 한 장, 소식을 전하는 편지 한 장, 안부를 묻는 엽서 한 장. 이런 것들이길 바랐다. 혹시나 하는 어리석은 마음에 우체통을 확인해 보았지만, 텅 비어 있을 뿐이었다.

무작정 짐을 싸서 길을 떠났다. 지난날 민재와 함께 갔던 일관산으로 향했다. 스님을 찾아갔다. 눈물을 흘리며 민재의 소식을 전했다. 그는 그런 일이 있었냐며, 한참이나 놀란 감정을 감추지 못했다. 나는 민재가 했던 것처럼 만배를 하겠다고 했다. 이틀이 걸렸다.

"민재는 만배를 하고 무언가를 느꼈다고 했는데, 저는 아무래도 안 되나봐요."

절을 떠나며 스님에게 말했다.

"사람을 떠나보내는 건 다 각자의 방법이 있는 거란다."

그가 인자한 미소로 말했다.

"저는 그럼 뭘 해야 할까요?"

"민재가 가장 좋아했던 게 뭐였니?"

"좋아했던 거요?"

"행복해했던 거나."

나는 잠시 생각을 하다가 대답했다.

"여행을 떠나기 전에 제게 수첩 한 권을 줬어요. 그곳에 자신이 그동안 적은 시들이 적혀 있었죠. 민재는 그걸 만들고 무척이나 기뻐했어요. 그 수첩 한 권이 이 세계에서 자신이 유일하게 발 디딜 수 있는 대지라고 할 정도였죠. 그때 그의 얼굴이 가장 행복해 보였던 것 같아요."

"그럼 그 수첩을 책으로 만들어보는 건 어때?"

그가 뒷짐을 진 채 환히 웃으며 말했다.

"책으로요?"

"응. 진짜 책으로 엮는 거지."

"엮어서요?"

"그곳에 마음을 함께 묻는 거지. 기윤이만의 방식으로 장례를 치르고 떠나보내는 거야."

스님에게 감사의 인사를 하고, 집으로 돌아갔다. 낙담해서 찾아갔던 사찰이었지만, 하산할 땐 답을 찾은 것만 같았다. 기분이 좋기까지 했다. 바로 작업에 착수하기로 했다.

하지만 어떻게 수첩을 책으로 만들어야 할지 막막했다. 문득 일전에 민재의 제보로 학교에 왔던 기자가 생각이 났다. 무작정 그가 근무한다는 종로의 한 신문사로 찾아갔다. 그는 놀라며 나를 반겼다. 함께 근처의 카페로 향했다. 커피를 앞에 두고 마주 앉았다. 조심스럽게 민재의 소식을 전했다. 레지스탕스 사건 이후의 일들과, 마지막 여정, 그리고 죽음에 대해서 이야기했다. 그는 한참 동안 멍한 눈으로 허공을 바라봤다.

"사실, 제가 찾아온 건 이것 때문이에요."

가방에서 수첩을 꺼내 그에게 건네며 말했다.

"이게 뭔데?"

"그동안 민재가 쓴 시들이에요. 책으로 만들고 싶은데, 어떻게 만들어야 할지 막막해서요. 기자님이라면 아실 것 같다는 생각이 들어서요…."

"민재가 이런 시를 썼구나. 생각보다 더 멋진 친구인걸. 그러지 말고 이 시를 출판사에 투고해 보면 어떨까?"

그가 시집을 한번 쭉 훑어보더니 말했다.

"안 돼요. 그는 투고니 신춘문예니 하는 것에 무척이나 지쳐 있었어요. 그저 단 한 권의 책이면 돼요."

"만들어서 뭐 하려고?"

그는 의아한 눈빛으로 물었다.

"이건, 민재를 위한, 제 자신만의 장례식이거든요."

"으음, 그렇다면 만들어야지."

그는 잠시 생각에 잠긴 듯 턱을 매만지다 말을 이었다.

"책을 만들려면 아무래도 돈이 필요할 것 같은데."

"걱정 마세요. 저 알바해서 돈 있어요. 이제 다른 알바도 시작할 거거든요."

그는 잠시 나를 재미있다는 듯 미소와 함께 응시하더니 입을 열었다.

"그래, 알겠다. 그럼 나도 이것저것 알아보고 연락을 다시 주도록 할게."

카페에서 알바를 시작했다. 시집을 만들기 위해 쉬는 날도 없이 일했다. 얼마 지나지 않아 기자에게서 연락이 왔다. 편집 디자이너를 찾았다고 했다. 그가 시를 정리해 책으로 엮어줄 것이라고 했다. 일이 마무리가 되면 함께 인쇄소로 가서 책을 인쇄하자고 했다. 비용이 얼마가 드냐고 했다. 그는 대금은 이미 자신이 치렀다며, 그건 장례식을 위한 부조금이니 신경 쓰지 말라고 했다.

"시집의 제목은 생각해 봤어?"

나는 민재와 마지막으로 만났던 밤이 떠올랐다. 내가 외친 제목에 미소 짓던 그의 얼굴.

"레지스탕스예요."

"레지스탕스. 그래, 민재다운 제목이다."

수화기 너머 부드러운 웃음소리가 들렸다.

"참, 제가 책의 겉표지를 그려도 될까요?"

"그림을?"

"그것도 좋은 생각인걸."

며칠 밤을 지새우며 민재의 초상을 그렸다. 사진도 보지 않았다. 눈을 감고 그를 떠올렸다. 스케치를 했다. 세 번이나 그렸던 걸 찢고, 다시 그렸다. 하얀 종이 위에 조금씩 드러나는 형상은 누가 봐도 민재가 아니었다. 하지만 역설적으로 그것은 명백히 민재였다. 내가 그린 민재는 껍데기를 한 꺼풀 벗어버린 민재였다. 해방된 민재였다. 그렇게 완성된 그림을 디자이너에게 보냈다. 모든 준비가 끝났다. 기자와 함께 을지로의 한 인쇄소를 찾았다. 드디어 민재의 첫 시집이 탄생했다.

"정말 멋진 책이다. 근데 이제 이걸 어떻게 하려고?"

그가 인쇄소를 나서며 물었다.

"학교에 명예의 전당이란 곳이 있어요. 왜, 사회에 진출해 잘나가는 졸업생들이 모셔진 그런 퀴퀴한 곳 있잖아요. 언젠가 민재랑 약속 하나를 했거든요. 거기에 선배들과는 전혀 다른 세련된 방법으로 들어가자고 말이에요. 하지만 그가 이렇게 가 버렸으니… 그래서 다른 방법을 찾았어요. 그곳에 트로피들이 즐비한 진열장이 있는데, 이 시집을 거기에 몰래 가져다 놓을 거예요."

"하하, 레지스탕스답다. 민재가 정말 좋아하겠어."

그는 책 표지의 제목을 가리키며 말했다.

"정말로 도와주셔서 감사합니다."

그와 헤어지며 머리가 땅에 닿을 만큼 고개 숙여 인사를 했다.

"나야말로 고마운걸. 여전히 기자로 여기저기 뛰어다니고 있지만, 민재를 만났던 것만큼 재미있고 멋진 경험은 한 적이 없었거든. 게다가 특별한 장례식에도 함께할 수 있었으니… 그럼 조심히 내려가라."

그는 내게 손을 흔들어주었다.

졸업식 하루 전, 마지막 거사를 하기로 했다. 어둠이 내려앉은 학교에 침투했다. 레지스탕스는 떨지 않는다. 명예의 전당으로 향했다. 문은 굳게 잠겨 있었다. 레지스탕스는 당황하지 않는다. 창틀을 밟고 올라가 천장과 맞붙은 작은 창을 움직여 봤다. 다행히도 열려 있었다. 곡예를 벌이듯 그 작은 창문으로 몸을 구겨 넣었다. 안전하게 착지했다. 암흑 속에서 손전등을 켰다. 벽에 걸린 사진들을 지나쳐 진열장으로 향했다. 트로피들을 구석으로 밀어 넣고 한가운데에 민재의 시집을 안치했다. 그리고 진열장의 문을 닫았다. 시집을 바라보며 한참 동안이나 멍하니 서 있었다.

드디어 졸업식 날이 밝았다. 유효기간이 얼마 남지 않은 교복을 입고 학교로 향했다. 벌써부터 교실은 시끌벅적했다. 모두 어딘가 달라져 있었다. 장발을 한 친구도, 노랗게 염색을 한 친구도 있었다. 어딘가 낯설어진 그들의 이야기가 들려왔다. 대부분이 나처럼 대학 진학을 앞두고 있었다. 하지만 다른 길을 가는 친구들도 있었다. 누구는 재수를, 누구는 군 입대를, 누구는 취업을 했다고 했다. 모두들 학교를 떠날 만반의 준비가 되어 있었다. 우리에게 남겨진 것은 졸업식뿐이었다.

담임 선생님에게 졸업앨범을 전해 받았다. 앨범을 펼쳐 봤다. 빠르게 페이지를 넘겼다. 내가 찾는 것은 지민이도 나도 아니었다. 민재였다. 넘어가던 페이지가 멈추었다. 시선이 멈춘 곳에 민재가 있었다. 가슴이 두근거렸다. 고갤 돌려봤다. 그러나 아무리 주위를 둘러봐도 그는 없었다.

강당으로 향했다. 한껏 들뜬 분위기 속에서 졸업식이 시작되었다. 사방에 현수막이 즐비했다. 졸업을 축하한다는 학교와 후배들, 그리고 자모회의 메시지였다. 그리고 몇 명을 어디 대학에 보냈는지 통계를 낸 현수막도 자랑스레 걸려 있었다. 이것이 우리 졸업생들의 총결산이었다. 삼 년의 결과물이었다. 눈에 거슬리는 것이 하나 있었다. 분명 민재는 입학을 스스로 거부했는데, 그곳에는 '의대 합격 1명'이라는 글씨가 버젓이 쓰여 있었다. 그의 의사와는 상관없이, 그의 자취는 하나의 거짓 통계로 남아 쓰이고 있었다. 현수막을 보며 이가 갈렸다.

우습게도 단상에서 나의 이름이 호명되었다. 독서왕으로 상을 받았다. 교장 선생님이 친히 상을 수여했다. 인위적인 미소로 축하한다며 악수를 청했다. 내가 독서왕이라니! 상을 손에 쥐었지만 하나도 기쁘지 않았다. 이 멍청이들아! 그래, 박수나 실컷 쳐라! 학교는 진짜 독서왕이 누구인지도 모른 채, 이렇게 허위로 이루어진 대출기록만으로 수상을 하고 있었다. 가짜들을 위한 세상. 세상은 원래 이런 것이었다. 진짜는 여기에 없었다. 자리로 돌아와 상장을 구겨버렸다. 내가 그날 부상(副賞)으로 받은 것은 세상에 대한 적의와 불신뿐이었다.

"그럼, 마지막으로 여러분들의 졸업을 축하하며, 학생회장의 축사로 졸업식을 마무리하겠습니다."

전교 회장이 낭랑한 목소리로 준비해 온 축사를 읽었다. 식장에는 모종의 숙연함이 맴돌았다. 하지만 어떤 호소력도, 울림도 없었다. 어른들을 흉내 내는 진부한 말들이었다. 듣기 싫었다. 홀로 눈을 감았다. 본능적으로 민재의 시를 읊조리기 시작했다. 그때 갑자기 즐거운 비명소리와 함께 들뜬 웅성거림이 일기 시작했다. 그동안의 억눌려온 무언가를 분출하려는 듯, 몇 아이들이 미리 준비해온 소화기와 밀가루를 친구들에게 난사하고 흩뿌리기 시작했다. 다른 친구들도 일제히 일어나 준비해온 흰 가루를 뿌리며 쫓아가고 도망가고 한데 뒤엉키면서 식장은 아수라장이 되었다. 일부 학생들은 공격 대상을 선생님들로 삼음으로써 우스꽝스러운 광경을 연출했다.

쉴 새 없이 휘몰아치는 희뿌연 안개의 파도 속에서 민재의 시는 무의미한 외침이 되고 말았다. 거대한 파도에 부딪혀 형태소로 부서졌고, 환호성과 웃음소리에 치여 자음과 모음으로 갈기갈기 찢겨지고 말았다. 민재의 존재가 포말처럼 사라져가고 있었다. 두려웠다. 식장을 가득 메운 안개 저편에 민재가 보이는 것 같았지만, 이내 사라져 버렸다. 희뿌연 안갯속에서 이제 무엇을 해야 할지, 어디로 가야 할지 알 수 없었다. 나는 길을 잃은 아이처럼 울음을 터뜨리고 말았다.

19
이정표

 책장을 덮었다. 멍하니 앉아 책을 이리저리 돌려보며 만지작거렸다. 분명 익숙한 책이었지만, 무척이나 낯설었다. 처음 손에 쥐었을 때의 산뜻함은 사라진 지 오래였다. 방부된 채로 빛을 잃어가고 있었다. 쿠쿠하기까지 했다. 하지만 그저 낡고 곰삭았다고 하기에는 그 모습이 너무나 조화로웠고 강인한 생동력마저 느껴졌다. 세상과 격리된 이 조그마한 공간 속에서 세월의 세례를 받은 것이었다. 게다가 잊고 있던 시구와 심상들의 환영에 둘러싸여 이 세상의 것이 아니라 성스러운 유물 같았다. 어쩌면 이것이….

 갑자기 날카로운 경보음이 울렸다. 깜짝 놀라 움찔했다. 황홀했던 도취의 감정도 산산이 부서지고 말았다. 암막 커튼을 걷었다. 차가운 달빛이 새어들었다. 문득 정신이 들었다. 창밖에서 세상은 집요한 추격자처럼 눈에 불을 켜고 나를 찾고 있었다. 이제 이곳도 안전하지 못했다. 게다가 불청객이었다. 자리를 떠야 했다. 하지만 빈손으로 돌아갈 수 없었다. 잃어버린 유물을 되찾아 갈 시간이었다. 코트 안주머니에 시집을 숨겼다. 서둘러 명예의 전당을 벗어나 어둠 속에 몸을 던졌다.

문득 정신을 차려보니 그것은 경보음이 아니었다. 야자의 끝을 알리는 종소리였다. 학생들이 우르르 몰려나왔다. 교정에는 그들을 기다리는 학부모들, 그리고 통학 차량들로 가득했다. 학교를 유유히 빠져나왔다. 이제 어디로 가야 한단 말인가. 버스의 흔들림에 몸을 맡겼다. 버스는 근원지로부터 벗어나 다시 제자리로 돌아가고 있었다. 목적지에 가까워질수록 가슴이 먹먹해져만 갔다. 잠시 망각하고 있던 온갖 불안과 의구심들이 밀려왔다. 저 멀리에서 포성이 들려왔고, 포화의 섬광이 번쩍였다. 그래, 내가 돌아갈 곳은 저곳뿐이다.

버스가 덜컹거릴 때마다 코트 안주머니의 시집이 가슴을 쿡쿡 찔렀다. 가슴이 아려왔다. 손을 넣어 가슴 언저리를 매만졌다. 하지만 그것은 시집 때문이 아니었다. 시집은 그저 환부를 짚어줄 뿐이었다. 통증은 외부가 아닌 내부로부터 연유하는 것이었다. 그것은 이제서야 명백해진 하나의 진실이었다. 망각하고 있던 모든 것의 근원이었다. 이제 그것을 인정해야만 했다. 입술을 지그시 깨물었다.

그렇다. 학창시절 나는 두 명의 사내를 동경했다. 그것은 일종의 아름다움에 대한 동경이었다. 나의 마음을 흔든 아름다움은 오직 그 둘뿐이었다. 그들의 멋은 세상 그 무엇보다 지고했다. 그들을 모방함으로써 그 아름다움을 체득할 수 있다고 믿었다. 하지만 그것은 오산이었다. 본래 아름다움은 아우라를 내뿜기 마련이다. 곁에 머물면 그 빛깔과 향기를 반향하게 된다. 어느 봄날의 싱그러운 햇살을 머금어 찬란하게 빛나는 호수처럼 말이다. 하지만 그것은 반향에 불과하다. 해가 지면 아우라도 함께 사라지고 만다. 그런데 어렸던 나는 이런 멋의 반향을, 멋의 체득이라 착각하고 말았다. 그저 피상적인 모방을 통해 멋을 얻었다고 여긴 것이었다.

열여덟 살 무렵 상민이를 좇았던 것처럼, 스무 살 무렵부터 민재를 좇기 시작했다. 언젠가 그가 모험할 거라고 했던 세계를 모조리 찾아갔다. 지독하게 책을 읽었다. 현세의 일에 눈 감았다. 이상을 좇았다. 고독을 즐겼다. 사랑은 사치라고만 여겼다. 그가 틈틈이 시를 썼던 것처럼 그림을 그려나갔다. 그러면서도 전혀 모방이라고 인지하지 못했다. 그것을 그저 나만의 고유하고 순수한 의지라고만 여겼다. 그동안 민재를 까맣게 잊고 살았으니 당연한 일이었다.

하지만 이제 모든 것이 명백해졌다. 그간의 세월은 모방의 연속일 뿐이었다. 공대생에서 미대생으로의 느닷없는 전환도, 창조에의 열망에 가득 차 화가가 되겠다던 포부도, 유일한 색깔을 가진 예술가로 살겠다던 의지도… 모두 마찬가지였다. 그렇다면 나는 그저 아류에 불과한 것일까. 온전한 내가 될 수는 없는 것일까. 세상은 이런 모작(模作)에 불과한 내게 이제 그만하라고, 철 좀 들라고, 철회하라고 요구하고 있었다. 참을 수 없는 서글픔이 밀려왔다.

창밖으로 목적지가 보였다. 버저를 눌렀다. 버스는 격전지에 멈추었다. 정류장에 발을 디뎠다. 다시 원점으로 돌아왔다. 매서운 바람이 휘몰아쳤다. 코트 깃을 세웠다. 발 디딜 곳은 여전히 바리케이드뿐이었다. 하지만 두렵지가 않았다. 더 이상 목적을 잃은 공허한 바리케이드가 아니었다. 이 최후의 보루에서 무엇을 지켜야 할지 깨달았다. 걸음을 옮길 때마다 가슴 언저리에서 딱딱한 시집이 느껴졌다. 저 멀리서 들려오는 메아리와 포성도 두렵지 않았다. 이제 바리케이드는 강인한 시구와 심상들로 가득 차 있었다. 또다시 아름다움이 내 앞에 펼쳐진 것이다. 이것을 온전한 내 것으로 만들어야 했다. 하지만 이번에는 모방이 아닌 온전한 체화(體化)가 필요했다. 나는 갑자기 무언가를 깨달은 것처럼 달리기 시작했다.

헐떡이며 서둘러 집으로 돌아와 창고로 향했다. 먼지 더미 속에서 오래된 드로잉북 하나를 찾아냈다. 페이지를 넘겼다. 그 시절 그렸던 스케치들… 그러나 쓸데없는 감상에 빠지고 싶지 않았다. 빠르게 페이지를 넘겼다. 드디어 찾던 것을 발견했다. 그것은 민재와 함께 제주도를 여행했던 그 여름, 해안 절벽에서 빠르게 담아냈던 스케치였다. 그래, 여기서부터 다시 시작해야만 한다. 처량하게 쓰러진 이젤을 바로 세우고 캔버스를 펼쳤다. 말러 교향곡 5번 4악장이 흘러나오는 헤드폰을 썼다. 그리고 붓을 들었다.

이어진 망각과 도취의 시간들. 정신을 차려보니 어느새 창가에는 아침 햇살이 드리워져 있었다. 붓을 내려놨다. 헤드폰을 목에 걸쳤다. 커튼을 걷고 창문을 열었다. 겨울 아침의 상쾌한 한기와 일출의 광휘가 그대로 쏟아져 들어왔다. 꿈에서 깬 것처럼 몽롱했던 감각들이 하나둘씩 깨어났다. 창가에 기대 밤새 그린 그림을 바라봤다. 지난 날의 스케치로부터 시작한 그림은 처음 보는 것처럼 낯설게만 느껴졌다.

그곳은 더 이상 노을로 물들어가던 비양도의 아름다운 해변이 아니었다. 이제껏 단 한 번도 마주한 적 없는 해안이었다. 하늘은 금방이라도 폭풍우를 토해낼 듯 새까맣게 응어리진 먹구름으로 가득 차 있었다. 저 멀리 수평선으로부터는 마치 해일처럼 거대한 파도가 대지를 집어삼킬 듯 맹렬한 기세로 몰려오고 있었다. 칠흑 같은 어둠 속에서 태양은 이미 그 존재를 감춘 지 오래였다. 해변에는 한 사내가 우뚝 서 있었다. 그는 자신에게 몰려오는 태초의 것들을 향해 물수제비를 던지고 있었다.

아침 햇살이 캔버스를 부드럽게 비추는 순간, 문득 깨달았다. 그림 속 보잘것없는 사내는 이제 더 이상 민재가 아니라는 사실을 말이다.

작품 해설

저항을 통한 자기실현의 길

저항을 통한 자기실현의 길
사르트르의 피투성과 카뮈의 반항의 개념을 중심으로

　한 인간으로 살아간다는 건 과연 어떤 의미가 있는 것일까. 사르트르는 인간을 피투성(被投性)을 띤 존재라고 했다. 사물이 목적성을 갖고 만들어지는 것과 달리, 인간은 세상에 아무 목적도 없이 던져진 존재라는 것이다. 그렇다면 인간은 아무 목적 없이 살아가는 존재일까. 다행히 세상은 인간이 무목적성에 방황하지 않도록 다양한 목적을 향한 선택지들을 갖춰놨다. 공민적인 국민, 성실한 사회 구성원, 훌륭한 학생, 이러한 모범적 인간 군상들은 인간이 마땅히 도달해야 할 목적지처럼 여겨진다. 더불어 다양한 직업군들은 올바른 이정표처럼 우리를 안내하고 있다. 덕분에 인간은 더 이상 무목적성과 마주할 일이 적어졌다.

그럼에도 인간은 본질적으로 피투성을 느낄 수밖에 없다. 사회적 역할과 책무가 한 개인의 삶과 인생을 규정할 수 없기 때문이다. 이러한 사회적 페르소나를 한꺼풀 벗겨낸 인간은 과연 어떤 의미를 갖고 살아가야 하는가. 이것이 흔히 말하는 자기실현의 영역이다. 자기실현이란 한 인간의 잠재력을 최대한 발휘하고, 자아를 발견하며, 이를 실현하는 과정이다. 하지만 이는 너무 추상적인 개념이라 만인에게 적용 가능한 방법론적 접근이 불가능하다. 『레지스탕스』는 이 시대를 살아가는 인간이 사회적 책무 아래 어떻게 자기실현을 추구할 수 있는가를 심도 있게 탐구하고 있다.

시대의 억압적인 가치관과 억눌린 자아

레지스탕스의 주된 서사의 갈등 축은 '보편적 가치'와 '개인적 가치'의 충돌이다. 이야기는 스물아홉 살의 기윤이 자신의 고등학생 시절을 회상하며 시작된다. 회상에 앞서 그는 서른을 앞둔 자신이 어떤 상황에 직면했는지 스스로를 진단한다. 포부를 갖고 화가로 살아가고 있지만 현실은 녹록지 않았다. 어렵사리 연 전시회는 큰 주목과 관심도 받지 못한 채 실패로 끝나게 된다. 그림으로 인정을 받고 싶었지만 평론가는 그의 작품에 혹평만을 남겼다. 마음을 추스르기 위해 고향으로 잠시 내려간 그는 더욱더 궁지에 몰리게 된다. 아버지는 남들처럼 평범한 직장을 갖고 살아가기를 종용하고, 친구들은 직장도 갖지 않고 그림만 그리는 그를 이해하지 못한다. **늘 그랬다. 무언가가 되지 못해 내가 느끼는 불안보다 더 불안해하는 건 언제나 주변인들이었다.**(p.26)

"이제 너도 곧 서른인데 남들처럼 사내구실 좀 하고 살아야 하지 않겠냐."(p.16) 아버지의 한 마디에 기윤은 깊은 성찰에 빠져든다. **서른이면 마땅히 해야 하는 사내 구실, 나는 그것이 무엇인지 아주 잘 알고 있었다. 내 나이에는 슬슬 결혼도 해야 했고, 집도 마련해야 했으며, 번듯한 직장도 있어야 했다. 이것은 아버지의 기준이기도, 세상의 잣대이기도 했다. 과연 계속해서 그림을 그리는 게 맞는 것일까. 그림을 그리고자 하는 건 나의 운명일까, 아니면 아**

집일까.(p.16) 사회가 요구하는 보편적 행복과 성공의 기준이 개인이 추구하는 자기실현의 방향성과 일치하는 경우는 극히 드물다는 점에서, 기윤이 겪는 문제는 현대인들이 직면하는 실존적인 갈등을 대변하고 있다.

실존적인 좌절 속에서 기윤은 시집 한 권을 꺼내 들게 된다. 그건 학창시절 단짝 친구였던 민재와의 추억이 담긴 시집이다. 민재는 기윤이 고등학교 2학년 때 전학을 오게 된다. 그를 만나기 전까지 민재는 보편적인 가치보다는 특별한 무언가를 좇는 학생이었다. 좋은 성적을 얻고 성실한 학생이 되기 보다는, 특별한 방식으로 인정받고 싶어 한다. 그가 택한 건 피상적인 멋이다. 일진으로 불리는 불량 학생들과 어울리며 학교에서 권력을 얻고, 여학생들과 어울리며 인기를 얻고, 비싼 나이키 신발을 신으며 멋을 추구한다. 부모님은 학업에 전념하기를 바라고, 친구였던 수형은 그가 나쁜 친구들과 어울리지 않기를 바라지만, 그는 자신의 새로운 가치를 찾고 싶어한다.

열여덟 살의 기윤이 마주하는 학교는 스물아홉 살의 기윤이 마주하는 현실과 구조적으로 매우 닮아 있다. 학교를 둘러싼 어른들은 학생들이 허튼 길로 빠지지 않고 올바른 길로 가길 바라고, 세상을 둘러싼 기성세대들은 헛된 꿈보다는 평범한 사회 구성원이 되길 종용한다. 새로운 가치를 모색하고자 하는 기윤은 자꾸만 어른들과 충돌한다. 아버지는 학교를 자퇴하고 다시 시험을 치뤄 명문고에 진학하기를 강요하고, 선생님은 떨어지는 성적과 일탈 행위들을 바로잡기 위해 체벌을 가한다. 하지만 기윤이 원하는 건 기성세대들의 강제하는 가치와는 동떨어진 것이었다.

이제 더 이상 아버지에게 인정받으려 애쓰고 싶지 않았다. 내겐 학교에서 친구들에게 더 멋진 방법으로 인정받을 방법이 있었다. 이제 다른 학교 친구들도 내 이름을 알기 시작했다. 나는 공부가 아니어도 더 멋진 세계를 만들고 있었다. 하지만 이걸 어떻게 설명해야 될지 입이 떨어지지 않았다.(p.59)

상반되는 두 가지 층위의 가치

그렇다면 기성세대가 만들어 놓은 보편적인 가치에서 벗어나 어떤 가치를 추구할 수 있는가. 소설 속에서 기윤은 두 가지 상반된 가치관에 매혹된다. 첫 번째 가치로 대변되는 것은 상민이다. 그는 기윤과 친구가 된 일진들의 우두머리로 학교 내에서 무소불위의 권력을 갖고 있다. 인간 사회의 권력과 정치 메커니즘에 통달한 듯 조직을 통제하고, 동급생들은 물론 선배들까지 말 한마디로 움직이며 자신의 이권을 쟁취한다. 착취와 억압으로부터 오는 모든 혜택을 당연한 듯 향유한다. 외적으로도 학생들 사이에서 동경을 유발하는 좋은 신발과 옷을 입으며 자신의 남다른 존재감을 형성한다. **나는 그가 진짜 멋을 아는 녀석이라는 생각이 들었다. 그 뒤로 그의 권력도 점점 멋으로 보이기 시작했다.**(p.44)

반면 전학생으로 갑자기 등장한 민재는 상민과 상반되는 가치를 대변하고 있다. 그는 상민과 달리 반듯한 모범생의 모습을 하고 있다. 반듯하게 교복을 입고 학교 생활을 하며 성실하게 학업에 임한다. 하지만 그 누구와도 어울리지 않으며 매일 책을 읽는다. 그의 목표는 세계 각지를 홀로 모험하는 용감한 시인이 되는 것이다. 그는 자신의 꿈을 이루기 위해서는 부단하게 인문학적 소양을 쌓고 문학적인 투쟁을 해야 한다고 믿는다. 기윤은 민재의 흔들림 없는 일상을 보며 그의 가치에도 이끌리게 된다. **전형적인 모범**

생의 단정한 모습으로 투쟁을 운운하는 민재. 어쩌면 그가 바로 내가 찾던 진짜 멋이 아닐까 하는 생각이 들었다.(p.165)

상민의 가치는 외적 성취와 권력 형성에 집중되어 있으며 이는 현대 사회에서 물질주의적 성공의 기준을 반영한다. 이러한 가치는 그 목적성이 분명하다. 명성과 권력, 각종 이권을 비롯한 다양한 물질적 혜택을 향유하는 것이다. **"그는 청소 시간에 주머니에 손을 넣고 복도를 누볐고, 급식실에서도 줄을 서지 않고 자연스럽게 새치기를 했다."**(p.44) **상납 형식으로 적지 않은 금품을 갈취하고 있었다.**(p.189) 그 이면에는 도덕적 해이가 잠재해 있다는 걸 알지만 모두가 어두운 이면에는 눈 감는다. 그들의 존재는 질서를 부여한다는 측면에서 세상으로부터 정당성을 부여받기까지 한다. **선생님들도 어느 정도 그들의 지위를 인정해 주는 분위기였다. 폭력 문제가 터져도 학생 개인을 문제 삼았지 조직 전체를 문제 삼지 않았다.**(p.43)

상민은 권력을 등에 업고 동급생들을 착취하고, 끝내 친구였던 기윤마저 수탈의 대상으로 삼는다. 하지만 학교는 물론이고 어른들까지 '어떤 문제'가 터지기 전까지 그들의 문제를 해결하지도, 아니 감지하지도 못한다. 문제 삼지 않으면 문제가 되지 않는다 식의 논리가 적용되는 가치의 세계. 상민의 가치는 오늘날 도덕적 해이로 얼룩진 사회면 뉴스를 떠올리게 한다.

기윤은 상민의 가치에 현혹되지만 우정은 권력 구조 속에서 묽게 희석되고 만다. 그도 이내 수탈의 대상으로 전락하고 만다. 그는 현혹되었던 권력의 세계에서 그들의 본 모습을 마주하곤 잔뜩 겁을 집어 먹게 된다. **손이 떨렸고 식은땀이 났다. 이렇게 잔혹한 녀석이 내 삶의 가장 가까운 곳에 있다는 사실을 뒤늦게 알아차렸던 것이었다.**(p.103) 기윤은 상민의 가치의 한계를 마주하곤 민재의 가치에 눈을 돌리게 된다. 민재가 보여주는 가치는 외적 성취보다 내적 성취를 중시하며 이는 사람들이 보편적으로 추구하지 않는 삶의 방식이다. 그는 기성세대가 부여하는 책무에는 성실하게 복종하기에 성실한 학생으로 비춰진다. 하지만 그는 그들의 가치에는 사상적으로 동의하지 않는다. "**우리를 자신의 세계에 부품으로 만들려고 하려는 측면도 있잖아. 나는 그저 하나의 태엽일 뿐이야.**"(p.276) "**학교라는 고리타분한 세계에 맹목적으로 복종하는 건 싫어.**"(p.165)

그는 자신의 철학과 신념에 따라 살아가지만 성실한 복종만 해서는 결코 자신이 원하는 걸 쟁취할 수 없다는 걸 깨닫는다. **"보다 근원적인 저항 방법이 있을 거라는 생각이 들어. 한층 더 세련된 투쟁이라고나 할까."**(p.165) 이제 상민과 기윤, 두 가지 가치가 기윤의 세계에서 충돌하기 시작한다.

레지스탕스, 형이상학적인 반항

알베르 카뮈는 인간의 반항은 억압받는 정의와 자유에 대한 깊은 도덕적 분노에서 비롯된다고 주장한다. 카뮈의 반항은 세상의 부조리에 맞서며 인간의 본질적 가치를 지키고자 한다. 정의와 자유를 추구하던 반항은 점차 형이상학적인 영역으로 나아가게 된다. 인간의 본질적 가치를 넘어서 존재의 의미와 목적에 대한 추구로 전이되는 것이다. 카뮈는 이 단계를 형이상학적 반항이라 정의한다. 형이상학적 반항은 서두에서 언급한 사르트르의 실존주의에 기초한 피투성이 맞닿아 있다. 형이상학적 반항으로 나아가는 인간은 이제 신이나 어떤 절대적 가치도 없어도 스스로 자신의 삶의 의미를 찾아야만 한다. 처절한 반항이 시작되야 하는 것이다.

이제 레지스탕스의 주요한 메시지인 '반항'이 시작된다. 민재는 기윤이 상민과 그의 조직으로부터의 억압으로 벗어날 수 있도록 조력자 역할을 한다. "**그래도 끝까지 해봤어야지! 남자는 질 걸 알면서도 싸워야 할 때가 있는 거야. 싸워서 진 것과 그냥 굴복한 건 천지차이라고.**"(p.155) 민재는 계속해서 용기를 북돋아 주지만 기윤은 무기력한 피해자에서 벗어나지 못한다. "**하지만 저항한다고 달라지는 게 있긴 할까.**" 기윤이 의심의 눈초리로 묻자 민재는 대답한다. "**물론이지. 저항 의지를 갖는 그 순간부터 이미 모든 것이 달라져 있을 거야.**"(p.182) 마침내 기윤과 민재는 권력자인 상민과 그의 무리에 정면으로 충돌을 한다. 레지스탕스에서 반항의 첫 단계, 생존적 반항이 처음으로 실현되는 순간이다.

폭력으로부터 벗어나게 된 기윤은 이제 민재와 함께 그의 가치를 따르고자 한다. 그들은 자신들이 성공적으로 진행한 반항의 기세로 교권에 도전하게 된다. 학교가 두발규정부터 복장, 생활 태도 등 규율로 자신들의 삶을 통제하자 이러한 규율에 대항하기로 한 것이다. 이로부터 벗어나야만 자신들이 자유로워질 수 있다고 판단한 것이다. 그들은 프랑스 항독 역사의 상징인 '레지스탕스'의 가치를 차용해 비밀단체를 창설하고 압제 권력에 대항하기 시작한다. 여기서 기윤과 민재는 다른 양상의 반항을 펼친다. 기윤은 무차별적 테러를 일삼으며 학생부 부장 선생님을 처단한다. 하지만 민재는 그의 방식에 동조하지 않는다. 결국 그 둘은 서로의 투쟁 방식을 고수하게 되는데, 학교를 뒤바꾸게 되는 건 기윤의 폭력이 아닌 민재의 목소리였다. 숨어서 테러를 일삼았던 기윤과 달리 민재는 자신의 이름을 걸고 학교에 대자보를 내건다. **민재는 게릴라와 같은 폭력의 언어가 아닌 보다 울림이 있는 메시지를 통해 우리의 의지를 전달해야 한다고 했다.**(p.299) 그의 목소리는 마침내 학교의 억압을 해소하며 보다 자유로운 교정의 분위기를 이끌어낸다. 이는 민재가 추구하고자 하는 시적 언어의 세계가 무엇인지 상징적으로 보여주고 있다.

하지만 그들은 반항이 이룩해 낸 무대 위에서 아주 중요한 사실을 발견한다. 민재는 말한다. **"처음엔 세상을 바꾼 기분이었는데, 어쩌면 모든 것이 그대로일지도 모른다는**

생각이 들었어. 설사 바뀐다 하더라도 그것은 나와는 전혀 상관없는 것들이야."(p.299) 그는 세상의 부조리를 해소하고 인간의 본질적 가치가 보장된다 하더라도 인간의 실존적 문제는 결코 해결할 수 없다는 걸 깨달은 것이다. 그들의 반항은 이제 '형이상학적 반항'으로 나아가게 된다. 카뮈는 형이상학적 반항의 세계를 마치 카인의 추방처럼 세계로부터 버림받은 그 어떤 믿음도 없는 황야로 묘사한다. 이처럼 민재도 세상의 모든 가치를 부정하더니 이내 신까지 부정하는 상황에 돌입하게 된다. **"두려움으로부터 벗어나기 위해 그저 신을 믿었던 거지. 실로 멍청한 안락함이야. 그래서 나는 신을 부정할 수밖에 없어. 내가 동경하고 추구하는 건 오직 자유와 운명의 개척이거든."**(p.345)

초인, 허무주의를 향해 나아가다

이제 민재의 '형이상학적 반항'은 허무주의의 행동 원리라고 할 수 있는 니체의 초인 사상으로 변모한다. 니체의 초인은 보편적인 도덕과 가치관을 초월하는 인간으로, 자신의 신념과 철학에 따라 새로운 가치를 정의하며 살아가는 존재이다. 문학사에서 니체의 초인을 가장 잘 현현한 인물은 도스토옙스키의 『카라마조프가의 형제들』에 등장하는 이반 표트로비치이다. 그는 **"신이 없다면 모든 것이 허용된다."** 는 논리로 세상의 모든 가치를 파괴하고 마치 신이 된 것처럼 행동하기 시작한다. 도덕이 붕괴되어 그 어떤 것도 선악의 기준이 없었기에, 결국 그의 사상은 친부 살인으로까지 이어지게 된다. 이처럼 초인 사상은 궁극적으로 인간이 신을 대체하려는 사태를 유발한다. 이 때문에 버트런드 러셀은 이러한 초인 사상이 나치즘의 강력한 사상적 단초를 제공했다며 그 책임이 니체에게 있다고 주장했다.

레지스탕스에서는 민재를 통해 형이상학적 반항이 발동하기 시작한다. **"내 안에 점점 커져만 가는 순수하면서도 강인한 열망이 내가 살아갈 이유일지도 모른다는 생각이 들었어."**(p.248) 그는 이반처럼 초인 사상을 실현하는 인물로 나아간다. 그는 모든 세상의 도덕과 가치를 부정하기 시작한다. 기윤이 첫사랑에 실패하자 사랑보다 중요한 게 초인적 자기실현이라고 주장한다. **"그건 말이지, 사랑보다 지고한 그 무언가야. 나는 이제 그걸 위해 살아갈 거야."**(p.239) 민재의 반항의 대상은 자신을 억압하는 아버지로 현현된다. 그는 자신이 시인이 아닌 의사가 될 것을 강요하는 아버지에게 거부할 수 없는 두려움까지 느끼게 된다. 그리고 아버지의 병원 옥상에 걸린 푸른 십자가를 바라보며 말한다. "**나는 저기 위에 우뚝 솟은 푸른 십자가가 마치 감시탑처럼 느껴져. 저 십자가가 종교 그 자체로 느껴지기도 해. 가치 규범과 규율을 성문화한 것도 모자라 도덕과 윤리까지 못 박아놓은 완전무결한 종교지. 나는 이 세계에서, 아버지의 종교에서 이단자가 아닐까 하는 생각이 들어.**"(p.162) "**그래도 주어진 이 모든 걸 극복해 낼 거야. 아니, 초월해 낼 거야.**"(p.352) 하지만 다행히도 민재의 초인사상은 이반의 비극의 전처를 밟지 않고 다른 반항의 단계로 나아간다.

세련된 투쟁, 예술적 반항

카뮈는 형이상학적 반항보다 더 높은 층위의 반항을 제시한다. 그건 바로 예술적 반항이다. 형이상학적 반항은 인간 실존에 대한 철학적인 질문에 사로잡혀 결국 허무주의로 귀결될 수밖에 없다. 인간 실존에 대한 본질을 추구하려면 태초부터 순수하게 스스로 정의해야 하는 결론에 도달하게 되는데, 이는 세상의 모든 질서의 파괴를 필연적으로 요구하기 때문이다. 전체를 무로 환원해 전체를 다시 창조해야만 한다. 하지만 예술적 반항은 형이상학적 반항으로부터 '세련된 방향'으로 한 단계 더 나아간다. 파괴와 재창조로 현실을 대체하는 게 아니라, 창조적인 방식으로 이상적 세계를 구현해서 부조리한 현실로 가져와 버리는 것이다. 카뮈는 예술적 반항의 훌륭한 예로 스페인 화가 프란시스코 고야(Francisco Goya)의 그림 《1808년 5월 3일의 학살》(El tres de mayo de 1808)을 제시한다.

이 작품은 나폴레옹의 프랑스 군이 마드리드에서 스페인 시민들을 향해 자행한 무차별 학살을 슬픈 색채로 그리고 있다. 프랑스군의 총부리는 한 사내를 향하고 있다. 사내는 마치 예수처럼 양손을 활짝 벌린 채 발포를 기다리고 있다. 군인들은 금방이라도 방아쇠를 당길 것만 같다. 사내를 둘러싼 시민들은 슬픔에 잠겨 절규하고 있다. 카뮈는 고야의 이 그림이 직접적으로 전쟁의 참상과 부조리에 대해 호소하는 것보다 한 시대에 더 큰 영향력을 끼쳤다고 분석한다. 이 그림 한 점이 세상 사람들이 불의를 자각하게 하고, 유산처럼 후대 사람들에게 계속 전해져 역사적 메시지를 잊지 않고 상기시켰다는 것이다. 실제로 고야의 그림은 1951년 파블로 피카소의 그림 《한국에서의 학살》(Massacre in Korea)에 큰 영감을 주며 인류의 무의식 속에서 전쟁의 부조리를 일깨워주는 예술적 반항으로 자리매김하게 된다.

레지스탕스의 민재도 예술적 반항을 모색한다. 그는 소설 속에서 연극 「루멘」을 창작해 연극부 후배들과 함께 무대 상연을 하게 된다. 루멘은 우주에 떠 있는 거대한 인공위성 '림보'에서 벌어지는 이야기로 소설과 동떨어진 난해한 느낌을 자아낸다. 하지만 루멘은 레지스탕스 작품 전체의 주제를 상징적으로 드러낸다. 어떻게 세상의 진리에 반항하여 새로운 가치를 추구할 수 있는가. 무대는 사실 민재의 자기실현의 열망과 세상의 부조리가 충돌하는 현실 세계의 변용이다. 연극 루멘의 주인공 루멘은 림보의 절대 가치인 '신행성 발견론'을 거부하고 대재앙으로 버려진 지구로 다시 돌아가 새로운 시대를 열고자 한다. 루멘은 우주선에 올라 타 지구를 둘러싼 화산재의 어둠을 뚫고 대지로 돌진하게 된다. 루멘(Lumen)은 라틴어로 '광명'으로 어둠 속에서 진리의 빛을 찾고자 하는 민재의 의지를 대변하고 있다.

루멘은 민재의 예술적 반항의 도구가 된다. 그는 무대 상연을 성공적으로 마치고 '세련된 반항'을 도모한다. 예술적 반항이 삶에 영향을 끼친 것이다. **"더 이상 타인이 규정해 주는 대로, 나의 유한한 인생을 살진 않을 거야. 이제는 스스로 개척해 볼 거야. 부모님이 동의하시든, 하지 않으시든 변할 건 없어."**(p.394) 그는 아버지가 그토록 바라던 대학교에 좋은 성적으로 합격하지만 입학을 거부한다. 대신 용감한 시인이 되기 위해 기나긴 모험을 떠나고자 시베리아 횡단열차 티켓을 구입한다. 부모님의 돈을 빼돌려 여행 자금으로 삼는다. 루멘의 예술적 반항의 메시지를 그대로 실현하는 것이다. **"그래도 주어진 이 모든 걸 극복해 낼 거야. 아니, 초월해 낼 거야."**(p.352) 다행히도 민재는 이반의 비극의 전철을 밟지 않고 세련된 반항의 단계로 나아간다. 기윤은 그런 그에게 깊은 매력을 느끼지만 따라할 엄두도 내지 못한 채 지켜만 본다.

레지스탕스라는 비극의 탄생

인간은 형이상학적 반항으로 자기실현의 길에 다다를 수 없다는 건 이반의 사례를 통해 증명되었다. 초인은 사상으로 정의되었지만, 역사 속에서 이를 실현한 실존 인물은 전무하다. 그렇다면 예술적 반항은 자기실현의 길로 나아갈 수 있을까. 민재는 스스로 창조한 예술적 반항의 길로 첫 발을 내딛지만 불의의 사고로 세상을 떠나고 만다. 그의 반항은 미완성으로 남게 되고 만다. 하지만 민재는 살아 생전 늘 삶은 비극적이어야 한다고 주장한다. 그가 말하는 비극은 세상의 부조리를 자각하고 그것으로부터 자신을 찾기 위한 저항의 또다른 이름이다. **"우리는 무언가가 되기 위해, 어딘가에 도달하기 위해, 또 어떤 것을 성취하기 위해 발버둥 치고 또 발버둥 치잖아. 수포로 돌아갈지도 모를 그 모든 불확실한 노력과 투쟁의 날갯짓 때문에 오히려 비극적 삶은 더 아름다워지는 거야."**(p.256) 그는 자신의 예술적 반항을 증명하지 못했지만, 하나의 비극은 완성하게 된다.

니체는 비극이란 인간 존재의 근본적인 갈등과 고통을 드러내는 예술의 한 형식이라고 본다. 이 때문에 비극을 마주하는 독자에게 인간의 한계와 고통을 직시하게 만들지만, 이를 통해 인간의 고귀함을 드러낼 수 있다고 주장한다. 민재의 치기 어린 반항의 끝은 부조리의 승리로 귀결되었지만, 이를 통해 그의 숭고한 의지는 비극적으로 완성되었다. 민재의 이야기는 또 다시 예술적 반항으로 변용되는 것이다. 기윤은 자신의 친구가 남긴 하나의 비극에 이루 말할 수 없는 슬픔을 마주하지만 동시에 민재의 숭고한 의지에 깊은 영감을 받게 된다. 그리고 민재의 삶을 예술적 삶 그 자체로 받아들이게 된다. 이제 예술적 반항은 기윤에게로 전이된다.

스물아홉 살의 기윤은 자신이 그동안 민재처럼 살고 있었다는 사실을 자각한다. **그간의 세월은 모방의 연속일 뿐이었다. 공대생에서 미대생으로의 느닷없는 전환도, 창조에의 열망에 가득 차 화가가 되겠다던 포부도, 유일한 색깔을 가진 예술가로 살겠다던 의지도…모두 마찬가지였다. 그렇다면 나는 그저 아류에 불과한 것일까. 온전한 내가 될 수는 없는 것일까.**(p.430) 기윤은 크나큰 슬픔 끝에서 자신은 이제 민재의 비극이 아닌 자신만의 예술적 반항을 창조해야 하는 순간이 다가왔음을 깨닫는다. **이번에는 모방이**

아닌 온전한 체화(體化)가 필요했다.(p.431) 그는 집으로 돌아와 밤새 그림을 그리기 시작한다. 그림 속에는 거센 파도를 향해 물 수제비를 던지는 한 사내가 서 있었다. 그건 학창시절 함께 여행을 떠났던 민재의 모습으로부터 영감을 받은 그림이었다. 하지만 이건 민재의 비극이 아닌 기윤만의 예술적 반항이었다. **아침 햇살이 캔버스를 부드럽게 비추는 순간, 문득 깨달았다. 그림 속 보잘것없는 사내는 이제 더 이상 민재가 아니라는 사실을 말이다.**(p.432)

마지막 책장을 덮는 순간 이제 레지스탕스는 기윤의 비극으로 귀결된다. 무언가가 되기 위해 저항할 수밖에 없었던 두 예술가들의 이야기로 점철된 레지스탕스라는 비극은 과연 이 시대에 어떤 예술적 반항으로 자리매김할 수 있을까. 그걸 증명하는 건 이제 독자들의 몫이 될 것이다.

작가의 말

레지스탕스를 떠나보내며 2018

광야에서 2020

레지스탕스로부터 2024

레지스탕스를 떠나보내며

2018

 예민하기 그지없던 스무 살 무렵, 내게 가장 큰 화두로 다가왔던 것은 가치관, 거창하게 말하자면 '인간은 무엇으로 사는가'에 대한 문제였다. 삶을 도대체 무엇 때문에, 무엇을 위하여, 무엇을 좇으며 살아야 하는 것인지 너무나 혼란스러웠다. 자성에 이끌리는 철가루처럼 마주하는 낯선 이들의 가치관을 모조리 나의 것으로 삼아봤다. 하지만 그것은 하나같이 나의 체질에 맞지 않았다. 의문이 들었다. 내게 맞는 것은 도대체 무엇일까. 그 해답을 찾고자 문학의 세계에 문을 두드렸다.

 홀로 국어사전과 옥편을 들고 생소한 세계를 헤매는데 이십 대의 청춘을 다 바쳤다. 하지만 그토록 갈구했던 것은 찾지 못했으니, 그곳은 아름다운 메타포의 세계이기 때문이었다. 메타포라는 것은 한 문학 작품, 아니 한 작가와 유기적인 관계를 맺고 있는 것이기에 본질적으로 '내 것'이 될 수 없는 것이었다. 탄탈로스처럼 메타포의 향연 속에서도 메타포의 갈증에 시달릴 수밖에 없었다. 결심 하나, 나 또한 자신만의 아름다운 메타포를 창조하고 향유하리라. 소설을 쓰리라. 순수한 창조에의 열망, 오직 그것만이 내가 그토록 원하던 '답'이라고 확신했다. 답을 찾았다는 희열, 나는 그 감정에 도취되고 말았다.

한데 소설을 쓴다는 것은 생각보다 쉬운 일이 아니었다. 이 시대를 살아가는 동년배 그 누구보다 다독을 했다고 자부했던 나였지만, 읽는 것과 쓰는 것은 별개의 일이었다. 누구에게서도 글 쓰는 방법과 기교를 배우지 못했다. 그저 소설이 무엇인지에 대해 묻기 위해 이제는 세상을 떠난 이들의 작품을 집요하게 탐닉할 뿐이었다. 죽어 아무 말 없는 이들의 활자화된 메타포들이 나의 스승이요, 경구요, 지침이었다. 소설을 쓰겠다는 다짐으로부터 첫 문장을 쓰기까지 이 년이란 시간이 걸렸다. 하지만 자신만만하게 세상에 떠나보낸 작품들은 차가운 조소와 함께 비수가 되어 돌아왔다. 너무나 아팠다. 두려움 하나, 문학은 선택받은 이들의 전유물이란 말인가. 두려움 둘, 나는 그저 인용문으로 이루어진 인간이 아닐까.

더욱 지독한 메타포를 창조해 내리라. 두려움 속에서 비장한 각오로 레지스탕스를 구상했다. 이 책을 쓰기 위해 나는 지난 이십 대를 열병 속에서 보내야만 했다. 현세적인 모든 것들로부터 괴리되었다. 가족보다, 사랑보다, 우정보다 문학적 열망만이 이 세상 가장 지고한 것이라고 자부했다. 작가가 되지 못할 것이란 불안, 그저 치기에 불과할지도 모를 창조에의 열망, 나의 문학세계가 그저 한낱 웃음거리에 불과할지도 모른다는 공포. 그렇게 나는 열병에 시달리면서도 글을 써나갔다. 문학이 결코 문학 전공자나 문단의 전유물이 아니라는 것을 증명해 내지 못한다면 나는 무(無)가 되리라. 벼랑 끝에 선 기분이었다.

레지스탕스를 쓰는 내내 목적의식은 뜨거웠고 뚜렷했다. 괴테가 자신의 『파우스트』를 두고 말했던 것처럼, 일찍이 영혼이 늙어버린 이들은 배겨내지 못할 작품을 써내고 싶었다. 젊은이들을 미혹의 세계로 이끄는 소설을 집필하기로 했다. 하지만 작법을 배운 적도 없던 내 앞에 기다리고 있던 건 시행착오와 회의감뿐이었다. 어느 누구에게 조언도, 피드백도 받지 못해 홀로 진단하고 처방했다. 몇 번이고 레지스탕스를 수술대에 올려 손봐야만 했다. 수술실이 나의 유일한 거처였다. 그렇게 어언 사 년이란 시간이 흘렀다. 이제 수술은 끝났고, 차가운 수술대 위에는 본질적인 레지스탕스만이 남아 있다.

출산의 시간-그렇다면 그동안의 시간은 산고였던 것일까-이다. 온갖 미사여구로 레지스탕스를 포장할 수도 있겠다. 영혼이 늙은 이들은 배겨내지 못할 소설이라느니, 젊은 이들을 미혹하는 소설이라느니 하며 말이다. 하지만 이제는 솔직해져 보려고 한다. 내가 레지스탕스를 쓴 것은 다름 아니다. 그저 이십 대의 어느 날 길을 잃었고, 이정표가 필요했다. 나만이 소유하고 의지할 수 있는 지독하고 아름다운 메타포가 필요했다. 그래서 소설을 썼을 뿐이다. 나 자신을 위하여. 이제, 탯줄을 자를 시간이다. 안녕, 미숙하고 지독했던 젊은 날의 문학적 치기와 창조에의 열망이여. 앞으로 펼쳐나갈 나의 문학 세계는 이 레지스탕스에 뿌리내려 있으리라.

2018년, 어느 여름밤

광야에서

2020

 세례받지 못한 소설. 나는 이 년 전 레지스탕스를 이렇게 정의했다. 소설가로서의 왕도로 여겨지는 신춘문예를 통해 등단하지도 못했고, 소설책에는 으레 붙게 마련인 문학평론가의 비평도, 유명인들의 추천사도 싣지 못했던 까닭이었다. 그럼에도 소설을 세상에 선보이고 싶었다. 무엇이 출판을 그토록 종용했던 것일까. 완성된 소설을 한 권의 책으로 만져보고 싶었던 욕망이 첫 번째였고, 왕도가 아니어도 한국 문단에 족적을 남길 수 있다는 걸 보여주겠다는 반항심이 두 번째였다. 그리고 서둘러 소설가가 되고 싶은 조바심이 세 번째였다.

 사실 소설가이신 고모는 출판을 극구 만류했다. 레지스탕스를 읽어본 고모는 내가 상처받지 않도록 조언을 해주었다. 번역투의 고루한 문장에 젖어 있고, 이 시대의 정서와 괴리되어 있으며, 세상에 전혀 호소력이 없을 것이라고 했다. 구태여 읽어줄 사람도 없을 거라고 했다. 그냥 소설 자체를 철회하고 다시 시작하라고 했다. 고모로부터 훌륭한 소설이다, 세상에 없던 멋진 소설이다, 라는 찬사를 기대했던 나는 충격을 받고 말았다. 원고에 응답을 해준 유일한 문학가의 답변이 고작 부정이었을 뿐이었다.

내가 만약 조카가 아니었다면 뭐 그럭저럭 괜찮은 소설이라며 좋은 말만 해주었을지도 몰랐다. 애정이 있기에 쓰디쓴 조언을 아끼지 않았을 것이다. 시련을 당한 것처럼 마음이 너무 아팠다. 숨을 쉬기가 힘들었고, 감정을 추스리기도 어려웠다. 문학에 헌신했던 이십 대가 모조리 부정당하는 것만 같았다. 하지만 고모의 조언을 인정하기로 했다. 다만 레지스탕스를 없었던 걸로 하고 처음부터 다시 시작하라는 말만 빼고는. 완벽하게 마무리지었다고 자부했던 원고를 다시 뜯어 고치기 시작했다. 고모의 비평은 계속해서 귓가를 맴돌았다. 할 수 있는 모든 것을 다했다. 그렇게 지금의 레지스탕스가 다시 완성됐다.

사실 고모가 경고했던 것처럼 훗날 나의 문학적 행보를

가로막을 졸작으로 판명이 날까 두려운 것도 사실이었다. 그럼에도 출판을 했다. 앞선 세 가지 이유에서였다. 레지스탕스는 '세례받지 못한 소설'일 수밖에 없었다. 더 이상 두려울 것도 없었기에 포부를 가졌다. 오직 세례자들만이 공존하는 한국문학에 이단자가 되어보는 것이다. 그러나 굳은 의지와 상관없이 세상으로 나아간 레지스탕스는 더 이상 나의 소관이 아니었다. 졸작인지, 그저 그런 작품인지, 혹은 훌륭한 작품인지는 세상이 정해줄 터였다.

세례받지 못했다고 생각한 건 비단 작품만이 아니었다. 작가로서의 자의식도 마찬가지였다. 문단의 품에 안기지 못한 이단자인 나는 여전히 광야를 헤매고 있다. 저 너머의 아름다운 세계, 문단의 소식을 종종 듣곤 했다. 새로운 신자를 받아주며 세례를 거행했다는 소식, 서로가 서로를 찬사하는 아름다운 미담. 광야를 떠돌면서도 그들의 세계에 소속되고 싶어 계속해서 소설을 써서 보냈다. 묵묵히 걸어가는 광야에는 어떤 응답도 들려오지 않았다.

그래도 행운이었다. 광야를 떠도는 나는 혼자가 아니었다. 언젠가부터 정착지도 없이 떠도는 내게 하나둘 서신이 도착했다. 발신자는 중학생부터 대학생, 직장인, 노년에 이르기까지 모두 레지스탕스의 독자였다. 그들의 서신에는 작품에 대한 견해가 담겨 있었다. 자신을 길게 고백하는 이들도, 소설에 대한 평론과 나름의 분석을 하는 이들도, 아름답다고 찬사를 보내는 이들도 있었다. '세례를 받은' 문학계의 한 작가로부터도 서신이 왔다. 그는 레지스탕스가 '자신들의 세계'에서 본 적 없는 신선한 작품이라며 응원을 건넸다.

광야를 홀로 떠돌며 정말 많은 것을 배웠다. 소설이란 무엇인지, 내가 쓴 소설은 과연 무엇이었는지, 앞으로는 무얼 써야하는지. 광야의 책, 레지스탕스의 3쇄를 맞아 욕심이 생겼다. 나의 문학적 출발점을 보다 온전하게, 보다 아름답게 손보고 싶었다. 3쇄를 기념해 저자로서 북커버 디자인을 도맡았다. 초판에 싣지 않았던 작가의 말도 실었다. 더불어 감사의 말도 덧붙이고자 한다. 그대들의 경청이야말로 광야를 홀로 떠도는 내게 구원의 손길이나 마찬가지였다. 아니 어쩌면 그대들이야말로 내게 세례자 요한이었는지도 모르겠다.

2020년, 어느 겨울밤

레지스탕스로부터

2024

 소설가로 불리는 게 견딜 수 없이 부끄러웠던 적이 있었다. 레지스탕스를 처음 출간했던 육 년 전의 일이었다. 오랜 시간 내 안에 품고 있던 장편소설이 한 권의 책으로 출간되자 나는 당황하고 말았다. 생각만큼 기쁘지 않았던 것이다. 감정의 혼란 속에서 아주 중요한 사실을 깨달았다. 출간이란 소설가가 작품과 무관한 존재가 되어야 하는 순간에 불과했다. 소설가는 작품을 집필할 때 그 세계의 창조자로서 전권을 쥐고 있지만, 작품이 세상에 나아가게 되는 순간 그 모든 권력을 상실하게 된다. 이제 작품은 그 나름대로의 고유한 생명력을 간직한 채 세상을 헤쳐 나간다. 소설가가 죽어도 작품은 그 생명력을 이어간다.

 소설가에게 출간은 하나의 상실이었다. 나는 레지스탕

스와 함께 했던 순간들을 모두 잃어버린 기분이었다. 원고를 품에 안고 세계를 배낭여행 했고, 두 번의 산티아고 순례길을 걸었으며, 자양분을 얻기 위해 문학 세계를 탐험했다. 그 모든 순간이 출간과 함께 종식되고 말았다. 레지스탕스의 출간 이후 나는 배낭여행을 떠난 적도, 미친듯이 탐독을 한 적도 없었다. 마치 너무 큰 목표를 상실한 것처럼 길을 헤맸다. 이를 통해 소설가란 무엇인지를 절실하게 알게 됐다. 소설가는 발표한 작품과 무관하게, 처음 문학도의 길을 걷기로 결심했을 때의 순수함으로 사유하고, 탐구하고, 집필해야 하는 존재였다. 작품을 출간해서 소설가가 아니라, 문학에 헌신하며 살아가고 있기에 소설가인 것이었다.

그래서 소설가라고 불리는 게 부끄러웠다. 고작 세례도 받지 못한 이 책 하나가, 시간이 갈 수록 무관해져야 하는 작품이 나를 소설가로 정의하고 있다는 사실이 좀처럼 견딜 수 없었다. 레지스탕스의 소설가 이우. 이건 명백한 사실이기는 했지만 족쇄처럼 느껴졌다. 레지스탕스는 내가 세상에 남긴 자취, 즉 일부인데 되레 전부가 되기 위해 나를 집어 삼키려는 것만 같았다. 레지스탕스에 한정된 소설가이고 싶지 않았다. 정의돼야 한다면 레지스탕스 그 이상이고 싶었다. 그때부터 나는 오 년 뒤에 출간하는 두 번째 장편소설 『서울 이데아』를 집필하기 시작했다. 그리고 육 년이 지난 지금 나는 일곱 권의 책을 출간했다.

이제 소설가로 불리는 부끄러움은 무뎌졌다. 많이 들어서 무뎌진 것도 있겠지만, 이제 출간보다는 소설가로 살아가는 것에 더 큰 사명감을 갖고 있다는 게 큰 역할을 했다. 내게 참 많은 걸 가르쳐 주었던 레지스탕스가 어느덧 4쇄를 맞이했다. 새로운 인쇄를 할 때마다 나는 작품의 전권을 되찾는다. 원고를 손 볼 수 있기 때문이다. 이번에는 독재자처럼 권력을 휘둘렀다. 육 년만에 마주한 원고를 대대적으로 손봤다. 전반부는 서사의 큰 줄기만 그대로 둔 채 다시 집필하기까지 했다. 또 다시 출간하면 세상에서 독자적인 생명력으로 살아가야 한다는 걸 알기 때문에 살뜰하게 챙겨주었다. 이게 부모의 마음인지도 모르겠다.

육 년 전 나는 작가의 말에서 앞으로 펼쳐 나갈 나의 문학 세계는 이 레지스탕스에 뿌리 내려 있을 것이라고 했었다. 돌이켜보니 정말이었다. 에세이집 『자기만의 모험』은 레지스탕스 원고를 품고 걸었던 산티아고 순례길의 이야기를 품고 있고, 시집 『경계에서』는 민재가 썼을 시들을 직접 집필해 엮은 책이다. 그리고 레지스탕스의 주안점이었던 인간의 정체성과 가치관의 문제는 장편소설 『서울 이데아』로 이어져 있고, 이는 여전히 나의 탐구 주제이다. 『레지스탕스』를 다시 고쳐 세상으로 떠나보낸다. 이제 내가 레지스탕스에게 바라는 건 단 하나밖에 없다. 소설가 이우가 어디로부터 왔는지 세상에 알려주는 것뿐. 출발점을 더 단단하게 다졌으니 그 어떤 후회도 남기지 않고 묵묵히 소설가로 나아가고자 한다.

2024년, 어느 여름밤

발행일 2024년 8월 13일 4쇄 개정판
인쇄일 2024년 8월 6일
지은이 이우
편집자 이동현
북디자인 이우
교정교열 신희정

발행인 이동현
발행처 몽상가들
주소 서울시 마포구 와우산로29나길 20 2층
E-mail publisher@mongsangcorp.com

ISBN 979-11-91168-12-9 (03810)
Copyright (C) 이우, 2024, Printed in Korea.

이 책 내용의 전부 또는 일부를 재사용하려면
반드시 저작권자와 몽상가들 양측의 동의를 받아야 합니다.